나는 당당하게 살겠다

나는 당당하게 살겠다.

초판 1쇄 인쇄 2003년 2월 1일
초판 2쇄 인쇄 2003년 3월 1일

옮긴이 김건우
펴낸이 조윤숙
펴낸곳 문자향
등록번호 제 1-2821호(2001. 3. 13)
주소 서울 종로구 인사동 153-3 금좌빌딩 303호
전화 02-723-0343
팩스 02-723-0344
이메일 munjahyang@korea.com

값 12,000원
ISBN 89-90535-00-X   03810

나는 당당하게 살겠다

김건우 편역

문자향

역자의 말

어린 시절부터 역사 속의 인물에 관심이 많았던 역자는 몇 해 전 여성학 관련 서적을 읽은 적이 있었다. '여성'의 관점에서 기존 남성 중심의 역사와 문화를 뒤집어 읽어내는 서술방식은 당시 역자에게 신선한 자극을 주었다. '조선여인' 하면 열녀, 효부, 현모양처를 거의 반사적으로 떠올리고, 몇 가지의 카테고리로 편리하게 이해했던 그동안의 태도를 되돌아보게 하였다. 역자는 물론 페미니스트가 아니다. 하지만, 그 주장과 이론에 상당히 공감 가는 부분도 있다. '역사와 인간'이라는 관심 위에 이런 생각의 조각들이 모여 이 책이 나오는 계기가 되었는지도 모르겠다.

그동안 조선여인은 대체적으로 몇몇 대표적인 여성 인물이나 일정한 틀에 규정된 모습에 초점이 모아져 있었다. 하지만 이 책에서는 당당하고 주체적으로 살았던 여인들을 중심으로 엮어나갔다. 근엄한 동상 같은 모습이 아닌 웃음, 환희, 분노, 탄식이 뒤섞여 있는 살아 있는 여성 인물을 찾아내려고 하였다. 아름다운 풍경화에 담긴 박제화된 여인이 아니라, 현실 속에서 땀과 눈물을 흘리며 살아갔던 여인을 포착하고자 하였다.

상투적인 말이지만, 역사는 인간이 만들어낸다. 흔히 외톨박이로서는 삶을 영위할 수 없는 사회적 존재라는 '인간人間'이라는 단어는 의식하건 의식하지 않던 간에 남자, 남성이 구축한 세계만을 가리켜왔다. 이제 '21세기의 인간'은 성차性差의 구분을 넘어서 조화롭게 어울려 살아가는 세상이라는 의미를 부여해야 할 것이다.

이 책의 한계도 명확하다. 조선여인과 관련된 글은 대부분 당시 문자文字를 점유했던 사대부 남성의 기록으로, 양반 남성의 시각에서 조망한 것이다. 또한 여성 자신이 직접 썼더라도 이러한 서술 체계의 범주에서 크게 벗어나지 않는다. 하지만 역사의 주변인으로만 인식되었던 여성의 삶은 그 시대와 사회의 감추어진 이면을 읽어내는 하나의 코드이다. 여성의 한계는 생래적으로 지닌 한계가 아니라, 주어진 당시 역사와 사회의 한계이다. 우리는 이 사실을 자각할 때까지 수많은 시간과 역사적 경험을 필요로 했다. 이런 인식을 바탕으로 할 때, 기존 역사에서 철저히 배제되고 소외당하며 살다간 여성에 대한 진지한 관심은 오늘날 의미 있는 일이 될 것이다.

이 책에서는 조선여인 이야기를 아홉 가지로 나누어 전개하였다. 원래 여러 책을 뒤적거리며 적당한 작품을 선정하고 번역하다 보니, 어느덧 백여 명 정도의 여성 인물을 찾을 수 있었다. 하지만 지면의 제한과 내용의 중복 등 이런저런 이유로 그 중에서 60여 명의 인물을 뽑아서 수록하였다. 그리고 번역과 함께 각 편마다 해설을 달아놓았다. 되도록 다양한 여성의 인생 여정을 보여주기 위해 다모茶母, 여종, 유모, 무당 등의 하층 여인과 조선에 온 명明나라 궁녀, 공녀貢女, 이산가족 등 역사의 비극으로 삶이 굴절되었던 여인의 삶도 함께 다루었다. 고전 문헌자료 중 전傳, 행장行狀, 야담野談, 필기류筆記類 등 다양한 갈래에서 작품을 발췌하여 수록하였는데, 폭넓게 능동적이고 건강한 여성상을 찾으려고 했다. 또 이 책에서 '조선'이라는 시대적 제한을 둔 데에는 별다른 의도가 있었던 것은 아니다. 우선 삼국, 통일신라, 고려시대의 여성상은 중요한 시사점을 던져주고는 있으나, 인물이라는 테마에서 다루기에는 자료적 한계가 너무 많았다. 그에 비해 조선시대는 자료가 상당히 남아 있는 편이다. 그러나 더 본질적인 이유로는 조선여인의 삶이 고스란히 21세기를 살아가는 우리의 삶과 직접적으로 연결되어 있기 때문이다.

끝으로, 이 책이 나오기까지 여러 고마운 분들의 도움이 있었다. 모두에게 감사를 드린다. 특히 윤문과 교정뿐만 아니라 세심한 부분까지 충고를 아끼지 않았던 하승현河承賢, 신영주辛泳周, 신상필申相弼 동학에게 진심으로 감사를 전하며, 아울러 이 책이 나오기까지 정성을 쏟아준 문자향 식구들에게도 고마운 마음을 전한다.

2003년 1월
인사동 이택재麗澤齋에서

차례

1. 나는 당당하게 살겠다

2. 남자를 품안에

3. 복수의 칼을 들고

4. 세상을 살아가는 지혜

5. 남편의 수염을 뽑으며

6. 평강공주의 후예

7. 내가 바르면 자식도 바르다

8. 문인의 길에 서서

9. 다양한 삶의 여정

1. 나는 당당하게 살겠다

검녀 劍女

'여자 팔자 뒤웅박 팔자'라는 속담이 있다. 여자가 어떤 남자를 만나느냐에 따라 그 자신의 인생이 결정된다는 이 말은, 남편에게 의존할 수밖에 없었던 조선시대 여성의 삶을 잘 대변해준다. 여기에 소개할 '검녀'의 일화에서 우리는 이와는 전혀 다른 여성상을 만날 수 있다. 여성의 사회 참여는 물론 배우자의 선택마저도 자유롭지 못했던 시대에 자신의 의지대로 원하는 남자를 골라서 몇 년을 함께 살다가, 그 남자에게 실망하는 순간 아무런 미련 없이 그 남자를 떠나버린다. 신출귀몰한 여인의 검술 솜씨와 그 광경을 보고 벌벌 떨다가 정신을 잃고 쓰러지는 남자의 나약한 모습의 대비에서 강인한 여성의 힘을 느낄 수 있다. 이는 당시뿐만 아니라 현재의 시각에서 바라보아도 주체적이고 강인한 여성상이라 하겠다.

단옹[1]이 호남 사람에게 들은 이야기이다.

진사 소응천은 삼남 지방에 명성이 자자하여 모두들 걸출한 선비라고 일컬었다. 하루는 어떤 여자가 소응천을 찾아왔다.

"선생님의 명성을 들은 지 오래 되었습니다. 천한 몸으로 선생님을 모시고자 하오니 허락해주십시오?"

"너는 처녀의 모양새를 하고 장부에게 자청을 하다니, 처녀가 할 일이 아니다. 종이었더냐, 기녀였더냐? 아니면 시집을 갔는데도 처녀의 모양새를 바꾸지 않은 것은 아니냐?"

"종이었습니다만, 주인집에 사람이라곤 없게 되어 돌아갈 곳이 없어졌습니다. 그러나 평범한 남자를 섬기면서 일생을 마치고 싶지 않다는 한 가지 소원이 있어, 남장을 하고 세상을 돌아다녔지만 경솔히 몸을 더럽히지 않았습니다. 천하의 걸출한 선비를 택하려고 선생님에게 자청하는 것입니다."

소응천은 그녀를 첩으로 맞아들여 몇 년 동안을 살았다. 그러던 어느 날 밝고 한가로운 밤에 그녀가 홀연 독한 술과 맛 좋은 안주를 차려놓고 자신의 과거를 술회하였다.

　　저는 원래 모씨 댁의 종이었지요. 마침 주인집의 아씨와 같은 해에 태어 났기 때문에 주인집에서는 저를 특별히 아씨에게 주어 나중에 시집갈 때 교전비轎前婢[2]로 삼으려 하였지요. 아씨의 나이 겨우 아홉 살 때 주인집이 세도가에게 멸문지화를 당하여 논밭도 다 빼앗기고, 아씨와 유모만 살아남 아 타향으로 도망쳐 숨었답니다. 종으로 따라간 사람은 오직 이 한 몸뿐이 었지요. 아씨는 열 살을 갓 넘자 남장을 하고 저와 함께 멀리 떠나 검객을 찾아 나섰습니다. 두 해가 지나서야 검객을 만나 검술을 배웠고, 다섯 해가 되자 마침내 공중을 날아서 다닐 수 있었지요. 큰 도회지에서 이 재주로 수 천 금을 벌어서 보검 넉 자루를 샀답니다. 그리고 원수의 집으로 가서 재주 를 파는 사람인 양 들어가 달빛을 타고 칼을 휘둘렀지요. 춤추는 칼날 아래 삽시간에 베어진 머리가 수십이었고, 원수의 집안 식구들은 모두 붉은 피 를 흘리며 쓰러졌습니다. 그리고 나서 우리는 나는듯이 춤추며 돌아왔지 요. 아씨는 목욕을 하고 여자 옷으로 갈아입고는 술과 음식을 마련하여 원 한 깊은 사실을 선조의 무덤 앞에 고한 뒤 저에게 당부했습니다.

　"나는 아들이 아니어서 세상에 살아 남더라도 끝내 대를 잇지는 못한다. 더구나 남장으로 8년 동안 천 리를 돌아다녔으니, 몸을 더럽히지는 않았지 만 어찌 처녀의 도리라고 하겠느냐. 시집을 가고 싶어도 필시 갈 곳이 없을 터이고, 시집간들 마음에 맞는 장부를 만날 수 있겠느냐. 더구나 우리 집안 은 대대로 독자여서 가까운 친척조차 거의 없으니, 누가 혼주婚主가 되겠느 냐. 나는 여기에서 스스로 목을 베어 죽으련다. 너는 한 쌍의 보검을 팔아서 이곳에다 장사를 지내다오. 보잘것없는 죽은 몸이나마 부모님 무덤 곁에 묻힌다면 여한이 없겠구나. 너는 종이기에 처신하는 도리가 나와는 다를 터이니 나를 따라 죽어서는 안 될 것이다. 장사 지낸 후에는 꼭 나라 안을 두루 돌아다니면서 걸출한 선비를 골라 처나 첩이 되거라. 너 역시 범상치 않은 기개와 걸출한 기상이 있으니, 어찌 평범한 남자에게 만족하며 고개를 숙이겠느냐.”

그리고는 곧 칼날에 엎드려 죽었습니다. 저는 한 쌍의 보검을 팔아 오백 냥을 구해서 곧바로 아씨를 장사 지내고, 나머지 돈으로 논밭을 사서 제사를 계속 지낼 수 있게 하였습니다.

남장 차림을 그대로 입고 삼 년을 떠돌아다녔는데, 들리는 소문에 이름이 높은 선비로 선생만한 분이 없다기에 스스로 제 몸을 바쳐서 모시게 된 것입니다. 그러나 선생께서 잘하는 것은, 문장 같은 잔재주와 천문天文·역술曆術·율학律學·산학算學·사주·점·부적·도참圖讖 따위의 하찮은 잡술뿐이었습니다. 마음과 몸을 지키는 큰 방도와 세상을 다스리고 후세의 모범이 될 높은 도리 같은 데는 까마득히 못 미칩니다. 걸출한 선비라는 명성이 너무나 지나치지 않습니까. 무릇 실상보다 지나친 명성을 얻은 자는 비록 태평한 세상에서도 화를 모면하기 어려운데 하물며 어지러운 세상에서야 말해 무엇하겠습니까.

선생은 조심해도 명을 보전하기가 반드시 쉽지는 않을 것입니다. 지금부터는 깊은 산속에 살지 마시고 전주全州 같은 큰 도회지에서 편안하게 살면서, 아전들의 자제나 가르치며 의식을 풍족하게 할 뿐 달리 분수에 넘치는 소망을 아예 갖지 않는다면 세상의 화를 면할 수 있을 것입니다. 제가 선생께서 걸출한 선비가 아닌 줄 알고서도 종신토록 섬긴다면 이는 오래 전부터 품은 뜻을 저버리는 것이요, 아씨의 당부마저 저버리는 것입니다. 그래서 내일 새벽에 하직하고 멀리 떨어진 섬이나 인적이 드문 한적한 산으로 떠나고자 합니다. 남자의 복장이 아직 있으니 갈아입고 이곳을 떠나 다시는 여자가 되어 다소곳이 음식이나 만들고 바느질이나 하는 일에 손을 내맡기지 않겠습니다. 하지만 가까이 모신 지 3년이나 되었으니, 작별의 예가 없을 수 없고 또 평생 닦은 뛰어난 재주를 끝까지 숨겨서 한번도 보이지 않는 것은 옳지 못하다고 생각합니다. 선생께서는 이 술을 한껏 마셔서 담력을 크게 하셔야 제대로 구경할 수 있을 것입니다.

소응천은 이 말을 듣고 크게 놀라 얼굴을 붉히고 입이 얼어붙은 듯 입을 열어 한마디 말도 하지 못하고, 들어올린 술잔만 받아 마셨다. 평소의 주량에 차서 그만 마시려 하자, 그녀가 말하였다.

"칼바람이 무척 매서운데 선생은 정신이 굳세지 못하시니, 술기운이라도 의지해서 버텨야 할 것입니다. 흠뻑 취하십시오."

다시 십여 잔을 권하고는 자신도 말술을 들이켰다. 술이 거나하게 취하자 옷차림들을 꺼냈는데, 청전건靑氈巾(푸른 모직으로 만든 수건) · 홍금의紅錦衣(붉은 비단 상의) · 황수대黃繡帶(황색 수를 놓은 띠) · 백릉고白綾袴(흰 비단 바지) · 반서화斑犀鞾(무늬 있는 무소가죽으로 만든 신)와 서릿발이 서리는 연화검蓮花劍 한 쌍이었다. 그녀는 치마저고리를 모두 벗어버리고 가뿐한 옷으로 갈아입더니 두 번 절하고 일어섰다.

물찬 제비같이 사뿐히 날더니 별안간 공중으로 칼을 던지고 몸을 솟구쳐 옆구리에 끼었다. 처음에는 사방으로 흩어져 꽃잎이 떨어지는 듯 얼음이 부서지는 듯하더니, 중간에는 둥글게 모여서 눈이 녹고 번개가 번쩍였고, 끝에는 훨훨 고니와 학처럼 날아올랐다. 이미 사람을 볼 수 없으니 또한 칼을 볼 수가 있겠는가! 한 가닥 하얀 빛줄기만 동서남북으로 치고 부딪쳐 번쩍번쩍하더니 휙휙 바람이 나고 싸늘한 빛이 하늘에 얼어붙는 듯하였다. 잠시 후 외마디 소리를 지르니 획하고 뜰에 있던 나무가 베어지고 칼을 던지고 사람이 우뚝 서 있었다. 나머지 빛줄기와 못다한 기운이 싸늘하게 사람을 감고 돌았다.

소응천은 처음에는 그래도 긴장하고 앉아 있었는데, 중간에는 몸을 오그리고 벌벌 떨다가 끝내는 쓰러져 거의 인사불성이 되고 말았다. 그녀가 칼을 거두고 옷을 갈아입고서 술을 데워 마음을 진정시켜주니 그제야 소응천은 깨어났다.

이튿날 새벽, 그녀는 과연 남장을 하고 하직하고 떠나가니 아득히 그 행방을 알지 못하였다.

『삽교만록』[3]

1) 단옹丹翁은 민순지閔順之를 가리키는데, 글쓴이 안석경安錫儆(1718~1774)과 교유가 있었다. 안석경의 관향은 순흥順興이며, 자는 숙화淑華, 호는 삽교·완양完陽이다. 충주 가흥可興에서 태어나 강원도 산골인 삽교에서 죽을 때까지 포의지사布衣之士로 일생을 마쳤다.

2) 교전비란 옛날 시집가는 신부를 따라가는 여자 몸종을 가리키는데, '신비新婢'라고도 한다.

3) 『삽교만록雪橋漫錄』은 안석경의 저서로, 6권 5책의 필사본이다. 1786년 그의 동생 석임錫任에 의하여 편집·간행되었다. 문집인 『삽교집』과는 별도로 필기류들을 모아 놓았다. 『삽교만록』의 각 책은 금金·목木·수水·화火·토土의 오행명五行名으로 구분되어 있다. 여기에는 모두 340여 항의 다양한 글이 수록되어 있다. 1770년부터 1773년까지 주로 만년에 기록한 것이다.

다모 김 조이 金召史

다모茶母란 원래 관아에 소속되어 차를 끓이는 일을 하던 관비官婢를 말한다. 이 글은 한 다모의 의협적인 행동을 그린 일화이다. 유교 국가인 조선은 남녀유별의 원칙이 엄격하여 안채를 수색하거나 여성 용의자 및 죄수를 다룰 때 종종 다모나 의녀醫女를 이용하였다. 여기에 소개하는 일화에는 밀주 사건을 조사하던 중 위험을 무릅쓰고 불쌍한 할머니에게 인정을 베푸는 하층 여성인 다모의 모습과, 포상금에 눈이 멀어 형수를 고발하는 양반 시숙이 선명한 대조를 이룬다. 파렴치한 양반 사내의 뺨을 치면서 호통치는 다모의 모습에는 누구도 꺾을 수 없는 당당함이 배어 있다. 참고로 이 이야기는 금주령을 배경으로 하는데, 금주령은 특히 영조 때 매우 엄격하게 적용되었다. 당시 일반 백성이 술을 마시거나 술을 빚는 행위가 발각되면 해당 지방관이 면직되거나 귀양가기까지 하였다.

김 조이金召史[1]는 한성부漢城府의 다모이다. 임진년(1832)에 경기·충청·황해 삼도에 큰 가뭄이 들어 한성부에서는 백성들에게 술 빚는 것을 금지시키고, 법을 어기는 자는 경중에 따라 유배 또는 벌금형에 처하였다. 또한 밀주범을 고의로 숨겨주는 관리는 용서하지 않았다. 이 때문에 관리들은 빨리 잡아들이지 않았다가는 죄가 자신들에게까지 미칠까 두려워, 백성들에게 몰래 밀주를 고발하게 하고 고발자에게 포상금의 10분의 2를 나누어주니, 고발자가 많아져 관리들이 귀신같이 잘 적발하였다.

어느 날 한성부 소속 아전과 하례下隷들이 남산 아래 어느 거리에 이르러 후미진 곳에 몸을 숨기고 다모를 불러 다리 끝쪽의 몇 번째 집을 가리키면서 말하였다.

"저 집은 양반집이라 곧장 들어갈 수 없네. 자네가 먼저 안채에 들어가 술지게미를 찾아 밀주범을 잡았다고 크게 외치면 우리들이 뒤좇아 들어가겠네."

다모가 그 말대로 뒤꿈치를 들고 살금살금 아랫목으로 들어가 수색했더니, 과연 세 되쯤 들어갈 만한 술단지가 있는데 좋은 술²⁾이 막 익고 있었다. 다모가 술단지를 안고 나오자, 주인 할미는 이 모습을 보고서 화들짝 놀란 나머지 눈의 초점을 잃고 거품을 물며 사지가 마비된 채 새파랗게 겁에 질린 얼굴로 쓰러져 기절하였다. 다모는 술단지를 놓고 할미를 부여안고 급히 따뜻한 물로 입을 조금씩 적셔주었다. 조금 뒤 할미가 정신을 차리자, 다모가 질책하였다.

"조정의 명령이 지엄하거늘, 어찌하여 양반의 신분으로 법을 어긴단 말입니까?"

"우리 집 생원 영감이 평소 숙병을 앓고 있었네. 술을 마시지 못하자 그 뒤로는 음식물을 넘기지 못해 더욱 고질병이 되었고 가을부터 겨울 내내 끼니를 자주 잇지 못하였다네. 며칠 전 곡식 몇 되를 빌려다가 영감의 병 조리를 위하여 두려운 마음으로 부득이 밀주법을 어겼으나, 잡히리라고는 생각지도 못했다네. 부디 보살 같은 선심善心으로 측은히 여겨 사정 좀 봐주게. 죽어서라도 이 은혜는 꼭 갚겠네."

다모는 딱하게 여겨 술단지를 재에 쏟아부었다. 그런 다음 사기그릇을 가지고 문을 나오자, 하례가 밀주범을 잡았냐고 물었다. 다모는 웃으며,

"밀주범을 잡기는커녕 시신이 나올 판이네요."

하고는, 곧바로 콩죽 파는 가게에 가서 한 사발을 사서 할미에게 주었다.

"할머니가 끼니조차도 잇지 못하기에 주는 것입니다. 그런데 누가 밀주 빚은 것을 알고 있나요?"

"쌀도 내가 직접 찧었고, 누룩도 집에서 내가 지키면서 빚었기 때문에 아는 사람이 없네."

"그럼 혹시 누구에게 판 적이 있나요?"

"이 늙은이가 영감의 병치레로 술을 빚었을 뿐이네. 저 항아리의 용량은 겨우 술 몇 바가지 정도니, 다른 사람에게 팔았다면 어떻게 남은 술이 있어 영감에게까지 줄 수 있단 말인가. 맹세코 거짓말이 아닐세."

"그럼 맛을 본 사람은 있습니까?"

"젊은 생원인 우리 시숙인데, 어제 아침 성묘를 가던 차에 들렀다네. 집이 가난하여 아침밥을 차려줄 형편은 못 되고 빈속으로 떠나게 하는 것은 뭣하기에 손수 한 잔을 떠서 권하였네. 그 밖에 다른 사람이라곤 마신 적이 없네."

"송구스럽지만, 시숙과 영감은 동복형제인지요?"

"그렇다네."

다모가 시숙의 나이, 모습과 체형, 키, 수염에 대해 꼬치꼬치 물으니, 할미가 질문에 대답하였다. 다모는 알았다고 하고서 문을 나와 한성부 소속의 하례에게 말하였다.

"이 양반집은 술을 빚은 적이 없소. 주인 할미가 나를 보고 놀라서 쓰러져 기절하였기에, 혹시라도 죽을까 걱정되어 깨어나는 것을 보고 나오느라 이렇게 늦었소."

다모는 하례들을 따라 한성부로 돌아가던 중 뒷짐을 진 채 사거리에서 서성거리며 한성부 하례들이 돌아오기를 기다리는 할미의 시숙을 보았다. 하나같이 주인 할미가 말한 용모와 똑같았다. 다짜고짜 다모는 손으로 그 뺨을 때리고 침을 뱉으며 꾸짖었다.

"네가 양반이냐! 양반이란 자가 밀주를 빚었다고 형수를 밀고하여 포상금이나 받아먹으려고 하느냐!"

이 소리에 크게 놀란 거리의 사람들이 빙 둘러 에워싸고 구경하였다. 다모의 말을 들은 하례들은 울화통을 터뜨렸다.

"네가 할미의 사주를 받고서 우리를 속이고 도리어 고발자에게 욕까지 한단 말이냐!"

다모의 머리채를 틀어쥐고 주부主簿 앞으로 데려가 이 사실을 보고하였다. 주부가 다모에게 물으니, 다모는 정황을 사실대로 아뢰었다. 주부는 겉으로는 화내는 척하면서,

"밀주를 빚은 죄인을 숨겨주었으니, 용서할 수 없다. 매 20대를 쳐라."

하였다. 그리고 유시酉時(오후 5시~7시)에 관아의 공무가 파하자, 주부는 다모를 조용히 불러서 돈 열 꿰미를 주면서 말하였다.

"밀주범을 숨겨주었는데도 용서한다면 국법이 확립되지 않겠기에 매질을 하게 한 것이네. 하지만 자네는 의인義人일세. 이를 가상히 여겨 상을 주는 것이네."

다모는 밤에 남산 아래 그 양반집에 가서 주인 할미에게 돈꿰미를 주면서 말하였다.

"제가 관官을 속였으니 매질을 받는 것은 당연하지만, 할머니의 밀주

가 아니었다면 상금을 어디에서 받았겠습니까. 그래서 상금을 주는 것입니다. 할머니께서 이처럼 가난하게 사는 걸 보니, 천 전錢 중 반은 땔감을 사고 나머지 반으로 쌀을 팔면 충분히 겨울 내내 굶주림과 추위를 면할 수 있을 것입니다. 행여라도 다시는 술을 빚지 마세요."

할미는 한편으로는 부끄럽기도 했지만 한편으로는 기뻤다.

"나를 불쌍하게 여긴 자네의 은혜로 벌금형을 면하게 되었는데, 무슨 면목으로 그 상금을 받을 수 있겠는가."

할미는 이렇게 말하고는 한사코 사양하였다. 한참 후에 다모는 돈을 할미 앞에 놓아두고 뒤도 돌아보지 않고 떠나가버렸다.

「낭산문고」[3]

1) '召史'는 양인의 아내나 과부를 일컫는 말로, 이두吏讀로 '조이'라 읽는다.
2) 원문은 '상낙桑落'인데, 10월 뽕나무잎이 떨어진 뒤에 빚은 특상주特上酒를 말한다. 여기에서는 일반적인 술의 범칭으로 쓰였다.
3) 「낭산문고朗山文稿」는 송지양宋持養(1782~?)의 시문집이다. 자는 장백莊伯, 호는 낭산郎山. 29세 때 생원이 되었으며, 44세 때 알성문과謁聖文科에 병과로 합격하여 지평, 정언, 수찬, 교리 등을 지냈다.

무당 할미 巫醫

무녀巫女와 의료활동은 역사적으로 관련이 깊다. 이를테면 평민이나 천민 계층의 병자를 돌보던 동서활인원東西活人院에 무녀를 소속시켜 치료를 맡기기도 하였다. 이 일화는 뛰어난 의술로 치료활동을 하던 무당 할미가 내의원內醫院(조선시대 궁중의 의약醫藥을 맡은 관청) 태의太醫 벼슬을 지낸 김 지사金知事를 호통친다는 이야기이다. 특히 '정확한 소견이 없으면 함부로 약을 쓰지 말라'는 무당 할미의 말은 오늘날의 의사들에게도 귀감이 되는 말이라 하겠다. 천한 신분임에도 불구하고 고관들 앞에서 자신의 소신을 굽히지 않고 당당하게 말하는 무당 할미의 모습에서, 꿋꿋한 여성상을 보는 것과 동시에 자기가 하는 일에 대한 자신감을 읽어낼 수 있다.

호남 전주부全州府에 무당 할미가 살았다. 그녀의 신神은 자칭 신라 손학사孫學士로, 황제 헌원씨와 기백¹⁾의 의술에 통달했다고 하였다. 때때로 향촌의 가난한 집을 돌아다니며 아픈 사람의 병을 치료하였는데, 할미의 처방은 고금古今의 의서醫書에 실려 있지 않은 것이 많았다. 무당 할미는 관적官籍에 이름이 올라 감영의 무당이 되었다.

숙종 때 나의 외종조 완녕군 이공²⁾께서 호남 관찰사로 부임할 적에, 대부인大夫人 황씨黃氏가 아들 이공을 따라갔다. 그때 감영의 여종 하나가 몇 년째 앓아 누워 귀신처럼 몸이 비쩍 말랐다. 종들 사이에서는 이를 '적호증赤豪症'이라 수군거렸는데, 적호증은 차츰 미치면서 죽게 되는 질병이다. 황 부인이 감영의 무당을 불러 굿을 하게 하였더니, 무당은 앓고 있는 여종을 직접 볼 수 있게 해달라고 청하였다. 무당 할미는 한참을 보더니 황 부인에게 아뢰었다.

"아, 이 병은 굿을 해도 소용없습니다. 약으로 치료해야 합니다."
"약은 많이 써보았지만, 다 효험이 없었네. 어떻게 해야 하겠는가?"

"그 약들이 증세에 맞지 않습니다. 소인이 처방을 알려드리겠습니다."

무당 할미는 '오지탕五枝湯'이라는 약처방을 내었는데, 복숭아가지, 버들가지, 뽕나무가지, 닥나무가지, 또 한 가지는 내가 잊어버렸다. 이는 모두 담痰을 치료하는 약재들이다. 무당 할미가 황 부인에게,

"이 다섯 가지를 수량에 구애받지 말고 같은 분량씩 물에 넣고 끓여 복용하게 하십시오. 오래 복용하면 반드시 효험이 있을 것입니다."

하니, 황 부인은 무당 할미의 말대로 약을 지어 복용하게 하였다. 앓고 있던 여종은 처음에는 기침을 하며 가래가 끓더니, 얼마 뒤에는 가래가 차츰 연해지고 많아져 더러는 기침을 하지 않아도 가래가 하루에 거의 몇 사발씩 넘어오기도 하였다. 대여섯 달 후에 기침이 멎고 가래가 없어졌다. 그리고 조금씩 음식을 들더니 1년이 지나자 병이 나았다.

그 후 태의 지사知事 김 아무개가 전라 감영에 손님으로 왔다. 나의 외할아버지 목사공牧使公께서 감영의 손님들과 한가로이 이야기를 하고 계셨는데 김 지사도 그 자리에 있었다. 어떤 한 손님이 무당 할미에 관한 이야기를 하자, 김 지사가 반박하였다.

"이상해, 어찌 그런 일이. 불러서 들어오게 해보시오. 내가 직접 물어보겠소."

무당 할미가 부름을 받고 감영의 뜰 아래서 절하였다. 오십여 세쯤으로 튀어나온 광대뼈, 넓은 이마에 키가 크고 앙상하여 이상한 모습이었다. 김 지사가 무당 할미에게 물었다.

"네가 의술을 아느냐?"

"그렇습니다."

"가소롭구나. 네가 어떻게 의술을 안단 말이냐?"

무당 할미가 서서 노려보며 말하였다.

"의술은 제가 능합니다. 대감 같은 분은 젊어서 대충 『입문入門』, 『보감寶鑑』[3] 따위만을 외웠으나, 지금은 까맣게 한 글자도 기억나지 않을 것입니다."

"천한 할망구 따위가 감히 이런 망칙한 말을…."

"그대는 죽어 마땅한 죄를 지었다는 것을 알고나 있소. 선왕께서 병환이 나셨을 때 그대들이 약을 잘못 처방하였기 때문에 결국 승하하셨소. 이것이 죽을죄가 아니고 무엇이오!"

현종顯宗은 항상 화기火氣가 올라 고생하였는데, 심할 때면 가슴이 답답하고 괴로워 얼굴까지 벌겋게 되었다. 내의원의 의원들은 화기를 내리기 위해 이런저런 약을 써보았지만, 증상은 덜해지지 않고 점점 심해졌다. 김 지사는 당시 내의원의 우두머리로 처음부터 끝까지 약처방을 주관한 자였다.

김 지사가 이 말을 듣고 새파랗게 질려 얼굴을 돌리자, 사람들은 껄껄거리며 웃었다. 무당 할미는 김 지사의 질린 얼굴빛을 보고 곧장 팔을 걷어붙이고 달려들었다.

"의원이란 하찮은 사람의 병이라도 반드시 정확한 소견이 없으면 함부로 약을 쓰지 말아야 하오. 더구나 주상 전하의 병환에 있어서는 두말

할 필요조차 없소. 선왕의 병환은 바로 추위에 상하여 생긴 것이니, 그 것을 풀면 그만인데 어째서 화기를 내리는 약을 썼소. 이제는 말해도 아무런 소용이 없겠지만, 그래도 말을 하는 이유는 훗날의 경계로 삼게 하려는 것이오. 그대의 죄는 도저히 용서받을 수 없는데도 스스로 죄를 인정하지 않고, 계속 후한 봉록을 누리고 벼슬을 과시하면서 거들먹거리니, 그대의 마음은 대체 어찌된 것이오?"

이를 갈며 성난 목소리로 꾸짖는데, 불덩이 같은 눈빛으로 손을 휘두르고 발을 동동 구르니 위협하는 기세가 귀신과 같았다. 사람들은 갑작스럽게 터진 일이라 놀랍고 두려워 어쩔 줄 몰랐다. 이때 목사공이 급히 하인을 불러 무당을 문 밖으로 쫓아내게 하였다. 김 지사는 너무 놀라 땀을 얼굴 가득 흘린 채 입을 딱 벌리고 말을 하지 못하였다. 겨우 한참 지나서야,

"어허! 이 일로 욕을 당할 뻔했네."

하였다.
　……
이른바 의원이 정확한 소견이 없으면 함부로 약을 쓰지 말라는 무당 할미의 말은 의문醫門의 지극한 교훈이 될 것이다. 의술을 업으로 삼는 자들은 모두 응당 띠에 새겨 늘 명심해야 할 것이다.

『잡기고담』[4]

1) 황제 헌원씨黃帝軒轅氏와 기백岐伯은 모두 의가醫家의 비조鼻祖로서 서로 문답을 주고받아 『내경內經』이란 의서를 지었다고 한다.

2) 완녕군完寧君 이공李公은 이사명李師命(1647~1689)이다. 본관은 전주, 자는 백길 伯吉, 호는 포암蒲菴. 문장과 시에 뛰어났지만, 당쟁에 깊이 관여한 탓으로 유배지에 서 비명의 최후를 마쳤다. 이 일화에 해당하는 시기는 바로 이사명이 전라 감사로 있던 시기이다.

3) 『입문』은 『의학입문醫學入門』을 말하는데 의과醫科의 배강背講 과목이기도 하였다. 『보감』은 원래 의학서에서 『황제내경黃帝內徑』을 말하지만, 조선시대에는 허준의 『동의보감東醫寶鑑』을 말한다.

4) 『잡기고담雜記古談』은 임매任邁(1711-1799)의 야담 · 야사집으로 총 27편이 기록되 어 있다. 임매의 자는 백현白玄, 호는 난당蘭堂 · 보화葆龢이다. 1754년 진사에 오르 고 용담 현령 등의 벼슬을 지내기도 하였다.

궁녀 한보향 韓保香

인조반정이라는 국가적인 격변기의 현장에 서 있었던 궁녀 한보향에 관한 이야기이다.
이 일화에서 우리는 죽음을 무릅쓴 한 여인의 용기 있는 행동과 자기 직분에 최선을 다
하는 모습을 볼 수 있다. 또 광해군 복위 사건이 일어날까 걱정하던 인조 초기, 인열왕
후(인조의 비)는 한보향을 모함하는 말을 듣고도 도리어 그녀를 칭찬함으로써 포용력을
발휘하는 여중군자女中君子의 모습을 보여준다.

한 숙원韓淑媛[1]은 이름이 보향保香이고, 서울의 양인 출신이다. 폐주 광
해군 때 대궐에 들어가 궁녀가 되었다. 폐주는 여러 궁중의 여인들을 총
애하여 매양 잠자리에 들면 수많은 비단 명주를 상으로 하사하니, 내수사
內需司(왕실의 재정을 관리하는 관청)가 감당할 수 없었다. 하지만 한 숙원은 매
번 사양하며 말하였다.

"사가私家에서 길쌈하는 부녀자는 열흘 동안 베 한 필을 짜면서 손과
발이 얼어 트는데도 자신은 입지 못하는데, 지금 제가 이것을 받아 무엇
하겠습니까."

계해년(1623) 인조반정 때 군사들이 대궐로 들어와 함춘원舍春苑에 쌓인
장작에 불을 놓았는데,[2] 치솟는 불빛이 하늘을 비추고 울부짖는 소리가
들끓었다. 폐주는 당시 통명전通明殿(창경궁에 있는 정전正殿)에 있다가 김씨[3]
와 임씨[4] 두 상궁과 함께 소북문小北門을 열고 도망쳤다. 폐주의 비 유씨柳
氏는 달아나 후원의 어수당魚水堂에 숨었는데 숙원과 궁녀 10여 명이 유씨
를 따랐다. 반정군이 몇 겹으로 에워싼 채 3일이 지났다. 그러던 중 유씨는,

"내가 어찌 끝까지 여기 숨어서 목숨을 보존하겠느냐."

하면서, 궁녀들에게 나가서 알리게 하였지만 모두들 두려움에 벌벌 떨었다. 이때 숙원이 자청하여 나가 섬돌 위에 서서 널리 큰 소리로 외쳤다.

"중전께서 이곳에 계시니, 예의를 갖추어라."

이 말을 듣고 반정에 참여한 군사들이 조금 물러났다. 장수 신경진申景禛이 호상胡床(군대에서 사용하던 의자로 접었다 폈다 할 수 있음)에서 내려와 두 손을 모으고 예의를 갖추었다. 숙원이 큰 소리로 말하였다.

"주상께서 사직을 상실하셨는데, 어떤 분이 새로 즉위하셨소?"
"소경대왕昭敬大王(선조) 왕손 능양군綾陽君이시다."
"오늘의 거사는 종묘사직을 위한 것이오? 부귀를 위한 것이오?"
"전왕前王이 윤리를 능멸하여 종묘사직이 거의 망할 지경5)에 이르렀기에, 우리들이 의병을 일으켜 난리를 평정하여 반정한 것이니 어찌 부귀를 생각이나 하였겠느냐."
"지금 의병이라고 하면서 어찌하여 전왕의 왕비를 핍박하시오?"

신공은 즉시 인조에게 아뢰어 포위를 풀었다.

거사가 안정되자 궁중에서 일할 사람이 태부족이었지만, 창졸간에 인원을 갖출 수 없기에 옛 궁인 가운데 죄 없는 사람들을 불러 청소하는 일에 충원하였다. 이때 숙원도 그 속에 들어가게 되었다. 숙원이 대궐에 들어간 뒤 다시 여관女官이 되어 더욱 맡은 소임에 정성을 다하였다.

숙원은 단정하고 아름다운 용모에 온순하고 성실한 성격이었다. 인열왕후仁烈王后가 그녀를 사랑하자, 새로 대궐에 들어온 많은 궁녀들이 질투를 하여, 몰래 왕후에게 말하였다.

"보향은 옛 임금을 생각하며 몰래 때때로 슬프게 울기도 하니, 변고가 있을까 걱정됩니다."

왕후는 이 말을 듣고 의로운 사람이라고 칭찬하고는[6] 즉시 불러 위로하였다.

"국가의 흥망성쇠는 항상 일정한 것은 아니다. 우리 주상께서 하늘의 신령스러움에 힘입어 오늘이 있게 되었지만, 어찌 훗날 폐주처럼 되지 않으리라 보장할 수 있겠느냐. 네가 전날의 주인을 섬겼던 것처럼 오늘날 나를 섬기는 것이 나의 바램이다."

그리고 후추 3근을 하사하면서 말하였다.

"후추는 의열義烈을 상징하는 것이다."

한 숙원을 보모 상궁保母尙宮으로 명하면서 다음과 같이 말하였다.

"너는 마음가짐이 곧고 순수하니 나의 자식을 보호할 만하다."

숙원은 나이 80여 세에 죽었다.

『담정유고』[7]

1) 숙원淑媛은 후궁에게 내리던 종4품 내명부의 품계로, 소원昭媛의 아래이다.

2) 함춘원에 장작을 쌓아서 불을 놓은 이유는 사전에 반정을 계획한 사람들이 가족들에 게 궁중에 불길이 일어나지 않으면 자결하라고 일러놓았기 때문이다. 즉 반정의 성공 을 알리기 위해 불을 지른 것이다.

3) 김씨 상궁은 김개시金介屎(김개똥)로 선조 때 성은을 받았는데, 미모가 뛰어나지는 않 았으나 민첩하고 꾀가 많아 광해군의 총애를 받았다. 국정에 관여하여 이이첨李爾瞻 (1560~1623)과 쌍벽을 이룰 정도로 권력을 휘둘렀다. 인조반정이 일어나자, 반정군 에게 잡혀 참수당했다.

4) 임씨 상궁은 재신宰臣 임몽정任夢正의 서녀庶女로, 임씨가 총애를 받자 임씨의 숙부 인 임취정任就正이 권세를 부려 많은 사대부들이 빌붙었다.

5) 광해군이 계모인 인목대비를 서궁西宮에 유폐시키고, 영창대군을 죽인 상황을 말한 것으로, 인조반정의 최대 명분이었다.

6) 다른 글을 보면 인열왕후가 한 숙원을 모함한 궁녀의 종아리를 때리고 꾸짖었다고 한 다.

7) 조선 후기 문인 김려金鑢의 시문집. 12권 6책으로 목활자본이다. 김려는 본관이 연안 延安이고, 자는 사정士精이며, 호는 담정이다. 정조의 문체반정 정책에 질책을 받았 고, 비어옥사飛語獄事에 연루되어 함경도 경원으로 귀양갔다가 경상도 진해로 옮겨졌 다. 1806년 유배에서 풀려 연산 현감, 함양 군수를 역임하기도 하였다.

김만덕金萬德

우리나라에서 가장 낭만적이고 이국적인 정취를 간직하고 있는 곳으로 제주도를 꼽는
데 주저할 사람은 별로 없을 것이다. 그러나 지난 역사 속의 제주도는 지금처럼 그리
낭만적인 땅은 아니었다. 옛 기록에 나오는 제주도는 풍토병이 만연하고 문명이 낙후된
절도絶島의 유배지에 불과했다. 이런 척박한 풍토 속에서 억척스레 재산을 모으고, 이
재산으로 흉년에 굶주린 사람들을 구원했던 한 제주도 여인의 이야기가 있다. 조선시대
의 국법國法으로 제주도 여인은 육지를 밟을 수 없었다. 여자뿐만 아니라, 가축도 암컷
인 경우 육지로 가는 것이 엄격히 금지되었는데, 그 이유는 고립된 제주도의 생산력을
보호하기 위한 조치였다고 한다. 이런 상황에서 만덕은 대궐과 금강산을 구경하고 싶다
는 소망을 실현시켜, 일시적으로나마 제주도 여인이 짊어지고 있던 굴레에서 벗어난다.
이 이야기는 당시 장안에 화제가 되어 한양의 많은 사대부들, 심지어 기생까지 만덕에
대한 시를 지어 축하하였다. 현재 제주도에는 김만덕 할머니 기념관과 '만덕제'라는 축
제 행사가 있을 정도로 추모 사업이 활발하다. 여기에는 만덕에 관한 전傳 두 편과 시
두 수를 수록하였다.

1.

만덕은 성이 김金씨로 탐라耽羅 양민의 딸이다. 어려서 어머니를 여의
고 의지할 곳이 없어 기생집에 의탁하여 살았다. 성장하여 관가에서 만덕
의 이름을 기안妓案에 올렸다. 만덕이 비록 머리를 굽혀 기생에 종사하였
으나, 자신은 기생으로 처신하지 않았다.

스물 남짓이 되자 자신의 사정을 관가에 눈물로 호소하니, 관가에서 가
엾게 여겨 기안에서 빼내어 양민의 신분을 회복시켜주었다. 만덕은 양민
신분으로 살았으나, 탐라의 남정네들을 촌스럽게 여겨 남편으로 맞이하
지 않았다. 만덕은 재물을 불리는 재주가 있었는데, 물품의 변동을 잘 알
아 적절한 시기에 매매하여 수십 년 후에 이름이 날 정도로 부富를 축적하
였다.[1]

정조 19년 을묘(1795)에 탐라에 크게 흉년이 들어 백성들이 계속 굶어
죽었다.[2] 정조가 곡식을 배에 싣고 가서 구휼하라고 명하였으나, 아득한

바닷길 팔백 리를 돛단배가 베틀의 북처럼 자주 왕래하더라도 제때에 도달하지 못하는 경우가 있었다. 이때 만덕은 천금을 내어 육지의 쌀을 사서 여러 고을의 뱃사공들에게 제때에 운반해 오도록 하였다. 만덕은 그 십분의 일로는 친척을 구휼하고 나머지는 모두 관가에 실어다 바치니, 굶주린 백성들이 그 소문을 듣고 관가의 뜰에 구름처럼 모여들었다. 관가에서는 굶주린 형편에 따라 차등 있게 나누어주었다. 남자나 여자나 모두 나와서 '우리를 살린 이는 만덕이다' 하면서 만덕의 은혜를 칭송하였다.

이렇게 진휼이 끝나자, 제주 목사가 만덕의 구휼에 대해 조정에 보고하니, 정조가 매우 기특하게 여겨 조서를 내렸다.

"소원이 있다면 뭐든지 들어주도록 하라."

목사가 만덕을 불러 임금의 유시諭示를 알려주며 물었다.

"무슨 소원이 있는가?"
"별다른 소원은 없습니다만, 한번 서울에 들어가 임금님 계신 곳과, 이어 금강산에 들어가 일만이천 봉을 구경할 수 있다면 죽어도 여한이 없겠습니다."

당시 국법으로 탐라 여인들은 바다를 건너 육지에 오르는 것이 금지되어 있었다. 목사가 만덕의 소원을 아뢰니, 정조가 소원을 들어주어 관에서 역마를 제공하고 교대로 음식을 대접하게 하였다.

만덕은 돛단배 하나로 구름 낀 아득한 바다를 건너 병진년(1796) 가을에 서울로 들어왔다. 한두 번 채 정승³⁾을 만났는데, 채 정승이 이를 글로 써서 위에 아뢰었다. 정조가 선혜청宣惠廳에 명하여 달마다 양식을 주게 하고, 며칠 후에는 내의원 의녀에 임명하여 여러 의녀의 우두머리로 있게 하였다. 규례에 따라 내합문에 나아가 내전內殿과 빈궁嬪宮에게 문안을 드릴 때 나인을 보내 전교하였다.

"여자 몸으로 의롭게 굶주린 수많은 백성을 구하였으니, 기특하구나."

그리고는 매우 후하게 상을 하사하였다.

그렇게 반년을 지내고 정사년(1797) 늦은 봄에 금강산으로 들어가서 차례로 만폭동·중향성 등의 기이한 경치를 구경하였다. 금부처를 보면 이마를 땅에 대고 절을 하며 공양에 정성을 다하였다. 탐라에는 불법이 전해지지 않았기 때문에 만덕은 58세의 나이에 사찰과 불상을 처음으로 보았던 것이다.

그리고는 안문령鴈門嶺을 넘고 유점사楡岾寺를 거쳐 고성으로 내려가서 삼일포三日浦[4]에서 뱃놀이하고 통천通川의 총석정叢石亭에도 올랐다. 이렇게 천하의 좋은 경치를 다 본 뒤에 다시 서울로 돌아와 며칠을 머물다가 고향 제주로 돌아가려고 내원內院에 나아가 돌아가겠다고 하니, 내전과 빈궁에서 전처럼 상을 내려주었다.

이때 만덕의 이름이 한양에 가득하여 삼공三公 이하 사대부들이 한 번이라도 만덕의 얼굴만이라도 보기를 원하였다.[5]

만덕이 떠날 때 채 정승에게 하직인사를 하면서 볼멘 목소리로,

"살아서는 다시 상공의 얼굴을 뵐 수 없겠습니다."

하고는, 이어 눈물을 글썽거렸다. 채 정승이 말하였다.

"옛날 진 시황과 한 무제는 바다 밖에 삼신산三神山이 있다고 여겼네. 세상에서는 우리나라의 한라산을 영주산瀛洲山[6]이라 하고, 금강산을 봉

래산蓬萊山이라 하지. 자네는 탐라에서 성장하여 한라산에 올라 백록담 물을 마시고, 이번에 또 금강산을 두루 답사하였으니, 삼신산 가운데 두 곳을 직접 유람한 것이네. 천하의 수많은 남자들조차도 이렇게 한 자가 있겠는가. 지금 이별에 임하여 왜 마음 약한 아녀자와 같은 태도를 취하는가?"

그리고는 이 일을 기록하여 「만덕전」을 지어서 웃으며 주었다.

『번암집』

2.

만덕은 전라도 제주목濟州牧의 과부이다. 머나먼 남해에 있는 제주는 옛날의 탐라국이다. 정조 갑인년(1794)과 을묘년(1795)에 크게 흉년이 들었다. 제주도에도 거듭 기근이 들어 조정에서 배로 곡식을 실어다가 구휼하였지만, 굶어 죽은 시체가 이어졌다. 만덕은 수백 섬의 곡식을 저축하였는데, 이때 곡식을 풀어서 구휼하여 목숨을 구한 사람이 매우 많았다. 이일이 조정에까지 알려져 조정에서 탐라 목사에게 만덕의 소원을 묻게 하였다. 만덕은 '다른 소원은 없지만, 한번 궁궐에 가서 임금님의 용안을 우러러 뵙고, 금강산에 들어가 비로봉毗盧峯(금강산의 최고봉) 정상에 올라 일만이천 봉을 모두 구경한 뒤에 돌아오는 것이라' 하자, 정조는 이를 기특하게 여겼다.

병진년(1796) 가을, 만덕에게 역마를 타고 올라오게 하여 대궐에 와서 내의원에서 하교를 기다리게 하였는데, 소관小官으로 대접하였다. 이듬해 정사년(1797) 봄에 음식과 역마를 제공하여 금강산을 유람하고 몇 달 후에 서울로 돌아왔다. 이로 인해 만덕의 이름이 사방에 알려지게 되었다. 만덕이 이윽고 제주로 돌아가겠다고 청하니, 또 역마를 타고 내려가 제주로 돌아가게 하였다.

처음 만덕이 서울에 왔을 적에 윤 상국尹相國의 소부小婦(첩)가 사는 처소에서 묵었다. 한 달쯤 지나 만덕이 돈 천오백을 싸들고 가서 소부에게 감사의 마음이나마 전하려고 하였다.

"이제 거처를 정했습니다. 댁에서 고맙게도 오랫동안 편안히 머물렀기에 성의나마 표하려고 합니다."

"내가 보답을 바래서 대접했겠나?"

소부가 웃으며 이렇게 말하니, 만덕이 그냥 돈을 싸 가지고 갔다.

며칠 뒤에 만덕이 길을 지나다가 소부에게 들러 문안인사를 하자, 소부가 조용히 만덕에게 말하였다.

"우리집 노복들이 '만덕이 돈을 싸들고 왔는데 아씨께서 사양하였다고 하네. 그렇다면 당연히 우리들과 온종일 즐기며 돈을 다 써버려야 하잖아. 누가 만덕을 여자 의협이라 하는가?' 하였네."

"재물을 잘 쓰는 자는 밥 한 그릇으로도 굶주린 사람의 인명을 구할 수 있지만, 그렇지 않으면 썩은 흙과 같지요. 더구나 돈 천여 꿰미가 밥 한 그릇에 비길 바이겠습니까."

서울의 악소배 중에 만덕이 재물이 많다는 소문을 듣고 접근하려는 자가 있었다. 만덕은 단호히 거절하였다.

"내 나이 쉰 살이다. 저들은 내 얼굴을 이쁘게 여기는 것이 아니라, 나의 재물이 탐나서 그런 것이다. 굶주린 사람들을 구휼하기에도 부족한데, 어느 겨를에 탕자를 살찌우겠는가." 『오원집』[7]

3.

병조판서 이가환[8]이 만덕을 전송하는 시(「송만덕환탐라送萬德還耽羅」)를 지었다.

만덕은 제주의 훌륭한 여인	萬德瀛洲之奇女
예순 나이 마흔쯤으로 보이구료	六十顔如四十許
평생 모은 돈으로 쌀 팔아 백성을 구제하고	千金糴米救黔首
한번 바다를 건너 궁궐에 조회하였네	一航浮海朝紫禦(御)
평생 소원 금강산 유람	但願一見金剛山
안개 낀 동북 사이에 있도다	山在東北烟霧間
임금님께서 빠른 역마를 하사하시니	至尊啣肯賜飛驛
천 리에 뻗힌 영광이 관동을 진동시키네	千里光輝動江關
높이 올라 멀리 장관을 만끽하고	登高望遠壯心目
손을 흔들며 제주로 돌아가네	飄然揮手還海曲
탐라는 아득한 고·부·양[9]부터 있었지만	耽羅遠自高夫良
제주 여인으로 처음 서울을 관광하였지	女子今始觀上國
우레같이 왔다가 고니처럼 날아가니	來如雷喧逝鵠舉
높은 풍채 오래 머물러 세상을 맑게 하지	長留高風灑寰宇
인생살이 이처럼 이름을 드날리니	人生立名有如此
옛날 여회청대[10]를 어찌 부러워하리	女懷淸臺安足數

『금대시문초』

4.

만덕이 서울에 왔을 때 기생 홍도紅桃가 시를 지었다.

내의원 행수에 오른 탐라 기녀	女醫行首耽羅妓
만 리 물결에 바람을 두려워하지 않았네	萬里層溟不畏風
또 금강산으로 향해 가니	又向金剛山裡去
향기로운 이름 교방[11]에 남으리	香名留在敎坊中

『이향견문록』[12]

1) 심노숭이라는 문인은 『계섬전』에서, 제주 목사로 있는 부친을 뵙기 위해 직접 제주에 갔다가, 만덕의 치부 과정에 대한 소문을 듣고 비판하기도 하였다.

2) 『조선왕조실록』을 보면 정조 19년을 전후로 제주도에 기근이 매우 심했음을 알 수 있다. 다음은 우의정 윤시동尹蓍東(1729~1797)의 보고이다. "제주의 삼읍三邑은 재작년 겨울에 초록抄錄한 굶주린 인구가 6만 2천 6백 98구였는데, 작년 겨울에 초록한 굶주린 인구는 4만 7천 7백 35구였으니, 1년 사이에 1만 7천 9백 63구가 줄어들었습니다."(정조 20년 1월 15일)

3) 이 글을 쓴 채제공蔡濟恭(1720~1799)을 가리킨다. 본관은 평강平康, 자는 백규伯規, 호는 번암樊巖·번옹樊翁, 시호는 문숙文肅. 정조 때 남인의 영수로 영의정을 지냈다. 1801년 황사영 백서사건黃嗣永帛書事件으로 추탈관작되었다가, 1823년 영남만인소로 관작이 회복되었다.

4) 신라 때 영랑永郎·술랑述郎·남석랑南石郎·안상랑安祥郎 등 네 명의 국선國仙이 뱃놀이를 하다가, 절경에 매료되어 3일 동안 돌아가는 것을 잊었기 때문에 '삼일포'라고 하였다.

5) 다산 정약용도 만덕을 직접 만나 대화를 나누고 글을 남기기도 하였다. 『북학의』의 저자로 유명한 박제가도 시를 지어 찬양하였다.

6) 영주산은 삼신산의 하나로, 중국의 진 시황秦始皇과 한 무제漢武帝가 불사약을 구하러 사신을 보냈다는 가상의 선경仙境이다.

7) 『오원집五園集』은 이재채李載采(1806~1833)의 문집이다.

8) 이가환李家煥(1742~1801)의 본관은 여흥驪興, 자는 정조廷藻, 호는 금대錦帶·정헌貞軒이다. 성호 이익李瀷(1681~1763)의 종손이며, 천주교도인 이승훈李承薰(1756~1801)의 외숙이다. 1795년 주문모周文謨 신부의 입국 사건에 연루되어 충주 목사로 좌천되었다. 그 뒤 다시 천주교를 연구해 1801년 이승훈·권철신 등과 함께 옥사로 죽었다.

9) 제주도 전설에, "애초에는 제주에 사람이 없었는데, 세 신인神人이 땅에서 솟아나왔다. 지금 진산鎭山 북쪽 기슭에 모흥毛興이라는 구멍이 있으니, 이곳이 세 신인이 나온 땅이다. 맏이는 '양을나'이고 다음은 '고을나'이고 세번째는 '부을나'인데, 세 사람이 궁벽한 황무지를 돌아다니며 사냥하여 가죽으로 옷을 해 입고 고기를 먹고 살았다. … 뒤에 양良을 양梁으로 고쳤다"고 한다.

10) 진 시황 때 파촉巴蜀 지방에 과부 청淸이란 거부巨富가 있었는데, 진 시황이 정부貞婦라고 칭하고, 여회청대女懷淸臺를 쌓았다.

11) 교방敎坊은 장악원掌樂院의 좌방左坊과 우방右坊을 아울러 이르던 말이다. 좌방은 아악雅樂을, 우방은 속악俗樂을 맡았다. 여기서는 기생을 관장하는 곳을 말한다.

12) 원래 출전인 『범곡기문凡谷記聞』은 현존하지 않는다.

기녀 설중매 雪中梅

고려가 망하고 조선이 개국된 뒤, 두문동 칠십이현[1]처럼 끝까지 절개를 지켜 조선에 출사하지 않은 사람들도 있지만, 많은 고려 관료들이 조선에도 출사하여 관직을 계속 유지해나갔다. 이 일화는 고려의 옛 신하로서 조선에 출사한 어떤 정승이 동가식서가숙東家食西家宿한다며 송도 기생 설중매를 비웃자, 설중매가 되려 그 정승을 재치 있게 조롱한다는 이야기이다.

설중매는 송도의 이름난 기생이다. 태조가 개국하고 여러 신하들을 위해 의정부에 연회를 마련했는데, 모인 사람들은 대부분 전前 왕조인 고려의 옛 신하들이었다.

연회에서 시중을 들던 설중매는 뛰어난 재주와 용모로 유명했는데 행실이 몹시 음란하였다. 어떤 정승이 술이 취하여 설중매에게 희롱삼아 말하였다.

"너는 아침이면 동쪽 집에서 밥을 먹고, 저녁이면 서쪽 집에서 잔다[2]고 하니, 오늘 저녁에는 한번 이 늙은이를 모시고 자는 게 어떠냐?"

설중매가 대꾸하였다.

"동쪽 집에서 먹고 서쪽 집에서 자는 천한 기생의 몸이, 왕씨를 섬겼다가 또 이씨를 섬기는 정승을 모실 수 있다면 좋은 일이 아니겠습니까?"

이 말을 들은 사람들이 참담한 마음에 코가 시큰해졌다.   『대동기문』[3]

설중매가 변절한 고려말의 유신遺臣들을 비꼬았다면, 구한말 친일파를 조롱한 산홍이란 기생의 이야기가 『매천야록』[4]에 나온다.

진주 기생 산홍山紅은 미색과 기예가 아울러 빼어났다. 이지용[5]이 천금을 주고 불러서 첩으로 삼고자 했다. 그러나 산홍은 단호히 거절하며 이렇게 말하였다.

"세상에서 대감을 오적五賊의 우두머리라 합니다. 첩은 천한 창기이나, 그래도 사람 축에 들어가니, 어찌 역적의 첩이 될 수 있겠습니까."

이지용은 몹시 화가 나서 산홍을 마구 때렸다. 이에 대해 어떤 사람이 시를 지었다.

온 세상 다투어 나라 팔아먹은 놈을 좇아	擧世爭趨賣國人
비굴하게 웃으며 굽신거리느라 바쁘구나	奴顔婢膝日紛紛
그대들 금과 옥이 지붕보다 높더라도	君家金玉高於屋
산홍의 한 점 봄은 사기 어려우리	難買山紅一點春

1) 두문동 칠십이현杜門洞七十二賢은 조선의 개국에 반대하여, 두문동에서 끝까지 고려에 충성을 바치며 지조를 지켰다는 72명의 고려 유신遺臣을 가리킨다. 1783년(정조 7)에는 왕명으로 개성의 성균관에 표절사表節祠를 세워 배향하게 하였다.

2) 원래 '동가식서가숙東家食西家宿'은 『태평어람太平御覽』에 나오는 말이다. 옛날 제齊나라에 예쁜 처녀가 있었다. 어느 날 그 처녀에게 두 집안에서 청혼이 들어왔다. 그런데 동쪽 집 총각은 못생겼으나 부잣집이었고, 서쪽 집 총각은 잘 생겼으나 가난하였다. 그 처녀가 "밥은 동쪽 집에서 먹고 잠은 서쪽 집에서 자고 싶어요" 했다고 한다.

3) 『대동기문大東奇聞』은 조선시대의 여러 서적에서 역대 인물들의 전기와 일화들을 뽑아 엮은 책이다. 1926년 강효석姜斅錫이 편찬하고 윤영구尹甯求와 이종일李鍾一이 교정하였다. 이 책에는 태조로부터 고종에 이르기까지 총 716항이 실려 있다. 부록으로 '고려말 수절 제신高麗末守節諸臣' 편에 98항이 첨가되어 총 814항목으로 구성되었다.

4) 『매천야록梅泉野錄』은 조선 말기 황현黃玹이 1864년부터 1910년까지 47년간의 역사를 편년체로 서술한 기록물이다. 6권 7책. 연월이 표시되어 있지 않거나, 사건 내용에 있어서도 연대순이 바뀐 것도 적지 않다. 그러나 다른 기록에서 찾아보기 힘든 귀중한 사료들이 망라되어 있어서 한말의 역사를 연구하는 데 필독서로 가치가 매우 높다.

5) 이지용李址鎔(1870~1928)은 조선 말기의 친일파·민족반역자로, 본관은 전주, 초명은 은용垠鎔, 자는 경천景川, 호는 향운響雲이다. 완영군完永君 재긍載兢의 아들이다. 1905년 농상공부대신·내부대신을 역임하였는데, 을사조약에 찬성하여 조인에 서명함으로써 을사오적의 한 사람으로 규탄을 받고, 군중에 의하여 집이 방화되기도 하였다.

임경업의 첩 매환 梅環

임경업 장군의 첩이었던 매환이라는 여인이 북벌北伐을 추진하던 효종孝宗을 면전에서 질책했다는 일화이다. 오늘날의 '반공 이데올로기'와 성격이 비슷했던 '북벌론'의 근원적 허점을 최고 권력자 앞에서 당당하게 제기했다는 것만으로도 대담한 여인이라 할 만하다. 매환은 북벌을 실현시킬 수 없는 이유로, 병자호란 때 강화도 함락에 대한 책임을 전혀 묻지 않기 때문이라 했다. 실제 강화도 수비를 맡았던 강화 유수 장신張紳 등은 강화도를 천혜의 요새지로만 생각하고, 방어를 등한시하여 수많은 인명이 살해당하고 왕족까지 포로로 잡히는 사태가 발생하였지만, 결국 처벌을 받지 않았다. 이 강화도 사건에 대한 비판은 『강도몽유록江都夢遊錄』이라는 문학작품에 잘 드러나 있는데, 참상의 피해자였던 14명의 여인들이 죽은 뒤에 모여서 조정의 무능력을 비판한다는 내용을 담고 있다.

매환은 임경업林慶業(1594~1646) 장군의 첩이다. 임경업 장군이 금주錦州 전투에서 은밀히 명나라 군대와 내통하였는데, 시간이 어느 정도 지나 이 사실이 누설되자, 청나라에서 임경업을 잡아오라고 하였다.[1] 임경업 장군이 잡혀 심양瀋陽으로 갈 때 매환[2]을 돌아보며 말하였다.

"나는 오랑캐에게 헛되이 죽을 수 없다. 너는 허도許道에게 가서 숨어 있거라."

허도 역시 장사로, 집이 양주楊州에 있었다. 임경업은 금교역金郊驛에 이르자 천보산天寶山으로 도망해 삭발하고 중이 되었다. 나라에서 두루 수색하고 처 이씨를 형틀에 매어 심양 감옥에 가두자, 이씨는 자결해 죽었다. 한편 매환은 허도로 인해 화를 모면할 수 있었다.

후에 효종대왕이 북벌을 하려고 재주와 용기가 있는 장사를 구할 때 임경업의 죽음을 애석히 여기고, 매환을 불러 임경업의 용맹스러운 모습을 물어보며 탄식하였다.

"어떻게 하면 임경업 같은 장수를 구할 수 있겠느냐?"
"주상께서 임경업을 생각하시는 것은 북벌에 등용하려고 하시는 것입니까?"
"그렇다."
"신첩은 주상께서 북벌할 수 없음을 잘 알고 있습니다."
"네가 어떻게 할 수 없다는 것을 아느냐?"
"주상께서는 강도江都(강화)에 계실 때 여러 장수들이 일을 그르치는 것을 보시고도, 어찌하여 그들을 참수해 병사의 사기를 북돋아 오랑캐를 막지 않으셨습니까? 주상께서는 기회를 잃으셨습니다. 신첩이 이로써 북벌하지 못하실 것을 알고 있습니다."

효종은 한참 동안 부끄러워하였다.

『연경재집』

---

1) 1639년 말부터 청나라는 명나라의 금주위錦州衛를 공격하기 위해 병력과 군량미를 조선에 강력히 요구하였다. 조정에서는 할 수 없이 임경업을 주사상장舟師上將으로 삼고, 황해 병사 이완李浣(1602~1674)을 부장副將으로 삼아 청나라를 돕게 하였다. 그러나 임경업 장군은 은밀히 명나라 장수와 내통하여 싸우지 않고 청나라의 요구에 비협조적이었다.
2) 매환은 원래 김자점의 종이었다. 그 오라비 무금無金(일명 효원孝元)은 임경업이 명나라로 망명할 때 배와 사공을 주선하기도 하였다.

어느 군인의 아내 軍人妻某召史

1894년 동학농민전쟁이 일어났을 때 전사한 어느 군인의 아내에 관한 이야기이다. 이 여인은 남편의 시신을 수습하기 위해 열 살 먹은 어린 아들과 함께 서울에서 나주까지 온갖 어려움을 무릅쓰고 도착한다. 그러나 남편의 시신 속에 부정한 재물이 있는 것을 보고는, '시신을 수습해 갈 면목이 없다' 면서 그 자리에 다시 묻어버리고 돌아선다. 떳 떳하지 못한 남편의 행위를 실망하는 말에서는 비장감마저 감돈다.

갑오년(1894), 봄에서 여름이 될 즈음은 호남에서 동학란이 일어난 때이다. 어떤 군인의 처 모 조이某召史가 한양에서 남편이 죽은 곳으로 와서 곡을 하는데, 슬프게 곡만 하고는 가버리는 것이었다. 이를 본 사람에게 다음과 같은 말을 들었다.

조이의 남편은 원래 한양 별기군別技軍[1]이고, 조이도 한양 사람이다. 당시 조이는 삼십여 세로 큰 체구에 얼굴도 아름다웠다. 하지만 눈빛에 생기가 있고 얼음처럼 차가워서, 사람들이 함부로 접근하지 못하였다.

남편은 동학란이 일어나자 홍 원수[2] 휘하에 소속되어 호남에서 전투를 치렀다. 그런데 나주 지경에 이르러 패배하여 진영에서 전사하자, 동료 군졸들이 시신을 거두어 한적한 길가에 묻어주었다.

조이는 남편이 죽었다는 소식을 듣고 반장返葬[3]하기 위해 열 살 먹은 아들과 함께 약간의 옷가지와 행장을 챙겨 호남 가는 길을 물어 나주 지경에 도착하였다. 한양에서 나주는 근 천 리인데다 싸움터를 어렵게 통과하여 남편이 묻힌 곳에 다다랐다. 그리고 곡을 하면서 시신이 묻힌 곳을 파서 살펴보니, 묻을 때 염습도 없이 입고 있던 옷 그대로 거적 하나에 말아 묻어놓았던 것이다. 남편의 옷을 차례로 헤쳐보니, 입었던 상의 안쪽

가슴에는 자수刺繡 무늬가 그대로 있었다. 이 자수 무늬는 바로 부부가 이별할 적에 만약을 위해 표신으로 삼으려고 조이가 손수 바느질한 것이었다. 그제서야 남편임을 확신하고 비통해하다가 기절하였다.

얼마 후에 정신을 차리고 옷을 갈아 입히려고 시신을 살피는데, 허리춤에 긴 전대 하나를 차고 있었다. 그 안에는 금은으로 된 장신구가 많이 들어 있는데, 이를 본 조이는 실망하며,

"이럴 수가! 지금껏 지아비로 여기며 살아왔더니, 이제 보니 아니로구나. 천한 신분이라 군졸이 되어 적의 창칼에 죽는 것이야 그럴 수 있지만 허물없이 죽어야 사내라 하겠거늘 군중軍中에서 재물을 지닐 수 있단 말인가. 이것은 필시 부정한 방법으로 취한 것이리라."

하고는 탄식하다가,

"반장해서는 안 되겠구나. 무슨 면목으로 선영에 돌아간단 말인가."

하더니, 가져온 옷가지로 대략 염습을 하여 그곳에 다시 묻어버리고, 슬프게 곡을 하다가 돌아갔다고 한다.

이 일은 내가 예전에 어 고부魚古阜에게 들었는데, 당시는 난리중이라 경황이 없어 자세히 묻지 못하였다. 얼마 후 어 고부도 억울하게 청주淸州의 병영에서 비명횡사하여 다시는 물어볼 데가 없게 되었다. 이 때문에 조이의 성姓은 물론 그 남편도 누구인지 알지 못한다.

『의전문고』[4]

1) 별기군別技軍은 고종 18년(1881)에 조직한 신식 군대로, 일본인 교관을 채용하여 근대식 군사훈련을 시키고 사관생도를 양성하였다.

2) 홍 원수洪元帥는 홍계현(?~1895)으로, 본관은 남양南陽, 초명은 재희在羲, 자는 성남聖南, 호는 규산圭珊이다. 1882년 임오군란이 일어났을 때, 명성왕후를 탈출시킨 공으로 중용되었다. 동학농민전쟁이 일어나자 양호초토사兩湖招討使로 장위영 군사 800명을 이끌고 출전하였다. 농민군의 예봉을 꺾은 공으로 훈련대장이 되었다. 1895년 을미사변 때 훈련대장으로 광화문을 수비하다가 일본군의 총탄에 맞아 전사하였다.

3) 반장返葬이란 객지에서 죽은 사람을 그가 살던 곳이나 고향으로 옮겨서 장사 지내는 것을 말한다.

4) 『의전문고宜田文藁』는 육용정陸用鼎(1842~1888)의 시문집이다. 육용정의 본관은 관성管城, 초명은 재곤在坤, 호는 의전宜田. 평생 학문을 좋아하였으나, 그의 저술은 42세가 되던 1884년부터 죽은 1888년까지 4년여 동안의 글이라고 한다.

이예순 李禮順

이예순은 불교에 심취했던 죽은 남편의 친구 오언관과 함께 집을 나갔다가, 역옥逆獄에 휘말려 감옥에 갇히게 되는 등 당시 사족의 여인으로서 지켜야 할 규범에서 일탈된 행동을 하였다. 『경국대전』 '금제조禁制條'에는 사족의 부녀자 중 산수 사이에서 노닐거나 들에서 제사 지내는 자는 장일백杖一百의 형에 처한다는 조항이 있다. 그러나 이예순은 당시 사회가 여성에게 요구했던 삶, 즉 사대부 미망인으로 살지 않고 불교라는 정신적 매개체를 통해 남편의 친구와 함께 출가하여 자신의 삶을 추구한다. 이예순이 공초에서 자신의 불교관을 설파하며, '여자의 몸으로 태어났기에 유학을 공부해도 아무런 소용이 없다' 고 한 말은, 유교 국가 조선에서 여성의 사회 참여와 정치 활동이 불가능했던 현실을 지적한 것이다. 물론 불교 교리에도 여성이 절대적 차별을 받는 내용이 있다.[1] 그러나 실제 각종 불사佛事에서 여성의 역할은 다른 종교와 비교할 수 없을 정도로 크다. 『동소만록桐巢漫錄』[2]에는 이예순이 궁중으로 들어가 김 상궁金尚宮(개시介屎, 개똥이)과 결탁하여 궁중의 일을 아버지 이귀李貴에게 전해주었다는 후일담이 나오고, 또 『혼정편록渾定編錄』에는 정업원淨業院에서 일생을 마쳤다고 나온다. 이 사건은 아버지 이귀의 정치 행보와 관련되어 복잡하게 전개된다.

옥여 이귀[3]는 나(유몽인)의 어릴 적 벗인데, 숙천 부사肅川府使를 지내고 가선대부嘉善大夫에 올랐다. 그에게는 예순禮順이라는 딸이 하나 있는데, 남편 김자겸金自兼은 감사 김억령金億齡의 손자이며, 현감 김탁金琢의 아들이었다. 김자겸은 불도를 몹시 좋아하여 친구인 서얼 오언관吳彦寬과 불교를 수학하였는데, 거처와 음식에 내외를 구별하지 않고 잠자리도 처자의 방에서 함께 잤다. 그 후 김자겸이 병들어 죽으면서 처자를 오언관에게 부탁하며 입으로 게송偈頌을 읊었다.

집착 없이 왔다가   來時無所着
맑은 가을달같이 가는구나   去若淸秋月
오는 것이 오는 게 아니요   來亦非實來

가는 것도 가는 게 아니라네	去亦非實去[4]
진상眞常은 본성이니	眞常大樂性
오직 이것만을 이치로 삼으리라	惟此以爲理

　이 게송을 마치고 죽었다. 그 뒤로 오언관은 이예순의 집을 친적집 드나들 듯이 하면서 불가의 수많은 책을 이예순에게 가르쳐주었다. 이예순은 불교의 심통한 법을 터득하였다고 선언하였는데, 특이한 향기가 몸에서 나고 영묘한 광채가 방에 가득하였기 때문에 사람들은 그녀를 생불生佛이라 일컫기도 하였다.

　하루는 글을 지어서 상자에 넣어 부친에게 전해주고 이별한 뒤, 오언관을 따라 머리를 깎고 출가하여 안음安陰의 덕유산德裕山으로 갔다. 대나무를 베어서 집을 짓고 거주하니, 마을 사람들이 공경하여 모두 쌀을 내어 보시布施하였다. 그런데 그 종이 금도禁盜에 잡히자, 현에서는 오언관과 이예순을 잡아들이고 감사에게 알려서 이 일이 조정에 보고되었다. 오언관은 이름을 황晃이라 고치고, 예순도 이름을 영일迎日이라 고쳤는데, 영일은 바로 오언관의 죽은 아내 이름이었다.

　그들이 서울로 붙잡혀왔을 때는 아직 역옥逆獄이 끝나지 않았던 시기였기 때문에 조정에서는 그들의 종적을 의심하고 전정殿庭에서 국문[5]하니, 오언관은 심문을 당하다가 죽었고 이예순은 감옥에 갇혔다. 이예순이 절구 한 수를 지어 남동생에게 주었다. 그 시는 다음과 같다.

이제 누런 먼지에 옷을 더럽히니	至今衣上汚黃塵
무슨 일로 청산은 사람을 허락하지 않나	何事靑山不許人
감옥으로 이 몸뚱이만은 가둘지언정	圜宇只能囚四大[6]
의금부도 멀리 노니는 정신만은 막지 못하리	禁吾難禁遠遊身(神)

그녀의 공초는 대략 다음과 같다.

"예닐곱 살부터는 문자를 조금 알아 세상의 즐거움에 마음이 없었습니다. 열다섯 살에 시집을 갔으나, 부인이 해야 할 일에는 관심이 없었습니다. 오직 지극한 도에만 마음을 두고 팔구 년 공력을 쌓자, 터득한 것이 있는 듯하였습니다."

"제가 생각해보니, 옛날 석가釋迦는 왕의 태자로서 나라를 버리고 성을 넘어 설산雪山에서 고행한 지 10년 만에 세상에 계시는 부처가 되었습니다. 문수보살文殊菩薩은 몇 겁이 여자 몸이었지만, 몸을 잊고 도를 닦아 마침내 정각正覺을 이루었습니다. 원왕부인元王夫人은 왕후로서 불법을 구하기 위해 먼길을 떠났으나, 통달하지 못하자 심지어는 사서 고행을 하였으니 그녀가 바로 관음觀音의 전신前身입니다. 이 밖에도 역대로 고행했던 자들은 이루 다 헤아릴 수 없이 많습니다. 당나라 때 이르러서는 불법이 그다지 크게 일어나지는 않았지만, 대대로 높은 벼슬을 지낸 집안의 부녀자들이 비구니가 되어 출가하였고, 종국엔 어떻게 되었는지 알 수 없는 자들 또한 많았습니다. 고금이 비록 다르지만, 뜻이야 어찌 다를 수 있겠습니까."

"세상에는 삼교三敎가 있으니 유교와 도교와 불교입니다. 유교는 자신의 덕을 밝혀 이로써 다른 사람의 덕을 밝힘으로써 군신君臣과 부자父子로 하여금 오륜五倫을 모두 밝히도록 하고, 만물로 하여금 각각의 직임에 편안하게 하며, 곤충과 초목까지도 모두 그 혜택을 받게 하니, 이는 유교가 크게 두드러진 점입니다. 도교는 수화水火로 형기形氣를 단련하여 세상 밖으로 날아올라갑니다. 병과 고통이 가까이 오지 못하며, 늙음과 죽음이 침범하지 못합니다. 그러나 여러 겁의 윤회를 벗어나시 못하니 이는 오래 사는 영화英華일 뿐입니다. 불학佛學은 자성自性을 돈오頓悟하여 흰 달이 하늘에 떠 있는 듯 청정하며, 사특한 습속이 자연 제거되고 번뇌가 저절로 맑아져 점점 원통圓通하고 자유자재로 신묘하게 변화하여 윤회의 길이 끊어지고 지옥이 영원히 없으며, 종전의 악업惡業이 구름이 소멸하고 비가 흩어지듯 합니다. 여러 겁을 지나면서 원한과 사랑이 모두 깨달음의 언덕에 이르러, 몸은 무너져도 더욱 밝아지며, 겁이 다해도 더욱 견고해집니다. 작은 티끌조차도 이와 같거늘 그 나머지에 대하여 다 말하는 것은 어렵습니다. 신은 여자의 몸으로 태어났기에 유학을 공부하여도 임금을 훌륭하게 모실 수 없고 백성들에게 혜택을 줄 수 없으며, 선도仙道는 조화의 권한을 훔쳐 크게 농환弄幻하는 것입니다. 이 때문에 불도를 배워 겨우 한 가닥 터득하자 산림에 자취를 감추고서, 위로는 성상의 장수를 축복하고 아래로는 부모의 은혜에 보답하면서 일생을 저버리지 않기를 기약하였는데, 이제 큰 죄 가운데 떨어져 죽을 날이 멀지 않았습니다. 그러나 형체가 흩어지는 것은 다만 신발을 벗는 것일 뿐입니다. 죽고 사는 이치는 밤이 지나면 아침이 오는 것과 다를 바 없습니다. 하물며 죄를 짓지 않고 죽게 되었으니, 죽음도 사는 것과 같아 아무런 한이 없습니다."

『어우야담』

---

1) 대표적으로, 여인의 몸에는 다섯 가지 장애가 있어 범천梵天, 마왕魔王, 전륜성왕轉輪聖王, 불佛이 될 수 없다는 『법화경』의 오장설五障說이 있다.
2) 『동소만록桐巢漫錄』은 남하정南夏正(1678~1751)이 저술한 붕당朋黨에 관한 책으로, 3권 2책의 필사본이다. 저자 남하정은 벼슬하지 않고 평생 처사로 살아갔던 인물이다.
3) 이귀李貴(1557~1633)는 조선 중기의 문신으로, 본관은 연안延安, 자는 옥여玉汝, 호는 묵재默齋, 시호는 충정忠定이다. 인조반정에 성공해 정사공신 1등에 책록되었다.

그 뒤 대사헌 · 좌찬성 등을 역임하고, 연평부원군延平府院君에 봉해졌다. 영의정에
추증되었다.

4) 이 시의 '實來' '實去'가 다른 본에는 '常來' '常去'로 표기되어 있다.

5) 광해군 6년(1614) 8월 19일에 있었던 사건으로, 왕이 오언관吳彦寬 · 이여순李女順 ·
정이貞伊를 뜰에서 친히 국문하였다. 이여순은 이예순이며, 정이는 무인 나정언의 첩
으로 나정언이 죽자 이들과 함께 불도에 심취하여 따라다녔다. 하지만 당시 반란을 일
으켰던 박치의朴致毅와 관련된 혐의가 있어 엄히 치죄하였다.

6) 사대四大는 원래 불교용어로, 세상 만물을 구성하는 땅, 물, 불, 바람의 네 가지 요소
를 가리킨다. 여기서는 사람의 몸이 땅, 물, 불, 바람의 네 가지 요소로 이루어졌다고
하여 이렇게 이른 것이다.

2. 남자를 품안에

어우동 於宇同

조선시대 음란한 여자의 대명사로 알려진 어우동(일명 : 어을우동)에 관해 기술한 『용재총화』와 『조선왕조실록』의 기록이다. 『조선왕조실록』에는 유명한 문인 · 학자가 죽었을 때 그 생애에 대해 서술한 졸기卒記라는 기록이 있다. 하지만 국가의 공식 문헌인 『실록』에 어우동의 행적이 자세히 서술된 것은 매우 이례적인 일이라 하겠다. 풍교風敎를 바로잡겠다는 명목으로 어우동을 사형에 처한 국왕 성종의 결정은 여성의 몸에 대한 강력한 사회적 통제를 의미한다고 할 수 있다. 동서양을 막론하고 고전을 살펴보면, 여성의 몸은 대체로 남자를 파멸에 이르게 하는 일종의 '팜므 파탈Femme Fatale'로 그려져 있다. 고대 중국에서 군주를 파멸로 이끌었다는 서시西施나 양귀비楊貴妃, 기독교 성서에서 아담을 유혹한 이브, 삼손을 망하게 한 데릴라 등등. 여성을 파멸의 원인으로 여겼고, 그로 인해 여성은 금기의 대상이 되었다. 더구나 유교적 전통이 엄격했던 조선시대에서 여성의 자유로운 성적 유희는 역모逆謀에 버금가는 반사회적 행위로 인식되다시피 하였다. 더 나아가 여성에 대한 사회적 통제가 매우 엄격하여, 사대부 여인이 세 번 결혼하면 고려高麗의 법에 따라 자녀안恣女案이라는 문서에 기록하여 그 후손들에게까지 사회적 족쇄를 채우기도 하였다. 이러한 시대를 살았던 어우동의 행적은 지나친 사회적 억압에 대한 작은 반란이라 할 수도 있을 것이다.

1.

어우동於宇同은 지승문知承文 박 선생의 딸이다. 그녀는 집안이 부유하고 미모가 뛰어났지만, 성품이 방탕하고 바르지 못하였다. 종실宗室인 태강수泰江守의 아내가 되었으나, 태강수도 이를 제재하지 못하였다.

어느 날은 태강수가 공인工人을 불러 은그릇을 만들게 하였다. 공인이 나이가 젊고 훤칠하여 어우동이 좋아해 남편이 나가기만 하면, 계집종의 옷을 입고 공인 옆에 앉아서 그릇 만드는 솜씨를 칭찬하면서 홀려서 간통하였다. 안방으로 끌어들여 날마다 음탕한 짓을 하다가 남편이 들어오면 몰래 숨기곤 하였다. 남편이 이런 내막을 알아채고 마침내 어우동을 쫓아내버리자, 이를 기회로 더욱 방탕한 행동을 거리낌없이 하였다.

그녀의 여종 역시 예뻤는데 저녁마다 옷을 단장하고 거리에 나가 미소년을 유인해서 주인인 어우동에게 붙여주고, 자신도 다른 소년을 데리고 와서 함께 잤다. 이런 음행淫行을 일상사로 삼았다. 꽃피는 아침이나 달 밝고 정취 있는 밤이면 욕정을 참을 수 없어 둘이서 함께 길거리를 돌아다니다가, 사내에게 끌려가게 되면 집에서는 이들의 행방을 몰랐다. 그리고는 새벽이 되어서야 돌아오곤 하였다.

큰길가에 집을 얻어 살며 지나가는 남자를 하나하나 가리키면서 말하였다.

"누구는 젊고 누구는 코가 크니, 주인 아씨께 바칠 만합니다."
"누구는 내가 맡고, 누구는 너에게 주마."

이렇게 실없는 말로 희롱하며 그냥 보내는 날이 없었다.

어우동은 종실인 방산수方山守와 간통하였는데, 방산수는 젊고 호탕한 성격이며 시를 지을 줄 알기에 어우동이 사랑하여 자기 집으로 불러서 부부처럼 지냈다. 어느 날 방산수가 어우동의 집에 가니, 마침 봄놀이를 나가 아직 돌아오지 않았다. 소매 붉은 적삼만이 벽 위에 걸려 있어서 이렇게 시를 썼다.

물시계 또옥또옥 흐르는 밤 기운 맑으니   玉漏丁東夜氣淸
흰 구름 높이 말려 달빛이 분명하네   白雲高捲月分明
조용한 방에 그대 향기가 남아 있어   閨房寂謐餘香在
지금 꿈결 속의 정을 그려낼 수 있으리   可寫如今夢裏情

그 밖에도 조정의 벼슬아치나 유생 및 나이 젊은 무뢰배를 맞이하여 음행을 하였는데, 조정에서 이를 알고 국문하여 고문을 받거나 혹 좌천되고 먼 곳으로 귀양간 사람이 수십 명이었으나, 죄상이 드러나지 않아 면죄받은 사람도 많았다. 의금부에서 어우동의 죄를 아뢰자, 성종이 명을 내려 재상들에게 의논하게 하였다.

"법에 따르면 사형은 시킬 수 없고, 먼 곳으로 귀양을 보냄이 합당합니다."

이렇게 대신들이 의견을 올렸으나, 성종은 풍속을 바로잡으려고 사형에 처하게 하였다.

어우동이 형장으로 가려고 옥에서 나오자, 여종이 수레에 올라 어우동의 허리를 안았다.

"아씨 정신을 차리세요. 이런 일이 없었다면, 이 일보다 더 큰 불행이 있었을지도 몰라요."

이 말을 듣고 사람들이 모두 비웃었다. 여자의 행실이 더러워 풍속을 더럽혔으나, 사대부의 딸로서 극형을 당하니, 길에서 보고 눈물을 흘리는 사람도 있었다.

『용재총화』[1]

2.

어을우동於乙宇同을 교수형에 처하였다.

어을우동은 승문원 지사承文院知事 박윤창朴允昌의 딸이다. 처음에 태강수泰江守 이동李仝에게 시집가서 행실이 매우 문란하였다. 이동이 일찍이 은장이(銀匠)를 집에 불러다가 은그릇을 만들었다. 어을우동이 은장이를 보고 좋아하여 계집종처럼 가장하고 나가 서로 이야기하고 간통하려 하였는데, 태강수 이동이 이 사실을 알아채고 곧장 쫓아냈다. 어을우동이 어미의 집으로 돌아가 홀로 앉아 슬퍼하자, 어떤 계집종이 위로하였다.

"사람이 얼마나 산다고 그처럼 상심하세요? 오종년吳從年이란 이는 사헌부의 도리都吏가 되었고, 용모도 태강수보다 훨씬 낫고, 신분도 천하지 않으니, 배필로 삼을 만합니다. 아씨께서 만약 생각이 있으시면, 제가 아씨를 위해 불러오겠습니다."

이 말을 듣고 어을우동이 머리를 끄덕였다. 어느 날 계집종이 오종년을 데리고 오니, 어을우동이 맞아들여 간통을 하였다.

또 일찍이 남의 눈을 피하려고 평민 차림으로 방산수 이난李瀾의 집 앞을 지나갈 적에, 이를 본 이난이 맞아들여 간통을 하였다. 정분이 두터워서 이난에게 자기의 팔뚝에 이름을 새기기를 청하여 먹물로 새겼다.

또 단옷날 화장을 하고 나가 놀다가 도성 서쪽에서 그네놀이를 구경하는데, 수산수守山守 이기李驥가 보고 좋아하여 계집종에게 물었다.

"뉘 집 여자냐?"
"내금위의 첩입니다."

마침내 남양南陽 경저京邸[2]로 불러서 정을 통했다.

전의감典醫監(의료 행정과 의학 교육을 맡아보던 관아)의 생도 박강창朴强昌이 종의 매매 문제로 어을우동의 집에 와서 값을 직접 의논하기를 청하니, 어을우동이 나와 박강창을 보고 꼬리를 쳐서 간통을 하였는데, 어을우동이 사랑하여 또 팔뚝에다 그 이름을 새겼다.

또 이근지李謹之란 자는 어을우동이 음행을 좋아한다는 소문을 듣고 간통하려고 직접 그녀의 대문에 가서 거짓으로 방산수의 심부름 온 사람이라고 칭하니, 어을우동이 나와서 이근지를 보자마자 붙들고 간통을 하였다.

내금위內禁衛(임금을 호위하던 군대) 구전具詮은 어을우동과 담장을 사이에 두고 살았는데, 하루는 어을우동이 정원에 있는 것을 보고, 마침내 담을 뛰어넘어 서로 껴안고 옆방으로 들어가서 간통을 하였다.

생원 이승언李承彦이 일찍이 집 앞에 서 있다가 어을우동이 걸어가는 것을 보고, 계집종에게 물었다.

"지방에서 뽑아 올린 새 기생이냐?"

"그렇습니다."

이승언이 뒤를 따라가며 희롱도 하고 말도 붙이다가 그녀의 집에 이르러서, 침방寢房에 들어가 비파를 보고 가져다가 연주하였다. 어을우동이 성명을 묻자, 대답하였다.

"이 생원이다."

"장안의 이 생원이 부지기수인데, 어떻게 성명을 알 수 있겠소?"

"춘양군春陽君의 사위 이 생원을 누가 모른단 말인가."

드디어 함께 동침하였다.

학록學錄(성균관에 속한 정9품 벼슬) 홍찬洪璨이 전에 과거 시험에 합격하여 유가遊街하다가 방산수의 집을 지나갈 적에 어을우동이 틈으로 살며시 엿보고 간통하고 싶은 마음이 생겼다. 그 뒤에 길에서 만나자 소매로 그의 얼굴을 슬쩍 건드려, 홍찬이 마침내 그녀의 집에 가서 간통하였다.

서리胥吏 감의향甘義享이 길에서 어을우동을 만나자, 희롱하며 따라가서 그녀의 집에 이르러 간통하였는데, 어을우동이 사랑하여 또 등에다 이름을 새겼다.

밀성군密城君의 종 지거비知巨非가 이웃에서 살았는데, 틈을 타서 간통할 생각을 하였다. 어느 날 새벽에 어을우동이 일찌감치 나가는 것을 보고 위협하였다.

"부인께선 왜 밤을 틈타 나가시오. 내가 크게 떠들어서 이웃 마을에 모두 알게 하면, 큰 옥사가 일어날 것이오."

어을우동이 두려워서 마침내 안채로 불러들여 간통을 하였다.
이때 방산수 이난이 옥중에서 어을우동에게 말하였다.

"예전에 감동甘同[3]이 많은 사내와 간통하였다고 진술하여 중죄를 받지 않았으니, 너도 간통한 상대를 숨김없이 많이 끌어대면 중죄를 면할 수 있을 것이다."

이 때문에 어을우동이 간통한 남자를 많이 열거하고, 방산수 이난도 어유소魚有沼·노공필盧公弼·김세적金世勣·김칭金偁·김휘金暉·정숙지鄭叔墀 등을 끌어대었으나, 모두 증거가 없어 풀려났다.
방산수 이난은 다음과 같이 공술供述하였다.

"어유소는 일찍이 어을우동의 이웃집에 피접避接하여 살았는데, 은밀히 사람을 보내어 집에 맞아들여 사당에서 간통하고, 뒤에 만날 것을 기약하며 옥가락지를 주어 신표로 삼았습니다. 김휘는 어을우동을 사직동에서 만나 길가의 인가人家를 빌려서 정을 통하였습니다."

사람들이 대부분 어을우동의 어미 정씨鄭氏도 음행이 있을 것이라 의심하였는데, 그 어미가 이렇게 말하였다.

"사람이면 누군들 정욕이 없겠는가? 다만 내 딸이 남자를 미혹하는 것이 너무 심했을 뿐이다."

『조선왕조실록』(성종 11년 10월 18일)

1) 『용재총화慵齋叢話』(10권)는 성현成俔(1439~1504)이 지은 필기잡록류筆記雜錄類이다. 1525년 경주에서 간행되어 3권 3책의 필사본으로 전해오던 것이, 1909년 조선고서간행회朝鮮古書刊行會에서 간행한 『대동야승大東野乘』에 채록되어 널리 알려지게 되었다. 성현은 예문관·성균관의 최고 관직을 역임한 학자·관료로서, 폭넓은 학식과 관직의 경험을 바탕으로 사대부의 일화와 민간의 설화를 채록하여 이 책에 정리하였다.

2) 경저京邸는 각 지방 관아에서 서울에 둔 일종의 출장소이다. 서울에 출장 온 그 지방 벼슬아치들의 편의를 돕거나 업무를 대행하고 연락 사무를 맡기도 하였다.

3) 감동甘同은 세종 때의 음란했던 여성으로, 세종 9년 '감동 음풍 사건'이 있었다. 감동은 검한성檢漢城을 지낸 유귀수俞龜壽의 딸이며 평택 현감 최중기崔仲基의 처인데, 스스로 창기娼妓로 행세하여 수많은 남자와 간통하였다.

황진이 黃眞伊

재예才藝를 겸비한 호쾌한 성격으로 수많은 일화를 남겼던 조선시대 최고의 기생 황진이에 대한 일화이다. 황진이의 자유분방한 연애 행각이 결코 도덕적 타락으로만 비쳐지지 않는 이유는 무엇일까? 예교禮敎에 얽매이지 않는 진솔한 성격과 마음에 드는 남성과 계약 결혼하는 행위 등은 기녀라는 점을 염두에 둔다 하더라도 일탈된 행위임에 틀림없다. 물론 기생에게 유교적 예교를 적용시키는 것은 무리가 있겠지만, 일부 사대부들 사이에서 황진이가 동경의 대상이 된 것은 인간 본연의 감정 해방이라는 데서 그 원인을 찾아야 할 것이다. 예로부터 기생은 '해어화解語花(말을 알아듣는 꽃)'라 하여 인격적으로 대접받지 못하고 하나의 대상으로만 인식되었다. 이러한 인식의 근간에는 전통적 남성의 성유희 관념이 반영되어 있다. 기녀란 주변적인 존재에 불과했지만, 최상층의 연회에도 참여하여 양반의 문화를 자연스럽게 터득하고 또한 문학과 예술로 자신의 목소리를 내기도 하였다. 아이러니컬하게도 사대부 남성과 기녀 사이의 연애는 조선시대에 유일하게 묵시적으로나마 사회적 동의를 받은 관계이기도 하다. 여기에 소개할 두 일화에는 매우 상반된 황진이의 유언이 보이는데, 이는 기록자에 따라 황진이를 보는 시각이 달랐기 때문일 것이다. 한편 황진이는 서경덕徐敬德 · 박연폭포朴淵瀑布와 함께 '송도삼절松都三絶'로 일컬어지기도 했다.

1.

가정嘉靖(1522~1566) 초에 송도에 명창 진이眞伊라는 기녀가 있었는데, 걸출한 기개로 협객 기질이 있었다. 황진이가 화담花潭 서경덕徐敬德(1489~1546)이 고상한 행실을 견지하고 벼슬을 하지 않으며 학문이 정밀하다는 명성을 들었다. 그를 시험하려고 허리에 실띠를 묶고 『대학大學』을 옆에 끼고 가서 절하였다.

"제가 들으니, 『예기禮記』에 '남자는 가죽띠를 띠고 여자는 실띠를 띤다'했습니다. 저도 학문에 뜻을 두고 실띠를 두르고 왔습니다."

이 말을 듣고 화담 선생은 웃으며 가르쳐주었다.

황진이는 밤을 틈타 은근히 마등魔登이 아난阿難[1]을 어루만지듯 여러 차례 유혹하였으나, 화담은 끝까지 조금도 동요하지 않았다.

황진이는 금강산이 천하 명산이라는 말을 듣고 한번 맑은 흥취를 즐기고자 하였지만 함께 갈 사람이 없었다. 당시 재상의 아들인 이 생원은 호탕하고 소탈하여 먼 유람에 동반할 만하였다. 황진이가 조용히 이생李生에게 말했다.

"중국 사람도 '고려국에 태어나서 금강산을 한번 보기를 원한다'[2] 했다고 들었습니다. 더구나 우리나라 사람이 본국에서 태어나 성장하면서도, 선산仙山을 지적에 두고 진면목을 보지 못한대서야 되겠습니까? 지금 제가 우연히 선랑仙郎을 모셨으니, 신선놀음을 함께하기에 좋습니다. 산의山衣, 야복野服으로 빼어난 경치를 마음껏 찾아보고 돌아오면 또한 즐겁지 않겠습니까?"

그리고는 이생에게 하인은 따라오지 못하게 하고, 베옷을 입고 삿갓을 쓰고 직접 양식을 짊어지게 하였다. 황진이는 송라원정松蘿圓頂[3]을 머리에 쓰고 갈포 저고리에 베 치마를 입고 짚신을 끌고 대나무 가지를 짚고 따라갔다.

금강산에 들어가 깊숙이 이르지 않는 곳이 없었다. 여러 절에서 걸식하거나 스스로 몸을 팔아 승려에게 양식을 얻기도 하였다. 그러나 이생은 탓하지 않았다. 두 사람은 멀리까지 산림을 경유하느라 굶주림과 갈증으로 매우 초췌해져 다시는 지난날의 용모가 아니었다.

지나가다가 어떤 곳에 이르렀는데, 시골 유생 십여 명이 시냇가 소나무 숲에 모여 잔치판을 벌리고 있었다. 황진이가 찾아가 절을 올리자,

"나그네도 술 마실 줄 아는가?"

유생이 이렇게 말하고서 술을 권하자, 황진이는 사양하지 않고 마시고 는 술잔을 잡고 노래하였다. 노랫소리가 맑아 음향이 수풀과 골짜기에 울 렸다. 여러 유생들은 대단하게 여겨 술과 안주를 먹게 하였다.

"저에게 종이 하나가 있는데, 무척 굶주렸습니다. 남은 술을 먹게 해 도 되겠습니까?"

황진이의 말대로 이생에게 술과 안주를 주었다.

당시 양쪽 집안에서는 두 사람의 행방을 몰랐다. 소식을 알지 못한 지 가 거의 반년이 지난 어느 날 저녁 다 해진 옷을 입고 시커먼 얼굴로 돌아 오니, 이웃사람들이 보고 깜짝 놀랐다.

선전관 이사종李士宗은 노래를 잘하였다. 일찍이 조정의 명으로 송도에 갔다. 천수원天壽院 시냇가에서 말안장을 풀고 관을 벗어 배 위에 얹어두 고 드러누워 노래 두서너 곡을 소리 높여 불렀다. 황진이도 어디를 가던 중 천수원에서 말을 쉬게 하다가 귀를 기울여 듣고 말했다.

"매우 뛰어난 노래 곡조로다. 시골의 속된 곡조가 아니야. 서울의 풍 류객 이사종이 당대의 절창이라고 하던데 필시 이 사람일 것이다."

사람을 시켜 가서 찾게 했더니, 과연 이사종이었다. 즉시 자리를 옮겨 서로 가까이하여 매우 다정하였다. 이사종을 이끌고 집으로 가서 며칠 머 문 후 말하였다.

"당신과 여섯 해 동안 같이 살겠습니다."

이튿날 삼 년 동안 사용할 집안 살림을 이사종 집에 모두 옮겼다. 위로 이사종의 부모를 섬기고 아래로 처자를 보살피는 비용을 모두 황진이 자신이 마련하였다. 직접 소매를 걷어붙이고[4] 첩이 지켜야 할 예법을 다하면서 이사종의 집에서는 조금도 돕지 못하게 했다. 삼 년을 마치자, 이사종이 황진이처럼 황진이의 집안을 먹여 살렸다. 이사종이 보답한 지 꼭 삼 년이 되자 황진이가 말했다.

"약속한 기간이 다 되었습니다."

황진이는 이 말을 마치자마자 작별인사를 하고 떠나갔다.

후에 황진이가 병들어 죽게 되어 집안사람들에게 말했다.

"나는 살아서 성품이 화려한 것을 좋아했소. 죽은 후에 산골짜기에 장사 지내지 말고 꼭 큰길가에 장사 지내주오."

지금 송도 큰길가에는 송도 명창 황진이의 묘가 있다. 임제林悌[5]가 평안 도사가 되어 송도를 지나면서 황진이의 묘에 축문을 지어 제사 지냈다가 끝내 조정의 비판을 받았다.

『어우야담』

2.

황진이는 중종 때 사람으로 황 진사의 서녀이다. 어머니 진현금陳玄琴이 병부다리(兵部橋) 아래에서 물을 먹다가 감응하여 황진이를 잉태했다. 황진이를 낳을 때 방 안에 기이한 향기가 3일 동안 풍겼다. 황진이는 절색의 미인으로 성장하여 경서와 역사서도 깨우쳤다.

이팔청춘이 될 무렵, 이웃에 사는 서생 하나가 남몰래 엿보며 사모하여 사랑을 맺으려다 뜻을 이루지 못하여 마침내 상사병으로 죽고 말았다. 서생의 상여가 집을 출발하여 황진이의 집 앞에 이르자, 앞으로 나가지 않았다. 전에 서생이 병들었을 때, 그 집에서 자초지종을 웬만큼 알고 있었다. 그래서 사람을 시켜 황진이에게 간청하여 저고리를 구해 관을 덮어 주니, 그제서야 상여가 앞으로 나가기 시작하였다. 이에 황진이는 크게 느낀 점이 있어 마침내 차츰 창기娼妓로 행세하였다.

황진이는 멀리 놀러 다니기를 좋아하고, 시문詩文도 맑고 빼어났다. 한 시대의 애환과 성쇠가 서린 누대樓臺나 산수山水를 만나면 붓으로 시를 지었는데, 어느 것 하나 자신의 정감을 곡진하게 펼쳐내지 않은 것이 없었다.

만월대에 올라 옛일을 회고하면서 이렇게 시를 지었다.

옛 절은 쓸쓸히 어구6) 곁에 있고	古寺蕭然傍御溝
해 질 무렵 교목이 시름겹게 하네	夕陽喬木使人愁
연하는 스님의 꿈결에 차갑게 떨어지고	烟霞冷落殘僧夢
세월만이 깨어진 탑머리에 서려 있네	歲月崢嶸破塔頭
봉황새 날아간 뒤 참새 날아들고	黃鳳羽歸飛鳥雀
두견화 핀 곳에 소와 양을 치는구나	杜鵑花發牧羊牛
번화했던 송도를 기억해보면	神崧憶得繁華日
지금 봄날이 가을날 같을 줄 생각이나 했으리	豈意如今春似秋

또 한번은 초승달7)을 두고 읊었다.

누가 곤륜산의 옥을 깎아	誰斲崑山玉
직녀의 빗을 만들었나	裁成織女梳

견우가 한번 떠난 뒤	牽牛一去後
시름겨워 푸른 허공에 던졌다오	愁擲碧空虛

세상 사람들이 전송하며, 이계란李季蘭[8]과 설도薛濤[9] 등에 견주었다. 이 때문에 나라 안에서 이름난 창기를 말할 때엔 반드시 황진이를 먼저 꼽았다. 황진이가 죽을 때, 집안사람에게 이렇게 유언하였다.

"나는 천하 남자를 위하여 내 자신을 사랑하지 못하다가 이 지경에 이르게 되었소. 내가 죽거든 이불도 관도 쓰지 말고, 옛 동문 밖 물가 모래에 시신을 내버려서 개미나 여우가 내 살을 뜯어먹어, 세상 여자들에게 교훈으로 삼도록 해주오."

집안사람이 황진이의 유언대로 장사를 치렀는데, 어떤 남자가 그 시신을 거두어 묻어주었다. 지금 장단長湍 입우물재(口井峴) 남쪽에 황진이의 무덤이 있다. 황진이의 시로 세상에 전하는 것이 4수인데, 여기에 2수를 기록했다.

『소호당문집』[10]

<hr/>

1) 마등摩登은 비천한 여인을 말하고, 아난阿難은 아난타阿難陀라고도 하는데 석가모니의 종제從弟로 십대제자 중 한 사람이다. 미남으로 여자의 유혹이 여러 번 있었으나, 모두 물리치고 수행을 하였다고 한다.

2) 금강산은 예로부터 중국 사람들도 한 번만이라도 구경하고 싶어 했던 명산이라 한다. 어느 송나라 시인의 '고려국에 태어나/한번 금강산을 보고 싶어라(願生高麗國, 一見金剛山)' 하는 시구는 이 소원을 여실히 보여주고 있다.

3) 송라원정松蘿圓頂은 소나무 겨우살이로 만든 비구니가 쓰는 모자이다.

4) 원문 직역으로는 비구臂韝를 착용한 것인데, 비구란 소매를 걷어 매는 가죽띠이다.

5) 임제林悌(1549~1587)의 자는 자순子順, 호는 백호白湖이다. 나주 출생으로, 벼슬은

예조 정랑을 지냈다. 당파를 개탄하면서 호협한 행위로 초연하게 살다가 39세의 젊은 나이로 죽었다. 황진이의 무덤에 가서 '청초靑草 우거진 골에 자는다 누웠는다/홍안 紅顔은 어디 두고 백골白骨만 무렸는디/잔 잡아 권할 이 없으니 그를 슬퍼하노라' 하는 시조를 지었다고 하는데, 예교에서 자유로운 모습을 잘 보여주는 일화이다.

6) 어구御溝는 대궐 안에서 흘러나오는 개천을 말한다.

7) 다른 기록에는 이 시의 제목이 '반달(半月)' 로 되어 있다.

8) 이 계란李季蘭은 이름이 야冶이고, 계란은 자이다. 오정烏程 사람이며 성격이 방탕하고 시를 잘 지어 당나라 시인 유장경劉長卿은 '여중시호女中詩豪' 라고 극찬하기도 하였다.

9) 설도薛濤는 당나라 때의 여류 시인이면서 명기名妓로, 백거이白居易 등과 사귀어 놀았다. 특히 시인 원진元稹과 친하여 그가 좌천된 뒤에는 촉蜀의 완화계浣花溪에서 여생을 보냈다.

10) 『소호당문집韶護堂文集』은 조선 말기의 문장가인 김택영金澤榮의 시문집. 15권 7책. 신식활자본으로 여러 차례 간행되었다. 특히 개성 출신인 김택영은 그 지역 인물에 대한 관심이 높아 「숭양기구전崧陽耆舊傳」이라는 책을 저술하여 차천로車天輅·임창택林昌澤·황진이黃眞伊와 같은 인물에 대한 전傳 작품을 남겼다.

내시의 아내 宦妻

이 일화는 자신의 의지와 상관없이 내시와 결혼하였다가, 인간 본연의 성적 욕구를 참을 수 없어 죽음을 무릅쓰고 도망친 뒤에, 지나가던 중과 인연을 맺은 어떤 노파의 회고담이다. 주인공 여성의 성적 욕구와 상대 남성에 대한 적극적인 의사표현은, 배우자 선택의 자유조차 용납되지 않았던 시대에 매우 파격적인 언행이라 하겠다.

충청도 공주에 구리내(銅川)라는 큰 마을이 있다. 마을에는 늙은 부부가 살고 있는데 집안이 매우 부유하고, 자식 네다섯 명은 모두 장교가 되었다. 노인도 나라에 돈을 바치고 당상관의 직첩을 받아 옥관자를 하고 붉은 허리띠를 둘렀는데 이웃에서는 후덕한 어른이라고 일컬었다.

호우湖右(충청북도)에 전장田莊이 있는 서울 선비가 해마다 왕래하였는데, 구리내를 경유할 때마다 항상 이 노인의 집에서 머물렀다. 노인 부부도 선비가 오면 늘 정성스럽게 대우하여 술을 받고 닭을 잡아 대접하여 매우 친숙한 정이 있었다. 노파는 비록 연로했지만 흰 얼굴에 피부는 윤기가 있으며, 담소하는 사이 우스갯소리를 잘 하였지만 분위기가 있었다.

어느 날 저녁 선비가 노인 부부와 함께 등불 아래서 이야기를 나누게 되었다. 노파가 노인을 흘끔 쳐다보고는 미소를 지으며 말하였다.

"이 몸이 젊었을 때 한번 중과 사통한 적이 있는데, 그때 중의 태도가 참 우스웠소."
"망령 난 할망구가 또 해괴한 이야기를 꺼내려 하는구만."

노인은 눈을 흘기고 성내며 무척 부끄러워하는 기색이었다. 선비는 우스운 곡절이 있음을 짐작하고 미소 지었다.

"할머니, 이 무슨 말이요? 해괴하다고 하니 듣고 싶군요."

노파는 크게 웃으며 노인에게 말을 건넸다.

"말씀해보시지요."
"제가 말하고 싶으면 할 것이지."

노인은 얼굴을 돌리며 대답하였다. 노파는 그제야 웃음을 띠면서 말하였다.

이 몸은 본래 서울 양인良人의 딸로 일찍 부모를 여의고 외삼촌댁에서 자라게 되었지요. 외삼촌과 외숙모는 저를 불쌍히 여기지 않고 내시에게 시집을 보냈답니다. 첫날밤에 내시는 옷을 벗기고 몸을 비비며 가슴과 배를 어루만지며 입술과 혀로 빨고 핥더군요. 그때는 나이가 겨우 열여섯인지라 '남녀의 잠자리는 이렇구나' 라고만 생각했지요.

그 후 정욕이 점차 열리고 느껴져 시간이 흐를수록 욕구가 더욱 심해져 갔답니다. 때로 동침하고 싶은 마음이 들면 원통한 생각이 가슴에 미어져 간혹 눈물도 흘렸답니다. 화창한 봄날, 벌과 나비가 날아다니고 꾀꼬리와 제비가 지저귀면 베개를 베고 누워도 뒤척이며 잠들지 못하고 남자 생각만 깊어졌지요. 묵묵히 거듭 생각해봐도 비단옷이나 맛난 음식이 내게 무슨 상관이겠어요. 초가집에서 진짜 남자와 함께 반폭의 베 이불이라도 함께 덮고 자고, 한 줄기 풀뿌리라도 같이 먹는 것이 진실로 인생의 지극한 즐거움이겠지요. 이 몸은 아직도 처녀이니 다른 집으로 달아나더라도 어찌 정절을 잃는 것이겠어요. 그래서 도망치려는 마음을 먹지 않았겠소. 그런데 중문이 높고 담이 막혀 혹시라도 발각되면 이 한 목숨 보전하기도 어려워 감히 실행하지 못한 것이 또한 여러 해였지요. 나중에는 도저히 견딜 수 없고, 또 '이런 인생 백 년을 넘게 산들 뭐 좋은 일이 있겠는가. 도망치다가 발각되어 죽음을 당하더라도 이 안에서 말라죽는 것보다는 낫지 않겠는가' 하는 생각이 들더군요.

드디어 꾀를 내서 몰래 가벼운 옷가지를 싸고, 비단이며 가벼운 패물에다 은銀 수백 냥을 한 보따리로 만들어 무게를 가늠하여 머리에 이고 달아나기에 적당하게 만들었소. 내시가 대궐에서 숙직하는 날을 틈타 첫 새벽 종이 울릴 무렵 몸을 숨겨 홀로 나왔지요. 담장 아래 큰 나무에 베를 걸어서 그것을 붙잡고 담장을 넘어 곧장 남쪽 성문으로 나갔습니다. 날이 아직 어두워 남산 소나무 숲에다 몸을 숨기고 날이 밝기를 기다려 앞으로 길을 나섰소. 평소 문 밖을 나가보지 못했으니 어찌 지름길을 알았겠소. 큰길만 따라 나갔답니다. 동작나루를 건너서야 마음이 조금 진정되어 곰곰이 생각하였지요.

'내 비록 처녀의 몸이지만 머리를 틀어 올렸으니, 누가 나를 본처로 삼겠는가? 남의 첩 정도나 될 터인데, 본처의 투기를 받으며 사는 일은 결코 참을 수 없으니, 장차 누구에게 시집을 가야 하나?'

그러던 중에 문득 떠오르는 생각은, 중을 택하여 따르는 것이었소. 얼마 후에 또 '골라서 선택한다면 더 나은 사람을 따르려는 폐단이 있을 터이니, 양인 출신의 여자로 결코 할 수 없는 일이다. 응당 길에서 처음 만나는 사람으로 정해야겠구나' 하고 생각했답니다.

이런 생각을 하던 중에 여우고개를 이미 넘었다는 것도 깨닫지 못했지요. 그런데 어떤 중이 앞에 있기에 보고 물었지요.

"스님은 어디로 가십니까?"

"청주靑州로 갑니다."

중은 돌아보며 대답했는데, 그 용모를 보니 매우 단정하였고 나이도 대

략 저와 비슷해 보였지요. 저는 속으로 기뻐하며 '이 사람은 하늘이 정해주
신 배필이다' 여기고 뒤를 따라가 함께 과천果川 주막에 당도했어요. 제가
그 곁에 바짝 다가앉자 중은 제가 싫은지 몸을 피했지만 저는 그때마다 좇
아가 가까이하였답니다. 밥을 먹고 나서 또 함께 주막을 나섰지요.

"스님은 어디에 사십니까?"

"청주의 어느 절에 머물고 있습니다."

"부모님은 계십니까?"

"어머님만 계십니다."

중은 나를 이상하게 여겨 신을 단단히 묶고 걸음을 재촉해 나아갔소. 그
래서 나도 사력을 다해 좇아갔지요. 중이 힘이 빠져 천천히 가자 역시 천천
히 그 뒤를 따랐지요. 이때부터 그가 뛰면 나도 뛰고 그가 걸어가면 나도 걸
었고, 그가 쉬면 같이 쉬고 주막을 만나면 함께 들어갔답니다. 삼일 동안 길
을 나섰으니 아마도 청주 경계쯤 되었을 겝니다. 길가에 수풀이 우거진 숲
이 있었는데 중은 나무 그늘에서 쉬고 있었고 나 역시 그 옆에 앉았지요. 이
중이 한번 절에 들어가면 찾을 수 없을 것이라고 여겨 이때를 틈타 강제로
라도 혼인하지 못하면 일이 어그러질 것이라 생각하였지요. 그래서 갑자기
다가가 몸을 잡았답니다. 중은 깜짝 놀라 내 손에서 달아나려 했으나 내가
단단히 붙잡자 빠져나가지 못하고 다만 '보살님 제발 저를 놓아주시오' 하
며 애걸을 하더군요. 내가 그를 끌어당겨 앉히고 말하였지요.

"스님, 앉으시지요. 제가 드릴 말씀이 있습니다. 스님은 중이 되어서 뭐
좋은 것이 있었습니까? 저와 부부가 되어 산다면 제 보따리에 대략 수백의
재물이 있어, 스님은 처도 얻고 재물도 얻는 셈이니 좋은 일이 아니겠습니
까."

중은 이 말을 듣고 얼굴이 붉어지고 성이 난 듯 씩씩대더니 고개를 숙이
고 우는데 꼭 어린아이처럼 불쌍하였답니다. 내가 손으로 얼굴을 닦아주
고,

"나와 같이 저기로 갑시다."

하며 숲 속으로 끌고 들어가 꼭 껴안고 누웠지요. 그제서야 중도 정욕이 일어났던지 잠시 몸을 심하게 떨더니 삽시간에 일이 끝나버리더군요. 나는 옷매무새를 단정히 하고서 말하였지요.

"우리 두 사람은 이제 부부가 되었습니다. 당신은 이제 속세 사람이니, 다시 산사山寺로 향할 필요 없이 나와 함께 곧장 당신 집으로 갑시다."

중은 그대로 따랐답니다. 함께 집에 당도하니 중의 어머니는 누더기 묵은 솜옷에 거칠고 짧은 베 치마를 입고 처마 아래 앉아서 졸고 있다가 중을 보더니,

"네 뒤에 있는 사람은 누구냐?"

하고 묻기에 내가 앞으로 나와 절을 올렸지요.

"어머님께 며느리가 인사드립니다."

중의 어머니는 깜짝 놀라 중을 나무랐습니다.

"네가 어디서 이런 천박한 계집을 구해왔느냐! 아무 선사가 와서 너의 십 년치 의식비를 요구하면 내가 어떻게 갚을 것이며, 몇 년치 이자 빚을 달라고 하면 내가 어떻게 갚겠느냐! 네가 정말로 나를 말려 죽이려 하는구나."

그리고 땅을 구르고 가슴을 치며 초조함을 감추지 못하더니, 다시 울면서 말했지요.

"생활을 전적으로 절에 의지했는데 이제는 끊어져버리겠구나."

나는 '이 늙은 노모는 돈으로 꾈 수 있겠구나' 생각하고는 비취빛의 옷과 염색한 베 치마 한 벌을 꺼내 바치며 말씀을 드렸지요.

"어머님 진정하세요. 제 보따리 안에 가져온 물건이 있으니, 그 스님이 오면 제가 처리하겠습니다."

어머니는 옷을 받고 말없이 한동안 있더니 앉으라고 하더군요. 날이 이미 저물어 부엌으로 들어가 갓 시집온 신부의 직분을 다했답니다. 그날 밤

은 중과 밤새도록 정다운 이야기를 나눴지요. 중은 한번 부부의 재미를 맛보더니 즐거움에 미치지 않았겠소. 참으로 포복절도할 일이지요.

노인은 곁에 앉아 있다가 노파를 쏘아보며 말하였다.

"부끄러운 줄도 모르는 할망구 같으니라구."

노인은 처음 이야기를 시작할 때는 웃다가, 강제로 겁탈하여 혼인한 대목을 이야기할 때는 말끝마다 성을 내었다. 그러나 노파가 번번이 손을 휘저으며 웃자, 노인도 어찌할 수 없는지 또한 피시식 웃고 말았다. 노파는 다시 이야기를 시작했다.

다음날 무명 두 필을 중에게 주어 시장에 가서 갓과 망건 및 가는 베로 바꾸어 오게 했지요. 사내 옷을 지어 중에게 입혀놓으니 참으로 어여쁜 소년입니다. 절에 가서 그 스님에게 작별인사를 드리고 오라 했더니, 스님이란 자가 뜻밖에도 뒤따라오더군요. 문에 당도하여 그대로 달려 들어오는데 넓은 광대뼈에 방금 깎은 듯한 거친 수염이 얼굴에 가득하여 모습이 가증스러웠지요. 갑자기 뛰어들어와 소리를 질러댑니다.

"할멈이 자식을 내게 주었다가 다시 빼앗아가는 것은 어째서요? 십 년간 먹이고 입힌 비용과 몇 년치 이자 빚을 오늘 안으로 바로 갚지 않으면 반드시 큰 해가 있을 것이오."

시어머니가 벌벌 떨며 감히 대꾸도 하지 못하던 차에 내가 부엌에서 나와 곧장 대들어 중놈의 귀를 잡고 뺨을 때리며,

"저 사람은 본래 나의 지아비인데, 네놈과 무슨 상관이 있느냐! 어떤 중놈이기에 감히 이처럼 당돌하단 말이냐! 속히 돌아가지 않으면 네놈의 번쩍거리는 대갈통을 부숴버릴 테다."

하고는 연달아 뺨을 때렸소. 그러자 중놈은 볼을 감싸고 아프다고 소리치며,

"아이쿠! 이 여자 보게. 악독하구만, 에이 무서워."

하면서 허둥지둥 문을 나서더니 다시는 찾아오지 않았지요.

그 후에 이 마을로 이사를 와서 전장田莊에 대규모 농사를 지어 함께 산 지가 벌써 오십 년입니다. 아들 딸 낳고 길러 자손은 번창하였고 곡식은 창고에 넘치고 소와 말은 마구간에 가득 찼으니, 그 중은 복이 많은 자가 아니겠소?

노파는 이야기를 마치고 다시 한바탕 크게 웃었다.

「잡기고담」

북관 기녀 가련
北關妓女可憐

갈망했던 이상형이 성불구자임을 알고 통곡한 가련이라는 북관 기녀에 대한 일화이다. 저자가 결론에서 '가련의 통곡은 정욕 때문에 통곡한 것이 아니고 이상적인 대상을 만나기 어렵기 때문'이라고 하였듯이, 결국 남녀간의 완전한 사랑이란 육체와 정신이 하나로 결합되는 상태라 할 수 있겠다.

어떤 객이 북관北關(북도北道, 함경도의 다른 이름)의 기녀가 밤에 통곡한 사연을 자세히 말해주었다. 그 내용은 다음과 같다.

함흥咸興에 가련可憐이란 기녀가 있었는데, 아름다운 얼굴에 성격이 소탈하고 기개가 있었다. 시문詩文을 제법 알고 특히 제갈량의 「출사표出師表」를 낭낭하게 잘 외웠다. 술을 잘 마시고 노래를 잘할 뿐 아니라 검무劍舞에도 능하고 거문고를 타고 퉁소를 잘 불고, 바둑과 쌍륙雙陸[1]에도 재능이 있었다. 사람들은 그녀를 재주 있는 기녀라고 일컬었지만, 스스로는 여자 협객이라 자부하였다.

전에 태수를 따라 낙민루樂民樓[2]에 올랐다가 만세교萬歲橋[3]로부터 오는 사람이 있어 바라보니, 미소년이었다. 멋있는 옷맵시와 수려한 얼굴의 풍채와 운치가 보는 사람의 마음을 설레이게 할 정도였다. 열 명이 검정말을 타고 호위해 오고, 그 뒤에는 따로 한 필의 말에다 금낭琴囊, 시통詩筒, 술항아리를 싣고 따라오고 있었다. 가련은 필시 자신에게로 올 줄 알고 병을 핑계 대고 자기 집으로 돌아와보니, 나귀가 벌써 문 밖 작은 복숭아 나무에 매여 있었다. 미소년을 중당中堂으로 맞아들여 평소에 친한 사람처럼 대접하였다. 이에 문을 닫고 촛불을 밝힌 다음, 방에서 유흥을 펼쳤다. 그와 더불어 시를 지음에 가련이 화답하면 소년이 부르고, 소년이 화답하면 가련이 불렀으며, 함께 거문고를 타고 노래를 부름에 가련이 거문고를 타면 소년이 노래하고 가련이 노래하면 소년이 거문고를 탔다. 퉁소를 불 적에는 한 쌍의 봉황이 와서 그 만남을 축하해주는 듯하였고, 칼춤을 출 적에는 한 쌍의 나비가 합하여 헤어질 줄 모르는 것 같았다.

　가련은 너무나도 기쁜 나머지 과분하게 여기고 스스로 '이 세상에서 이 사람을 만난 것으로 충분하다. 내가 이 세상을 헛되이 살지 않았다'고 생각하면서, 즐거운 한편으로 자신이 합당한 상대가 되지 못할까 걱정도 되었다. 먼저 쪽진 머리와 치마를 풀고서 술기운에 의지하여 잠을 청하였다. 소년은 마지못한 듯 즐거워하는 기색이 아니었다. 등불이 꺼지고 향로의 향기가 풍기자, 소년은 다만 벽을 향해 모로 누워서 긴 한숨과 짧은 탄식을 할 뿐이었다. 가련이 처음에는 기다리고 있었으나, 한참 후에는 의심이 들어 가까이 다가가 확인해보니 고자였다. 가련은 드디어 벌떡 일어나 손으로 땅을 치며,

　　"하늘이여, 하늘이여! 이 사람이, 이 사람이, 하늘이여!"

하면서 한바탕 통곡을 하였다. 문을 열고 내다보니, 달이 지고 이미 새벽인데 새가 울고 꽃이 지고 있었다.

　논하여 말한다.

　"… 가련이 통곡한 것은 그 정욕을 이루지 못했기 때문에 운 것이 아니요, 천고千古에 만남이 어려운 것을 통곡한 것이다."

『담정총서』[4]

1) 쌍륙雙陸은 여러 사람이 편을 갈라 차례로 주사위를 던져서 말(馬)을 써서 먼저 궁宮에 들여보내는 놀이이다. '쌍륙雙六' '쌍록雙鹿'이라고도 표기한다.
2) 낙민루樂民樓는 함경도 함흥부 서쪽에 있는 성천강成川江 위에 있는 누각이다.
3) 만세교萬歲橋는 성천강에 있던 다리 이름이다.
4) 『담정총서薄庭叢書』는 김려(1766~1821)가 자신과 교유하였던 문인의 저작을 수습한 편찬서로, 이 글은 이옥李鈺의 작품이다.

3. 복수의 칼을 들고

여협 女俠

이 일화에 나오는 두 자매는 아버지의 복수를 위해 십여 년간 검술을 배우고 남장으로 지내면서 치밀하게 계획을 세우고 과감한 행동을 벌인다. 이틀이라는 짧은 시간 속에서 십 년 동안의 원한 맺힌 곡절이 대화를 통해 현장감 있게 구성되어 있다. 이 이야기의 제목 '여협女俠'은 자매의 복수가 효를 실천한 효녀孝女라는 윤리적인 범주를 초월하여 사회적인 의미를 지니고 있음을 내포하고 있다.

정시한丁時翰[1]은 숙종 때의 사람이다. 뛰어난 학문과 행실로 천거를 받아 벼슬이 진선進善[2]까지 이르렀지만, 조정의 부름에 나아가지 않고 원주原州의 시골 마을에서 학생을 가르치면서 살았다.

어느 날 비가 오는데 혼자 있다가 잠깐 대문 밖을 보니, 두 소년이 나란히 서 있었다. 두 소년은 용모가 빼어나 눈부실 정도로 광채가 났다.

'이 고장에서 뛰어나다고 하는 서생들의 얼굴은 모르는 이가 없는데…. 저들은 아마 먼 지방 사람이겠지?'

정시한은 궁금하여 문 안으로 가까이 들어오게 하고는 어디서 왔느냐고 물었다. 두 소년이 대답하였다.

"여기서 멀지 않은 곳에 살며 오랫동안 어르신을 사모하는 마음을 품어왔습니다. 뵙기 위해 이렇게 왔지만 감히 함부로 들어가 뵐 수 없기에 문 밖에서 서성이고 있었습니다."

정시한이 그들과 함께 이야기를 나누어보니, 담론이 영특하고 기상이 높아 더욱 기특하게 여겼다.

"그대들이 아직 묵을 곳을 정하지 않은 모양인데, 날은 저물고 비마저 오니 이곳에 머물러 이 늙은이와 함께 자는 것이 어떻겠는가?"

"저희를 하찮게 여기지 않으시니, 말씀에 따르겠습니다. 그런데 비가 오고 날이 습하니 독한 술 한 사발만 내려주십시오."

이 말을 듣고 정시한은 처음 만난 어른에게 난데없이 왜 술을 찾을까 하고 의아하게 생각하였다. 하지만 말투와 행동이 모두 예절을 모르는 자는 아니었다. 그래서 한번 행동을 지켜보려고 집안사람을 불러 술을 사오게 하였다. 두 사람은 호리병을 열어 대작하며 연달아 여러 잔을 들이켰다. 소년들은 술의 절반을 남기고서 이렇게 말하였다.

"밤에 마시도록 하고 오늘밤은 초당草堂에서 함께 자자."

밤이 깊어 갈 무렵 정시한은 어렴풋이 잠을 깼다. 마침 비가 개어 구름이 엷게 일고 초승달이 창가에 깃들여 있었다. 그때 두 사람을 보니 어제의 모습이 아니었다. 짧은 옷으로 급히 갈아입었고, 서릿발 같은 칼날을 손으로 휘두르면서 독한 술을 서로 권하였는데, 칼의 그림자가 빠르게 휘날리며 광채가 온 방 안에 가득하였다. 정시한이 이부자리를 밀쳐내고 앉아서 물었다.

"그대들은 무엇을 하는가?"

두 소년은 깜짝 놀라 고개를 돌리고 칼을 놓았다.

"죄송합니다. 어르신을 잠자리에서 깨웠으니, 죽을죄를 졌습니다. 그런데 어르신은 얼굴빛이 침착하시고 조금도 놀라는 기색이 없으십니다."

"내 평생 원수 진 사람이 없으니, 몰래 와서 해치려는 자가 있겠는가. 이 때문에 놀라거나 두려워하지 않은 것이다. 그런데 그대들은 어떤 사람들인가?"

"… 어른께서는 훌륭한 분이시니, 어찌 저희의 심중을 다 털어 말하지 않겠습니까? 저희는 본래 영남 사람이고, 남자가 아니랍니다."
"그래, 자세한 연유를 말해줄 수 있겠느냐?"

두 사람은 소리를 삼키고 눈물을 감추며 한참 있다가 말하였다.

"사건의 내막을 말씀 드리려 하니 분한 마음이 먼저 솟구치고 너무나도 부끄럽습니다. 저희 두 사람은 첩 소생의 자매간으로, 저희 어미는 불행히도 저희를 낳다가 돌아가셨습니다. 그런데 못된 계모가 몰래 이웃에 사는 교생校生과 간통하고는 아버지를 독살하는 만행을 저지르고 간사한 교생과 다른 지방으로 도망쳤지요. 저희는 어리고 의지할 곳이 없어 이웃 아주머니의 손에서 자랐습니다. 얼마 후 생장한 뒤에 사건의 내막을 알고, 원수와는 같은 하늘 아래 살 수 없어 복수심이 뼈에 사무치게 간절하였습니다. 그러던 차에 경주慶州에 검술이 귀신같은 사람이 있다는 소문을 듣고 자매가 손을 잡고 가서 그 검술을 전수받았습니다. 10년 동안 배워 이미 신묘한 경지에 이르러 옛사람이 검을 뽑아 마음대로 물건을 취하는 검술에도 역시 능하게 되었지요. 이때부터 남장으로 갈아입고 이름을 숨기고서 사방을 두루 다니며 원수의 종적을 찾다가 오랜 후에야 한양성 안에 있다는 걸 알아냈습니다. 그러나 한양은 사람이 매우 많은데다가 경비가 엄하여 손쓰기가 용이하지 않아 마음속으로 참으며 감히 실행하지 못한 지 벌써 여러 해가 지났습니다. 오늘 들으니, 원수가 서울에 살지 못하고 또 다시 고향에 내려갔다가 어제는 충주

숭선촌崇善村에 머물렀고 지금은 앞마을 주막에 머물고 있다는 소식을 들었습니다. 해가 갈수록 깊어진 복수심을 이제 끝장내려고 합니다. 그러나 여자의 몸을 변장하는 일은 비록 할 수 있지만, 주막 안에 행상들과 뒤섞인 사이에서는 혼숙할 수 없었습니다. 저희는 어르신께서 중후하시고 덕이 높은 분으로 잠자리를 부탁할 만하다고 여겼는데 특별히 머무르게 하시니, 그렇지 못했다면 어떻게 이 밤을 지냈겠습니까. 참으로 감사합니다. 어제 술을 구한 것은 당돌한 죄인 줄 알았지만, 큰 일을 감행하는데 술의 힘을 빌려 담력을 내려고 한 것입니다. 어르신께서는 무례하게 여기셨지요."

정시한은 이 말을 듣고는 꾸짖으며 말하였다.

"그대들의 뜻은 좋지만 약한 두 여자가 어찌 이 일을 해낼 수 있겠는가. 내게 도울 수 있는 건장한 하인 여러 명이 있으니 돕게 하겠네."

"괜찮습니다. 저희가 애통한 심정을 품고 죽을 각오로 행하는 것은 부모의 원수를 갚기 위해서입니다. 일이 만약 발각되더라도 저희만 죽으면 됩니다. 어찌 다른 사람까지 연루시키겠습니까. 닭이 울려 합니다. 주막에 있는 나그네들이 오래지 않아 길을 떠날 터이니 그 전에 일을 감행하겠습니다."

자매는 칼을 들고 일어나 빠른 걸음으로 새처럼 잽싸게 문을 나갔다. 정시한은 앉아서 아침을 기다렸다가, 곧 하인을 시켜 앞 주막에 가서 밤에 무슨 일이 있었는지 캐물어 오게 하였다. 주막 사람들이 정신없이 이렇게 말을 전하였다.

"어제 저녁 한양에서 한 장부가 왔고 뒤따라 여자가 주막에 투숙하였

지요. 그런데 닭이 운 직후 강도 몇 명이 칼을 지니고 갑자기 들어와서
는 남자와 여자를 칼로 찌르고 그 머리를 베었는데, 다른 사람은 한 사
람도 죽이지 않았고 재물을 하나도 훔치지 않았습니다."

『잡기고담』

1) 정시한丁時翰(1625~1707)의 본관은 나주羅州, 자는 군익君翊, 호는 우담愚潭이다.
   강원도 원주 법천으로 낙향하여 평생 벼슬길을 멀리하고 오직 학문에 힘썼다. 저술에
   는 『우담집愚潭集』, 『산중일기山中日記』 등이 있다.
2) 진선進善은 세자시강원世子侍講院의 정4품 관직이다. 세자의 교육을 담당하며, 보
   통 재야의 유현儒賢 가운데서 선임된다.

박 효랑
朴孝娘

조선시대에는 음양화복설과 결부되어 있는 풍수지리에 따라 좋은 명당 자리에 조상을 모시는 것을 평생의 숙원이 생각하는 양반이 많았다. 따라서 명당에 대한 후손들의 지나친 열정 때문에 집안끼리 묏자리의 소유권을 둘러싸고 다투는 산송 사건이 자주 발생하였다. 이 일화에서도 집안간의 묏자리 싸움에 얽힌 두 자매의 비극적이면서 비장한 인생을 볼 수 있다. 지방 양반인 박수하는 청안 현감淸安縣監으로 있던 박경여 집안과 산송 사건을 벌인다. 하지만 박수하는 옥중에서 죽고, 큰딸 역시 아버지의 복수를 하러 갔다가 죽는다. 그리고 작은딸은 서울을 전전하다가 해결의 실마리가 보이지 않는 송사에 휘말린다. 『조선왕조실록』에도, 박수하의 큰딸이 늠름하게 말을 타고 칼을 휘두르며 돌진하여 혼전을 벌이다가 죽었다는 기록이 있다. 두 자매가 연약한 여성의 몸으로 죽음을 두려워하지 않고 정면으로 맞선 행동은 큰 감동을 준다. 뒷날 『박효랑전』이라는 작자·연대 미상의 국문소설도 어렵게 출간되었지만, 상대방 후손이 이를 몽땅 사서 태워버렸기 때문에, 한 권만이 유일하게 전한다고 한다.

성산星山에 사는 죽산竹山 박씨朴氏 집안에 효성스러운 두 자매(孝娘)가 있었는데, 문헌공文憲公 박원형朴元亨의 후손이며 사인士人 박수하朴壽河의 딸들이다. 박수하는 어려서 부친을 여의고 다른 형제도 없이 구십 노모를 효성스럽게 극진히 봉양하여 고장에서 칭찬이 자자하였다. 두 낭자는 어린 나이에 어머니가 죽었는데, 몹시 슬퍼하고 예법을 잘 지켜 그때부터 효녀라는 이름이 있었다. 자라서는 모두 문사文史를 익혀 의리를 알았으며 일처리에 뛰어나 박수하가 애지중지하여 집안의 대소사를 막론하고 반드시 함께 상의하였다.

기축년(1709)에 대구에 사는 박경여朴慶餘라는 사람이 박수하의 선영에 도장盜葬[1]하는 일이 발생하였다. 박경여는 재산이 매우 많고 벼슬살이를 하고 있어서 세력을 끼고 있으니, 박수하가 관아에 소송을 걸었지만 이기지 못하였다. 마침내는 서울에 올라가 송사하려고 하자, 큰딸이 말하였다.

"저들은 권력이 있으니 우리 집안이 끝내 대적할 수 없습니다. 지방인 주현州縣에서도 이와 같으니, 보나마나 조정의 벼슬아치 중 박경여를 돕는 자가 있을 것입니다. 할머님께서 아직 살아 계시니, 천리길을 헛걸음해서는 안 될 것입니다."

"너의 말이 옳긴 하다만 육십 평생 선산을 수호하였는데, 이처럼 앉아서 그냥 잃을 수는 없다. 내 뜻은 이미 결정되었으니, 너는 다시 말하지 말거라."

드디어 박수하는 걸어서 서울에 올라가 격쟁擊錚[2]하여 사정을 위로 아뢰었다. 본도에 사건을 재조사하라는 명령이 내려졌지만, 지체되어 그해가 지나갔다.

박경여가 비석을 만들고 나무를 베어 박수하의 선영을 낭자하게 어지럽히자, 박수하는 박경여의 종들을 매질하며 욕을 하였다. 박경여가 관찰사에게 무고죄로 기소하여 관찰사가 박수하를 신문하였는데, 인척 관계인지라 은밀히 박경여의 편을 들어주었다. 박수하가 사사로이 처리한다고 주장하자, 관찰사가 화를 내며 즉시 성산에 도착하여 박수하에게 혹독하게 장형杖刑을 가하고 형틀을 채운 채 하옥시켰더니, 7일 만에 죽고 말았다.

박수하가 죽을 때 유복자의 이름을 '추의追意'라 짓고 차고 있던 칼을 풀어서 큰딸에게 주게 하였다. 또 피묻은 옷은 병간호하던 자에게 주며 말하였다.

"자손 중 나를 위해 복수하려는 자가 있을 터이니, 훗날 반드시 이 옷을 보여주어라."

말을 마치고는 죽었다. 큰딸은 이 소식을 듣고 기절하였다가 얼마 후

다시 깨어나 통곡하였다.

"여자로 태어나 멀리 있는 원수를 달려가 죽이지 못하는 것이 한스럽도다!"

큰 소리로 통곡하며 도끼를 부여잡고 나서자, 남녀 종 몇 명이 그 뒤를 따라갔다. 즉시 박경여의 조상 봉분에 직접 올라가 열 손가락 모두 피가 철철 흐르도록 무덤을 파헤쳤다. 그리고 물과 불을 사용하고 쇠와 나무로 마구 쳐서 박경여 선조의 관을 불태웠다. 그러나 박경여는 끝내 오지 않았다. 또 큰딸은 현縣에 가서 곡하고 하소연하며 머리를 관아의 문에 부딪쳤으나, 문을 걸어 닫고 그녀를 끝내 들여보내지 않았다.

7~8일이 지난 뒤 박경여가 칼과 창을 쥔 수백 명을 이끌고 와서 선조의 봉분을 살폈다. 큰딸이 할머니와 새어머니에게 울면서 말하였다.

"원수가 왔으니, 목숨을 걸고 제 손으로 찔러 죽이겠습니다."
"너는 연약한 몸이라 필시 원수를 갚지 못하고 죽을 것이다. 우선 우리를 봐서라도 그만두거라."

할머니와 새어머니도 손을 잡고 울면서 이렇게 말하였지만, 큰딸은 단호하게 거절하였다.

"아버지를 죽인 원수가 가까이 있는데, 어찌 차마 그냥 둘 수 있겠습니까!"

일어나 칼을 잡고 말에 올라 즉시 적중에 쳐들어갔다. 그러나 박경여가 크게 소리를 지르자 여러 사람이 칼로 찔러서 그 자리에서 죽고 말았다.

죽기 전 종에게 소리쳤다.

"동달同達아! 아버지의 원수를 갚지 못하였는데 목숨이 끊어지려 하는구나. 복수를 너에게 맡기마."

말을 마치고 죽었다. 동달과 여종 시양是陽도 싸우다가 죽으니, 이때가 5월 5일이었다.

종조從祖 박상朴爽이 관아로 달려가 고발하여 6일 동안 염습하지 않고 두 번이나 검시를 거쳤다. 찌는 듯한 여름인데도 안색과 모습이 살아 있는 듯하고 선혈이 아직도 선명하여 보는 사람들이 모두 얼굴을 가리고 눈물을 흘렸다. 하지만 옥안獄案이 거짓으로 작성되어 박경여는 그대로 편안히 지냈다. 이런 상황이 발생하자, 작은딸이 말하였다.

"내가 언니처럼 아버지의 원수를 갚다가 죽지 못하여 옥안이 번복되고 원수가 죽지 않는 꼴을 보는구나. 어찌 죽은 언니가 눈을 감을 수 있겠는가!"

드디어 한양으로 가서 격쟁하기 위해 행장을 꾸리자, 할머니와 새어머니가 여러 말로 만류하였다. 하지만 작은딸은 단호하였다.

"인생이 이 지경이니, 생사가 이미 결정났습니다. 나머지 일은 모두 하찮은 일이니, 뭐 돌아볼 겨를이 있겠습니까?"

먼저 사당에 가서 곡하며 하직인사를 하고서, 또 아버지와 언니의 빈소에 가서 통곡하고 절하며 하직인사를 하였다. 작은딸이 곡하면서 구백 리 길을 가니, 행인들은 손짓하며 말하였다.

"영남에 사는 박 효랑이 복수하러 가는 길이다."

서울에 올라와 격쟁하니, 이런 경우 규례대로 일단 옥에 가두었는데, 감옥을 주관하던 자가 불쌍히 여겨 마음씨 좋은 여죄수를 택하여 보호하게 하였다. 석방되자 대가집의 여종들이 줄지어 쟁반에 밥과 마실 물을 가지고 와서 대접하였다. 작은딸은 울면서 사양하고 모두 받지 않았다.

두번째 격쟁을 하였지만 그래도 해명할 수 없자, 대신이 왕래할 적에 그 수레를 부여잡고 울면서 하소연하니, 보는 사람들이 모두 눈물을 흘렸다. 다시 해당 관아에 들어가 남김없이 진술하여 사건이 또 본도本道로 내려갔다. 작은딸이 하소연하기를,

"사건이 본도에 내려간다면 전혀 신원될 가망이 없습니다."

하며 계속 서울에 머물러 있으면서 돌아가지 않았다. 글을 보내 할머니와 새어머니에게 다음과 같이 고하였다.

"옥사가 아직도 해결될 기약이 없기에 저는 우선 서울에 머물면서 결정이 날 때까지 기다리고 있겠습니다. 떠나고 머무르고 죽고 사는 것을 미리 정할 수는 없겠지요. 장례 치를 날짜를 잡았다고 하니, 어찌 그다지도 빨리 잡으셨습니까? 해를 넘기도록 장례를 치르지 않아 남들의 말이 있는 줄 압니다만 원한을 품고 죽은 우리 언니의 혼령은 반드시 어두운 황천에서도 밝게 알리라고 여깁니다. 아버지의 원수를 갚기 전에 지하에 들어가게 해서는 안 될 것입니다. 만약 혹 옥사가 지체되어 신원될 가망이 없다면 저는 죽은 언니를 따라 아버지의 옆에 묻히겠습니다."

결국 장례를 치르지 않았다.

오랜 시간이 흘러 안찰사가 영남에 내려와 두 박씨의 옥안을 살피니, 박경여는 큰딸이 스스로 자결하였다고 말하고 검시한 보고서 역시 한 차례 칼로 찔린 상처만 있다고 하였다. 작은딸의 여종 설례雪禮가 안찰사에게 아뢰었다.

"전년에 시신을 검시할 적엔 칼자국 두 군데, 몽둥이 상처 세 군데가 있다고 검안하였는데 지금 목에 칼자국이 하나라고 하니, 이는 아전들이 허위로 농간을 친 것입니다. 안찰사께서는 관을 열어 시신을 다시 검안하소서."

"시신을 관에 넣은 지 벌써 1년이 지났으니 어찌 검시할 수 있단 말이냐?"

"원통하게 죽은 시신은 썩지 않을 것이니, 관을 열어 분명히 검시하소서."

이렇게 울면서 설례가 대답하자 안찰사는 성산 태수와 함께 앉아서 관을 열었다. 의복은 이미 검게 부패하였지만 냄새가 그리 나지 않았고, 시신과 핏자국이 조금도 변하지 않았는데 다섯 군데 상처가 분명하였다. 안찰사는 탄식하며 기이하게 여겨 옥안을 정정하여 위로 보고하였다. 그러나 박경여는 끝내 벌을 받지 않았다. 삼남과 경기 지역의 유생 7천여 명이 상소하여 박씨의 마을에 정려문旌閭門을 내리고, 박경여의 죄를 바로 잡을 것을 청하자, 상上이 해당 관아에 잘 처리하라 명하고 효랑을 정려旌閭[3]하였지만 박경여는 끝내 처벌되지 않았다.

6~7년 후에 성산 태수가 읍내를 순행하던 중 어떤 동자가 숲 속에서 칼을 던졌는데 말안장에 꽂혔다. 태수가 놀라 그 이유를 묻자, 동자가 말하였다.

"너는 나의 원수다! 내가 바로 박 효랑의 아우이다."

"너의 원수는 바로 이전 태수이지, 내가 아니다."

태수가 이렇게 위로하며 말하였다. 동자는 바로 '추의'라는 박수하의 유복자였다.

박수하를 죽인 관찰사[4]는 조용한 성품에 문장을 잘하여 관직이 재상까지 올랐으며, 문형文衡을 맡아 어디서든지 사람들이 우러러 존경하는 대상으로 군자다운 사람이다. 하지만 순간의 분노를 참지 못하여 경솔히 무죄한 사람을 죽여 원한이 골수에 사무치게 하였으니, 이른바 군자이면서 불인不仁한 사람인가? 늙어서 외아들을 잃고 손자도 없어 쓸쓸하게 애통해 하며 눈물을 흘리며 죽었다고 한다. 아, 원한을 가진 사람이 독기를 품어 하늘이 불선不善한 자에게 재앙을 내리지만, 이 사람은 군자다운 점이 그런대로 많아 용서받은 것이 아닌가?

작은딸은 시집가기 전에 일찍 죽었다. 그러나 언제 죽었는지 알지 못한다.

무신년(1728)에 정희량[5]이 난리를 일으킬 때 그 아내가 간절히 만류하였지만, 정희량은 듣지 않았다. 병사를 모으는 날 자칭 '대장군'이라 하고 아내에게 음식을 마련하라 재촉하고, 이를 가지고 동계 선생[6]의 묘에 고하려고 하였는데, 그 아내가 음식을 마련하지 않았다. 정희량이 크게 노하여 장군의 복장을 성대히 차려 입고 집에 들어가 아내를 꾸짖었다.

"묘에 고하고 단에 오르려 하였는데, 날이 저물어 못하게 되었소. 왜 제수거리를 제때에 마련하지 않았소!"

"임금의 명령이 없었는데 대장직을 누가 제수했단 말입니까? 동계 선생께서도 반드시 역적이 된 자손의 제사를 흠향하지 않을 것입니다. 저는 차마 경卿의 행위를 보지 못하겠습니다.”

이렇게 말하고는 스스로 목을 메어 죽었다. 혹자가 말하기를, ‘정희량은 젊어서부터 명성이 있어서 영남 지역이 모두 그의 휘하에 들어갔다. 정희량이 전처를 잃고 어진 부인을 찾았는데, 이때 자결한 부인이 스스로 시집갈 곳을 택하여 정희량에게 시집온 것이라고 한다. 단묘端妙라는 사내아이를 하나 낳았는데, 정희량이 붙잡혀 죽자 연좌되어 종이 되었다. 지금 나이가 14살이다. 그 아이를 본 사람이 있는데 사리를 잘 알고 언변이 뛰어나며 짚신을 만드는 솜씨가 무척 뛰어나 이를 팔아 생활하고 있다고 한다. 하지만 내년에 15살이 되면 목 베어 죽인다고 한다.

나두동羅斗冬은 호남의 이름 있는 협객으로, 정희량과 함께 난을 일으켰는데 그 아내가 나두동을 크게 꾸짖었다.

“군신君臣의 의리를 어찌 범한단 말이오. 처음 그대를 걸출한 선비라고 여겨 아내가 되었는데, 역적의 우두머리가 될 줄은 꿈에도 몰랐소. 차마 이를 보지 못하겠소.”

말을 마치고는 목을 메어 죽었다.

혹자는 ‘자결한 두 여사女士 중 한 명이 박수하의 작은딸이다’ 하고 말한다. 그러나 알 만한 사람에게 모두 물어보았지만 분명하지 않았다. 사실이 아닐 수 있다. 하지만 그녀들 역시 열烈이다.

『삽교집』

---

1) 도장盜葬이란 남의 산이나 묏자리에 몰래 자기 집안의 묘를 쓰는 일을 가리킨다.
2) 격쟁擊錚이란 원통한 일이 있는 사람이 임금에게 하소연하려 할 때, 거둥하는 길가에

서 꽹과리를 쳐서 하문을 기다려 원정原情을 올리는 행위를 가리킨다. 격쟁은 일반 백성이 자신의 억울한 일을 해결하기 위한 최후의 방법으로 종종 사용하였다.

3) 『조선왕조실록』을 보면, 영조 2년(1726) 12월 20일 정려문을 내리게 하였다.

4) 이때의 관찰사는 이의현李宜顯(1669~1745)이다. 본관은 용인龍仁, 자는 덕재德哉, 호는 도곡陶谷. 문장에 뛰어나 숙종 때 송상기宋相琦에 의해 천거되었다. 1694년에 별시 문과에 병과로 급제하여 높은 벼슬을 두루 역임했다가, 1739년 영중추부사로 승진하고 1742년 치사致仕하여 봉조하奉朝賀가 되었다. 김창협金昌協의 문인으로 노론의 영수 역할을 하기도 하였다. 이 사건에 대해 자신의 문집인 『도곡집陶谷集』의 「도협총설陶峽叢說」에 해명하는 대목이 있다.

5) 정희량鄭希亮(?~1728)은 동계 정온鄭蘊의 후손으로 안음安陰에 거주하였는데, 1728년 이인좌李麟佐 · 박필현朴弼顯 등과 공모하여 반란을 일으켰다. 청주를 습격하고 한때 안음 · 거창 · 합천 · 삼가 등의 여러 고을을 제압하였으나, 도순문사 오명항吳命恒이 이끄는 관군에 패배하였다.

6) 동계 선생은 정온鄭蘊(1569~1641)을 가리킨다. 본관은 초계草溪, 자는 휘원輝遠, 호는 동계桐溪. 1636년 병자호란 때 이조참판으로서 명나라와의 의리를 내세워 최명길崔鳴吉 등의 화의 주장에 적극 반대하였다. 강화도가 함락되고 항복이 결정되자, 오랑캐에게 항복하는 수치를 참을 수 없다며 칼로 자결했으나 목숨은 끊어지지 않았다.

김은애 金銀愛

정조가 재위하던 시기에 있었던 실화이다. 여러 해 동안 이웃집 노파에게 차마 들을 수 없는 모함을 받은 은애라는 어린 여인이 노파를 칼로 마구 찔러 살인하는 사건이 발생했다. 그런데 이례적으로 살인죄를 범한 은애를 정조는 정녀貞女라고 칭찬하며 사면해 주었다. 특히 참혹하게 노파를 살해하는 장면과 검시 장면을 자세히 묘사함으로써, 계속 모함을 받아온 은애의 원한을 자연스럽게 드러내고 있다. 이는 도덕 교훈을 의도적으로 문면에 내세우지 않고, 흥미로운 이야기 속에 자연스럽게 침투시켜서 더 큰 감동을 주기 위한 것이라 하겠다.

경술년(1790) 6월, 주상께서 여러 옥안獄案을 심리하여 김은애金銀愛·신여척申汝偶을 살리라 명하고, 이어 전을 지어 내각일력內閣日曆에 실으라고 명하셨다.

은애銀愛의 성은 김씨金氏이고 강진현康津縣 탑동리塔洞里 양인良人의 딸이다. 그 마을에 사는 안씨安氏 노파는 예전에 창기 출신이었다. 성질이 험악하고 황당하며, 수다스러운데다가 온몸에 옴이 나서 가려운 곳을 마음대로 긁지 못하면 신경질을 마구 부리며 함부로 말하였다. 예전에 쌀·콩·소금·메주 등을 은애의 어머니에게 구걸하여 얻곤 하였으나, 언젠가 은애의 어머니가 주지 않자 노파는 화를 내고 해코지하려는 생각을 품었다.

마을에 사는 동자 최정련崔正連은 노파의 고종손이다. 열네댓 살로 어리고 예쁘장하게 생겼는데, 노파가 혼인을 미끼로 유혹하였다.

"네 생각엔 은애 같은 여자면 어떠냐?"

정련이 웃으며 대답하였다.

"고운 은애라면 좋지요."
"네가 은애와 연애했다고 소문만 내면 성사시켜주겠다."
"예."
"내가 옴을 앓고 있는데 의원 말이 약값이 무척 비싸다고 하니, 계획이 만일 성공하면 네가 약값을 치르거라."

정련은 그러겠다고 하였다.
하루는 노파의 남편이 집으로 들어오자, 노파가 말하였다.

"은애가 정련을 좋아하여 나더러 중매를 서달라고 하기에 우리 집에서 만나게 해주었는데, 정련의 할머니에게 발각되어 담을 기어 넘어 도망하였소."
"정련은 천한 집안 소생이고 은애는 양인 처녀니, 제발 그런 말 좀 입밖에 꺼내지 마오."

노파의 남편은 이렇게 책망했지만, 온 성 안에 거짓 소문이 퍼져 은애가 시집을 갈 수 없을 상황에까지 이르렀다. 마을 사람 중 김양준金養俊만이 은애가 결백하다는 사실을 잘 알고 아내로 삼았으나, 거짓말은 더욱 심해져 차마 들을 수 없을 정도였다.
기유년(1789) 윤 5월 25일에 안씨 노파가 큰 소리로 마구 떠들어댔다.

"은애와 중매를 서주면 약값을 치러주겠다고 정련과 약속했는데, 은애가 갑자기 이를 저버리고 다른 사람에게 시집을 가버리는 바람에 약속대로 약값을 치르지 않아, 내 병이 그때부터 악화되었다. 은애는 나의 원수로다!"

이 말을 들은 마을 사람들은 서로 돌아보며 깜짝 놀라 눈만 끔뻑이고 손을 내두르며 말을 하지 못하였다.

은애는 본래 강한 성격이기에 2년 동안 노파의 거짓된 무욕誣辱을 받아 왔다. 그러나 이 지경에 이르러서는 더 이상 원한이 맺혀 실로 견딜 수 없었다. 안씨 노파를 찔러 죽여 억울한 원한을 한번 갚고자 했지만, 그럴 상황이 아니었다.

이튿날 다른 식구 없이 혼자 자는 노파를 엿보고서, 초저녁 무렵 부엌칼을 들고 소매와 치맛자락을 걷어붙이고 잽싸게 걸어 곧장 안씨 노파가 자고 있는 방으로 들어갔다. 희미한 등잔불 아래 노파가 혼자 자려고 몸을 반쯤 드러낸 채 치마만 걸쳤다. 은애가 칼을 비껴 들고 앞으로 다가서서 눈썹을 치켜세우고 죄를 물었다.

"어제의 무욕은 평소보다 훨씬 심했다. 내가 분을 풀려고 하니, 이 칼맛 좀 봐라."

노파 생각에 연약한 약질이 무얼 하겠는가 싶었다.

"찌를 테면 찔러봐라."
"여러 말할 것 없다."

은애가 빠른 소리로 말하더니, 몸을 비끼며 재빨리 목구멍 왼쪽을 찔렀으나 노파가 죽지 않고 살아서 칼 쥔 팔을 잡았다. 은애가 홱 뿌리치며 또 목구멍 오른쪽을 찔러 노파가 오른쪽으로 쓰러지자, 옆에 앉은 채로 노파의 어깨 위와 왼쪽을 찌르고 또 어깨 · 겨드랑이 · 팔 · 목 · 젖가슴을 찔렀으니, 모두 왼쪽 부위였다. 끝으로 오른쪽 척추와 등을 찔렀는데, 혹 두세 번을 찌르고 소리를 지르며 찔렀다. 한 번 찌르면서 한 번 욕하였는데 모두 열여덟 번을 찔렀다. 칼에 묻은 핏자국을 씻을 겨를도 없이 마루에 내려와 문을 나와서 급히 정련의 집으로 가서 남은 분을 풀려 하였으나, 길이 멀고 이 상황을 안 어머니가 울면서 만류하여 집으로 돌아왔다. 그때 열여덟 살이었다.

이정里正[1]이 달려가 관아에 고하니, 현감 박재순朴載淳이 위엄 있는 모습으로, 노파의 시신을 놓고 칼에 찔린 부위를 검사하며 은애에게 캐물었다.

"무슨 연유로 노파를 찔렀느냐? 또 노파는 몸집이 크고 너는 연약한데 지금 상처 부위가 너무 참혹하니 혼자서 한 소행이 아닌 것 같다. 숨김없이 사실대로 고하거라."

당시 형벌을 집행하는 관원이 흉악한 얼굴로 늘어서 있는데다, 형장刑杖이 주위에 가득하여 관련된 사람들은 겁에 질려 벌벌 떨고 있었다. 은애는 목에 칼을 쓰고 손에 수갑을 찼으며, 다리는 묶여서 속박을 당하였다. 은애는 연약해 축 늘어져서 거의 버틸 수가 없었으나, 두려워하는 기색 없이 꿋꿋하게 대답하였다.

"아, 사또께서는 백성의 부모이시니 저의 말을 좀 들어보세요. 처녀가 무욕을 당하면 몸을 더럽히지 않아도 더럽혀진 것과 같습니다. 창기 출신인 노파가 감히 처녀를 억울하게 무욕하니, 고금 천하에 어찌 이런 일이 있을 수 있단 말입니까. 제가 참을 수 없어 노파를 찔렀습니다. 제가 비록 어리석지만 살인하면 죽는다고 들었습니다. 어제 노파를 죽였으니 오늘 제가 죽을 것은 알고 있습니다. 그러나 노파를 제가 찔러 죽였지만 사람을 억울하게 무욕한 죄에 대해서는 관가에서 아무런 조치가 없으니, 관가에서 정련을 잡아 죽여주소서. 또 생각해보세요. 제가 지금 껏 혼자서 무욕을 받았는데, 어떤 사람이 저를 도와서 이 살인을 행했겠 습니까."

현감은 한참 동안 크게 탄식하고는, 노파를 찌르던 당시 입었던 의복을 가져다가 검사해보니, 모두 붉게 물들어서 모시 적삼과 치마의 빛깔을 구별할 수 없을 정도였다. 현감은 한편으론 놀라고 한편으론 대단하게 여겨 용서해주고 싶어도 법을 어길 수 없어 논죄하는 옥사獄詞를 어물어물 꾸며 관찰사에게 올렸다.

관찰사 윤행원尹行元도 추관推官[2)에게 단단히 주의를 주어 동모자가 누구인가 캐묻게 하고, 처형 시기를 늦추어 아홉 차례나 신문하였으나 진술하는 말이 한결같았다. 어린 정련은 노파의 잘못된 꾀임에 빠졌기 때문에 죄를 묻지 않았다.

경술년 여름 나라에 큰 경사가 있어 사형수를 기록하여 올리는데, 관찰사 윤시동尹蓍東이 이 옥사獄事를 올리면서 심판한 말이 매우 완곡하였다. 정조가 불쌍히 여겨 살리고자 하였으나, 중요한 사안이기에 형조에 명하여 대신들과 함께 의논하게 하였다. 대신 채제공蔡濟恭이 의견을 올렸다.

"은애가 원통한 심정에서 원한을 갚았지만 살인죄를 범하였으니, 신은 감히 용서하는 의논을 올릴 수 없습니다."

정조는 이렇게 비답을 내렸다.

"처녀가 음란하다는 모함은 천하의 지극히 원통한 일이다. 은애 같은 여자는 한번 죽는 것쯤이야 쉽게 여겼겠지만, 그냥 죽으면 진실을 아는 사람이 없겠기에 칼을 쥐고 원수를 죽여 마을에 자신은 잘못이 없고, 그 노파는 죽어 마땅하다는 사실을 분명히 알게 한 것이다. 은애가 만약 열국列國[3]의 세상에 태어났더라면 그 행적은 다르더라도 섭영聶榮[4]과 이름을 견주었을 것이니, 당연히 태사太史가 입전立傳해야 할 것이다. 옛날 황해도 지방에 사는 처녀가 살인을 한 사건이 이 옥사와 비슷한 점이 있었는데, 감사가 사면 요청을 하자 선왕께서 칭찬하시고 명을 내려 사면시켜주셨다. 그 처가 감옥에서 나오자, 중매가 구름처럼 모여들어 천금을 가지고 와서 마침내 사대부의 아내가 되어 지금까지 미담美談으로 전해지고 있다. 그러나 은애는 원통함을 꾹 참고 있다가 시집간 뒤에야 원한을 갚았으니, 더욱 행하기 어려운 일이다. 은애를 용서하지 않으면 어떻게 풍교風敎를 세우겠는가. 특별히 사형을 면하게 한다…."

『청장관전서』[5]

---

1) 이정里正이란 조선시대 지방 행정 조직의 최말단인 이里의 책임자를 말한다. 보통 낮은 신분의 사람이 임명되고 이정里丁이라고도 하였다.

2) 추관推官이란 중대한 일을 범한 죄인을 신문하던 벼슬아치를 말한다.

3) 열국列國은 여러 나라가 각축을 벌이는 것을 말하는데, 여기서는 중국의 춘추전국시대를 가리킨다.

4) 섭영聶榮은 한韓나라의 재상을 죽인 자객 섭정의 누나이다. 『사기史記』 「자객열전刺客列傳」에 따르면, 한나라에서 범인의 신원을 알 수 없어 상금을 걸고 시신을 저자거리에 놓고 찾았는데, 섭영은 죽음을 두려워하지 않고 가서 자신의 동생임을 밝히고 시신 옆에서 숨을 거두었다 한다.

5) 조선 후기 학자 이덕무李德懋(1741~1793)의 문집. 시화詩話를 비롯하여 연행록, 속담모음집 등 다양한 분야에 저술을 남겼다. 33책 71권이다.

김씨 부인 金氏夫人

장사를 하려고 안동으로 갔다가 강도들에게 살해당한 남편을 위해 복수한 김씨 부인의 이야기이다. 그런데 이 여인은 적극적인 행동으로 억울하게 죽은 남편의 원한을 씻어주고 만딸을 시집보낸 뒤, 여한이 없다면서 스스로 목숨을 끊는다. 남편의 원수를 갚기 위해 매우 적극적이었던 여인이었음에도 불구하고, 여성에게 남편이 삶의 목표일 수밖에 없었던 당시의 시대적 한계를 극복하지 못한 점은 아쉽다고 하겠다.

연안延安 사람 차상민車尙敏의 아내 김씨는 본관이 화개花開이다. 김씨는 차상민에게 시집을 가서 딸 셋을 낳았다.

일찍이 차상민은 안동부로 장사하러 갔다가 떼강도에게 살해당했다. 당시 김씨는 방 안에서 바느질을 하고 있는데, 푸른 새 한 마리가 날아와 그녀의 팔에 앉았다. 손을 획 저어도 다시 날아오곤 하였다. 이처럼 새가 날아온 사흘째 되는 날, 남편이 죽었다는 기별이 왔다. 김씨는 애통한 나머지 자결하려다가 '남편의 원수도 갚기 전에 죽은들 헛일이다' 하고 여겼다.

김씨에게는 김섬金暹(바로 나(김택영金澤榮 1850~1927)의 7대조이다)이라는 동생이 있었다. 당시 나이 18세로 보통 사람보다 날래고 과감했다. 김씨가 동생에게 말하였다.

"나와 같이 도적을 죽일 수 있겠느냐?"
"예!"

이에 칼 한 자루를 동생 김섬에게 주고, 칼 한 자루는 자신이 지니고 남장을 한 다음 안동으로 갔다.

그들이 어느 주점에 도착했을 때, 남편의 옷을 입은 사람을 보았다. 바로 남편을 살해한 도적이었다. 김씨가 앞으로 나서며 도적을 꾸짖었다.

"이 도적놈아! 왜 내 남편을 죽였느냐?"
"난 살인자가 아니오. 어찌하여 부인네가 그런 터무니없는 말을 하오."

김씨는 남편의 옷을 가리켰다.

"내가 이 옷을 지을 때, 옷 안에 몰래 수놓은 무늬가 있다."

즉시 김섬에게 옷을 헤쳐서 내보이게 하니, 도적은 얼굴이 흙빛이 되며,

"나는 어떤 사람에게서 이 옷을 샀소이다."

하고 변명하였다.

김씨가 마침내 도적을 붙잡아 관청에 송사를 벌인 지 7개월 만에 그 패거리 일곱 명을 모두 붙잡았다. 형을 집행하는 날, 김씨는 동생 김섬과 함께 직접 죽이고 그 살을 씹었다.

처음에 김씨가 남쪽으로 갈 때, 푸른 새가 항상 따라오며 앞서거니 뒤서거니 했는데, 이때에야 떠나가서 다시는 나타나지 않았다.

숙종 12년(1686)이었다. 김씨는 남편의 상여를 가지고 돌아와 장사를 치르고서, 거적자리에서 7년 동안 지낸 후 맏딸을 시집보냈다. 이윽고 '어린 두 딸이 의지할 만한 곳이 생겼으니, 나는 당연히 더 기다릴 필요가 없다' 하고 탄식하였다. 마침내 목을 매어 죽었다. 이 일이 알려져 열녀문이 표창되었다.

「소호당문집」

하씨녀 何氏女

조선 초기에는 장남과 차남 또는 아들과 딸을 구분하지 않고 재산을 균등하게 상속하였다. 또한 결혼한 뒤에도 친정에서 가져온 재산에 대한 권리는 전적으로 여자에게 있었다. 그러나 18세기 적장자 중심의 제사상속 관행이 일반화됨에 따라 장자에게 편중된 재산 분배가 행해지고 딸들의 상속분이 점차 들어들게 되었다. 여기에 소개할 일화는 처남에게 돌아갈 부인의 재산이 탐나서 처남을 죽인 남편의 행각을 그린 것이다. 조선 사회에서는 당연히 순종하고 내조를 잘하는 아내가 모범으로 간주되었는데, 이 글에서 재산을 둘러싼 부부의 갈등을 다루고 있다는 점이 주목할 만하다.

어려서 어머니를 여읜 하씨녀何氏女에게는 어린 남동생이 있었는데, 잘 돌보았다. 아버지가 죽을 때 딸아이를 불러서 동생을 부탁하며 말하였다.

"아비에겐 아들이 이 애밖에 없구나. 네가 잘 길러다오."

하씨가 눈물을 흘리며 유언에 따라 동생을 아주 잘 보살폈다.

하씨녀는 집안에 재물이 넉넉하고 또 얼굴이 고왔기 때문에 그 소문을 듣고 아내로 삼으려는 사람이 있었다. 하씨는 시집가고 나서도 정성을 다해 동생을 돌보았다. 그리고 동생이 장성한 뒤에 자신의 재산을 다 주려고 하였기에, 남편은 불만스럽게 여겨 늘 처남을 해코지하려는 마음을 먹었다.

어느 날 남편이 아내에게 말하였다.

"처남과 절에 가서 글을 읽으려 하니, 행장을 꾸리시오."
"서방님께서는 집에 계시더라도 의식 걱정이 없는데, 왜 굳이 절에 가서 글을 읽으려고 하시나요?"

남편이 계속 떠날 채비를 청하자, 어쩔 수 없이 따를 수밖에 없었다.

훗날 남편이 다시 처남과 절에 가려고 하여, 또 그 말대로 하였다. 그리고 얼마 지나서 남편만 혼자 돌아왔기에 하씨가 얼른 동생을 찾았다. 남편은 놀러 나가 돌아오지 않았다고 둘러대었다.

하씨는 곧 집안사람들을 시켜 절에 가서 찾아보게 하였지만 찾지 못하자, 더 많은 사람을 풀어서 구석구석 살피다가 드디어 절 연못가 바위틈에서 동생의 시신을 발견하였다. 하씨가 그 절의 중에게 캐물어 남편이 살해했다는 사실을 알아내고는 하늘에 대고 크게 비통해 하면서 울부짖었다.

"하나뿐인 동생을 아버지께서 임종하실 때 잘 보살피라 당부하셨는데 이 지경이 되었으니, 내 진정 동생의 죽음을 보고만 있을 수 있겠는가."

이렇게 말하고는 그날로 소복을 입고 속현屬縣에 달려가 곧바로 관아의 뜰에서 목을 찔러 자결하였다. 그리하여 남편은 일이 발각되어 옥에 갇혀 죽었다.

『청천자고』[1]

---

1) 『청천자고靑川子稿』는 임경주任敬周(1718~1745)의 시문집. 본관은 풍천豊川, 자는 직중直中, 호는 청천자靑川子. 11세 때 고아가 되어 형들과 함께 옥화산玉華山에 들어가 수학했다. 시문에 재질이 있었으며, 경제 문제에도 관심을 가져 『반계수록磻溪隨錄』 등을 읽으면서 세사를 논의했으나, 병으로 요절하였다.

4. 세상을 살아가는 지혜

여걸 부낭자 夫娘子

부낭자는 북쪽 변방에서 태어나 목축과 수렵 생활을 하며 사내아이같이 병정 놀이를 즐기면서 씩씩한 성장 과정을 보내고, 뒤에 아버지를 대신하여 전장에 나가 지략으로 전공戰功을 세운다. 전쟁터에 출정하여 전공을 세운 여성으로 중국에는 전설적인 인물 뮬란木蘭과 『명사明史』에 기록된 진양옥秦良玉(?~1648)[1]이라는 여인이 있다. 서양에서는 가난한 농부의 딸 잔 다르크Jeanne d' Arc(1412~1431)가 조국 프랑스를 위해 영국군과 싸운 이야기, 그리고 이탈리아 독립 전쟁의 여성 영웅 아니타 가리발디Anita Garibaldi 가 남편의 부관으로 활동한 이야기가 유명하다.

부낭자는 평안도 자성慈城 지방의 여인이다. 선조는 본래 부여씨夫餘氏의 후손으로, 명나라 말기에 건주위建州衛[2]에서 자성군으로 옮겨와서 대대로 목축과 수렵에 종사하였기에 부낭자도 말타기와 활쏘기를 무척 잘하였다.

부낭자는 어려서부터 전투에 관한 이야기를 좋아하고, 목장에 갈 때마다 사내아이들과 어울려 대오를 나누고 군진軍陣을 만들며 놀았다. 부낭자는 말을 타고 대장 노릇을 하고 나뭇가지를 꺾어 활·화살·창·칼 등을 만들어 여러 아이들에게 나누어주었는데, 호령과 군기를 잡는 것이 제법 엄격하였다. 그리고 매일 이런 놀이를 계속하였다.

어느 날 이를 본 아버지가 야단쳤다.

"전쟁 놀이는 사내아이들이나 하는 것이다. 바느질이나 길쌈을 배울 생각은 조금도 안 하니, 정말이지 큰일이구나."

"훗날 혹시라도 나라에 전쟁이라도 벌어지면, 그때 제가 아버지 대신 나가서 싸울게요."

이후로 부낭자는 이따금씩 서당에 다니는 아이를 따라 문자를 배우기도 하여 낮에는 목축을 하고 밤에는 글을 읽었다.

이때 평안 병사 이괄李适[3]이 영변寧邊에 주둔하면서 반란을 일으킬 생각을 품고 있었다. 오랑캐를 막는다는 명분으로 각 군현에 명령을 내려 속오군束伍軍[4]을 모집하였다. 그리고 별도로 산악 지역에 거주하는 건장한 포수들을 모집하였다. 그때 부낭자가 아버지에게,

"아버지는 아들이 없지만 제가 장성했으니, 아버지 대신 군대에 나가겠습니다."

하니, 부낭자의 아버지는 처음엔 반대했지만, 계속 간청하자 할 수 없이 허락하였다. 허락을 받은 부낭자는 남장을 하고 군대에 갔다. 그리고는 군대에 편입되어 이괄의 군영에 도착하였다. 이괄은 조련하던 날에 부낭자의 출중한 무예 솜씨를 보고 마음에 들어 즉시 초장哨長[5]으로 삼았다.

얼마 후에 이괄이 반란을 일으켜 진군 명령을 내려 준비를 재촉하여 다음날 새벽에 출발할 예정이었다. 부낭자는 그제서야 반란임을 알아채고 그날 밤에 마구간의 말을 훔쳐 200여 리를 내달려 안주성에 도착하였다. 이때 정충신[6]이 안주 목사로 있었다. 부낭자는 급히 명함을 올리고 뵙기를 청하며,

"국경에 급박한 상황이 벌어지고 있습니다."

하였다. 정충신이 주위 사람들을 물리치고 부낭자를 부르자 정황을 자세히 보고하였다. 이 말을 들은 정충신은 깜짝 놀라며,

"어찌하면 좋겠는가? 그런 조짐을 짐작 정도는 했지만, 이렇게 갑자

기 일어날 줄은 몰랐네. 하지만 맞서 싸울 상황이 아니라네. 성 안의 군사가 천여 명도 안 되니, 도저히 방어할 수가 없어. 자네가 좀 도와주게나. 어떤 계책을 세워야 하겠나?"

"적병이 오늘 저녁이면 필시 성 아래까지 쳐들어올 것입니다. 상공相公께서 정면으로 맞서 싸운다면 죽음을 당할 뿐 무익할 것입니다. 빨리 상부에 보고하고 일단 평양으로 가서 도원수와 계책을 세우는 것이 좋겠습니다."

정충신은 좋다고 말하고 부낭자와 출발하여 평양에 이르렀다.

앞서 도원수 장만[7]은 군사를 거느리고 평양에 주둔하며 관서의 중요 지역을 방어하고 있었다. 주위 사람들이 장만에게,

"안주 목사 정충신은 평소 이괄과 친한 사이였으니, 서로 짜고 반란을 일으켰을지 모릅니다."

하니, 장만이 질책하였다.

"정충신은 임금을 저버리고 역적을 따를 사람이 아닐세. 지체없이 말을 달려 이곳으로 오고 있을 게야."

이 말이 채 끝나기도 전에 정충신이 도착했다는 기별이 왔다. 도원수 장만은 종사관從事官[8]에게 명을 내려 연유를 묻게 하였다.

"안주는 요충지이다. 안주성을 견고하게 지켜 역적이 동쪽으로 진격하지 못하게 하는 것이 너의 직책인데 제멋대로 성을 버리고 왔으니, 죄를 받아야 할 것이다."

"역적의 의도는 곧장 진격하는 것이니, 반드시 안주를 경유하지 않을 것이며, 안주를 경유하더라도 지킬 만한 병사가 없어 죽음만 당할 뿐 아무 소용이 없을 것입니다. 지금 휘하에 왔으니, 저에 대한 처리는 명령대로 따르겠습니다."

부낭자가 틈을 타서 은밀히 정충신에게 계책을 말해주었다.

"도원수가 공을 만나면 반드시 계책을 물을 것이니, 이렇게 대답하십시오."

정충신은 그리하겠다고 말하였다. 얼마 후에 도원수가 사람을 시켜 정충신을 불렀다. 정충신이 들어가자, 도원수가 직접 맞이하여 자리에 앉게 하면서 물었다.

"지금 적들이 어떤 작전으로 나올 것 같은가?"
"세 가지 계책이 있을 것입니다. 최상책으로는 역적들이 막 일어나는 기세를 타서 곧바로 한강을 넘어 어가를 위협하는 것인데, 이렇게 한다면 위태로움을 예측할 수 없는 상황이 전개될 것입니다. 다음 계책으로는 황해도와 평안도를 근거지로 삼고 모문룡毛文龍[9]과 결탁하는 것인데, 이렇게 된다면 조정에서도 쉽사리 제압할 수 없을 것입니다. 하책으로는 사잇길을 따라 빨리 한양에 들어가서 빈 성을 지키는 것인데, 이렇게 한다면 아무런 소득이 없을 것입니다. 이괄은 성격이 급하고 계책을 세우는 지모智謀가 없으니, 반드시 하책을 쓸 것입니다."

도원수 장만은 알았다고 하였다. 얼마 후 역적 이괄이 정충신의 말대로 사잇길을 따라 곧장 한양으로 들어간다는 기별이 들렸다. 그러자 부낭자가 정충신에게 권하였다.

"지금 역적이 사잇길을 따라 한양으로 진격한다면 어가는 반드시 남쪽으로 피난 갈 것입니다. 안주 방어는 아무 소용없으니, 선봉이 되어 적들이 아직 안정되지 않은 틈을 타서 공격한다면 반드시 이길 것입니다. 지금이야말로 대장부가 국가와 임금을 위해 공을 세울 때입니다."

정충신이 부낭자의 말대로 도원수 장만에게 기회를 잃어서는 안 된다고 하자, 도원수가 허락하였다. 정충신을 선봉대장으로 삼고, 남이흥南以興을 구원군으로 삼아 한 부대를 주어 신속히 진군하라고 하였다. 정충신은 부낭자를 참모로 삼고 군사 천여 명을 이끌고서 적의 후미를 습격하였다. 황주黃州 신교新橋에 도착하여 적과 마주쳤는데, 적은 도원수의 선봉이 정충신임을 알고서 접전을 꺼리는 기색이 역력하였다.

"경솔히 싸워서는 안 된다."

하고는 적은 싸우지 않고 그냥 통과하여 서울에 도착하니, 이때 영조는 이미 남쪽으로 피난을 간 상태였다. 이괄은 서울로 들어와 경복궁에 머물고 흥안군 제琠[이]를 임금으로 추대하였다. 정충신이 추격하여 파주에 이르자 마침 도원수도 도착해서 여러 장수를 불러 계책을 물었다. 정충신이 큰 소리로 외쳤다.

"역적이 서울을 침범하고 주상 전하께서 파천까지 하신 상황이니, 우리들은 죽을 각오로 싸울 뿐 승패는 따질 것이 못 됩니다. 한판의 결전만 있을 뿐입니다"

도원수가 정충신의 말대로 서울을 공격할 때 정충신은 계책을 건의하였다.

"먼저 북산北山을 점거하는 자가 승리할 것입니다. 안령鞍嶺[11]을 점거하고 진지를 쳐서 도성을 내려다보면 적이 싸우지 않을 수 없을 것입니다. 적은 위를 보면서 공격하고 우리는 내려다보며 싸운다면 틀림없이 이길 것입니다."

도원수가 좋다고 하였다. 정충신이 채찍을 휘두르며 빨리 진격할 때 부낭자가 몇 명의 기병을 거느리고 가서 안령에 올라 봉수군烽燧軍을 사로잡고 아무 일 없던 것처럼 평상시대로 봉화를 올렸다.

여러 군대가 차례로 도착하여 점거하고 진을 치고 별도로 정예 군사 수백 명을 보내어 상암裳岩(치마바위)에 매복하여 창의문을 방어하였다. 아침이 되어서야 역적이 이 상황을 알아채고 즉시 문을 열고 군사를 출동하여 두 갈래로 산을 포위하면서 올라갔다.

적장 명련明璉이 곧바로 앞 부대를 쳤는데, 이때 동풍이 급히 불어왔다. 적들은 바람을 타고 비처럼 화살과 탄환을 쏘며 공격하였다. 관군이 산 정상에서 모두 죽을 각오로 싸웠더니, 바람의 방향이 갑자기 바뀌어 서북풍이 크게 일어났다. 맞바람이 쳐서 먼지와 모래가 적들의 얼굴을 뒤덮어 눈을 제대로 뜨지 못하자, 관군은 한층 힘을 내어 묘시卯時(오전 5시~7시)부터 사시巳時(오전 9시~11시)까지 결전하였다.

적장 이양李壤이 탄환에 맞아 죽고, 명련이 팔과 다리에 화살을 맞자, 이괄의 군대는 퇴각하기 시작하였다. 남이흥이 멀리서 '이괄이 패주한다' 하고 크게 소리쳤다. 이 때문에 적병은 달아나면서 서로 밟고 넘어져 바위와 계곡에 떨어져 죽은 자들이 셀 수 없이 많았고, 흩어져 마포로 달아나는 적을 관군이 승승장구하여 추격했더니, 적병은 드디어 대패하였다.

이괄이 도성으로 달아나 들어가자, 정충신이 계속 추격하려고 하였는데 남이흥이 만류하였다. 적은 밤에 몰래 병력을 수구문水口門[12]으로 빼내 남쪽으로 달아났다. 그러자 정충신이 유효걸柳孝傑 등을 거느리고 가서 경안역敬安驛까지 추격하니, 적이 혼비백산하였다.

다음날 이괄의 휘하 장수 이수백李守白[13] 등이 이괄을 참수하고 항복하여 드디어 반란이 모두 평정되었다. 역적이 평정된 뒤 장수들은 임금의 어가를 맞이하기 위하여 모두 한양에 머물렀지만, 정충신은 다시 안주로 되돌아가려고 길을 나섰다.

"나는 변방을 지키는 장수로, 빨리 역적들을 죽이지 못하여 임금의 어가를 몽진蒙塵하게 하였으니, 참으로 용서받지 못할 죄를 지었소. 임지로 돌아가서 명을 기다리겠소."

인조가 역마를 보내 불러서 후하게 상을 내렸다. 또 진무振武 일등 공신으로 책록하고, 금남군錦南君으로 봉하였으며 정헌대부正憲大夫로 올려주었다. 그리고 평안 병사로 발탁되어 등용되었으니, 정충신이 이괄의 난을 평정한 공로는 실로 부낭자의 도움이 컸다.

정충신은 하사받은 금과 비단을 부낭자에게 주면서 말하였다.

"오늘의 성공은 모두 자네 덕분이니, 이 하사품을 자네에게 주겠네. 그리고 계속 막하에 머물러 끝까지 함께하세."

부낭자는 근심스러운 기색으로,

"공께서 이처럼 알아주시니 감격스러워 목숨을 다해 명을 따라야겠지만, 연로하신 부모님이 계신데 봉양할 자식이 없으니, 이제 떠나야겠습니다."

하니, 정충신은 한사코 만류하였다.

"지금 국가에 큰일이 많이 일어나 변방의 근심이 매우 심해지고 있는 시기에 그대는 훌륭한 장수감이네. 내가 조정에 천거하여 먼저 등용시킬 것이니 돌아가지 말게나. 그리고 늙은 부모님을 이곳에서 봉양하면 될 터이니, 근심하지 말게."

부낭자는 한참 동안 아무런 말없이 있다가 말하였다.

"이처럼 공께서 명하시니, 한번 생각해보겠습니다."

밤이 되자 부낭자는 아무도 없는 틈을 타서 정충신에게 말하였다.

"저는 사실 남자가 아닙니다. 연로하신 아비가 전쟁에 나갈 수 없어 감히 목란木蘭(뮬란) 같은 행동을 하였습니다. 다행히 공께서 거두어주시고 공의 뛰어난 무공에 힘입어 오늘이 있게 되었으니, 만일 허락하신다면 제가 공을 모시겠습니다."
"수개월 동안 함께 지냈건만 까마득히 몰랐으니, 내가 참으로 미련한 사람일세."

다음날 정충신은 비장神將들을 불러 성대한 잔치를 마련하여 즐기다가 술이 한창 오르자, 술잔을 부낭자에게 권하면서 비장들에게 말하였다.

"오늘이야말로 나에게 길일吉日이로다. 제군들은 비단 저고리와 치마를 마련해와서 부낭자에게 입히고 빨리 화촉을 밝힐 준비를 하게."

이 말을 듣고서야 좌우에 있는 사람들이 부낭자가 여자인 줄 알고 혀를 차며 기이한 일이라고 하였다. 며칠 뒤에 부낭자는 부모님을 찾아뵙고 진영으로 모시고 와서 살았다.

인조(1627) 5년에 후금後金(淸나라를 가리킴)의 군사가 갑자기 쳐들어왔을 때, 별장別將 정충신이 원수 장만의 군영에 다다르자, 인조가 군중에 나아가 부원수로 제수하였다. 마침 오랑캐가 강화를 맺고 돌아갔다. 처음 정충신이 출발할 때 부낭자에게 계책을 물어보자, 부낭자가 말하였다.

"적의 침입은 걱정할 게 없습니다. 강화를 맺기만 하면 필시 물러갈 것입니다."

과연 부낭자의 말처럼 되었다. 부낭자가 일찍이 정충신에게 말하였다.

"오늘날 후금의 오랑캐들이 강성하여 천하를 석권할 형세인데, 조정에서 척화론에 밀려 오랑캐의 마음을 격동시킨다면 화친하는 일이 반드시 실패할 것입니다. 그렇게 되면 그 화를 예측할 수 없습니다."

조정에서 김대건金大乾을 보내어 해마다 보내는 공물을 거절하고 금나라에 절교를 알리려고 할 때 정충신이 탄식하였다.

"이는 화를 재촉하는 일이다. 적들은 아무런 뜻이 없는데 화를 자초한단 말인가!"

그리고는 김대건을 국경에 머물게 하고, 정충신은 체찰사 김시양金時讓[14]과 함께 상소를 올려 '국서를 고쳐 사태가 더 심각해지지 않게 하소서' 하였다. 인조가 크게 노하여 참수형으로 따끔한 경계를 삼으려 하였지만, 대신 중에 정충신을 위해 변호해주는 자가 있어 하옥시켰다가 당진唐津으로 유배 보냈는데, 이때 부낭자 역시 유배지로 따라갔다. 얼마 안 되어 정충신은 사면되어 충주에 돌아와 살았다. 그 후 포도대장, 경상도 우병사에 제수되었지만 모두 병으로 사양하였다.

부낭자가 조용히 정충신에게 말하였다.

"몇 년 뒤면 청나라 군사의 대규모 침략이 있겠지만, 조정에서는 오로지 척화만 주장하면서 대비조차 하지 않으니, 공께서 나가시더라도 어쩔 수 없을 것입니다. 하지만 공께서는 이 일을 보지 못하고 운명하실 것입니다."

병자년(1636) 여름에 정충신이 죽고 과연 겨울에 청나라 병사가 침입하여 부낭자의 말과 같이 되었다.

부낭자는 3년상을 마치고는 머리를 깎고 비구니가 되어 묘향산에 들어갔는데, 그 뒤의 소식은 알 수 없다.

『일사유사』[15]

---

1) 진양옥秦良玉은 중국 충주忠州(지금의 사천성四川省 충현忠縣) 출신으로, 석주石砫의 선무사로 있었던 마천승馬千乘의 아내였는데, 남편이 죽자 그 부대를 대신 지휘하여 많은 공을 세웠다. 그의 부대를 백한병白桿兵으로 일컬었다.(『명사』 권 270, 열전 158)

2) 건주위建州衛는 원래 중국 명나라 영락제 때, 남만주의 건주 지역에 사는 여진족을 다스리기 위하여 설치한 지방 행정구역으로, 이후 여진족의 부족장에게 지휘권을 넘겨

주었다.

3) 이괄(1587~1624)은 1623년 인조반정 때에 큰 공을 세웠다. 그러나 반정 후에 논공과 정에서 불만을 품고 있던 중, 1624년 반역을 꾀한다는 무고를 받자 드디어 반란을 일으켰다.

4) 속오군束伍軍은 역역이 부과되지 아니한 양인과 천민으로 편성한 군대이다. 선조 27년(1594)에 설치하였으며, 평상시에는 군포를 바치게 하고 나라에 일이 있거나 훈련할 때는 소집하였다.

5) 초장哨長은 초관哨官이라고도 하는데, 1초哨를 거느리던 종9품 무관 벼슬이다.

6) 정충신鄭忠信(1576~1636)의 본관은 하동河東, 자는 가행可行, 호는 만운晩雲이다. 이괄의 난 때 공을 세워 진무공신 1등으로 금남군에 봉해졌다.

7) 장만張晩(1566~1629)의 본관은 인동仁同, 자는 호고好古, 호는 낙서洛西, 시호는 충정忠定이다. 문무를 겸비하고 재략이 뛰어났다고 한다. 1635년 영의정에 추증되었다.

8) 종사관從事官이란 각 군영의 주장主將을 보좌하던 종6품 벼슬이다.

9) 1621년 후금이 요양遼陽을 공격하자, 명나라의 요동 도사遼東都司 모문룡毛文龍이 이에 쫓겨 국경을 넘어와 철산鐵山과 선천宣川 사이에 주둔하였는데, 철산의 남쪽 70리에 있는 가도椵島(일명 피도皮島)를 진영으로 삼아 우리측에 자주 군량을 요청하고 갖은 약탈을 자행하였다. 또한 조선과 명나라의 중간에서 중상모략을 하여 조선 조정이 난처한 적이 많았다.

10) 홍안군 제瑅는 선조의 열번째 아들로, 이괄에 의해 왕으로 추대되었지만, 나중에 패하게 되자 소천昭川으로 내려가 숨었다가 현감 안사성安士誠에게 잡혀 서울로 압송된 뒤 도원수 심기원沈器遠 등에게 살해되었다.

11) 안령鞍嶺은 길마재(안현鞍峴)를 말하는데, 현재의 무악재. 서대문에서 홍제동으로 넘어가는 고개 이름이다. 정충신은 이 싸움에서 이괄의 반란을 진압하는 데 결정적 공을 세운다. 이를 김창흡金昌翕(1653~1722)은 「길마재 노래(鞍峴歌)」에서 찬양하기도 하였다.

12) 수구문水口門은 원래 성 안의 물이 성 밖으로 흘러 나가도록 만든 문인데, '광희문光熙門'의 다른 이름이다. 그리고 성 안 백성의 시체를 수구문을 통해 성 밖으로 내보냈다고 하여, '시구문屍軀門'이라고도 한다.

13) 이수백李守白은 이괄의 난에 참여하였다가 이괄 등의 목을 베고 살아났지만, 그에게 희생당한 청흥군靑興君 이중로李重老의 아들 이문웅李文雄과 풍천 부사 박영신朴榮臣의 아들 박지병朴之屛이 대낮에 서울거리에서 목을 베어 죽였다.

14) 김시양金時讓(1581~1643)의 본관은 안동安東, 초명은 시언時言, 자는 자중子中, 호는 하담荷潭, 시호는 충익忠翼이다. 정묘호란이 일어날 징후가 보이자 평안도 관

찰사 겸 체찰부사에 임명되었고, 이어 병조판서가 되었으며, 도원수와 사도 도체찰사 四道都體察使를 겸하였다. 그러나 조정의 척화에 반대하여 영월로 유배되었다가 풀려나기도 하였다.

15) 『일사유사逸士遺事』는 언론인이자 애국계몽운동가인 장지연張志淵(1864~1921)이 여러 야사·야담을 근거로 하여 중인, 하층민, 여성을 중심 테마로 재구성한 열전류 (6권 1책)의 저작물이다. 장지연이 죽은 뒤 1922년 유작으로 출간되었다.

백세부인 허씨 百歲夫人許氏

이 글은 백세부인이 탁월한 선견지명을 발휘하여 아들 신원과 동생 허종, 허침을 위기로부터 구해낸다는 이야기이다. 특히 연산군이 생모 윤씨尹氏를 위한다는 명분으로 선비들을 살해할 때,[1] 허침만이 윤씨 폐출 사건에 참여하지 않아 화를 모면한 일화는 유명하다. 백세부인의 일화는 여러 문헌에 조금씩 다르게 기록되어 있는데, 무엇보다 백세부인의 탁월한 식견이 중심을 이루고 있다.

백세부인은 양천陽川 허씨許氏 허손許蓀의 딸이며, 평산平山 신씨申氏 신영석申永錫의 아내이다. 103세까지 천수를 누렸기 때문에 세상에서 '백세부인'이라고 일컫는다.

부인에게는 허종許琮[2]과 허침許琛[3]이라는 아우가 있었는데, 누이와 동생이 아래윗집에서 살았다. 그 집이 도성 서북쪽에 있었는데, 당시 유명한 가문이었기 때문에 사람들이 '신허길(申許衖)'이라 하였다. 바로 오늘날의 사직길(社稷衖)이다. 부인은 성격이 침착하고 덕행이 올바르며 매우 넓은 식견을 지녔다.

아들 신원申援은 어려서부터 올바른 가르침을 받아 큰 명성이 있었다. 당시 많은 사람들이 추종하였는데 안평대군安平大君이 더욱 애지중지하였다. 이전에 안평대군이 뜻을 같이하는 사람들과 문주회文酒會를 갖기로 약속하였다. 신원이 초청을 받아 가려고 하자 부인은 좋아하지 않았다.

"평소 어울려 다니는 것을 좋아하지 않더니, 지금 저들과 노닐려고 하느냐? 가지 말거라."

신원이 벌써 약속했다고 말하니, 부인이 말하였다.

"그렇다면 가더라도 곧장 돌아오거라. 내가 앉아서 기다리겠다."

신원이 모임에 가던 중 예전부터 앓던 병이 갑자기 악화되어 길가에 있는 집에서 우선 치료하였다. 그때 안평대군은 손님들을 맞이하여 대청을 가득 메우고 신원을 기다렸는데, 병이 났다는 소식을 듣고는 온 자리에 있던 사람들과 아쉬워하였다. 병이 나은 후 부인이 신원에게 말하였다.

"앓던 병이 발병한 것은 다행이다. 예로부터 걸출한 종실 중에 객을 끌어모아 명성을 취하려고 하면서 생애를 제대로 마감했던 자가 있더냐. 이 점이 모임에 가는 것을 좋게 여기지 않았던 까닭이다."

안평대군의 모임에 대해 세조대왕은 염탐꾼을 풀어 탐지하였다가, 계유년(1453)과 병자년(1456)에 그 모임에 참석한 사람을 거의 다 죽였지만, 신원만은 무사하였다. 세조는 왕위에 오르기 전부터 안평대군이 재주를 믿고 교유 관계를 넓혔기 때문에 내심 탐탁하게 여기지 않았다. 그러나 당시 조짐이 아직 나타나지 않았고 의심이 싹트기 전이었지만, 부인만은 미리 알아차렸다.

부인은 평소 엄격하여 동생 허종과 허침이 어머니처럼 섬겼다. 출입할 때마다 부인에게 가서 문안인사를 드렸고, 아무리 궂은 날씨에도 그만두지 않았다.
마침 성종이 연산군의 생모인 윤비를 사사賜死할 때 허침이 형벌을 감독하는 직책을 맡고 있었다. 허침이 허겁지겁 명령을 수행하기 위해 문안인사를 드릴 수 없다고 사죄하였지만, 부인은 노하여 서둘러 사람을 보내 꾸짖었다.

"비록 조정의 명이 황급하여 가는 길이지만 감히 그냥 지나칠 수 있느냐!"

허침이 하는 수 없이 부인에게 문안인사를 드리자, 부인은 앉으라고 명하고 일부러 말을 하지 않으니, 허침은 일어나 가겠다고 청하였지만 계속 응답하지 않았다. 그때 왕명이 서너 번 오고 심부름꾼이 명을 재촉하였지만, 그래도 부인은 보내지 않았다. 얼마 후에 나오지 않아서 다른 사람으로 대신 교체시켰다고 아전이 와서 알려왔다. 부인은 그제서야 한숨을 쉬면서 허침에게 말하였다.

"우리 아우가 다행히 화를 면할 수 있겠구나. 하지만 죄 없는 사람들이 화를 당하게 되었으니, 그 점이 애석하구나."

허침이 그 이유를 물으니, 부인이 말하였다.

"자네는 알지 못하는가? 남녀의 분별이 없는 부녀자도 사형시킬 수 없는데[4], 더구나 국모國母에 있어서 무슨 말이 필요하겠는가. 어머니를 해치고 그 아들의 신하가 되어 후환이 없기를 바라는 게 될 말인가."

연산군이 즉위하자 허침을 대신하여 형벌을 감독한 자가 제일 먼저 화를 당하였으니,[5] 한결같이 부인의 말처럼 되었다. 조짐을 밝게 아는 식견과 변화에 대처하는 행동 등 이런 일이 많았다.

허종과 허침은 이어서 삼정승에 올라 나라의 중요한 일을 결정하였는데, 공사간에 크고 작은 일을 막론하고 부인에게 묻지 않으면 결코 행하지 않았다. 아들 신원은 힘든 역경을 겪은 뒤 더욱 세상에 나갈 뜻이 없어

은둔하였다. 조정에서 자주 은일隱逸로 천거하였지만, 끝까지 나아가지 않았다. 이는 부인의 가르침이었다.

부인은 장수하고 건강하였으며 집안의 모범이 되었다. 부인이 죽은 뒤 자손들이 매우 번창하여 지금까지 300여 년 동안 과거를 통해 조정의 높은 벼슬에 오른 이가 수십 명에 이르러 끊이지 않고 계속 이어지니, 아! 성대하도다.

『연석집』[6]

---

1) 갑자사화甲子士禍(연산군 10년, 1504)를 말한다. 이때 연산군은 윤씨의 폐출에 찬성했던 조정 관원들을 처형시키거나 부관참시剖棺斬屍하였다.

2) 허종許琮(1434~1494)의 자字는 종경宗卿·종지宗之, 호는 상우당尙友堂, 시호는 충정忠貞이다. 문무를 겸비해 국방에 큰 공을 남겼고, 의학에도 조예가 깊었다.

3) 허침許琛(1444~1505)의 자는 헌지獻之, 호는 이헌頤軒이다.

4) 원문은 '惟房薄過, 不當抵死'인데, '惟房薄過(규방의 작은 허물)'란 높은 지위에 있는 사람의 죄를 곧바로 지적하여 질책하지 않고 휘휘諱하는 기술 방식을 쓴 것이다. 한漢나라 가의賈誼의 상소문 가운데 다음과 같은 구절이 있다. "옛날 대신 중 더럽고 음란하여 남녀의 분별 없는 죄를 범한 자를 '더럽다'고 말하지 않고 '휘장과 주렴이 정돈되지 않았다'고 말한다(古者, 大臣 … 坐汚穢淫亂, 男女無別者, 不曰汚穢, 曰帷薄不脩)"(『통감절요通鑑節要』권7).

5) 『조선왕조실록』을 보면 이세좌李世佐(1445~1505)로 하여금 형을 집행시키게 했다. 이 때문에 뒷날 이세좌는 갑자사화 때 유배되었다가, 유배지에서 자살하라는 연산군의 명을 받고 목을 매어 죽게 된다.

6) 『연석집燕石集』은 유언호兪彦鎬(1730~1796)의 시문집이다. 본관은 기계杞溪, 자는 사경士京, 호는 연석燕石·칙지헌則止軒. 1761년에 정시 문과에 병과로 급제하였다. 벼슬은 좌의정을 지냈다.

정순왕후 貞純王后

영조는 정성왕후貞聖王后 서씨徐氏가 죽자, 1759년 6월 김한구金漢耉의 딸을 맞이하여 왕비로 삼았다. 이 왕비가 바로 정순왕후(1745~1805)인데, 혼인 당시 영조의 나이는 66세, 왕비는 15세였다. 왕비 간택은 법제에 따라 3차의 간택 과정을 거쳤다. 6월 2일 초간택에서 후보 6명을 뽑았고, 6월 4일 3명(김노金魯·윤득행尹得行·김한구의 딸)을 재간택하고, 6월 9일 최종 간택을 하였다. 혼례는 6월 22일에 거행하였다. 이 모든 행사에 필요한 예식 절차에 대한 기록과 인원, 물품을 그림으로 그린 『영조정순왕후 가례도감의궤』가 남아 있는데, 1,188명의 참가 인물이 그려져 있다. 정순왕후는 그 후 1800년 정조가 죽고 어린 순조가 등극하자, 대왕대비로서 수렴청정하여 신유박해라는 천주교 탄압을 단행하기도 하였다. 정순왕후에 대한 일화는 여러 책에 보이는데, 특히 왕비를 간택할 때 했던 영조와의 문답은 지혜로운 정순왕후의 모습을 잘 보여준다. 그리고 끝부분에 직언하는 신하에게 자신의 잘못을 인정하고 칭찬한 일화는 최고 권력자의 겸허한 모습을 보여주는 것이기도 하다.

정순대비 김씨는 오흥부원군 김한구의 딸이다. 본가는 서산에 있었고 무척 가난한 집안이었다. 일찍이 친척집에 더부살이할 때 전염병이 창궐하여 온 마을이 감염되었기 때문에 마을 밖에 초가 움막을 지어 어머니와 함께 전염병을 피해 살았다. 왕후는 당시 다섯 살이었는데, 도깨비들이 무리를 지어 움막 밖에 와서 '여기에 중전이 계시구나' 하면서 흩어져버렸다. 이 일을 안 어머니는 이상하게 여겼다.

기묘년(1759) 정월 아버지와 함께 서울로 들어갔다. 상국 이사관李思觀[1]은 전부터 알고 지내던 분인데, 충청도로 부임해 가던 길에 우연히 만났다. 바람과 눈이 크게 일어 날씨가 무척이나 추웠다.

"혹독한 추위에 그대의 여식이 동상에 걸릴까 걱정되오."

이공은 부친에게 이렇게 말하고는 담비 갖옷을 벗어주고 갔다. 왕후는 가마 속에 있으면서 고맙게 여겼다.

　서울 집에 도착하였을 때는 마침 정성왕후貞聖王后의 삼년상이 끝난 시기였다. 영조가 몸소 납시어 여러 규수 중에 왕비를 간택하였다. 이때 왕후만은 방석 위에 앉지 않고 바닥에 앉아 있었다.

　"왜 방석에 앉지 않느냐?"
　"아비의 이름이 써 있기 때문에 피하여 앉았습니다."

　이는 간택할 때 방석 머리에 규수들의 부친 이름을 붙여놓았기 때문이었다.

　"어떤 물건이 가장 깊으냐?"

　영조가 여러 규수에게 질문하자, 어떤 규수는 산이 가장 깊다 하기도 하고, 어떤 규수는 물이 가장 깊다 하기도 하여 대답이 여러 가지였다. 그런데 왕후는,

　"사람의 마음이 가장 깊습니다."

하고 대답하였다.

　"왜 유독 사람의 마음이 가장 깊다고 하느냐?"
　"다른 사물은 아무리 깊어도 헤아릴 수 있으나, 사람의 마음만은 깊이를 헤아릴 수 없기 때문입니다."
　"어떤 꽃이 가장 좋으냐?"

영조가 또 질문을 하자, 어떤 규수는 연꽃이 가장 좋다 하고 어떤 규수는 복숭아꽃이 가장 좋다고 하였는데, 왕후만은 목화가 가장 좋다고 대답하였다.

"왜 목화가 좋다고 하느냐?"
"다른 꽃은 모두 한때만 보고 즐기지만, 목화는 천하 사람들에게 입힐 수 있기 때문에 가장 좋다고 생각됩니다."

왕후는 당시 열다섯이었다. 영조는 감탄하고 기특하게 여겨 드디어 왕비로 간택하였다.
왕후가 처음 대궐로 들어갔을 때 상궁 나인이 왕후에게 아뢰었다.

"저고리의 등 부분을 재단하려 하오니, 조금만 돌아앉아 주셨으면 합니다."
"상궁은 왜 내 등뒤로 와서 재지 않는가."

이 말을 들은 상궁은 두려워 어쩔 줄 몰랐다.
왕후가 대궐로 들어간 뒤에 영조가 물었다.

"어려울 때 도움을 준 사람이 있었소?"
"이전에 서울로 들어올 때 심한 추위를 만났는데, 이사관이 담비 갖옷을 벗어주지 않았다면 아마도 동상에 걸려 죽었을 것입니다."

영조가 가상히 여겨 이사관을 발탁하여 등용하였고 얼마 후에 재상으로 삼았다.
경신년(1800)에 정조가 승하하여 정순왕후가 수렴청정할 때 특별히 국구國舅(임금의 장인)의 손자인 김노충金魯忠을 총융사摠戎使로 제수하였다. 이 일에 대해 경연관經筵官 정일환鄭日煥이 아뢰기를,

"자전慈殿께서 공론을 따르지 아니하고 이처럼 제수하시니, 어찌 사적인 혐의가 없겠습니까?"

하니, 정순왕후는 사과하고 정일환의 직언을 칭찬하였다.

이때 양학洋學(천주교)이 크게 일어나서 전국이 물들었는데, 왕후는 더러움을 깨끗이 없애고 정도正道(유학儒學)를 부지扶持하였으니, 종묘사직에 큰 공이 있지 않은가.

『금계필담』[2]

---

1) 이사관李思觀(1705~1776)의 본관은 한산韓山, 자는 숙빈叔賓이다. 1729년 진사시에 합격하고, 1737년 통덕랑通德郞으로서 별시 문과에 을과로 급제해 승문원에 들어갔다. 1759년 충청도 관찰사에 임명되었으나, 부임하기 직전 논란이 있어 황주 목사로 파견되었다. 1772년 우의정을 거쳐 좌의정에 올랐다.

2) 『금계필담錦溪筆談』은 1873년에 서유영徐有英이 저술한 문헌설화집이다. 2권 2책의 한문필사본으로, 141편의 설화가 수록되어 있다. 여러 이본이 존재한다.

유씨 부인 柳氏夫人

원래 나이 든 판서의 소실로 갈 뻔하였으나, 총명한 언행으로 정실이 된 유씨 부인의 이야기이다. 단호한 처신으로 시댁에서 자신의 위상을 확보해가는 모습은 현명한 여인 상으로 손색이 없다.

판서 윤강尹絳[1]은 육십이 넘은 나이에 용인龍仁 김량촌金粱村의 유씨 집안 여식을 소실로 정혼하였다. 그리하여 혼인을 이틀 앞두고 유씨 마을로 내려가 머물렀다. 이때 유씨 집안의 처녀가 늙은 여종을 윤 판서가 머무는 곳으로 보내 자신의 뜻을 전하였다.

"연로하신 기력으로 멀리까지 오시니 혹 여독이나 없으신지요? 저 때문에 이번 행차를 하셨다니, 몸둘 바를 모르겠습니다. 저희 집안이 비록 매우 한미하나, 시골에서는 명색이 양반가입니다. 이제 제가 한번 재상 가의 첩으로 들어가면 영원히 중서인中庶人이 되어, 다시는 저의 집안을 일으킬 가망이 없게 됩니다. 불초한 여식 때문에 친정 집안의 문화門戶를 그르치게 되는 것이지요. 이를 생각하면, 애달픈 마음이 그지없습니다. 외람되이 생각하건대, 대감께서는 지위가 이미 육경六卿을 거치셨고 춘추도 회갑을 지나셨으니, 혼벌婚閥이 빛나지 않더라도 그다지 명성에 흠이 없을 듯합니다. 이 어린 저의 민망한 처지를 동정하시어 너그러이 약조를 바꾸시어, 정실의 예로 맞아주시면 저의 가문에 영광과 감격이 그지없을 것입니다. 규중의 몸으로 올린 말이 너무 당돌한 줄 알지만 부끄러움을 무릅쓰고 아뢰니, 어떠하신지요?"

"말한 대로 시행하겠노라."

윤 판서가 이렇게 전갈에 답하고 즉시 혼서婚書를 고쳐서 써 보냈다. 그리고 의관을 차리고 초례청醮禮廳(혼례를 치르는 장소)으로 갔다. 그런데 초야初夜를 지내고 다시 생각해보니, 마음이 전혀 개운치 못하여 죽은 고기를 먹은 것처럼 도무지 즐거운 기분이 아니었다. 그래서 즉시 서울 집으로 돌아가고 말았다. 그리고는 일체 발을 끊고 소식도 전혀 통하지 않았다. 유씨의 부모는 딸을 탓하였다.

"처음 혼약대로 소실이 되었으면, 이런 근심이 없었을 텐데. 괜히 당돌하게 나섰다가 스스로 네 평생을 그르치지 않았느냐. 누굴 원망하겠느냐."

일 년쯤 지나자 유씨는 부모에게 신행新行²⁾ 갈 채비를 청하였다.

"대감이 너를 전혀 돌아보지 않으시는데, 무슨 낯짝으로 그 댁에 가겠단 말이냐."
"저는 이미 윤씨 집안의 사람이 되었습니다. 버림을 받더라도 윤씨집안의 귀신이 될 것이니, 친정에 계속 머물러 있을 수 없지요. 하인 여러 명을 가마에 딸려 보내주세요."

유씨의 집은 부유하여 신행 채비를 규모 있게 차리고 떠나, 윤 판서의 집 대문에 당도했다. 그 집 비복들이 물었다.

"어디서 온 내행(부녀자의 여행길 또는 그 부녀자)이시오?"
"새 마님 신행 행차라오."

윤 판서댁에서는 상하 모두가 냉랭하게 맞아들일 기색이 없었다. 유씨는 행랑을 깨끗이 치우게 하고 가마에서 내려 방에 들어가 앉았다. 당시 윤 판서의 큰아들은 지평까지 올랐으나 죽었고, 둘째 의정공議政公은 승지로 있었으며, 세째 동산공東山公은 교리로 있었다. 이날 두 자제는 모두 집에 없었다.

유씨는 데려온 하인들을 시켜 두 자제가 돌아오기를 기다리고 있다가 대문에서 잡아오라고 하였다. 이윽고 승지와 교리 두 자제가 대문으로 들어섰다. 문 앞에서 웬 가마꾼들이 웅성웅성하는 것을 보고는 물어본 뒤에야 용인에서 온 행차인 줄 알았다. 우선 아버지를 뵙고 아뢴 다음 어떻게 할까 결정지으려고 바로 사랑채로 가려 하였다.

이때 유씨의 건장한 노복들이 승지 형제에게 달려들어 갓을 벗기고 끌어다 유씨 부인이 있는 방문 앞에 꿇어앉게 하였다. 유씨는 문지방을 짚고 앉아서 노기를 띠며 꾸짖었다.

"내 비록 문벌이 한미하지만, 이미 대감으로부터 육례六禮의 절차를 받은 처이니, 너희에게는 명색이 어미가 되지 않느냐. 어미를 백 리도 안 되는 곳에 두고 아들된 도리로서 일 년이 넘도록 한 번도 와서 뵙지 않는단 말이냐. 대감께서 소원하게 대하심이야 원망할 수 없지만, 너희들의 행동은 참으로 해괴하도다. 내가 방금 이곳에 앉았으니 너희들은 밖에서 들어오는 대로 곧 와서 인사를 해야 도리에 마땅하겠거늘, 바로 사랑채로 향하다니 이 또한 극히 잘못된 일이다."

승지 형제는 잘못을 사죄하지 않을 수 없었다.

"내가 너희를 매질하고 싶으나, 너희는 임금님을 가까이 모시는 사람이라 관대히 용서하겠다. 일어나 갓을 쓰고 방으로 들어오너라."

하며 가까이 앉게 하고 부드러운 소리로 물었다.

"대감의 근래 기거와 침식이 어떠신가?"

말에 위엄이 있으면서도 얼음을 녹일 듯한 온화함이 넘쳤다. 유씨가 행랑에 들어앉은 때부터 윤 판서는 종들을 시켜서 동정을 엿보고 속속들이 보고하도록 했는데, 처음 아들 형제를 잡아갔다는 말을 듣고 혀를 찼다.

"내가 포악한 여자를 얻어 이런 횡역이 생기는구나. 장차 집안이 망하겠구나."

나중에 아들 형제를 타이르는 말이 엄하면서 뜻이 바름을 듣고 무릎을 치며 칭찬했다.

"참으로 슬기로운 부인이로다. 내가 사람을 알아보지 못하고 오랫동안 박대하였으니, 후회스럽도다."

즉시 집안사람들에게 명하여 안채를 치우고 맞아들이게 하여 모든 집안사람이 일제히 부인에게 인사를 올렸다.

대감과 부인은 금실이 좋았으며 가정이 화목하였다고 한다. 유씨 소생으로 두 아들을 두었는데, 지경趾慶은 그 아들 용容[3]이 판서를 지냈으며, 지인趾仁[4]은 병조판서까지 올랐다.

『동패낙송』[5]

---

1) 윤강尹絳(1597~1667)의 본관은 파평, 자는 자준子駿, 호는 무곡無谷이다. 1624년 증

광문과에 병과로 급제하였다. 형조판서, 예조판서, 이조판서 등을 역임하였다. 1664년 민유중閔維重의 탄핵으로 사퇴하여 안산 옛 집으로 돌아간 뒤에도 여러 번 조정에서 불렀으나 모두 사퇴하였다.

2) 신행新行은 혼행婚行이라고도 하는데, 혼인하여 신랑이 신부집으로 가거나 신부가 신랑집으로 가는 것을 말한다.

3) 윤용尹容(1684~1764)은 1722년 정시문과에 병과로 급제하였다. 대사헌·대사간· 병조참판·호조참판·공조판서 등을 두루 지냈다. 아버지 지인趾仁과 함께 청백리로 명성이 높았다. 여기에서는 지용의 아들로 잘못 쓰여 있다.

4) 윤지인尹趾仁(1656~1718)은 1694년 별시문과에 병과로 급제하였다. 희빈 장씨禧嬪 張氏가 사약을 받을 때 숙종에게 명을 거둬들이도록 힘써 간쟁하고, 세자의 보호와 희 빈 장씨의 오빠 장희재張希載의 목숨을 살려줄 것을 청하였다. 이 때문에 숙종의 노여 움을 사 관직이 삭탈되고 사대문 밖으로 쫓겨나기도 하였다. 대사헌·예조참판·이조 참판·병조판서 등을 두루 지냈다.

5) 『동패낙송東稗洛誦』은 편저자 미상의 2권 2책으로 된 한문단편집이다.

5. 남편의 수염을 뽑으며

송질의 딸 宋氏夫人

요즈음 말로 엽기적이라 할 정도로 질투가 심했던 송질의 딸에 관한 이야기이다. '부위부강夫爲婦綱'이라는 유교 사회의 대명제 아래 있었던 조선시대에, 이런 이야기가 사회의 보편적 추세를 보여주는 것은 물론 아니지만 질투가 여자의 최대 무기라는 말도 있듯이, 여성이 가정에서 주도권을 장악하는 삶의 한 방식으로 질투가 존재한 것은 의심할 나위 없다. 참고로 주인공은 90여 세의 천수를 누리고, 아버지, 남편, 아들이 모두 정승을 지낼 정도로 영예로운 생을 살았다.

송질[1]은 중종조中宗朝의 명재상이다. 그에게는 질투가 심한 딸이 하나 있었다. 처녀 때 같은 동네에 투기가 심한 부인이 있었는데, 남편이 손을 잘라 온 동네에 돌려 보였다. 송 처녀는 이 말을 듣고 여종을 시켜 그 잘린 손을 가져오게 한 다음 상 위에 올려놓고 술을 올리며 말하였다.

"잘린 손 그대는 여자를 위하여 죽었으니, 내가 어찌 조문하지 않으리오."

이 소문이 사대부들의 집안에 알려져 감히 송 처녀에게 장가들려 하는 사람이 없었다. 그러나 아버지 송 상공은 딸이 하는 대로 내버려두었다.

묵재默齋 홍언필洪彦弼[2]은 어릴 때부터 호기를 부렸는데, 이 소문을 듣고 웃으며,

"남자 하기에 달렸지. 어찌 이런 처녀를 두려워하리오."

하고는, 드디어 송 상공에게 혼사를 청하여 허락을 받았다. 혼인한 다음

날 여종이 술과 안주를 올릴 때 묵재는 부인의 반응을 시험하려고 일부러 여종의 손을 잡았다. 그런데 부인은 자리에 앉으며 못 본 체하였다. 묵재가 사랑채로 나와 앉아 있는데 이때 부인이 여종의 손을 잘라서 보내왔다. 묵재는 즉시 본가로 그냥 돌아가버려 영원히 관계를 끊으려는 뜻을 보였다. 송 상공은 부인과 함께 딸의 질투를 책망하였으나, 딸은 끝내 뉘우칠 뜻을 보이지 않았다.

몇 년 후 묵재는 장원급제하여 머리에 어사화御賜花를 꽂고 무동舞童을 거느리고 송 상공의 문 밖을 지나면서도 들어가지 않았다. 송 상공의 부인이 딸과 누각에 올라가 이를 바라보았다. 딸이 눈물을 줄줄 흘리자, 이를 본 부인이 딸에게 말하였다.

"네가 만일 잘못을 뉘우친다면 홍 서방이 어찌 영원히 관계를 끊기야 하겠느냐!"
"지금부터라도 잘못을 고치겠습니다."

상공의 부인은 매우 기쁜 마음으로, 즉시 송 상공에게 말하고는 딸이 잘못을 뉘우친다고 묵재에게 이 사실을 전하게 하여 비로소 화목하게 잘 지냈다. 이후로 묵재는 아내를 대할 때 항상 무게를 잡고 노하거나 기뻐하는 기색을 전혀 나타내지 않으니, 아내도 매우 조심하였다.

공의 나이 오십이 지나 재상이 된 뒤 어느 날 부인과 잠을 자고 새벽에 대궐로 들어갈 때 갑자기 미소를 지었다.

"제가 공과 결혼하여 한 방에서 해로하였는데 평소에는 조금도 얼굴에 감정을 보이지 않더니, 지금 갑자기 미소를 짓는 이유는 무엇입니까?"
"부인이 지금껏 나한테 속았기 때문에 웃었소."

"속았다니 무슨 말씀입니까?"

"부인의 질투를 만약 엄하게 잡아놓지 않으면 어려울 것 같아 이제껏 감정을 나타내지 않았소."

부인은 발끈 얼굴색이 변하였다.

"공이 나를 지금까지 이처럼 심하게 속였단 말이오!"

곧 달려들어 수염을 움켜쥐고 뽑아버렸다. 공은 미처 피하지도 못하고 갑자기 변고를 당해 당황하여 어찌할 도리가 없었다.

공이 입시入侍하자, 중종이 갑자기 수염 하나도 없는 할미같이 된 홍언 필을 보고 이상하게 여겨 연유를 물으니, 공은 부끄러워 땅에 엎드려 아뢰었다.

"신이 집안을 잘 다스리지 못한 소치입니다."

중종은 진노하여 내시를 시켜 사약를 가지고 가서 부인을 사사賜死하게 하였다. 하지만 사실은 사약이 아니라 사탕물이었다. 부인은 얼굴빛이 조금도 변하지 않고 내시를 마주 대하고 사약을 한번에 다 마셨다. 중종은 이 말을 듣고 '참으로 독한 부인이로다' 하고 웃었다. 그 뒤로 공은 다시는 부인을 제압할 수 없었다.

훗날 부인이 우연히 독서당讀書堂[3]에 가서 임금이 하사한 옥술잔을 만지작거리니 당직하던 사람의 아내가 말하였다.

"선생先生(각 관아의 전임 관원을 이르던 말)이 아니면 이 술잔을 만질 수 없습니다."

부인은 웃으면서 대답하였다.

"내 아버님이 호당湖堂에서 영의정에 이르렀고, 내 남편도 호당에서 영의정에 이르렀으며, 내 아들 또한 호당에서 영의정에 이르렀으니, 내가 어찌 이 술잔을 만지지 못하겠는가."

상국 인재忍齋 홍섬洪暹[4]은 바로 부인의 아들로서 명종 때의 어진 재상이었다. 이 이야기가 세상에 미담으로 전해진다.

「금계필담」

1) 송질宋軼(1454~1520)의 본관은 여산礪山, 자는 가중可仲, 시호는 숙정肅靖이다. 1506년 중종반정 때 정국공신 3등에 책록되고 여원부원군礪原府院君에 봉해졌다. 1513년 우의정에, 이어 영의정에 이르렀으나 양사兩司로부터 탄핵을 받았다.

2) 홍언필洪彦弼(1476~1549)의 본관은 남양南陽, 자는 자미子美, 호는 묵재默齋이다. 1504년에 문과에 급제하였다. 명종이 즉위한 뒤 문정왕후文定王后가 수렴청정하자, 윤원형尹元衡이 을사사화를 일으켰는데, 이에 가담해 1등공신에 책록되고, 익성부원군益城府院君에 봉해졌다.

3) 독서당讀書堂은 인재 양성을 목적으로 젊은 문관 중 뛰어난 사람을 뽑아 특별히 휴가를 주어 학문을 닦게 하던 장소이다. 성종 22년(1491)에 시행하였는데 오늘날 독서당 터가 성동구 옥수 2동에 있고, 그곳 동호대교의 동호東湖는 바로 독서당의 별칭이며, 호당湖堂이라고도 한다.

4) 홍섬洪暹(1504~1585)의 자는 퇴지退之, 호는 인재忍齋, 시호는 경헌景憲이다. 1535년 이조 좌랑으로서 김안로金安老의 전횡을 탄핵하다가 흥양에 유배되었다가, 김안로가 사사된 뒤 3년 만에 석방되었다. 1571년에 좌의정이 되고, 영의정에 승진되어 세 번이나 중임하였다.

성하길의 아내

남편을 손아귀에 넣고 좌지우지하며 감금과 폭력까지도 마다하지 않은 여성 주인공을
보고 있노라면 여인천하女人天下라는 말에 손색이 없다.

광해군 때 진사 성하길成夏吉이란 사람이 있었는데, 명문 양반가 출신
으로 어려서부터 재주가 있다는 명성이 있었으나, 성품이 본래 나약하고
졸렬하였다. 그의 아내도 역시 명문가 출신으로 재주와 용모가 보통 사람
보다 훨씬 빼어났다. 또한 집안 살림을 잘 다스리고 남편의 옷과 음식을
극진히 잘해주었다.

그러나 성질이 사납고 포악하여 남편이 조금이라도 뜻에 맞지 않으면
문득 꾸짖다가 때리기까지 하니, 성하길이 아내를 몹시 두려워하여 감히
항거하지 못하고 아내에게 잡혀 살았다. 아내에게 꽉 잡혀 서라면 서고,
앉으라면 앉아서 모든 일에 자유라곤 없었다. 집안의 모든 종들도 성하길
아내의 호령에 복종하여, 안방 마님만 알 뿐 바깥 주인은 염두에 두지 않
았다. 권한과 위엄이 모두 아내에게 있으니, 마치 당唐나라 고종高宗과 측
천무후則天武后[1]의 관계와 같았다.

성하길은 오직 아내에게 거슬릴까 두려워 벌벌 떨며 항상 조심하다
도 털끝만큼이라도 뜻에 맞지 않으면 곧 큰 봉변을 당하여 의관이 다 찢
기며 질책을 받고 매를 맞는 등 고통을 당한 뒤 다락방에 갇혔다. 문틈으
로 음식을 받아먹으며 더러는 며칠씩 갇혀 있다가, 아내의 노여움이 풀린
뒤에야 용서를 받고 나올 수 있었다. 이와 같은 일이 매우 잦았다. 성하길
은 아주 분하고 한스러웠으나 어찌할 도리가 없었다.

하루는 성하길이 몰래 도망쳐 성 안에 사는 한 친척집에 숨으니, 가쁜

숨이 차츰 진정되었다. 다음날 문 밖에서 시끄럽게 부르는 소리가 들렸다. 바로 아내가 가마를 타고 좇아온 것이다. 성하길은 놀랍고 두려워서 어찌할 바를 몰랐다. 아내가 그 집에 들어서서 종들을 시켜 그 집안의 장독을 때려부수고 그릇을 깨뜨리고는 말하였다.

"저놈이 달아나 자네 집에 왔으면 어째서 즉시 내게 달려와 고하지 않는가!"

그 집안사람들이 좋은 말로 싹싹 빈 뒤에야 중지하였다. 드디어 성하길을 이끌고 집으로 돌아가서 중죄를 지었다고 종아리 30대를 때리도록 명하니, 마치 관가에서 매를 때리며 심문하는 것과 같았다. 그리고는 다락방에 며칠 동안 가두었다가 풀어주었다. 이때부터 친척집에서도 감히 받아들여주지 않았다.

하루는 성하길이 문득 호남의 먼 고을에 노비가 있다는 사실을 생각하였다. '내가 만약 그곳으로 달아나 숨으면 아마도 틀림없이 무사할 것이다' 하고 드디어 한 필의 말을 타고 몸을 빼서 달아났다. 천리길을 며칠 만에 가서 그 종이 사는 곳에 이르렀다. 여러 종들이 그를 맞아하여 받들어 모셨다. 성하길은 마치 호랑이 굴에서 빠져나온 듯 먹고 자는 것이 안정되었다. 며칠 뒤에 문 밖에서 시끄럽게 떠드는 소리가 들려 물어보니, 그의 아내가 가마를 타고 이르렀다는 것이었다. 성하길은 놀라고 두려웠으나 피할 곳이 없었다. 그의 아내가 종들을 모조리 잡아들여 중형을 가하며 꾸짖었다.

"저놈이 도망쳐 왔으면 너희들은 어째서 사람을 급히 보내 내게 알리지 않았느냐!"

성하길에게는 죄인이니 갓을 벗으라 하고는 뒤쪽 말에 태워 서울집에 도착하여 크게 벌을 주었다가 몇 달이 지난 뒤에야 풀어주었다. 성하길의 친척과 친구들이 그를 위해 모여 의논하였다.

"국법國法으로 이혼시키는 길밖에는 다른 방법이 없네. 하지만 이런 사람은 국법도 받아들이지 않을 테니 이혼은 안 될 걸세. 내쳐 죽이지 않으면 다른 길이 없네. 그렇다고 죽일 수는 없지 않은가?"
"대책이 없군."

성하길의 말을 듣고 모두들 탄식하며 흩어졌다. 몇 년 뒤에 아내가 갑자기 병들어 죽으니, 성하길의 친구들이 모두 기뻐하며 말하였다.

"성하길이 이제는 살 수 있겠다."

드디어 모두 모여 축하하러 갔다. 성하길은 아내를 잃고 탈상을 하지 못했는지라, 여러 친구들이 몰려오는 것을 보고 '친구들이 조문을 하러 오는구나' 하며 친구들 앞에서 곡을 하였다. 친구 중 하나가 손을 들어 성하길의 뺨을 때리며 성난 소리로 꾸짖었다.

"축하를 하러 왔지, 누가 조문을 하러 왔느냐. 곡은 다 무슨 곡이야."

그들은 성하길을 두고 한바탕 웃고 말았다.

『천예록』[2]

1) 측천무후則天武后는 14세 되던 당 태종 때에 입궁하였고, 뒤에 고종의 사랑을 받아 황후 왕씨를 몰아내고 황후가 되었다. 고종을 손아귀에 넣고 마음대로 하였다. 심지어 아들 중종中宗이 즉위하자 황제 자리를 빼앗아 대신 황제에 올랐다.
2) 『천예록天倪錄』은 임방任埅(1640~1724)이 편찬한 야담집이다. 이본으로는 일본 덴리대본天理大本과 「최척전崔陟傳」 합철본이 있다. 수록 작품의 편수는 덴리대본이 61편, 합철본이 42편이다.

우상중의 아내

오늘날에도 공처가에 관한 재미있는 이야기들이 많이 전해진다. 중국에서도 공처가에 대한 일화가 많이 전해오는데, 특히 당나라 완숭阮嵩과 송나라 여정기呂正己가 아내를 몹시 두려워하여 관원으로서 조정의 체신을 떨어뜨렸다며 강등을 당했다는 일화는 우상중의 일화와 비슷한 이야기이다. 『동야휘집東野彙輯』이라는 야담집에는 우상중이 호랑이와 힘겹게 싸우던 중 그 아내가 나와 즉시 죽였다는 이야기가 앞부분에 나온다.

우상중禹尙中[1]은 공주公州 출신의 무인으로, 용기와 힘이 뛰어나 무과에 급제하였다. 인조 초기에 서울에서 벼슬살이를 하였다. 그러던 중 갑자년 (1624) 이괄의 난리가 일어나 임금의 수레를 모시고 노량진 나루터에 이르렀다. 배 한 척만이 강 언덕에서 몇 장丈 떨어진 곳에 있었다. 위사衛士들이 황급히 불렀으나, 뱃사공은 힐끗 쳐다보기만 하고 노를 저어 오려 하지 않았다. 이때 우상중이 옷을 벗고 물에 들어가 헤엄을 쳐서 그 배로 뛰어올라 사공의 목을 베고, 돛을 세우고 배를 저어 왔다. 임금이 장하게 여겨 즉시 선전관을 삼았다. 이때부터 거듭 벼슬이 올라 전라도 수사水使가 되었다. 도내道內에 있는 전선 수백 척을 거느리고 통영統營으로 조련하기 위하여 가는데, 기생을 태우고 풍악을 울리면서 갔다.

그의 종 가운데 수군 병영에 있다가 집으로 돌아가는 자가 있었다. 우상중의 아내가 남편이 어떻게 지내느냐고 종에게 묻자, 기생을 태우고 풍악을 울리고 다닌다고 말해버렸다. 우상중의 아내는 노하였다.

"이놈이 나와 헤어진 지 얼마 되지도 않았는데 이 따위 행동을 하니 한번 따끔한 맛을 보여주지 않으면 버릇을 고칠 수 없다."

즉시 전대에 양식을 싸서 어깨에 메고, 짚신을 신고 혼자 걸어서 출발하였다. 하루에 수백 리를 걸어서 바닷가까지 따라갔다. 우상중의 전선은 아직 통영의 부두에 닿기 전이었다. 우상중의 아내가 멀리서 소리쳤다.

"배를 빨리 해안에 대라."

우상중은 이 소리를 듣자 깜짝 놀랐다.

"이 말은 우리 부인의 소리일세. 큰 변고가 있겠구나."

우상중은 허둥지둥 어찌할 바를 모르다가 명령을 내려 배를 대게 하였다. 우상중의 아내가 배 위로 훌쩍 뛰어올라 윗자리에 앉았다. 배에 있던 장졸들은 모두 피하여 달아나고, 우상중은 아내 앞에 무릎을 꿇었다.

"내가 예전에도 주의를 주었는데 당신은 어째서 지금 기생을 태우고 풍악을 울리는 것이오!"
"죽어도 용서받지 못할 죄이니, 당신의 지시만 따르겠소."

우상중의 아내가 볼기를 까라고 하고 직접 매를 들고 30대를 때리니, 흐르는 피가 흥건하였다. 볼기를 치고 난 후에도,

"볼기를 치는 것만으로는 벌이 부족하다."

하고는 우상중의 수염을 거머쥐고 칼로 모두 베어버렸다. 그리고 나서 즉시 배에서 훌쩍 뛰어내려서 올 때와 마찬가지로 걸어서 돌아갔다.
우상중은 평소 수염이 아름답다고 알려졌다. 수염의 길이가 배에까지

닿았으나, 이때부터는 드디어 수염 없는 사람이 되고 말았다. 우상중이 통영에 이르렀을 때, 이완李浣[2]이 수군통제사로 있었다. 수염 없는 우상중을 보고 놀라서 물었다.

"공의 수염이 평소 보기 좋았는데 어째서 갑자기 없어졌소?"
"사또께서 물으시니 어찌 감히 숨기겠습니까? 이제부터는 세상에 다닐 면목이 없게 되었습니다."

마침내 사실대로 말하였다. 실제 아내의 용기와 힘이 우상중보다 몇 배나 더하였다. 통제사가 노하여 말하였다.

"장수된 자가 제 아내도 제압하지 못하면서 어찌 적을 제압하겠는가!"

우상중을 꾸짖고 난 통제사는 즉시 장계를 올려 파직시켜버렸다.

『천예록』

[참고]
유교 규범이 확고했던 조선 사회에도 공처가들이 꽤 있었던 모양이다. 이와 관련하여 『어우야담』에 다음 얘기가 전해진다.

옛날부터 부녀자를 교화시키기는 어렵다. 남자가 아무리 강심장이라 할지라도 몇 사람이나 부인을 두려워하지 않을 수 있겠는가?
옛날에 한 장군이 있었는데 십만 병사를 이끌고 넓고 막막한 들에 진을 치고는 동서로 나누어 큰 기를 꽂았다. 한 깃발은 푸른색이고 한 깃발은 붉은색이었다. 장군이 드디어 군중에 세 번 명령하고 다섯 번 거듭하여 타이르며 말하였다.

"아내를 두려워하는 자는 붉은 기 아래 서고, 아내를 두려워하지 않는 자는 푸른 기 아래 서라."

십만의 군사들이 모두 붉은 기 아래 모여 섰는데, 한 사내만 유독 푸른 기 아래 서 있었다. 장군이 전령을 시켜 물었더니, 다음과 같이 대답하였다.

"제 처가 항상 경계하여 말하기를 '남자들 셋이 모이면 반드시 여색을 논하게 되니, 세 남자가 모인 곳에 당신은 일체 들어가지 마시오' 했는데, 하물며 지금은 십만의 남자가 모여 있지 않습니까? 그래서 감히 아내의 명을 어길 수 없어서 혼자 푸른 깃발 아래 섰습니다."

1) 우상중禹尙中은 인조반정 때 선전관으로 공을 세워 정사원종공신에 책록되었다가 이괄의 난으로 인조가 피난하자 호종하였다. 이 공로로 가선대부에 올랐다. 1648년 홍청병사洪淸兵使가 되었고 죽은 뒤 정문旌門이 세워졌다.
2) 이완李浣(1602~1674)은 조선 중기의 무신으로, 본관은 경주, 자는 징지澄之, 호는 매죽헌梅竹軒이다. 효종의 북벌 정책에 선봉 역할을 맡았다.

유몽인의 누이 柳氏夫人

자신을 비방하던 남편 친구의 이마를 똥막대기로 찍은 유씨 부인의 이야기이다. 이 글에는 유씨 부인의 질투뿐만 아니라 뛰어난 감식안도 함께 서술되어 있다.

홍 학곡洪鶴谷[1]의 어머니는 유몽인柳夢寅[2]의 누이동생이다. 글을 잘하고 감식안도 뛰어나지만, 질투가 매우 심한 성격이었다. 학곡의 아버지가 일찍이 친구와 함께 대화를 나누던 중 아내의 질투가 심하여 난감하다고 말하자, 친구가 말하였다.

"그런 부인을 왜 처로 삼아 스스로 고생한단 말인가. 어찌하여 내쫓지 않는가?"

"어찌 쫓아낼 생각을 안 했겠는가? 지금 임신을 하였으니 혹시 아들을 낳을까 싶어서 참고 있을 뿐이네."

"그런 사람이 아들을 낳더라도 무슨 소용이 있겠는가?"

부인은 창문 사이에서 몰래 엿듣고 있다가 막대기에 똥을 묻혀 오게 해서, 손님이 앉아 있는 창호지에 구멍을 뚫어서 똥막대기로 남편 친구의 이마를 찍었다.

부인이 아들을 낳았는데, 그 아들이 바로 학곡이다. 어려서부터 직접 어머니에게 과정을 정해 글을 배워 문장을 성취하였다. 완남군完南君 이후원李厚源[3]이 어릴 적에 학곡을 찾아뵙고 과표科表 세 편과 과시科詩 세 수를 고과해주기를 요청하자, 학곡이 말하였다.

"놓고 가게. 고과해서 보내주겠네."

며칠 뒤에 모두 낮을 비卑 등급을 써서 보내주었다. 그 뒤 완남군은 자신이 쓴 한 시구詩句가 벽에 써 있는 것을 보고 학곡에게 물었다.

"어찌하여 이 구절을 적어놓으셨습니까?"
"그 문장이 아름다워서가 아니고, 어머니께서 보시고 이 두 구절은 높은 벼슬에 오를 기상이 있다고 하셨기 때문에 써놓았을 뿐이네."

유씨 부인은 신령스러운 감식안이 있었다. 학곡의 맏아들 감사 홍명일洪命一4)이 감시監試를 보고 나왔는데, 학곡은 아들이 지은 것을 보고 필시 합격하지 못하리라고 여겼다. 그러나 할머니인 유씨 부인은,

"이것은 장원감이다."

하고서 집안사람들에게 술을 빚어 과거 합격에 대한 준비를 하라고 재촉하였다. 합격자 명단이 발표되자, 과연 진사에 장원하였다. 이 밖에도 한 번 후생後生의 문장을 보면 그때마다 그 사람의 운명과 수명을 시초점蓍草占이나 거북점처럼 잘 맞추었다. 이를 다 기록할 수 없을 정도이다.
어느 날 저녁 학곡이 어머니를 모시고 앉아 있었는데 말 우는 소리가 들렸다.

"저 말은 명마일 게다."

유씨 부인이 끌고 오라고 명하니, 바로 관단마款段馬(걸음이 느린 조랑말)로 죽기 직전이었는데, 잘 기르라고 명하였다. 후에 과연 뛰어난 명마가 되

었다.

유 부인은 이뿐만 아니라 규방의 법도가 많아 지금까지 아름다운 덕행
으로 일컬어졌고 질투가 심하다는 것은 틀린 말이다.

논하는 사람들이 막대기에 똥을 묻혔다고 것은 바로 감사 후부인後夫人
구씨具氏의 이야기라고 한다. 구 부인은 성품이 매서워 호걸스러운 기상
이 있었다. 감사가 혼례식날 저녁 입고 있던 옷을 과시하면서,

"종립騣笠은 어떠하며, 홍대는 어떠하오?"

하자, 부인이 즉시 대답하였다.

"갓은 황초립黃草笠이요, 권圈은 대모권玳瑁圈이요, 띠는 세조대細條帶지
요."

감사는 말문이 막혔다고 한다.
감사가 하루는 새로 남단 원령藍段圓領을 입고 조정에 나갔다가 첩의 집
에 들러 돌아왔는데, 부인이 이 사실을 알고 도포를 벗겨서 바로 기름동
이에 집어넣었다고 한다.

『매옹한록』[5]

1) 학곡鶴谷은 홍서봉洪瑞鳳(1572~1645)의 호이다. 본관은 남양, 자는 휘세輝世이다.
좌의정과 영의정 같은 높은 벼슬을 두루 역임하였다.
2) 유몽인柳夢寅은 『어우야담』의 저자로, 광해군의 복위를 꾀했다고 모함을 받아 아들과
함께 사형을 당하였다.
3) 이후원李厚源(1598~1660)의 본관은 전주, 자는 사진士晋 · 사심士深, 호는 우재迂

齋, 시호는 충정忠貞이다. 1623년 인조반정 후 정사공신 3등으로 완남군에 봉해졌다.

4) 홍명일洪命一(1603~1651)은 조선 중기의 문신으로, 본관은 남양, 자는 만초萬初, 호는 보옹葆翁이다. 장령·필선을 거쳐 대사성에 이르렀으며, 영안군寧安君에 봉해졌다. 영의정에 추증되었으며, 시와 글씨에 뛰어났다.

5) 『매옹한록梅翁閒錄』은 박양한朴亮漢(1677~1746)이 인조·효종·현종·숙종 때의 시사를 기록한 것이다. 박양한은 본관이 고령高靈, 자는 사룡士龍, 호는 매옹이다. 1696년 진사가 되고, 고산 현감 등을 역임하였다.

6. 평강공주의 후예

일타홍─朶紅

이 일화는 일타홍의 만남과 이별, 그리고 재회와 죽음에 대한 이야기이다. 일타홍은 심희수의 방탕한 기질을 절제 있게 변모시키고, 이별이라는 충격 요법을 써서 과거 시험에 합격시킨다. 일타홍은 시종일관 현명한 방법으로 상황에 대처해나간다. 마지막 일타홍의 죽음을 애도하는 심희수의 도망시悼亡詩(아내의 죽음을 슬퍼하며 지은 시)에는 절절한 정감이 그대로 드러나 있다. 일타홍에 대한 일화는 여러 작품에서 보이는데, 『천예록』이라는 책에서는 70여 세가 된 심희수가 죽기 전에 동료 관원에게 과거를 회상하는 방식으로 기술되어 있다.

　　일송一松 심희수沈喜壽[1]는 일찍 부친을 여읜 뒤로 학업을 그만두고 어릴 때부터 온갖 방탕한 짓을 하였다. 밤낮으로 기생집과 술집을 왕래하고 지체 높은 집안이나 높은 벼슬아치의 잔치자리와 노래와 춤이 있는 기녀의 모임에 가지 않은 적이 없었다. 흐트러진 머리와 헤어진 옷을 조금도 부끄러움 없이 다니니, 사람들이 모두 '미친 놈'이라고 손가락질하였다.

　　하루는 권세 있는 재상가의 연회에 가서 기생들 틈에 섞여 놀았는데, 다른 사람들이 침을 뱉고 꾸짖어도 아랑곳하지 않고 떠나지 않았다. 그 자리의 기생 중 금산錦山에서 올라온 일타홍이라는 어린 기생이 있었다. 용모와 가무가 일세에 으뜸이라 심희수는 그 모습에 반하여 가까이 가서 앉았다. 그런데 일타홍은 조금도 싫어하는 기색이 있기는커녕 때때로 추파를 보내며 동작을 살피다가 일어나 변소에 가는 척하면서 손짓하였다. 심희수가 일어나 따라가자, 일타홍이 심희수의 귀에 대고 말하였다.

　　"당신 집은 어디인지요?"

　　심희수는 어느 동의 몇번째 집이라고 자세히 말해주었다. 그러자 일타

홍이 말하기를,

"당신은 먼저 집으로 가세요. 제가 즉시 뒤따라갈 것이니 가서 기다리세요. 약속을 어기지 않겠습니다."

하였다. 심희수는 생각지도 않았던 일이라 매우 좋아하며 빨리 집에 돌아와서 집안을 청소하고 기다렸더니, 날이 저물기 전에 일타홍이 과연 약속대로 왔다. 심희수는 기쁜 마음으로 함께 무릎을 맞대고 수작을 하였다.
마침 어린 여종이 안채에서 나오다가 이 모습을 보고 부인에게 돌아가 아뢰니, 부인은 자식의 방탕함을 근심거리로 여겨 막 불러서 꾸짖으려는 찰나였다.

"어린 여종을 빨리 불러오게 하세요. 제가 들어가 대부인을 알현하겠습니다."

심희수는 일타홍의 이 말을 듣고 여종을 불러 어머니에게 알리게 하였다. 일타홍이 안채로 들어가 섬돌 아래에서 절하고 말하였다.

"저는 금산에서 새로 올라온 기생 아무개로, 오늘 모 재상의 연회에서 마침 귀댁의 도령을 보았습니다. 모든 사람들은 미친 소년이라 손가락질했지만, 저의 어리석은 소견으로는 앞으로 귀인이 될 상相입니다. 하지만 기상이 너무나 거칠어 마치 여색에 굶주린 귀신같다고 할 수 있지요. 지금 만약 잘 이끌지 못한다면 사람 구실을 못할 것입니다. 차라리 지금 상태에서 알맞게 인도하는 것이 나을 것입니다. 제가 오늘부터 도령을 위하여 춤추며 노는 자리에 발을 끊고, 공부하는 분위기를 잘 주선한다면 성취할 방도가 있을 듯한데, 부인의 뜻은 어떠하신지요? 제가 혹시 정욕으로 이런 생각을 하는 것이라면 어찌 가난하고 미친 듯한 소년을 선택하였겠습니까. 제가 옆에서 모시더라도, 결코 잠자리에서 정욕을 낭비하여 몸을 상하게 하지는 않게 하겠습니다. 그 점은 걱정하지 마십시오."

"우리 아이가 일찍 부친을 잃어 학업을 제쳐두고 온갖 미치고 방탕한 짓을 하였지만, 내가 늙어 막을 도리가 없어 밤낮으로 고심하던 차에 지금 무슨 바람이 불어와 자네 같은 좋은 사람이 우리 집 아이를 성취시키려고 하는가? 참으로 그지없는 은혜일세. 내가 무슨 의심을 하겠는가? 그러나 우리 집안이 본래 가난하여 아침저녁 끼니조차도 잇기 어려운 형편이니, 자네 같은 호사스러운 사람이 굶주림과 추위를 견디며 이곳에서 머물 수 있겠는가?"

"그 점은 개의치 마십시오."

드디어 이날부터 일타홍은 기생집에 발을 끊고 심씨 집안에 몸을 숨겼다. 일타홍은 심희수의 머리를 빗기고 때를 씻기고 절제 있는 행실을 시종 게을리 하지 않았다. 해가 뜨면 책을 끼고 이웃집에 가서 글을 배우게 하고, 돌아온 뒤에는 책상 앞에 앉아 새벽부터 밤늦게까지 과거 공부를 부지런히 하도록 권면하고 과정을 엄격하게 세웠다. 조금이나마 나태해지려는 생각이 있으면 불끈 안색을 바꾸어 이별하자는 말로 자극을 주니, 심희수가 사랑 때문에라도 과거 준비를 게을리 할 수 없었다.

혼사를 논의할 때가 되었는데, 심희수가 일타홍을 이유로 장가들려고 하지 않자, 일타홍이 그 의도를 알아채고 엄하게 책망하였다.

"당신은 명문가의 자제로 앞길이 구만 리인데, 어찌하여 미천한 기생 때문에 큰 인륜을 저버리려 하십니까. 저 때문에 집안을 망칠 수 없는 노릇이니, 저는 지금 떠나겠습니다."

그러자 심희수는 하는 수 없이 장가를 들었다. 일타홍은 온화한 기색으로 말소리를 낮추고 정성스럽게 노부인老夫人을 섬기듯 부인을 섬겼다. 심희수에게 일정한 날짜를 정하여 4~5일은 안방에 들어가게 하고, 자신의 방에 들어오게 하였다. 만일 기한을 어기기라도 할라치면 반드시 문을 닫고 들이지 않았다.

몇 해를 이처럼 지내자, 심희수는 공부를 싫어하는 마음이 전날보다 더욱 심해졌다. 하루는 일타홍에게 책을 던지고 누워서 말하였다.

"네가 부지런히 과거 공부를 익히게 하지만, 내가 싫다면 네가 어쩔 거냐?"

일타홍은 심희수의 마음이 태만해져 말로는 어쩔 수 없음을 깨닫고, 심희수가 외출한 틈을 타서 노부인에게 말하였다.

"서방님께서 공부를 싫어하는 마음이 요즘 들어서 부쩍 심해졌습니다. 저의 성심 성의로도 어쩔 수 없으니 이제 떠나겠습니다. 첩이 이렇게 떠나는 것은 더욱 힘쓰게 하려는 계책입니다. 비록 집을 떠나긴 하지만, 어찌 영영 작별하는 것이겠습니까. 언젠가 과거에 합격했다는 소식을 들으면 즉시 되돌아오겠습니다."

그리고는 일어나 절을 하고서 떠나려 하자, 부인이 손을 잡고 말하였다.

"자네가 온 뒤로부터 우리 집의 못된 아이가 마치 엄한 스승을 만난 듯이 어리석은 짓을 하지 않았네. 이는 모두 자네의 힘이네. 글읽기를 싫어한다는 사소한 일로 우리 모자를 버리고 떠난단 말인가?"

일타홍이 일어나 절하고 말하였다.

"첩도 감정 없는 목석이 아닌데, 어찌 이별하는 슬픔을 알지 못하겠습니까. 그러나 노력할 방도가 오직 이것 하나뿐입니다. 서방님께서 돌아왔을 때 제가 떠난 사실을 알고 '과거에 오른 뒤에야 다시 만날 수 있다'는 약조의 말을 전해주신다면 반드시 힘써 노력하여 학업에 정진할 것입니다. 오래 걸리면 6~7년이요, 빠르면 4~5년 사이의 일입니다. 저는 응당 몸을 깨끗이 하고서 과거에 합격했다는 기약을 기다릴 것입니다. 부디 이러한 뜻을 지아비에게 전해주십시오. 이것이 제 소원입니다."

드디어 마음을 다잡고 문을 나섰다. 일타홍은 부인이 없는 늙은 재상집을 두루 물어서 한 곳을 찾아 그 늙은 재상을 만나 말하였다.

"죄를 입은 집안의 남은 목숨으로 괴로이 몸을 의탁할 곳이 없으니, 종들의 틈에 끼워주셔서 미천한 성의나마 바치게 해주십시오. 바느질과 술과 음식을 부지런히 잘 살피겠습니다."

그러자 늙은 재상이 그녀의 단정하고 총명한 모습을 보고 가련하게 여겨 머물도록 하였다. 일타홍이 그날로 주방에 들어가 찬거리를 마련하였는데, 음식맛이 늙은 재상의 식성과 잘 맞아 더욱 사랑을 받았다.

"늙은이가 몹시 곤궁한 운명이었는데, 다행히 너를 만나서 몸에 편한 의복과 음식을 얻어 지금 의지할 수 있게 되었구나. 지금 이미 내가 마음으로 허락하였고, 너 역시 정성이 극진하니 지금부터 부녀父女의 정을 맺도록 하자."

그리고 일타홍으로 하여금 안채로 들어와 살게 하면서 딸이라고 불렀다.

심생이 집에 들어왔을 때 일타홍은 이미 가고 없었다. 이상하게 여겨 물으니, 어머니가 작별할 때의 말을 전하고서 꾸짖었다.

"네가 공부를 싫어하였기 때문에 이 지경에 이르렀다. 앞으로 무슨 면목으로 세상에 나설 수 있겠느냐! 과거 급제를 기약하고 떠났으니, 반드시 어길 리 없을 것이다. 과거에 급제할 수 없다면 살아서는 다시 만날 기약이 없을 것이니, 네 마음대로 하거라!"

심생은 이 말을 듣고 근심하여 마치 무엇을 잃어버린 듯하였다. 며칠 동안 한양 안팎을 두루 찾아다녔지만, 끝내 종적을 알 수 없자 마침내 마음에 맹세하였다.

'내가 한 여자에게 버림을 당하였으니, 무슨 얼굴로 사람을 대할 수 있겠는가? 등과한 뒤에야 서로 만나자는 기약을 하였으니, 내가 응당 각고의 노력으로 학업에 정진하여 다시 만나리라. 만일 과거에 이름이 오르지 못하여 약속을 지키지 못한다면 살아 있은들 뭐할 것인가?'

드디어 아예 문을 닫고 손님을 만나지 않고 밤낮으로 책을 읽었다. 여러 해가 지난 후에 심생이 과거에 급제하여 유가遊街[2]하던 날, 선배와 나이 든 재상을 두루 방문하였는데, 바로 심생의 아버지 친구분들이었다. 길을 다니며 인사를 하던 중 늙은 재상이 흔쾌히 맞이하여 고금의 일을 말하면서 함께 머물며 조용히 대화하였는데, 잠시 뒤에 안채에서 음식을 차려 내오자 심생이 그릇에 담긴 반찬을 보고서 슬픈 얼굴빛으로 변하였다. 늙은 재상이 이상히 여겨 묻자, 드디어 일타홍에 관한 이야기를 자세히 말해주고는, 또 다음과 같이 말하였다.

"시생이 각고의 노력으로 학업을 익혀 과거에 오른 것은 전적으로 옛 사람을 한번 만나보고자 해서였습니다. 그런데 지금 반찬을 보니 바로 일타홍이 만든 것입니다. 그래서 이처럼 상심하였습니다."

늙은 재상이 나이와 모습을 묻고 말하였다.

"내게 양녀가 있는데 어디에서 온 줄 알지 못했는데, 혹시 이 아이가 아닌가?"

말을 마치기도 전에 홀연히 아름다운 여인이 뒤에서 창을 밀고 들어와 심생을 안고 통곡하였다. 심생이 일어나 주인에게 절하고 말하였다.

"존장께서는 지금 이 여자를 저에게 허락해주소서."
"내가 거의 죽을 때가 다 되어 다행히 이 아이를 만나서 의지하여 목숨을 부지하고 있는데, 지금 보내기를 허락한다면 늙은이가 좌우의 수족을 잃은 듯할 것이네. 난처한 일이지만 이처럼 만나는 것이 매우 기이하고, 또 이처럼 서로 사랑하니 내가 어찌 허락하지 않겠는가."

심생이 일어나 절하고 매우 감사하였다. 날이 이미 컴컴해진 후에 일타홍과 함께 말을 타고 앞에서 횃불로 길을 밝히며 지나갔다. 대문에 이르러 급히 어머니에게 말하였다.

"홍랑이 왔습니다. 홍랑이 왔습니다."

어머니가 기쁨을 이기지 못하고서 맨발로 중문까지 와서 일타홍의 손을 잡고서 섬돌을 오르니, 기쁨이 집안 가득 넘쳤다. 다시 전날처럼 좋은 관계로 되돌아갔다.

심공이 이조 낭청이 되었는데, 어느 날 저녁에 일타홍이 옷깃을 여미고 말하였다.

"첩이 나으리의 성공을 돕기 위하여 일편단심으로 십여 년 동안 다른 일은 생각하지 않았습니다. 그러다 보니 고향에 계신 부모님의 안부 역시 물을 경황이 없었지요. 이것이 첩의 마음에 밤낮으로 맺혀 있습니다. 나으리께서 지금 일을 하실 수 있는 지위에 계시니, 첩을 위하여 금산 군수錦山郡守가 되시어 저에게 생전에 부모님을 뵐 수 있게 해주신다면 저의 간절한 소원이 이루어질 것입니다."

"이는 참 쉬운 일이라네."

심희수가 즉시 군수로 나가기 위하여 상소를 올려, 금산 군수가 되었다. 일타홍을 데리고 함께 부임하여 부임한 날에 일타홍 부모의 안부를 물으니, 모두 아무 탈이 없었다.

3일쯤 지나서 관부官府에서 술과 음식을 성대히 마련하여 일타홍이 본 가에 가서 부모님을 뵙고 절을 하였다. 친척들을 모아 3일 동안 크게 연회를 베풀고 부모에게 많은 의복과 생활 물품을 보내면서 말하였다.

"관부는 개인집과는 다르고, 특히나 관가의 안식구는 다른 사람과 구별됩니다. 부모와 형제가 만일 혹 친척의 연분으로 자주 출입한다면 사람들이 입방아를 찧게 될 것이며, 사또의 정사에 누가 될 것입니다. 제가 지금 관아에 한번 들어간 뒤에는 다시 나오지 않을 것이며 또한 자주 상통하지 않을 것이니, 서울에 있는 것처럼 여기시어 다시는 왕래하지 마시고, 내외의 구분을 엄하게 구분해주세요."

이어 절하고 떠나 관아로 들어와서 한번도 외부와 왕래하지 않았다.

반년이 지나 여종이 심공에게 일타홍이 들어오기를 청하는 뜻을 전하였는데, 마침 공사公事가 있어 즉시 들어가지 못한다고 하였다. 여종이 계속 들어오기를 청하자, 공이 이상하게 여겨서 안방으로 들어가보니, 일타홍이 새로 의상 한 벌을 차려 입고 침석을 새로이 깔아놓았다. 별달리 아픈 데는 없는 것 같았지만, 얼굴에는 슬픈 빛이 감돌았다.

"첩이 오늘 나으리 곁을 영영 떠나려 합니다. 나으리께서는 몸을 보중하시어 길이 명예와 부귀를 누리시고 첩 때문에 슬퍼하지 마소서. 그리고 저를 나으리의 선영에 장례 치르게 해주십시오. 이것이 마지막 소원입니다."

이 말을 마치고 죽자, 공은 매우 통곡하였다.

"내가 외직으로 나온 것은 홍랑 때문이었는데, 지금 그녀가 이미 죽었으니 내가 어찌 홀로 여기 머물겠는가?"

이어 사직단자를 올려 체직을 원하였다.
홍랑의 상여와 함께 가다가 금강에 이르러 도망시悼亡詩[3]를 지었다.

한송이 붉은 연꽃 유거[4]에 실으니	一朵紅蓮載柳車
향기로운 넋 어느 곳에서 잠시 머뭇거리나	香魂何處乍蜘躕
붉은 영정 적시는 금강 가을비	錦江秋雨丹旌濕
아마 내 님의 이별 눈물일레	疑是佳人泣別餘

『청구야담』

1) 심희수沈喜壽(1548~1622)의 본관은 청송靑松, 자는 백구伯懼, 호는 일송, 시호는 문정文貞이다. 1599년 이조판서가 되고, 홍문관·예문관의 대제학을 겸하였다. 광해군이 폭정을 시작하고 아부하는 무리들이 정치를 그르치자, 한탄하며 둔지산으로 들어가 그곳에서 시를 벗삼아 여생을 보냈다.

2) 유가遊街는 과거 급제자가 풍악을 울리면서 시가행진을 벌이고 시험관, 선배 급제자, 친척 등을 찾아보던 일을 가리킨다. 보통 사흘에 걸쳐 행하였다.

3) 이 도망시는 『기아箕雅』라는 시선집 권3에 심희수의 작품으로 실려 있는데, 몇 글자 출입이 있다.

4) 유거柳車는 나라 또는 민간에서 장사 지낼 때 재궁梓宮이나 시체를 실어 끌게 하던 큰 수레를 가리킨다.

김천일의 아내 양씨梁氏

임진왜란이 일어나기 전, 의병장 김천일 장군의 아내 양씨 부인이 앞일을 내다보고 현명하게 대처한 이야기이다. 전란의 체험과 민중들의 상상력이 가미된 일화인데, 병자호란을 배경으로 한 국문소설 『박씨전』과 성격이 비슷하다. 임진왜란은 우리 민족에게 엄청난 시련과 고통을 주었던 전쟁이었다. 임진왜란 초반 조정 관료의 무능과 안이한 대처가 드러나면서 삽시간에 왜군에 의해 국토가 유린되었다. 이런 와중에 전국 곳곳에서 의병이 일어나 왜군을 물리치기 위해 많은 활약을 하였다. 양씨 부인의 이야기를 읽어 보면 보이지 않는 곳에서 의병 활동을 묵묵히 지원했던 수많은 여인들의 힘을 느낄 수 있다. 또한 양씨 부인의 지감知鑑은 당시 전쟁을 미리 준비하지 못하고 책임을 회피하던 조정의 벼슬아치를 질타하는 측면도 읽어낼 수 있다.

문열공 김천일[1]의 부인 양씨는 시집온 뒤 일할 생각은 전혀 하지 않고 날마다 낮잠만 잤다. 보다 못한 시아버지가 며느리를 불러서 말했다.

"집안 살림을 좀 돌봐야 하지 않겠느냐?"
"살림을 하고는 싶지만, 가진 게 없어서 못하고 있습니다."

시아버지가 마침내 벼 삼십 석과 종 서너 명, 그리고 소 몇 마리를 나누어주었다. 그러나 며느리는 감사하다는 인사도 하지 않고 물러나와 즉시 종들을 불러서 명하였다.

"너희들은 지금부터 이 곡식을 소에 싣고 무주茂朱 어느 깊은 산속으로 들어가 나무로 집을 짓고 이 곡식으로 농사지을 동안 양식으로 삼거라. 부지런히 화전을 일구어 매년 가을에 나에게 얼마를 수확했는지 알리고, 매년 그 곡식은 쌀로 저장하거라."

며칠 뒤에 양씨 부인은 남편 김천일에게 말했다.

"남자가 수중에 돈이 없으면 어떤 일도 해낼 수 없지요. 이 마을 아무 개는 엄청난 부자로 도박을 몹시 좋아한다고 하니, 서방님은 그 집에 찾 아가서 내기 바둑을 두어 1천 석의 노적을 가져오십시오."
"그 사람은 국수國手로 유명한데, 내가 어떻게 대국할 수 있겠소?"
"어려울 게 없습니다. 지금부터 제가 바둑의 여러 묘수를 가르쳐드릴 테니, 바둑판을 가져오세요."

머리가 영리한 김천일은 얼마 안 되어 바둑의 묘법에 통달하였다. 어느 날 양씨 부인이 남편에게 말하였다.

"됐습니다. 내일 재산을 걸고 내기를 하세요. 3판 2승으로 승부를 하 되, 첫판은 그냥 져주고, 둘째 판과 셋째 판은 몇 집 차이로 근소하게 이 기셔야 합니다. 그리고 내기에 걸었던 재물을 얻은 뒤에 그 사람이 한 판만 더 두자고 하면 그때는 신묘한 수법을 발휘하여 꼼짝 못하게 만드 셔야 합니다."

김천일은 내기 바둑을 하러 부자를 찾아갔다. 하지만 그 부자는 가소롭 게 여기며 말했다.

"상대도 안 되는 사람과 내기 바둑을 두어서 뭐하겠나."

그 부자는 얕잡아보며 아예 대국을 하지 않으려다가 김천일이 두세 번 간청한 후에야 허락하였다. 드디어 문 앞에 쌓인 1천 석의 곡식을 걸고 3 판 2승으로 규칙을 정하였다. 김천일은 아내의 말대로 첫판은 부자에게 져주었다. 부자는 의기양양해서 말하였다.

"그럼, 그렇지. 자네는 적수가 못 되네. 지금이라도 그만두게나. 부질 없이 재산만 날리지 말고."

김천일은 약속대로 대국하자고 청하여 두 판을 내리 이겼다. 부자는 놀라면서 말하였다.

"이런 일이…, 자네가 이겼으니 약속대로 그 곡식을 주겠네. 하지만 딱 한 판만 다시 둘 수 있겠나?"

김천일은 이번 판에는 귀신같은 묘수를 다 써서, 얼마 지나지 않아 부자가 손을 쓸 수 없을 정도로 크게 이겼다. 김천일이 집으로 돌아와 부인에게 물었다.

"과연 부인의 말처럼 이겼소. 이 곡식을 어디에 사용하려는 것이오?"
"서방님의 친지 중 의지할 곳 없는 가난한 사람들을 구휼하시고, 혼례나 장례를 치르지 못하는 어려운 형편에 있는 사람들을 도와주세요. 그리고 귀천을 가리지 말고, 사이가 가깝거나 멀거나 구분하지 말고 도와주십시오. 또 호걸이나 뛰어난 지략이 있는 사람이 있으면 반드시 잘 사귀세요. 날마다 집에 데리고 오시더라도 제가 술과 음식을 잘 마련하겠습니다."

김천일은 아내의 말대로 호남 일대의 호걸을 모두 사귀었다.
하루는 양씨 부인이 시아버지께 말하여 울타리 밖에 있는 닷새 갈이 밭[2]에 박씨를 심었다. 박이 익으면 큰 것을 따다가 겉에 검은 칠을 해서 대여섯 칸의 창고에 보관했다. 그리고 대장장이를 불러 쇠로 박통 만한 큰 바가지 서너 개를 만들었는데, 하나의 무게가 백 근 정도였다. 사람들은 양씨 부인이 그렇게 하는 이유를 전혀 몰랐다.

임진왜란이 일어나자, 부인이 남편과 마주앉아 앞으로의 일을 상의했다.

"평소 서방님에게 가난한 사람을 도와주고 호걸과 사귀게 한 것은 모두 지금을 위한 것이었습니다. 부모님께서 피난 가실 곳은 제가 이미 무주의 깊은 산골에 마련했으니, 걱정하지 마세요. 저는 여기 남아서 필요한 군량과 군수품을 조달할 것이니, 서방님은 속히 의병을 일으켜 국가에 보답하십시오."

김천일이 흔쾌히 아내의 말대로 의병을 일으키자 원근 각지의 사람들이 모여들어 십여 일 동안 5천 명의 군사가 갖추어졌다. 김천일의 군사들은 각기 검은 칠을 한 박통을 허리에 차고 싸우러 갔다가 본진으로 돌아올 때는 왜적이 지나는 길에 쇠로 만든 박통을 일부러 떨어뜨려놓았다. 왜적은 이 쇠박통을 들려다가 힘이 부쳐 너무도 놀라며 우리 군사들이 신력神力을 지니고 있다고 여겨 함부로 진격하지 못하였다.

의병장 김천일이 수많은 큰 공을 세운 것은 양씨 부인의 힘이었다.

『일사유사』

1) 김천일金千鎰(1537~1593)의 본관은 언양彦陽, 자는 사중士重, 호는 건재健齋, 시호는 문열文烈이다. 의병장으로 혁혁한 전공을 세우던 중 10만의 왜적이 진주성으로 공격할 때 힘을 다해 싸웠으나 성이 함락되자, 아들 상건象乾과 함께 촉석루에서 남강에 몸을 던져 죽었다. 1603년 좌찬성에 추증되고, 이어 1618년 영의정에 추증되었다.
2) 원문의 '五日耕'이란 밭을 측량하는 단위로, 한 마리 소가 5일 동안 갈 수 있는 면적에 해당한다.

가난한 선비의 아내

동네 아이들을 가르치며 가난하게 살던 선비에게 시집와서 집안을 일으키고, 아울러 치부致富에 뚜렷한 주관을 가지고 있었던 여인의 이야기이다. 글만 읽고 가정 경제에 무관심한 선비와, 적극적인 행동으로 돈을 벌어 궁색한 집안 살림을 안정시키는 아내의 모습이 대조를 이룬다. 선비의 아내는 시당숙에게 돈을 빌려 서울의 감초를 매점하는 방법으로 재산을 모은다. 집안 환경과 돈을 버는 과정을 보면 연암 박지원의 「허생전」과 매우 유사하다. 차이가 있다면 무능한 남편 대신 아내가 직접 적극적으로 나선다는 데 있다. 한편 부녀자가 경제 활동에 적극 참여한 이 이야기는 변화하는 조선 후기 상업 경제의 한 단면을 보여준다고 하겠다. 실제 조선 후기의 기록을 보면, 여성이 시전市廛의 점포를 운영하는 경우도 있었다.

가난한 어떤 선비가 상처喪妻하고 학동 10여 명을 모아서 가르치며 살았다. 얼마 후 먼 시골에서 아내를 새로 맞이하였다. 신부가 시집을 와서 보니, 지지리도 가난하여 한 됫박의 양식도 없었는데, 가장이라는 선비는 굶주림을 참아가며 독서만 하고 도무지 집안 살림은 돌아보지 않는 것이었다.

그때 무장武將 출신인 시당숙이 있었다. 신부가 당숙에게 천 냥을 꿔서 치산治産할 계획을 하자고 남편에게 졸랐다. 선비는 씩 웃으며 말했다.

"웬걸 흔쾌히 빌려주시겠소? 또 내 평생 이런 일을 남에게 말해보지 못했소."

그리하여 신부는 직접 시당숙에게 천 냥을 빌려주시면 일 년 이내에 갚아드리겠노라는 내용의 편지를 써서 보냈다. 당숙 집의 며느리와 조카며느리가 모두들 시끄럽게 떠들어댔다.

"시집온 지 며칠 안 되는 신부가 당돌하게 천 냥을 꾸어달라고 하다니, 이런 몰지각한 사람이 있나!"

"그렇지 않다. 지난번 신부를 보니 평범한 사람이 아니더구나. 그리고 편지 한 장에 천 냥을 쉽게 말하니, 그 뜻을 볼 만하구나."

당숙은 이렇게 말하고 답서를 보내 흔쾌히 응낙했다.

신부는 돈을 받아 다락에 보관했다. 선비는 이상하게 생각하면서도 우선 맡겨두고 어떻게 하는지 살펴보기로 하였다. 신부는 부릴 만한 종 하나 없기에 학동들에게 떡과 과자를 주고 돈으로 입전立廛[1]에 가서 여러 색깔의 비단을 사오게 하여, 그것으로 주머니를 맵시 있게 만들어 골고루 채워주니 학동들이 좋아하여 종처럼 고분고분 말을 잘 들었다.

그리고 신부는 학동들에게 각각 돈 두 푼씩 주며, 도성 내외의 약국과 여러 역관의 집으로 보내 감초를 사오게 하였다. 이렇게 몇 달을 계속 매입하니, 저자거리에 감초가 바닥나서 값이 무려 다섯 배로 뛰었다. 이때 곧 내다 팔아 3~4천 냥을 벌었다. 집을 사고 시루나 솥 같은 살림살이를 장만하고 노비를 사서 하루아침에 부자가 되었다. 그리고 시당숙에게 편지로 아뢰고 천 냥을 갚자, 당숙 집에서는 모두 깜짝 놀랐다. 일 년 기한에 반년도 되지 않았다. 전에 비웃던 사람들이 이제는 어진 아내라고 칭찬했고, 당숙은 기특히 여겨 새 집에 와서 돌려받은 천 냥을 다시 주며 이돈을 놀려 치부의 밑천으로 삼으라 했다. 그러나 신부는,

"사람이 세상에 태어나 의식이 궁색하지 않고, 마을과 친척에게 착한 사람이라는 말을 들으면 충분하지요. 구태여 부자가 되어야 하겠습니까. 그리고 부자는 여러 사람의 미움을 사게 되니, 제가 원하는 바가 아닙니다."

하고는 한사코 사양하며 받지 않았다.

　부인은 길쌈에 뛰어났고 부지런히 집안을 다스려 부부가 해로하고 자손이 높은 지위에 오르며, 종신토록 궁핍을 모르고 지냈다고 한다.

　　　　　　　　　　　　　　　　　　　　　　　『해동야서』

1) 입전立廛을 선전縇廛이라고도 하는데, 조선시대에 비단을 팔던 가게를 말한다. 한양
　이 도읍이 된 뒤 제일 먼저 생긴 전으로, 전매 특권과 국역國役 부담의 의무를 진 서울
　의 여섯 시전인 육주비전六注比廛 중에서도 규모가 제일 컸다.

주탕비 합정合貞

이 작품의 주인공은 관아의 여종 출신으로서, 주체적으로 자신의 삶을 계획하고 합리적으로 자아를 실현해나간다. 비록 우하형이라는 변방 하급 무사를 출세시키는 것을 삶의 목표로 설정하는 시대적 한계를 보이지만, 자신이 선택한 사람의 성공을 돕는 한편 한시적으로 다른 사람과 혼인 생활을 하는 모습은 당시로서는 보기 드문 인물 형상이라 하겠다. 그리고 다시 만난 우하형이 죽자 생애에 아무런 유감이 없다며 곡기를 끊고 죽는데, 이런 모습은 기존의 열녀상과는 다른 시각으로 바라보아야 할 것이다.

할미의 이름은 합정合貞인데, 관서[1]의 의주義州 사람으로 평산平山에 사는 우하형禹夏亨[2]의 소실이다. 본디 천한 신분으로 태어나 의주 관아의 주탕비酒湯婢[3]로 관적官籍에 이름이 올라 있었다.

당시 우하형은 처음 무과에 급제하여 의주 부윤의 막부에 있던 터라 이로 인해 합정이 우하형에게 사랑을 받았다. 우하형은 자신의 밥이며 빨래 등을 모두 합정에게 맡기니, 합정은 부지런히 일하여 의식 걱정이 없게 하였다.

그때 의주에는 국경을 넘은 죄로 참수형에 처할 아홉 명의 죄수가 있었는데, 부윤이 우하형에게 형 집행 장소를 감독하게 하였다. 우하형이 도착하여 죄수들에게 말하였다.

"너희들은 살길을 찾으려다가 죽게 된 것이렷다."
"그렇습니다."
"살길을 찾다 죽게 되었고, 죽을 상황이 되었는데도 도망치지 못한다면 사내가 아니다."

그리고는 결박을 풀어주며,

"너희들은 속히 도망가거라."

하였다. 죄수들이 모두 어리둥절해 하며 도망가지 않자, 군졸에게 쫓아보내게 했다. 그리고는 돌아와서 부윤에게 죄수들이 모두 도망쳤다고 보고하였다. 부윤은 그 사실을 알고는 대단하게 여기고, 동료들 역시 모두 대단하다고 말하였다.

그런데 합정만은 우하형을 걱정하며 행장을 꾸려주었더니, 우하형이 이상하게 여기자 합정이 이렇게 말하였다.

"공께서 마음대로 아홉 사람의 목숨을 살려주었으니, 곧 헐뜯는 말이 들릴 것입니다."

과연 며칠이 지나자, 뇌물을 받고 사형수를 놓아주었다는 유언비어가 떠돌았다. 우하형이 부윤에게 알리지도 않는 채 곧바로 떠나려는데, 합정이 우하형에게 말하였다.

"공은 지금 떠나신다면 상경하여 벼슬하실 작정입니까. 아니면 고향 집으로 돌아갈 생각이신가요?"

"가난하여 노자돈도 없는 형편에 상경한들 어디에 의지해 살 수 있겠는가. 평산에 돌아가 다 쓰러져가는 집에서 늙어 죽을 수밖에…."

"그런 말씀 마세요. 제가 사람을 볼 줄 아는데 공의 골격은 못 되도 장수는 될 것입니다. 제가 전에 품을 팔아 조금씩 재물을 늘려 늙어서 쓸 요량으로 마련한 것이 은자 육백 냥 정도 됩니다. 공께서는 이것을 가지고 동쪽으로 가시면 좋은 의복에 날랜 말을 살 수 있을 것입니다.

그리고 경저京邸[4]에서 머물며 벼슬자리를 구하십시오. 저는 우선 어떤 집에 몸을 의탁하여 공이 이 관서 지방을 다스릴 때까지 기다리겠습니다."

"자네 말대로라면 참으로 다행일세."

합정은 바로 전대에서 은자 육백 냥을 내주었다.

우하형이 떠난 뒤 합정은 고을에 사는 나이 든 홀아비 장교에게 가서 몸을 의탁하였다. 처음 그 집에 들어갈 때 장교에게 이렇게 말하였다.

"제가 죽은 처 대신에 집안 살림을 맡을 것이니, 장부에 살림살이를 잘 기록하여 출납을 분명히 하겠습니다."

"허허, 이제부터는 죽을 때까지 당신 살림인데, 왜 하나하나 셈을 한단 말인가?"

합정은 들은 체도 않고 장교에게 기어코 낱낱이 캐묻고는 직접 매년 거둔 각종 곡물이 얼마며, 해마다 들어오는 베와 비단 및 솜은 얼마인지, 그리고 현재 있는 솥·시루·광주리의 개수, 심지어는 닭·돼지·소금·장까지 남김없이 문서로 작성하여 보관하였다. 그런 뒤에야 자물쇠를 가지고 살림을 주관하였다. 그리고 절약해서 일상용품을 쓰고, 때를 맞추어 재화를 늘렸다. 새벽부터 밤늦게까지 살림을 잘 꾸려 재산도 더욱 넉넉해졌다.

어느 날은 장교에게 말하였다.

"제가 글을 조금 알아 조보朝報의 정목政目[5]을 자주 보곤 했지요. 당신이 꼭 고을 사람에게 빌려다 주세요."

"그래. 어려운 일이 아닐세."

매번 조보를 빌려서 가지고 오면 합정은 묵묵히 우하형의 이름이 있는가를 살펴보았다.

몇 년이 안 되어 우하형이 선전관⁶⁾에서 점차 관직이 올라 칠 년 만에 관서의 초산楚山 수령으로 나가게 되었다. 그제서야 합정은 안에서 문서를 가져다 놓고 장교를 불러 우하형과 다짐한 일을 자세히 말해주었다.

"내가 당신의 아내가 된 지 칠 년 동안 사발 하나라도 모자란다면 할 말이 없겠지만, 당신이 지금 이 문서를 가지고 살펴보시면 어떤 것은 갑절이나 많아졌고, 어떤 것은 몇십 배나 불었으니, 부인으로서 부끄럽지 않습니다. 당신께선 몸을 잘 돌보세요. 저는 이만 떠나렵니다."

장교는 화들짝 놀라 만류해보았지만, 마음을 돌릴 수 없음을 깨닫고는 눈물을 흘리며 보냈다.

합정이 드디어 남장을 하고 일꾼 한 명을 데리고 바삐 초산으로 가니, 우하형이 부임한 지 겨우 이틀째였다. 합정은 관아에 소송하는 백성인 양 관아의 뜰에 들어가서 말하였다.

"은밀히 아뢸 일이 있으니, 좌우를 물리치고 대청에 오르게 해주십시오."

우하형은 이상하게 여기면서 올라오게 하였다. 대청에 오르더니,

"방으로 들어가도 되겠습니까?"

하였다. 우하형은 더욱 이상하게 여겼다. 방에 들어와서는,

"공께서는 의주에서 시침侍寢했던 옛사람을 모르시겠습니까?"

하자, 우하형은 깜짝 놀라며 기뻐하였다.

"어떻게 이럴 수가 있단 말인가!"

다시 얼마동안 바라보다가, 또 말하였다.

"옳아, 옳아. 내가 자네를 찾으려고 하였는데 자네가 먼저 나를 찾아왔구려."

그전에 우하형은 상처喪妻하고 며느리에게 집안 살림을 맡겼는데, 합정이 오자 서둘러 부인의 의복을 마련해 안채로 맞아서는 집안 살림을 맡게하고 며느리에겐 말을 잘 따르게 하였다. 이제 합정은 엄연한 한 가문의 안주인이 되어 공경히 제사를 받들고, 친척들을 잘 섬기고, 은혜로써 종들을 거느렸다. 사람들이 혀를 차면서 합정을 어질다고 칭찬하였다.

그 뒤 우하형은 관서의 몇몇 고을 수령을 지내다가 마침내 절도사까지 올랐다. 칠십여 세로 생을 마치니, 할미는 그리 슬퍼하지 않다가 복상服喪을 마치고 나서 적자嫡子에게 말하였다.

"선공先公께서는 시골 무변武弁으로 절도사에 오르고 칠십여 세까지 천수를 누렸으니, 선공도 유감이 없을 것이고 자손 역시 유감이 없을 것이오. 내 얘기를 해보자면, 선공께서 어려울 때 알게 되어 높은 지위에 오르도록 도왔소. 예상이 우연히 맞아 지금껏 의탁해 잘 살아왔으니, 이만하면 족하오. 이제 죽지 않으면 뭐하겠소?"

그리고는 바로 방에 들어가 문을 닫고 음식을 먹지 않고 죽었다. 우하형의 여러 친척들이 모두 모여,

"이 사람이 아니었으면, 오늘날의 우하형이 있을 수 있었겠는가. 이런 사람에게 보답하지 않는다면 예禮를 어디에 쓰겠는가."

하고는, 합정을 평산 동쪽 십 리에 위치한 마당리馬堂里의 절도사 묘소 오른쪽 십 보쯤에 장사 지내고 따로 사당을 세워 대대로 제사를 지냈는데, 지금까지도 계속 지내고 있다.

「명고전집」[7]

1) 관서關西는 마천령의 서쪽 지방, 곧 평안도와 황해도 북부 지역을 이르는 말이다.

2) 우하형禹夏亨의 본관은 단양丹陽이다. 1710년 무과에 급제하고, 1728년 이인좌李麟佐의 난 때 곤양 군수昆陽郡守로서 공을 세웠다. 그 후 1742년 회령 부사 등을 역임하였다.

3) 어떤 글에서는 주인공이 수급비水汲婢(물긷는 여종)로 나온다.

4) 경저京邸는 각 지방 관아에서 서울에 둔 출장소이다. 서울에 출장 온 그 지방 벼슬아치들의 편의를 돕거나 업무를 대행해주고 연락 사무를 맡기도 하였다.

5) 조보朝報는 조선시대에 조정의 결정 사항이나 상소문, 관리의 임면 등에 대한 관보官報이고, 정목政目은 벼슬아치의 임명과 해임을 적은 기록이다.

6) 선전관宣傳官은 선전관청宣傳官廳에 속한 무관 벼슬, 또는 그 벼슬아치를 말한다. 품계는 정3품부터 종9품까지 있다.

7) 「명고전집明皐全集」은 조선 후기의 문신 서형수徐瀅修(1749~1824)의 시문집으로, 20권 10책의 필사본이다.

기녀 백상월百祥月

변방의 군인과 그곳 기생의 만남이란, 대부분 바람 불면 떨어지는 솔방울처럼 일시적인 관계에 불과했다. 주인공 백상월은 짧은 만남이었지만 사랑하는 사람에게 자신의 재산을 아무런 조건 없이 준다. 일시적인 관계임을 알고 있음에도 불구하고 자신의 모든 것을 바치는 기녀 백상월에게서 아낌없이 주는 사랑의 모습을 볼 수 있다.

백상월[1]은 안주安州의 기생이다. 병마수兵馬帥의 막좌幕佐인 이군李君이 그녀를 사랑하여 몇 개월 동안 같이 살았다. 이군은 본래 고아로 가난하게 살다가 천 리나 떨어진 곳에 객지살이를 하였던 것이다. 그런데 병마수는 씀씀이에 인색하여 겨우 먹을 것 정도만 주고 달리 주는 물품이 없었다. 이런 이유로 백상월은 이군에게 한푼도 못 받았지만, 마음속으로는 사랑하였다.

얼마 뒤 병마수가 이군과 의견이 충돌하여 화를 내며 매질하려 하자, 이군이 병마수의 질책을 거부하였다. 그러자 병마수는 돈 육만을 포흠逋欠(관청의 재물을 개인적으로 써버리는 행위)하였다고 협박하고 가두어 급히 추궁하였다. 이 소식을 들은 백상월은 관아로 들어가 병마수에게 말하였다.

"이군은 저의 지아비입니다. 지금 갇혀 있으니, 제가 보증인이 되겠습니다. 이군을 풀어주소서. 공의 명령이라면 뭐든지 따르겠습니다."

병마수가 허락하여 이군이 나오게 되었다. 백상월은 집에서 기다리다 이군이 오자 다행이라고 여겨 눈물을 흘렸다. 이군이,

"내가 자네를 통해서 나오게 되었지만, 가진 돈이 없어 누를 끼치게 되었네. 어떻게 하면 좋단 말인가?"

하니, 백상월이 자기 집을 가리키면서 말하였다.

"저에겐 이 집도 있고 또 밭과 화장대 약간이 있으니, 다 팔면 당신을 속죄시킬 수 있을 것입니다. 걱정하지 마세요."
"자네와 몇 개월을 살면서 아무것도 준 것이 없었네. 자네의 재산은 모두 예전 남편의 물건인데 왜 나를 위해 속죄시키려 하는가?"
"왜 자꾸 말씀하십니까? 제가 하자는 대로 하십시오."

곧장 시장 사람들을 불러 밭문서, 집문서와 화장대를 꺼내 값어치를 계산하여 돈 칠만을 마련하였다. 요구하는 것을 배상하고, 그 나머지 돈은 이군을 위하여 행장을 꾸려 서울로 돌아가게 하였다. 서울로 떠날 때 이군은 머뭇거리는 기색이 있었다. 백상월이 단호히 말하였다.

"저는 천인 신분으로 한 지아비를 따를 수 없지요. 당신은 노력하여 성공하고 다시는 저를 생각하지 마세요."

이군이 떠나간 후 백상월은 예전처럼 기녀 생활을 하였다.

『명미당집』[2]

---

1) 백상월百祥月이라는 이름은 백상루百祥樓에서 유래했다고 하는데, 백상루는 안주 교외의 청천강에 있는 누각인데, 관서팔경關西八景의 하나이다.
2) 『명미당집明美堂集』은 조선 말기의 문신·학자인 이건창李建昌(1852~1898)의 시문집으로, 20권 8책의 금속활자본이다.

신씨 부인 申氏夫人

입지立志가 되지 못해 철없는 행동을 하는 남편을 훈계한 신씨의 이야기이다. 절제 있는 생활 자세와 재물에 대한 담담한 신씨의 태도는 오늘날에도 살아 있는 교훈으로 다가온다.

신씨는 본관이 명문 성씨인 평산平山인데, 할아버지 신정하申靖夏[1]는 홍문관 수찬을 지낸 분으로 호는 서암恕菴이다. 아버지 신호申晧는 일찍 세상을 떠났다. 이때 신씨는 겨우 여섯 살 정도밖에 되지 않았으나 몹시 슬퍼하였다. 어머니 홍씨洪氏를 효심으로 잘 섬겼는데, 홍씨가 밥을 먹지 않으면 신씨가 말을 하지 않는 채 숟가락을 들고 홍씨의 안색을 보며 눈물을 흘렸다. 홍씨는 이 모습에 먹지 않을 수 없었다.

성장하여 이현길李顯吉에게 시집갔다. 그런데 이현길이 병에 들자 홍씨가 다른 장소로 데리고 가서 간호하였다. 이때 이현길은 홍씨의 친정 노비 중 손잡이가 무소뿔로 된 칼을 차고 있는 자를 보고 갖고 싶어서 사람을 시켜 홍씨에게 사달라고 알려왔다. 신씨는 당시 집에 있으면서 이 소식을 듣고는 어머니 홍씨에게 글을 보냈다.

"소년 서생이 화려한 장식이 된 칼을 가지게 해서는 안 됩니다. 또 선비가 조금이라도 노리개에 마음을 빼앗긴다면 학문이 끝장나니, 절대로 사주지 마세요."

이때 부인의 나이 열여섯이었다.

홍씨는 이현길이 어려서 고아가 되어 배우지 못한 것을 걱정하여 별채에서 글선생을 두고 가르쳤다. 이현길은 평소 책을 차분하게 읽거나 힘써 공부하지 않았다. 매일 깊은 밤이면 신씨는 여종을 시켜 벽에 귀를 대고 책을 읽는 소리가 들리는가 알아보게 하였다. 여종이 책을 읽는 소리가 들린다고 아뢰면 신씨는 기뻐하곤 하였다.

어느 날 저녁 이현길이 신씨의 침실로 들어왔는데, 잠시 후 신씨의 소리가 낭랑하게 밖에까지 들려왔다. 홍씨가 이상하여 살펴보니, 이현길은 누워 있고 신씨는 바느질을 하면서 말하였다.

"제가 여자로 태어난 것이 죄입니다. 부모님께 도움이 될 수 없어 애통합니다. 남자로 태어났는데도 입신양명하지 못해 부모님을 자랑스럽게 할 수 없다면 살지 않았을 것입니다. 지난번 시어머니께서는 무더운 여름에 불을 끼고 밀가루 떡을 쪄서 그것을 팔아 우리들을 먹였습니다. 저는 도저히 목으로 넘기지 못했는데 당신께서는 목으로 넘어갔습니까. 어머님의 노고가 이와 같은데 당신은 자식된 입장으로 어떻게 해볼 생각을 하지 않고 있습니다. 세월은 흐르는 물과 같은데, 초목처럼 사라지려 하십니까?"

하고는 오열하며 눈물을 흘렸다. 이현길은 벌떡 일어나 용모를 가다듬고 앉아 있다가, 나가서 밤새도록 독서하였다.

신씨가 어머니 홍씨에게 남편을 배불리 먹지 말게 하고 좋은 옷을 입지 못하게 하면서 말하였다.

"배불리 먹고 따뜻한 옷을 입으면 학문이 성취되지 않을까 걱정됩니다."

홍씨에게는 후사로 들어온 아들이 있었는데, 신씨는 항상 어머니 홍씨에게 자신보다 이 아들한테 잘 대해주라고 당부하였다.

일찍이 간노幹奴[2]가 홍씨에게 말하였다.

"모처에 사는 여종이 가난하여 제대로 생계를 꾸려나갈 수 없는데 자식들이 많습니다. 그들을 이사시켜 양근楊根(오늘날 경기도 양평군)의 토지를 경작하게 하십시오."

양근에 있는 토지란 바로 신씨 부인 소유의 토지였다. 어머니 홍씨가 그렇게 하라고 대답하였다. 신씨가 말하였다.

"그리해서는 안 됩니다. 여종에게 자녀가 많으면 응당 신씨 집안의 소유가 되어야 하지요. 사사로이 어머니가 저에게 줄 수 없습니다."

"양근의 토지를 맡을 노복이 없으면 훗날 황무지가 될 것입니다."

간노의 말을 듣고 신씨가 말하였다.

"빈부貧富는 천명天命에 달려 있지, 사람이 할 수 있는 일이 아닐세. 사람은 불선不善을 근심해야지 어찌 가난을 근심하겠는가."

이 말을 곁에서 듣고 어머니 홍씨가 잘못을 깨닫고 곧 중지시켰다.

신씨는 넓은 미간에 용모가 빼어나 탈속한 모습이었다. 재물과 의복, 노리개 따위에는 마음을 쓴 적이 없었다. 항상 방을 깨끗이 하고 책상을 정돈한 뒤에 『국풍國風』, 『효경孝經』, 『소학小學』, 『여훈女訓』 같은 책들을 가져다가 읽으니, 옥소리가 나는 듯하였다. 또한 한 문공韓文公[3], 구양 영숙歐陽永叔[4], 소 동파蘇東坡[5]의 화상畫像을 벽에 걸어놓고 사모하였다. 사람들이 '서암恕菴의 문장이 손녀에게 있다'고 말들을 하였다. 그러나 문사文

辭를 짓지 않았고, 오직 여자가 하는 일에 부지런히 하였다.

나이 이십여 세에 병에 걸려 죽었다. 자식은 없다.

『본암집』[6]

1) 신정하申靖夏(1680~1715)의 본관은 평산平山, 자는 정보正甫, 호는 서암이다. 아버지가 윤증尹拯의 제자였기에 윤증을 옹호하다가 파직당하기도 하였다.

2) 간노幹奴는 지주를 대신하여 소작을 관리하는 마름 역할을 하는 종을 말한다.

3) 문공文公은 한유韓愈의 시호로, 자는 퇴지退之이다. 유종원柳宗元 등과 함께 고문운동古文運動을 창도하였다. 문집으로 『창려선생집昌黎先生集』이 있다.

4) 영숙永叔은 구양수歐陽脩(1007~1072)의 자字로, 호는 취옹醉翁·육일거사六一居士이다. 북송시대의 탁월한 문장가이며 정치가이다. 당시 문단의 거장으로 소동파를 발탁한 일화는 특히 유명하다.

5) 소 동파蘇東坡는 중국 북송 때의 시인으로, 본명은 소식蘇軾이며, 자는 자첨子瞻이다. 송나라 제일의 시인이자 문장가의 한 사람이다. 대표작인 「적벽부赤壁賦」는 불후의 명작으로 널리 애창되고 있다.

6) 『본암집本庵集』은 조선 후기의 문신·학자 김종후金鍾厚(1721~1780)의 시문집이다. 본관은 청풍淸風, 자는 자정子靜, 호는 본암本庵·진재眞齋이다. 1741년 생원이 된 뒤 1776년 지평持平에 이어 장령掌令·경연관을 역임하였다.

7. 내가 바르면 자식도 바르다

김만중의 어머니 윤씨 尹氏

이 글은 『구운몽』의 저자로 유명한 서포 김만중이, 평생 인고의 삶을 살아야 했던 어머니의 일생을 절절하게 서술한 행장行狀에서 몇 가지 일화를 간추린 것이다. 윤씨 부인은 병자호란 때 강화도에서 순국한 남편을 대신하여 다섯 살의 어린 아들과 유복자를 엄격하게 훈도하였다. 후에 두 아들은 대제학에 올랐으며, 손자 김진규金鎭圭[1]도 대제학에 올랐다. 윤씨 부인은 선조의 딸 정혜옹주貞惠翁主의 손녀이면서, 자신의 손녀가 숙종의 비 인경왕후仁敬王后가 될 정도로, 왕실과도 가까운 신분에 있던 최상류층의 여성이면서도 절제 있고 근면했던 모습이 이 일화에 잘 드러나 있다.

정축호란(1637, 인조 15) 때 아버지께서 강화도에서 순절하시자,[2] 어머니는 마침 임신중인데다가 해산달이었다. 친정어머니 홍 부인洪夫人께서 계시던 포구에 함께 있다가 배를 얻어 탈 수 있어 재앙을 벗어나셨다. 그때 형님은 겨우 다섯 살이고, 나(김만중)는 뱃속에서 아직 나오지 못한 때였다.

난리가 진정되자 두 고아를 데리고 부모 슬하로 의지하려고 와서, 안으로는 홍 부인을 좌우로 보살펴드리며 집안 살림을 처리해가셨고, 밖으로는 아버지 참판공參判公을 봉양하시며 옛날의 효자처럼 어버이의 뜻을 잘 받들었다. 여가가 있을 때마다 경서經書와 역사책을 읽으며 스스로 즐기시니 날로 견문이 밝고 넓어졌다. 그리하여 참판공은 아들 없는 슬픔을 거의 잊으셨고 친정 할아버지 문목공文穆公께서도 이렇게 탄식하셨다.

"내가 손녀와 함께 이야기를 할 때마다 가슴이 활짝 열리는 느낌을 갖게 되니, 사내아이라면 우리 집안의 한 대제학이 아니었겠느냐."

할아버지께서 돌아가시자, 회덕현懷德縣 정민리貞民里에 묏자리를 잡아 장사 지냈는데, 그 묘소 뒤에 아버지를 부장附葬하였다. 그 묏자리가 후손들에게 이롭지 못할 것이라는 지사[3)]가 있자, 참판공께서 의심스러워 어머니께 말씀하셨다.

"지금 개장改葬할 수 있는 형편은 된다. 내 생각으로는 경기도로 옮겨서 너희들이 명절 때 성묘하기 편하게 하려는데 너의 생각은 어떠냐?"

"풍수가들의 말이란 본래 허망하고 믿기 어렵습니다. 선조의 묘소를 따라 장사 지내는 것이 돌아가신 분의 혼령도 편안해 하리라 생각됩니다. 그리고 또 충청도에는 남편의 친족들이 많이 살고 있어 아이들이 성장하기 전이라도 성묘하는 데 도움을 받을 수 있으니 이장하지 마소서."

참판공께서 돌아가시자, 홍 부인께서는 슬픔으로 병이 들어 장례식을 살필 수 없었고 또 주관할 아들이나 동생도 없어, 어머니 혼자 몇 사람의 여종들과 초상에 필요한 도구를 마련하고, 수의나 제사 음식들을 넉넉하고 정결하게 가지런히 정돈하여 모두 예법에 맞게 치르자, 보는 사람마다 기특하게 여겼다. 훗날 홍 부인의 상사喪事 때도 이처럼 하였다.

이후로 집안 살림이 더욱 곤궁하여 몸소 수놓는 일까지 하면서 아침저녁거리를 이었으나, 언제나 편안하게 여기시고 근심하는 얼굴을 보이신 적이 없었으며, 또한 불초한 우리 형제들이 알지 못하도록 하셨다. 이는 우리 형제가 어릴 때부터 집안 살림 같은 일에 마음을 쓰게 되면 책을 읽고 공부하는 데 방해될까 염려하신 것이다. 불초한 우리 형제는 어려서 달리 스승이 없어 『소학小學』·『사략史略』·당시唐詩 같은 책은 어머님께서 직접 가르쳐주셨다. 비록 매우 자애로우셨지만, 공부의 과정에는 매우 엄격하셨다. 그리고 항상 말씀하셨다.

"너희들은 다른 사람들과 비교가 되지 않는다. 훗날 재주와 학문이 남보다는 반드시 한 등급 뛰어난 후에야 겨우 보통 사람의 축에 낄 수 있다. 행실이 없는 사람을 욕할 적에 과부의 자식이라고 말하니, 이 말을 너희들은 응당 뼈에 새겨두어야 한다."

또 불초 형제들에게 잘못이 있으면 반드시 회초리로 때리고 울면서 말씀하셨다.

"아버님께서 너희 형제를 나에게 맡기고 돌아가셨다. 너희들이 지금 이와 같으니, 내가 어떻게 지하에 가서 얼굴을 뵙겠느냐! 배우지 않고 사느니 빨리 죽는 것이 낫다."

어머니의 애통하고 간절한 말씀이 이와 같았다.

지금은 돌아가신 형님께서는 문장이 천성에서 나왔지만, 문예와 학업이 숙성된 것은 어머니께서 격려해주신 힘이 많았다. 나처럼 우둔하여 자포자기한 사람이야 가르쳐주지 않으셨다면 오늘날 이렇게 되지 못했을 것이다. 당시는 난리를 겪은 지 오래되지 않아 서적을 구하기 무척 어려웠다. 『맹자』, 『중용』 같은 책은 어머니께서 곡식을 주고 바꾸셨다. 『춘추좌씨전』을 팔려는 사람이 있었다. 형님이 그 책을 좋아하였지만, 권질卷帙이 너무 많아 가격조차도 물어보지 못했다. 그런데 어머님께서 곧장 베틀의 명주 베를 잘라서 값으로 지불하셨으니, 이외에 모아둔 다른 재물이 없었기 때문이었다.

또 이웃집 사람 중에 홍문관의 아전에게 부탁하여 홍문관의 사서四書와 『시경언해詩經諺解』를 빌려오게 하여 모두 손수 베끼셨다. 글자체가 구슬을 꿰어놓은 듯 정밀하고 세밀하여 획 하나라도 소홀함이 없었다.

내가 상소로 인하여 평안도 변방으로 귀양 가게 되자, 어머님은 성 밖까지 나오셔서 전송해주시면서 말씀하셨다.

"귀양살이는 옛날의 어진 분들도 벗어나지 못했던 일이다. 가는 길에 몸을 아끼고 내 걱정은 하지 말아라."

이듬해 나라에 큰 경사가 있어 은혜를 입고 돌아와 어머님을 모신 지 오래지 않았는데, 기사년의 화란이 일어나 다시 소환되어 감옥에 갇히게 되었다. 얼마 후에 사형에서 감면되어 경상도 남해로 위리안치되었으며, 손자 세 사람도 이어서 먼 바닷가의 섬으로 귀양 갔다. 어머님은 평소에 담痰으로 천식 증세가 있어 추위만 오면 바로 발병하였다. 형님이 돌아가신 뒤로 연달아 슬픈 일을 만나 숙병이 더 심해졌으며, 그해 겨울이 되자 위독하셨다. 하지만 손자나 증손들에게 이렇게 훈계하셨다.

"집안이 어렵다 해서 꺾이지 말고, 소용없다 해서 학업을 폐해서도 안 된다."

올리는 음식 중에 조금이라도 진귀하고 색다른 것이 있으면 바로 기뻐하지 않으시며,

"우리 집안의 음식은 애당초 이러하지 않았다."

하셨다. 운명하시기 며칠 전에 조용하고 돈독하게 부지런하고 검소하라는 것으로 며느리나 손부들에게 당부하셨고, 이외에는 아들 하나와 손자 세 명이 머나먼 귀향살이하는 것만 염려하시며 말씀하고, 나머지는 마음에 두고 걱정하시는 것이 없으셨다.

오호 통재라! 돌아간 형님께서 어머님이 연로하시자 미리 수의를 만들어놓으셨는데, 어머님이 아시고는,

"정축년 너희 아버지 장례식에 가산이 없어 해드리고 싶은 대로 하지 못했던 것이 많았다. 이제 어떻게 나에게 더 해주는 것이 있어서야 될 일이냐."

"그때와 지금의 집안 사정이 다르지 않습니까?"

"난들 왜 그런 점을 모르겠느냐. 하지만 너희 아버지와 나의 장례식이 서로 현격하게 차이가 난다면 내 마음이 어떻게 편할 수 있겠느냐."

이때 여러 손자들이 염습을 하면서 붉거나 화려한 빛깔의 수의는 사용하지 않았으니, 유언으로 남기신 뜻을 참작해서였다.

어머님은 광해군 9년(1617) 9월 25일에 태어나 숙종 15년(1689) 12월 22일에 돌아가셨으니 향년 73세였다. 손자 진화鎭華와 증손자 춘택春澤[4] 등이 영구를 모시고 가서 아버님의 묘를 열어 합장하였으니, 바로 이듬해 2월 22일이었다.

『서포집』

---

1) 김진규金鎭圭(1658~1716)는 김만기의 둘째 아들이고, 서포 김만중의 조카이다. 호는 죽천竹泉으로, 대제학을 역임하였고 글씨와 그림으로도 유명하다.

2) 병자호란 때 강화도가 함락되자, 남편 김익겸金益兼은 정승 김상용金尙容, 좌랑 권순장權順長과 함께 순국하였다.

3) 지사地師는 지관地官이라 하는데, 풍수설에 따라 집터나 묏자리 따위의 좋고 나쁨을 가려내는 사람이다.

4) 김춘택(1670~1717)의 자는 백우伯雨, 호는 북헌北軒이다. 정쟁의 중심에 있어 여러 차례 투옥과 귀양을 가기도 하였다. 『구운몽』과 『사씨남정기』를 한문으로 번역하였다.

정부인 임씨 貞夫人林氏

일찍 남편을 잃고 두 아들을 바느질로 힘들게 키우던 임씨 부인이 우연히 금덩이를 발견하고서, '열 손가락으로 마련한 재산은 갑작스레 얻은 금덩이와 비교도 할 수 없이 소중하다'고 한 말은 돈이 모든 척도가 되어 버린 오늘날 청량제 같은 신선함을 준다.

　　정부인 임씨는 김학성金鶴聲[1]의 어머니이다. 일찍 과부가 되어 김학성 형제가 어릴 때부터 바느질로 입에 풀칠을 하면서도 두 아들을 스승에게 보내 공부하게 하였다.

　　하루는 처마의 낙숫물이 땅에 떨어지는데 쨍그랑 소리가 났다. 밑을 내려다보니 땅속에 커다란 항아리가 묻혀 있는데, 그 안에는 백금이 가득 차 있었다. 임씨는 재빨리 파묻어 그 사실을 아무도 모르게 하였다. 뒷날 임씨는 친정 오라비에게 부탁하여 그 집을 팔고 조그마한 움막으로 옮겨 살았다.

　　후에 남편의 제삿날을 맞이하여 임씨는 술을 마련하고 오라비에게 와주십사 청하였는데 두 아들도 곁에 있었다. 임씨가 탄식하면서 말하였다.

　　"돌아가신 지아비께서 이 고아들을 미망인에게 책임 지워놓았지요. 늘 애들을 성취시키지 못하여 시부모와 남편의 혼령을 서운하게 할까 걱정했습니다. 지금 머리가 희어졌고 두 아들도 아버지의 뜻을 이어나가고 있습니다. 저는 조만간 죽을 목숨인데, 황천에 가서도 할 말은 있을 것입니다."

　　그리고는 금 항아리에 대해 말하자, 오라비가 물었다.

190

"어째서 그렇게 금을 더러운 것으로 여겼느냐?"

"갑자기 들어온 재물이란 재앙입니다. 아무런 까닭 없이 커다란 금덩이를 얻은 것은 상서롭지 못하니, 갑작스런 재앙이 있거나 아니면 반드시 죽음을 맞이할 것입니다. 또 사람의 삶은 궁핍이라는 것을 알아야 합니다. 두 아들이 아직 어린데, 안락한 의식주를 영위한다면 학업에 힘을 다 쏟지 않을 것입니다. 그리고 빈곤한 처지에서 자라지 않으면 어찌 재물이 쉽게 오지 않는다는 것을 알겠습니까. 이 때문에 거처를 옮겨서 백금에 대한 욕심을 끊은 것입니다. 어느 정도의 재산을 모아둔 것은 이 열 손가락으로 마련해놓은 것이니, 갑자기 내 앞에 굴러 들어온 백금 덩이와는 비교할 수 없지요."

오라비는 여동생의 높은 식견에 탄복하고 두 아들은 어머니의 근면에 감동하였다. 일가 친척들도 이 말을 듣고 서로 검소 절약하기를 권장하였다. 임씨가 천수를 누리고 자손들이 번성하여 한 마을을 이루다시피 하니, 어머니에 대한 하늘의 보답이라 말들 하였다.

『위항쇄문』[2]

---

1) 김학성金鶴聲은 청렴으로 이름이 높았던 호조 서리 김수팽金壽彭의 손자이다.
2) 『위항쇄문委巷瑣聞』은 제목 그대로 여항의 자질구레한 이야기라는 뜻의 야담집이다. 저자 신광현申匡絢의 생애는 자세하지 않다.

김견신의 어머니

홍경래 난(순조 11, 1811)의 진압 과정에서 공로를 세운 김견신이라는 인물의 어머니에 관한 이야기이다. 김견신의 어머니는 양인 출신인데 혼례식도 치르지 않았던 남편의 삼년상을 치르고 나서, '얼굴도 모르는 남편을 위해 종신토록 수절하는 것은 의미가 없다'며 어려운 친정집의 생계를 위해 재취자리로 시집을 간다. 자신의 의지로 개가하는 등, 상황에 따라 현명하게 잘 대처한 여인이다. 또한 아들 김견신을 훈계하여 가산을 털어 나라에 공을 세우게 하는 장면에서 용기 있는 여성의 모습도 엿볼 수 있다. 김견신의 공로에 대해서는 『조선왕조실록』과 『국조보감』에 자주 보인다.

병사兵使 김견신은 용만龍灣(의주)의 장교 출신이다. 그 어머니는 열다섯이 되기 전에 동향同鄕의 어떤 성씨와 정혼하고 납채納采[1]를 받았는데, 얼마 안 되어 남편될 사람이 병으로 죽었다. 하지만 '비록 초례醮禮[2]를 치르지 않았지만 이미 폐백을 받았으니, 다른 곳으로 시집 갈 수 없다' 하고서 부고를 듣자마자 곧 발상發喪하여 시댁으로 가서 시부모를 지극 정성으로 섬겼다.

그녀는 삼사 년이 지난 뒤 친정 부모를 뵙기 위해 친정으로 갔다. 그때 같은 동네에 홀아비로 살고 있던 김 아무개는 많은 재산을 소유한 부자로, 그녀가 현숙하다는 소문을 듣고 아내로 삼으려고 그녀의 아버지에게 만 금을 드릴 테니 사위로 삼아달라고 했다. 그녀의 아버지는 본래 가난하여 만 금을 준다는 말을 듣고 탐이 났지만, 정절을 굳게 지키는 딸 생각에 차마 말을 꺼낼 수 없어 거절하였다.

"폐백이 매우 후하지만, 딸애가 굳게 수절을 지켜 마음을 돌릴 수 없다오."

김 부자가 누차 간청하였지만 끝내 허락하지 않자, 김 부자가 작별하고 떠나갔다.

가난한 집이라 안방과 사랑채가 가까워 딸이 안방에서 주고받은 이야기를 몰래 듣고서 손님이 가기를 기다렸다가 아버지에게 물어보았다.

"좀 전에 손님이 와서 무슨 말을 하였습니까?"

별다른 말이 없었다고 아버지는 얼버무렸지만, 딸이 계속 물으니 아버지가 말하였다.

"말은 했다만, 네게는 전할 수가 없구나."

딸이 다시 간절히 묻자, 그제서야 아버지가 말하였다.

"만 금으로 너를 아내로 삼고자 하더구나."

"아버지께서 가난하여 소녀는 마음속으로 평소 근심하였지만 뾰족히 도울 방도가 없었습니다. 우리 집 형편상 만 금은 큰 재물입니다. 이 돈이면 부모님이 평생 편히 살 수 있을 것이니, 소녀가 원하던 바가 아니겠습니까. 우리 집안은 지체가 낮으니, 수절해 무엇하겠습니까. 또 납채만 받고 혼례식도 치르지 않았으니, 얼굴도 모르는 남편을 위해 종신토록 수절하는 것은 의미가 없습니다. 아버님께서는 빨리 그 사람을 다시 오게 하여 혼인을 허락하소서."

아버지는 딸의 말을 듣고 집을 나와 급히 사람을 시켜 좇아가서 김 부자를 돌아오게 하고 딸의 말대로 혼인을 허락하니, 김 부자가 무척이나 기뻐하면서 곧장 만 금을 보내왔다. 그리고 택일하여 혼례식을 치러 마침내 부부가 되었다. 이 사람이 김견신의 부친이다.

그녀는 김씨 집안으로 시집와서 친척을 대할 때나 종들을 부릴 때 은혜와 위엄으로 다루고, 손님 대접과 집안 살림에 반듯한 법도가 있었다. 그리하여 집안이 일어나고 재산이 더욱 부유해졌다.

얼마 후 아들을 낳으니, 이 사람이 바로 김견신이다. 김견신이 점점 성장하자 올바르게 가르쳤다. 그 후 김견신은 용만부龍灣府 장교로 수행하였다. 이때가 신미년(1811) 겨울로 가산嘉山 도적 홍경래가 난을 일으켰는데, 김견신의 나이 서른한 살 때였다. 마침 소임이 없어 한가로이 집안에서 지내다가 어머니가 김견신을 불러 훈계하였다.

"지금 국가에 화란이 많고 역적이 도내에서 변고를 일으켰는데, 너는 사내 대장부로서 어찌 그리 수수방관할 수 있단 말이냐. 제일 좋은 방도로는 군병을 모아 의리를 일으켜 도적을 토벌하는 것이고, 다음으로는 군문에 나아가 군영의 지휘를 따르는 것이고, 그 다음으로는 군대에 편입되어 죽을힘을 다해 노고를 바치는 것이다. 국가의 화란을 어찌 다른 사람의 일처럼 여겨 집에서 편안히 앉아 있느냐!"

"예, 말씀대로 하겠습니다."

김견신은 드디어 집안의 재산을 기울여 백성을 불러모으고 군복과 무기를 만들어 수천 명의 의병을 거느리고, 이어 순무사巡撫使 군영軍營에 나아가 정주성定州城 밖에 진을 치고 의리를 기치로 내세워 적을 토벌하여 참수하거나 사로잡은 수가 매우 많았다. 적병이 감히 서쪽으로 오지 못하고 정주로 움츠리고 들어간 데에는 김견신의 공로가 컸다. 성을 함락시킨 날 곧바로 도적의 소굴로 들어가 모인 도적들을 토벌하였다. 도신道臣(관찰사)이 김견신의 공로를 보고하자 나라에서 가상하게 여겨 내금위장, 선전관 등에 제수하였다가 다시 충청 병사, 별군직別軍職2)을 제수하고, 후에 개천 군수价川郡守로 제수하였다. 개천은 의주의 도내 읍으로 금의환향하여 가마로 어머니를 모시고 지방관의 녹봉으로 봉양하니, 도내의 여러 사람들이 모두 부러워하였다.

『청구야담』

1) 납채納采는 전통 혼인의 여섯 가지 의식 절차인 육례六禮(납채 · 문명問名 · 납길納吉 · 납폐納幣 · 청기請期 · 친영親迎)의 하나이다. 납채는 남자집에서 혼인을 하고자 예를 갖추어 청하면 여자집에서 이를 받아들이는 것을 말한다.
2) 신랑 신부가 처음으로 만나 백년해로를 서약하는 초례醮禮는 친영親迎의 한 과정으로, 기러기를 드리는 전안례奠雁禮 후에 이어지는 교배례交拜禮와 합근례合졸禮를 합쳐서 부르는 말이다. 보통 '혼례를 치른다' 함은 이 초례 과정을 말하며, 식을 치르는 장소를 초례청이라 한다.
3) 별군직別軍職은 임금의 시위侍衛나 적간摘奸하는 임무를 맡은 무관직이다. 병자호란 때 세자의 시위군관으로 따라갔던 군관에게 붙인 이름인데, 후에 대전大殿 호위를 맡았다.

사주당 이씨
師朱堂李氏

'10개월 임신이 10년 스승의 가르침보다 중요하다(師教十年, 未若母十月之育)'는 말이 있듯이, 태아 교육은 아무리 강조해도 지나치지 않을 것이다. 신비로운 생명의 탄생과 그에 따른 태교라는 주제는 여자만이 직접 경험하고 사유할 수 있는 고유 영역이다. 1남 3녀를 두었던 사주당 이씨는 『태교신기』라는 책을 썼는데, 태교에 관한 우리나라 최초의 체계적 저술이다. 그리고 흥미로운 점은 어머니 사주당이 쓴 원문에 아들 유희柳僖[1]가 단락을 나누고, 상세히 주석과 언해를 달아 놓았다는 것이다. 즉 모자의 합작 저술이라 할 수 있다. 이 책의 요점은 임산부가 태교를 해야 하는 중요성과, 태교에 좋은 마음 상태를 유지하는 환경의 조성이 주를 이루고 있다. 『태교신기』의 서문과 사주당의 묘지명은 아들 유희의 부탁으로, 당시의 저명한 학자 신작申綽(1760~1828)이 썼다. 여기에는 아들 유희가 쓴 『태교신기』의 발문과 본문 내용에서 몇 가지를 뽑아 실었다.

1.

어머니가 시집오기 전 경서를 익혔는데 이를 본 외할아버지께서,

  "옛날 명유名儒의 어머니를 보면 글을 모르는 분이 없었다. 내가 글을 가르쳐주마."

하셨다. 우리 유씨 집안으로 시집오신 후, 선현의 일상 생활과 음식에 관한 여러 가지 일과 의서醫書 중에서 임산부의 금기 사항을 모으고, 끝부분에 어린아이들에게 가르칠 만한 경전의 문장을 붙이고, 언문으로 풀이하여 책자 하나를 만들었는데, 잊지 않기 위한 목적이었다. 돌아가신 아버지께서 이 책자에 손수 『교자집요教子輯要』라고 제목을 붙이셨다. 불초자를 포함한 네 남매를 양육하셨으니, 그 책은 물고기를 잡고 난 후에는 더 이상 필요 없는 통발[2]처럼 되었다.

  20여 년이 흐른 뒤 넷째 누이의 상자 속에서 이 책자가 다시 나오자 어머니께서 이렇게 탄식하셨다.

"이 책은 본래 내가 보려고 만들었던 것이지, 후세에 남기려고 한 것이 아니다. 그런데 이처럼 우연히 보존되어 너의 손에까지 이르렀으니, 그냥 버려두어서는 안 되겠다. 어린아이를 훌륭한 성현으로 가르치는 공부인, 태어나 삼 일이 되면 이름을 부른다는 이하는 전기傳記에 자세히 기록되어 있으니, 불필요하게 첨가하지 않겠다. 하지만 복중腹中의 가르침에 대해서는 옛날에도 그런 교육은 있었겠지만, 오늘날에는 그 글이 남아 있지 않으니, 이미 수천 년 동안 부인들이 어디에서 알아 할 수 있었겠느냐. 당연히 인재의 출생이 옛날보다 못한 것은 기운의 변화 탓만은 아니다. 내가 여자이기에 독서를 극진히 하지 못함을 한스럽게 여기고, 더욱 친정 아버님의 뜻을 저버릴까 걱정하였다. 일찍이 태교에 시험한 것이 네 번인데 과연 너희들의 형기形氣가 크게 잘못되지 않았다. 이 책을 집에 전하는 것도 도움이 되지 않겠느냐."

이에 끝부분을 삭제하고 단지 태아를 기르는 절목節目만을 취하여 반복하여 그 의미를 밝혀 세상의 어두움을 힘껏 깨우쳐주려고 하셨다. 『신기新記』라고 이름하고 「소의少儀」, 「내칙內則」에서 빠진 부분을 보충하였다. 책이 완성된 1년 후에 불초자인 내가 장구章句를 나누고 음의音義를 해석하니 마침 우리 어머니께서 나를 낳던 날에 끝마쳤다. 또한 기이한 일이다. 삼가 끝부분에 한마디 말을 붙인다.

아! 이 책을 본 뒤에야 내가 스스로 저버린 사람이라는 것을 알게 될 것이다. 보통 사람이 가지고 있는 선한 성품은 군자와 같으니 그것을 충족시키도록 노력해야 한다. 더구나 기질이 애당초 순수한 이에게 무슨 말이 필요하겠는가. 내가 태아 때부터 가르침을 이처럼 10개월 동안 두텁게 받았다. 내가 어릴 적에는 조금 달랐다가 고아가 된 이후 낭패하여 별 볼일 없는 사람이 되어 오늘날에 이르게 되었다. 오늘날 쓸데없는 사람이 된 것이 우리 부모 때문이겠는가. 바로 내가 스스로 해쳐서 우리 부모의 수

고하심을 다 어둡게 하여, 세상사람들로 하여금 제 자식도 제대로 기르지 못했다는 비난을 하게 하였으니, 부모님에게 무슨 잘못이 있겠는가. 이 책은 또한 전해지지 않아서는 안 되니, 아마도 보는 사람들은 우리 부모님이 씨는 뿌렸지만 수확하지 못했다고 민망히 여길 것이다.

순묘 원년 신유년(1801) 3월 27일 계묘일 불초자 유경柳儆이 삼가 씀.

2.

친구와 오래도록 함께 거처하더라도 오히려 그 친구의 마음을 배우게 마련이다. 더구나 자식은 어머니에게서 칠정七情을 닮게 된다. 그러므로 임산부는 희노애락 같은 모든 감정을 혹시라도 그 절도를 지나치게 해서는 안 된다. 이 때문에 항상 임산부 곁에는 항상 좋은 사람이 일상 생활을 돕고 마음을 즐겁게 하여, 법도가 될 만한 언행과 행적을 늘 귀에서 끊이지 않게 한 후에야 나태하고 편벽된 마음이 나올 데가 없게 된다.

「대임부待姙婦」

사람 마음의 움직임은 소리를 듣고 감응한다. 임산부는 음란한 음악소리, 저자거리에서 떠드는 소리, 욕하는 소리, 술주정하는 소리, 분노하는 소리, 통곡하는 소리를 들어서는 안 된다. 노복들로 하여금 밖에서 들은 사리에 맞지 않는 잡담들을 하게 해서는 안 된다. 응당 시서詩書를 읊조리고 말하거나 아니면 비파와 거문고를 타서 임산부가 듣게 해야 한다.

「임부이문姙婦耳聞」

의원을 불러 약을 복용하면 병은 낫게 할 수 있지만 자식의 용모는 아름답게 할 수 없고, 방을 청소하고 조용히 거처하면 태아를 안정시킬 수 있지만 자식의 자질을 훌륭하게 할 수 없으니, 자식은 어머니의 혈血을 따라 이루어지고 혈은 마음을 통하여 움직이기 때문에 그 마음이 바르지 않으면 자식도 바르지 않게 된다. 임산부의 올바른 도리는 경敬으로 마음을 보존하여 남을 해치거나 사물을 죽이려는 생각, 속이고 간사하고 도둑질하고 훼방하려는 마음을 가슴속에 조금이라도 싹트지 않게 한 연후에야, 입에 망령된 말이 없고 얼굴에 부족한 기색이 없게 된다. 만약 잠깐이라도 경敬을 잃는다면 이미 혈血이 잘못된다.　　　　　　　　（「임부존심姙婦存心」）

「태교신기」

1) 유희柳僖(1773~1837)는 조선 후기의 실학파에 속하는 유학자이자 음운학자이다. 본관은 진주, 초명은 경徹, 자는 계중戒仲, 호는 서파西陂·방편자方便子·남악南嶽이다. 18세에 향시鄕試에 합격하지만, 어머니의 가르침을 받아 과거에 나아가지 않았다. 37세에 충청북도 단양으로 옮겨 농사를 짓다가 10년 후 고향인 경기도 용인으로 돌아왔으며, 이듬해 어머니의 상을 당하였다. 일찍 경학에 잠심하여 성리학을 연구하여 「언문지諺文志」라는 국어학 저술을 남긴 국어학자이기도 하다.
2) 원문의 '득어지전得魚之筌'은 득어망전得魚忘筌과 같은 말인데, 물고기를 잡고 난 후 통발을 잊어버린다는 뜻으로, 목적을 완수하면 그 도구가 되었던 것을 잊어버린다는 의미이다. 「장자莊子」「외물外物」편에 보인다.

8. 문인의 길에 서서

요절한 천재시인 허 난설헌 許蘭雪軒

허 난설헌(1563~1589, 본명은 초희楚姬)은 조선의 여류시인 중 가장 잘 알려져 있으며 또 가장 많이 연구된 인물이다. 최근에는 동생 허균과 함께 '이 달의 문화 인물'로 선정되기도 하였다. 여덟 살 때 지었다는 「광한전 백옥루 상량문」은 빼어난 문재文才를 잘 보여주는 대표적인 작품이다. 역대로 특출한 재능을 지닌 천재들이 그렇듯이 허 난설헌도 가정 생활에서의 갈등, 어린 자식들의 계속된 죽음 등 순탄한 일생을 살지 못하였다. 신선 세계를 동경한 시가 많은 것을 보면, 만족스럽지 못한 현실에서 벗어나려 했던 의식의 한 단면을 엿볼 수 있다. 여기에 실은 첫번째 글은 꿈속에서 신선이 사는 곳에서 두 여인을 만나고 그들의 요청에 따라 시를 지었다는 내용이다. 몽환적인 분위기를 자아내는 이 글은 현실의 갈등과 괴로움을 초월하고픈 내면의 표출인 것이다. 두번째 글은 죽은 자식을 애통한 심정으로 추모하는 시이다. 그리고 세번째 글은 동생 허균의 요청을 받아 명나라 사신 주지번朱之蕃이 써준 허 난설헌의 문집 서문이다. 일본에서도 1711년 분다이야 지로文台屋次郎에 의해 허 난설헌의 문집이 간행된 바 있다.

1. 꿈에 광상산廣桑山[1]에 노닌 시의 서문

을유년(1585, 선조 19) 봄 상을 당하여 외삼촌댁에 묵고 있을 무렵, 어느 날 꿈을 꾸었다.

바다 가운데 있는 어떤 산에 오르니, 산이 온통 구슬과 옥으로 되어 있었다. 여러 봉우리가 겹겹이 에워싸고 흰 구슬과 푸른 구슬이 반짝거려 눈이 부셔서 똑바로 바라볼 수 없었다. 무지개 구름이 그 위에 서려 있어 다섯 가지 색깔이 곱고, 구슬 같은 폭포수 몇 줄기가 벼랑 사이로 쏟아져 흐르며 옥을 굴리는 소리가 났다.

이때 스무 살쯤으로 보이는 세상에 견줄 데 없는 두 미인이 그곳에 있었다. 한 명은 붉은 노을 옷을 입었고, 한 명은 푸른 무지개 옷을 입었다. 손에 모두 금빛 호리병을 잡고 나막신을 신고서 사뿐히 걸어와 나에게 읍을 하였다.

졸졸 흐르는 물굽이를 따라서 올라가니, 기이한 풀과 꽃이 여기저기 피어 있어 형용할 수가 없었다. 난새, 학, 공작, 물총새들이 좌우로 날면서 춤추고 온갖 향기가 숲 속 끝에서 풍겼다. 드디어 정상에 올라가니, 동쪽과 남쪽의 큰 바다가 하늘에 맞닿아 온통 파랗고, 붉은 해가 솟아올라 해가 파도에 목욕을 하는 듯하였다. 봉우리 위에는 큰 못이 맑디맑아 연꽃이 푸르른데 그 잎이 커다랗고 서리를 맞아 반쯤은 시들어 있었다.

두 여인이 나에게 말하였다.

"여기 광상산은 신선들이 사는 십주十洲 중에서 가장 아름다운 곳입니다. 당신께서는 신선의 인연이 있기에 이곳에 올 수 있었으니, 시를 써서 기록하시지요."

내가 사양하다가 마지못해 곧 절구 한 수를 읊었더니, 두 여인이 손뼉을 치며 크게 웃었다.

"한마디 한마디가 모두 신선의 말이네요."

갑자기 하늘에서부터 한 떨기 붉은 구름이 내려와 봉우리 위에 걸렸다. 북을 둥둥 치는 소리에 꿈을 깨고 보니, 베갯머리에는 아직도 아지랑이 기운이 자욱하였다. 아마도 이 태백이 꿈에 천모산天姥山[2]의 놀이를 읊은 시의 경지가 바로 이런 경우가 아닌가 싶어 애오라지 적어본다.

푸른 바다는 요해에 스며들고	碧海浸瑤海
파란 난새는 오색 난새에 어울리네	靑鸞倚彩鸞
아리따운 연꽃 스물일곱 송이	芙蓉三九朶
붉은 꽃 떨어지고 서릿달은 싸늘하이	紅墮月霜寒

우리 누님이 기축년 봄에 돌아가시니, 그때 나이 스물일곱 살이었다. '삼구홍타三九紅墮' 란 말이 그대로 맞아 떨어졌다.[3]

2. 죽은 자식에게(哭子)

지난해 딸을 잃고	去年喪愛女
올해 아들을 잃었네	今年喪愛子
슬프디슬픈 광릉[4] 땅이여	哀哀廣陵土
두 무덤이 나란히 있구나	雙墳相對起
백양나무에 쓸쓸히 바람이 일고	蕭蕭白楊風[5]
무덤에 도깨비불이 비추는구나	鬼火明松楸
지전으로 혼을 부르고	紙錢招汝魂
무덤에 술 한잔 올리네	玄酒奠汝丘
알고 말고 형제의 넋이	應知弟兄魂
밤마다 서로 논다는 것을	夜夜相追遊
뱃속에 아이가 있지만	縱有腹中孩
어찌 장성하길 기대하리	安可冀長成
부질없이 황대사[6]를 읊조리자니	浪吟黃臺詞
애통한 피눈물에 목이 메이구나	血泣悲吞聲

3. 난설재시집蘭雪齋詩集 서문

규방의 빼어난 자질로 아름다운 문장을 토해내는 것은 또한 천지와 산천의 신령스러운 기운이 모인 것이니, 헛되이 할 수 없고 또한 막을 수도 없다. 한漢나라 조 대가曹大家[7]는 훌륭한 역사책을 지어 가문의 명성을 이었고, 당나라의 서 현비徐賢妃[8]는 정벌을 간언하여 훌륭한 군주를 감동시켰다. 이는 모두 남자도 하기 어려운 것인데 여자의 몸으로 해냈으니, 참으로 천고의 훌륭한 일이다. 붉은 붓으로 남긴 책에 기록된 것을 이루 다 셀 수는 없지만, 총명한 지혜와 신령스러운 흥금은 없을 수 없으니, 그렇다면 바람과 달을 읊조리는 글을 그만둘 수 있겠는가.

지금 허씨의 『난설헌집』을 보면, 티끌 같은 세상 밖에 훨훨 날아, 빼어나면서도 화려하지 않고 부드러우면서도 골격이 있다. 유선사遊仙詞 같은 여러 작품은 전문 문인의 시에 해당한다. 상상하건대, 그녀는 본래 바로 쌍성雙成[9]과 비경飛瓊[10] 같은 부류로 우연히 바닷가 나라에 귀양 와서 봉호蓬壺[11]와 요도瑤島[12]를 물 하나 사이에 두고 있었다. 백옥루白玉樓가 한번 완성되자 난서鸞書로 부름을 받고 글을 지어 몇 줄의 시와 남아 있는 문장이 모두 주옥을 이루었다.[13] 그리하여 인간 세상에 남아 있어 영원히 그윽한 감상을 채우고 있으니, 어찌 숙진叔眞[14]과 이안易安[15]의 무리처럼 모두 슬피 읊고 괴로이 생각하고 불평한 마음을 기록하여 아녀자들의 웃음거리와 빈축을 사는 것과 같겠는가.

허씨 가문에는 훌륭한 재사才士가 많고 형제가 모두 뛰어난 문장가로 조선에서 두터운 기대를 받고 있어, 혈육의 정으로 그녀의 남아 있는 글을 모아서 전하였다. 나는 이를 보고 곧 몇 마디를 써서 돌려주노니, 이 문집을 보면 응당 내 말이 틀리지 않음을 알 것이다.

만력萬曆 병오년(1606) 초여름, 벽제관[16]에서 주지번[17]은 쓴다.

「난설헌시집」

1) 광상산廣桑山은 신선이 사는 곳으로, 넓은 뽕밭이 있다고 해서 붙여진 산 이름이다.
2) 천모산天姥山은 중국 절강성에 있는 산으로, 이 산에 오르면 천모의 노래가 들린다고 한다. 도가의 72복지 가운데 16번째 복지이다.

3) 우연히 지은 시가 훗날 딱 들어맞은 것을 '시참詩讖'이라 하는데, 본문의 '삼구홍타三九紅墮(스물일곱 송이의 붉은 꽃이 떨어진다)'는 허 난설헌이 27세의 나이로 요절하는 조짐이 되었다는 것이다. 이는 동생 허균이 후에 덧붙인 말이다.

4) 광릉廣陵은 경기도 광주廣州를 가리킨다. 구체적으로 경기도 광주시 초월면 지월리이다. 현재 두 자녀의 무덤과 허 난설헌의 무덤이 나란히 있고, 시비詩碑에는 이 곡자시가 새겨져 있다.

5) 백양白楊은 버들과에 속하는 낙엽 활엽 교목喬木으로, 도연명陶淵明의 「의만가사擬挽歌辭」에 "거친 풀은 어찌 저리도 아득한가. 백양나무도 쓸쓸하구나〔荒草何茫茫 白楊亦蕭蕭〕"라는 구절이 있다. 백양나무는 후에 송추松楸와 함께 묘소의 나무를 지칭하는 말로 자주 쓰였다.

6) 황대사黃臺詞는 황대조사黃臺爪辭를 말하는데, 당나라 장회태자章懷太子 이현李賢이 지은 악장樂章 작품이다. 그는 무후武后에게 억울하게 죽은 태자였던 형 이홍李弘의 죽음을 감히 드러내 말하지 못하고, 악공을 시켜 부르게 하여 황제와 무후가 깨닫기를 바랬다. 여기서는 이 시를 말한다.

7) 조 대가曹大家는 반표班彪의 딸 반소班昭로, 조세숙曹世叔에게 시집갔기 때문에 조대가라 칭한 것이다. 반소는 반고班固의 누이동생으로 문장을 잘하여 반고의 뒤를 이어 『한서漢書』를 완성하였다.

8) 서 현비徐賢妃는 당 태종唐太宗의 후궁인 서혜徐惠이다. 정관貞觀 말년에 사방의 오랑캐를 정벌하고 궁궐을 짓느라 백성들이 고생하자 글을 올려 극구 간하여 중지시켰다.

9) 쌍성雙成은 동쌍성董雙成을 가리키는데, 선녀를 말한다. 원래 신화에서 서왕모西王母의 시녀로 나온다.

10) 비경飛瓊은 허비경許飛瓊을 가리키는데, 선녀의 이름이다.

11) 봉호蓬壺는 봉래산蓬萊山을 가리키는데, 중국 전설에서 나오는 가상적 영산靈山인 삼신산三神山 가운데 하나이다. 동쪽 바다의 가운데에 있으며, 신선이 살고 불로초와 불사약이 있다고 한다.

12) 요도瑤島는 전설 중의 선도仙島 이름이다.

13) '백옥루白玉樓'는 천상에 있는 누대로 천제天帝가 사는 곳이며, '난서鸞書'는 서신을 아름답게 표현한 명칭이다. 허 난설헌이 천제의 부름을 받고 천상에 있다는 광한전廣寒殿의 백옥루 상량문을 지었다고 말한 것이다.

14) 숙진叔眞은 송나라 여류시인 주숙진朱叔眞을 가리키는데, 원망하는 작품으로 유명하다. '淑眞'으로도 표기한다.

15) 이안易安은 송나라 여류시인 이청조李淸照의 자이다. 사곡詞曲이 유명하다.

16) 벽제관碧蹄館은 중국 사신들이 왕래하며 쉬던 벽제역의 객관客館으로, 경기도 고양

시 벽제동에 있었다. 임진왜란 때 왜군과 이여송이 거느린 명나라 원군이 격전을 벌인 곳으로도 유명하다.

17) 주지번朱之蕃은 명나라 금릉金陵 사람으로, 자는 원개元介이다. 서화에 능하였다고 한다. 서울 종로구의 성균관에 있는 명륜당의 현판 글씨 '명륜당明倫堂' 이라는 당호도 그가 쓴 글씨이다.

성리학자 윤지당 임씨 允摯堂林氏

윤지당 임씨(1721~1793)[1]는 조선시대의 여성으로는 보기 드물게, 성리학자로서 독보적인 위치를 차지한 인물이다. 여성이 글을 아는 것 자체를 꺼리고 숨기던 시대 분위기에서, 여성으로서 학술적이고 철학적인 글을 남기고 역사적 인물에 대한 평론을 썼다는 점에서, 윤지당은 크게 주목할 만하다. 우주 만물과 사람의 심성을 연구하는 성리학의 경우, 발생지인 중국보다도 조선에서 걸출한 학자를 더 많이 배출하였다. 하지만 수백 년 동안 남성들만의 전유물처럼 된 것도 틀림없는 사실이다. 이러한 상황에서 여성 성리학자 윤지당의 위치는 단연 돋보인다 하겠다. 윤지당은 자신보다 50여 년 뒤에 태어난 여류시인 강 정일당姜靜一堂(1772~1832)에게 큰 영향을 주기도 하였다. 이민보李敏輔(1720~1799)는 성리학의 인의仁義에 대한 고금 여성의 논의 중에서 윤지당이 제일인자라 찬탄하였고, 성해응成海應(1760~1839)은 윤지당이 사학史學에 특히 조예가 깊다고 평하였다.

녹문鹿門 임성주任聖周[2]의 누이동생 임씨는 경종景宗 신축년(1721)에 태어났으며, 호는 윤지당允摯堂[3]이다. 원주의 선비 신광유申光裕에게 시집갔는데, 일찍이 홀로 되어 자식이 없었으며, 지금 승지 벼슬에 있는 신광우申光祐의 형수이다.

이학理學에 타고난 재주가 있어, 경전을 익혀서 나이가 70에 가깝도록 매일 경전을 소리내어 읽는 것이 경전을 전문적으로 연구하는 학자와 같았다. 저술하는 데도 경전에 대한 의문을 따지고 밝히는 일이 아니고는 쓰지 않았다. 경전의 뜻을 논의한 것으로는 친정 오라비 녹문 임성주·운호雲湖 임정주任靖周와 왕복한 편지가 많다. 이는 부인이 원주原州에 살았고, 녹문 형제는 공주公州에 살았기 때문이다. 다른 저술로는 집안의 제문祭文과 정렬부녀를 위해 지은 전傳이 있다.

내가 임씨 가문의 인척이기에 그 집안사람으로부터 부인이 이학과 글을 잘했던 것을 익히 들어왔다. 제문과 경의經義를 보니 식견과 문장 솜씨가 스스로 일가를 이루고 있어서 규방 사이에서의 시 한 수, 글 한 편 쓰는 재주 같은 것이 아니요, 바로 조 대가曹大家와 나란히 놓을 만하다. 그녀의 특이한 재주는 단지 부녀자의 숨겨진 덕에 그칠 일이 아니므로, 「규열록閨烈錄」에 넣지 않고 「규수록閨秀錄」에 넣었다.

다음은 윤지당의 「척형명尺衡銘」[4]이다.

오! 위대하신 상제여	惟皇上帝
사람에게 마음을 내리셨도다	降衷下民
마음이란 어떠한 것인가	其衷惟何
중정하여 치우침이 없도다	中正不偏
온축하여 체가 되어서는	蘊之爲體
중화이며 덕행이요	中和德行
발현되어 용이 되어서는	發之爲用
시의적절이며, 용행이로다	時宜庸行
성인은 자연스럽게 행하고	惟聖所安
대중은 힘써 행하도다	惟衆所勉
힘써 할 때 무엇을 따를 것인가	勉之曷遵
너에게 저울과 자가 있으니	有爾權度
경중과 장단을 헤아림이	輕重長短
곧 너의 직분이로다	迺汝職也
오직 정밀하고 한결같아야	惟精惟一
진실로 어긋나지 않느니라	允也不差
정밀하지 않고 한결같지 않으면	不精而一
양주가 아니면 묵적이 되리라[5]	非楊則墨
삼과와 누항[6]은	三過陋巷
모두 중中을 얻었네	曰中之得

네 눈이 이미 밝아	爾目旣明
체와 용이 모두 갖추어지리라	體用畢該
삼가고 조심하며	兢兢業業
반드시 공경하고 반드시 경계하라	必敬必戒

다음은 「심잠心箴」[7]이다.

마음은 본래 비었으니	心兮本虛
신묘하여 헤아리기 어렵네	神妙莫測
하고 싶은 대로 하면	從爾所之
끝이 없으리라	罔有紀極
잡으면 보존되고	操則存
놓으면 잃게 되네	舍則亡
성誠이 아니면 어찌 보존되겠으며	非誠曷存
경敬이 아니면 어찌 길러지겠는가	非敬曷養
본성이 발함은 미미하고	性發則微
형기가 부딪침은 위태롭도다	形觸則危
미미한 것은 확충하고	微者擴之
위태로운 것은 막을 것이로다	危者遏矣
기미를 살피고 신독하는 것이	防微謹獨
마음을 다스리는 원칙이니라	治心之則
오로지 이것만을 생각하여	念玆在玆
한순간이라도 놓지 말지어다	毋放晷刻
잘 생각하면 성인이 되고	克念作聖
생각하지 않으면 광인이 되리	罔念作狂
무엇에 등 돌리고 무엇을 우러를까	孰背孰仰

등 돌리고 우러름의 구분은	背仰之辨
삼척동자도 알 것이네	三尺猶知
알면서도 행하지 않으면	知而不爲
이는 스스로 저버리는 것이네	是爲自棄
어렵다고 말하지 말고	莫云難哉
행하기를 이처럼 하라	有爲若是
마땅히 그 덕을 닦으며	宜修厥德
감히 혹시라도 쉬지 말라	罔敢或息
상제께서 네 옆에 임하고 있으니	上帝臨汝
네 마음을 분산시키지 말라	無貳爾心
능히 생각하고 또한 공경하는데	克念且敬
오직 마음이 거울이로다	惟心是鑑
하늘이 백성을 내심에	天之生民
반드시 표준이 있으니	必有其則
이에 마음에 고하여	式告靈臺
지극함을 공경하여 밝히리로다	敬明其極

「병세재언록」[8]

---

1) 어릴 때부터 명철하던 윤지당은 신광유와 결혼하였지만, 스물일곱 살에 자식 없이 과부가 되었다. 시부모와 두 시동생과 평생을 같이 살면서, 시동생의 아들을 양자로 들이고 일흔다섯 살의 나이로 눈을 감았다. 시댁이 원주이기 때문에 오십여 년 동안 이곳에서 살아 대부분의 저작물도 이곳에서 쓰여졌을 것으로 보인다.

2) 임성주任聖周(1711~1788)의 본관은 풍천, 자는 중사仲思, 호는 녹문이다. 조선 성리학의 대표적인 학자 중의 한 사람이다.

3) '윤지允摯'라는 당호堂號는 오라비 녹문 임성주가 지어준 것으로 원래 주희朱熹의 '윤신지允莘摯'라는 글에 근거한 것이다. '莘'은 주周나라 문왕의 부인인 태사太가 태어난 곳이며, '摯'는 태임太任이 태어난 곳이다. 임씨任氏이기 때문에 '윤지允

摯' 라고 당호를 삼았다.

4) 척尺은 길이를 재는 자이고, 형衡은 무게를 다는 저울이다. 자와 저울을 비유하여 마음과 행동이 중도中道에 맞게 하라는 교훈적인 글이다.

5) 양주楊朱는 자기만을 위하는 주장을 하였고, 묵적墨翟은 무차별적인 겸애설兼愛說을 주장하였다. 이들은 모두 중도中道에 맞지 않고 어느 한쪽으로 치우쳐서 이단이 되었다.

6) '삼과三過'는 우禹 임금이 치수 사업을 위해 천하를 분주히 돌아다니다가 집을 세 번이나 지나갔으나, 들어가지 않았다는 고사에서 따온 말이다. '누항陋巷'은 누추한 골목이란 뜻으로, 공자의 제자 안연顏淵이 한 그릇의 밥과 한 표주박의 음료로 누추한 곳에 살면서도 안빈낙도하였다는 고사를 인용한 것이다. 여기서는 우 임금과 안연이 상반된 처세를 한 듯하지만, 중도에 맞는 행위라는 뜻이다.

7) 잠箴은 원래 바늘을 가리키는데, 바늘처럼 규계規戒한다는 의미에서 나온 문체이다. 이 심잠心箴이라는 제목은 본래 송나라 학자 정자程子가 지은 「사물잠四勿箴」의 하나로, 마음에 대한 철학적 해석과 실천을 논한 것이다.

8) 「병세재언록幷世才彦錄」에서 '병세幷世'는 동시대라는 뜻이고, '재언록才彦錄'은 뛰어난 인물의 기록이라는 의미이다. 이규상李奎象(1727~1799)이란 문인이 당대의 인물을 18개 항목으로 나누어 180여 명을 기록하였다.

삼호정시사 三湖亭詩社

조선 후기에 들어서면 양반뿐만 아니라, 여항인들까지 많은 시사[1]를 결성하여 문화·예술적 교류의 공간으로 발전시켰다. 특히 '삼호정시사'[2]에서 여성들이 규방이라는 공간을 넘어서 독자적으로 문학적 교류를 맺었다는 점은, 조선시대 문화사에서 주목할 만한 일이다. 삼호정시사의 중심 인물인 김 금원은 14살 때 남자옷을 입고 여행길에 올라 금강산 일만이천 봉을 두루 돌아다닐 정도로 호쾌한 성격의 소유자였다. 『호동서락기』는 김 금원이 쓴 여행 기록물로 어린 시절의 문장 공부, 금강산 유람, 삼호정시사에 관한 내용이 적혀 있다. 『호동서락기』의 뒷부분에는 금원과 교유 인물인 경춘, 운초, 경산, 죽서가 각기 정訂, 제題, 서書, 발跋이라는 형식으로 글을 써서 문학관과 인생관을 설파하였다. 이 시사의 구성원은 모두 서녀 출신으로서 양반가의 소실이 되었던 인물들이다. 서녀는 양반의 핏줄을 타고났지만, 그 가족으로 인정받지 못하고 주변인으로 존재했다. 남성의 경우도 처지는 마찬가지였지만, 그들은 집단적인 서얼 소통 운동 등을 통해 사회적 논의의 대상이라도 되었다. 그러나 서녀의 경우는 논의에서조차도 배제되었다.

1.

때때로 읊조리며 따라서 창수唱酬하는 사람이 넷 있는데, 그 중 한 명인 운초雲楚[3]는 성천成川 사람이며, 연천淵泉 김 상서金尙書의 소실이다. 재능이 여러 사람 중에 뛰어나고 시로 알려져 사람들이 끊임없이 찾아오는데 어떤 사람은 이틀 밤씩 묵기도 했다.

또 경산瓊山은 문화文化 사람으로 화사花史 이 상서李尙書의 소실이다. 많이 배우고 박식하며 시에 뛰어나다. 때마침 이웃에 살아 서로 교유하였다. 다른 한 명은 죽서竹西[4]인데 나와 같은 고향 사람으로 송호松湖 서 태수徐太守의 소실이다. 재기가 영리하고 지혜로워 하나를 들으면 열을 알 정도이다. 문장은 한유韓愈와 소 동파蘇東坡를 사모하고, 시 역시 기이하고 고아하다.

다른 한 명은 내 아우 경춘鏡春으로, 주천酒泉 홍 태수洪太守의 소실이다. 총명하고 정숙할 뿐만 아니라 널리 경사經史에 통달했고, 시사詩詞 역시 여러 사람에 뒤지지 않는다. 서로 어울려 노니는데 비단결 같은 문장이 책상 위에 가득하고 아름다운 글이 선반 위에 가득 차 있어, 때때로 낭독하는데 낭랑한 소리가 금을 던지고 옥을 부수는 것 같았다. 사시사철의 풍월이 한가할 수 없고 강가의 꽃과 새도 수심을 풀어준다.

　네 수를 짓는다.

봄날이 아쉬워 들뜬 마음으로 서로 만나니　　　　春意相逢惜艷暉
버들눈썹 막 펴지고 살구뺨이 부푸네　　　　　　柳眉初展杏腮肥
시를 짓느라 꽃 보는 복을 누리니　　　　　　　　尋詩厚餉看花福
누가 선녀를 보내 기심5)을 사라지게 하였는가　　誰遣仙娥共息機

봄바람 다하도록 님이 오지 않으니　　　　　　　送盡東風客未還
가슴 저민 봄날 더욱 쓸쓸하여라　　　　　　　　一春多病更多閒
술과 시로 함께 세상 밖에서 노니나니　　　　　　觴吟共許名場外
구름 같은 인생사 한바탕 꿈이어라　　　　　　　透得浮生夢覺關

안개 낀 물결 위로 갈매기 나는데　　　　　　　　烟波浩蕩白鷗天
난간에 기대어 잠 못 이루네　　　　　　　　　　斜倚欄干夜不眠
때때로 강 건너 사람소리 들리니　　　　　　　　隔岸時聞人語響
달 밝은 남포로 돌아오는 배일세　　　　　　　　月明南浦有歸船

주렴 걷으니 수국의 하늘　　　　　　　　　　　簾幕初開水國天
봄바람이 열두 난간에 불어오누나　　　　　　　春風十二畫欄前
강 넘어 도리가 강 버들과 어울려　　　　　　　隔江桃李連江柳
안개 속으로 다 들어가 한 빛이라네　　　　　　盡入空濛一色烟

　다섯 사람이 서로 마음을 이해하는 유익한 벗이 되었고, 또 경치가 좋고 한가한 곳을 점유하게 되었다. 꽃, 새, 구름, 연기, 바람, 비, 눈, 달과 같은 풍광이 어느 때나 어느 날이나 아름답고 즐거웠다. 함께 거문고를 연주하여 음악을 들으며 맑은 운치를 보내고 담소하는 여가에 천기天機가 움직이면 시로 드러내곤 하였다. 맑은 시도 있고, 우아한 시도 있고, 강건한 시도 있고, 예스러운 시도 있고, 담담한 시도 있고, 강개한 시도 있다. 비록 그 우열은 알 수 없으나, 성정性情을 그려내고 마음껏 즐겁게 노니는 것은 매한가지이다.

우리 경춘鏡春은 특히 형제간[6]으로 절친한 친구의 우정까지 있다. 더구나 세속을 초월한 자질과 여러 사람 가운데서 우뚝 뛰어난 재주로, 물에 비친 달빛이 정신이 되고 옥 같은 눈이 살이 되었으니, 고금에 찾아보더라도 매우 드물다. 하지만 규중의 여자로 태어나 세상의 쓰임이 되지 못하니, 애석하도다.

우리 형제가 만날 때마다 속마음을 터놓고 시를 대하여 읊조린다. 문장을 논하면 도도하게 흐르는 강물처럼 끊임이 없다. 때때로 무릎을 치면서 책을 읽으니 그 소리가 앵무새가 봄날 나무에서 지저귀는 듯, 봉황새가 높은 언덕에서 우는 듯하였다. 비교할 수 없는 이 지극히 즐거운 마음엔 다른 사람은 전혀 알지 못하는 즐거움이 있다.

나의 반평생을 회상하건대, 산수山水 사이에 유람하면서 기이한 곳을 찾아다니며 거의 모든 명승지를 다 유람하여 남자들도 하기 어려운 일을 해냈으니, 분수상 이미 충분하고 소원도 이루어졌다.

아! 천하의 강산은 크지만, 우리나라는 한쪽 변방에 있어 장관이 되기에 부족하다. 고금의 일월日月은 오래 되었지만, 백 년 뜬구름 같은 인생으로는 즐거움을 만끽할 수 없다. 하지만 미루어 생각해보면 천하가 모두 이 강산과 같고, 백 년 인생으로 살펴보면 고금의 일월이 모두 이 일월이다. 그렇다면 강산의 크기와 일월의 시차를 어찌 논할 필요 있겠는가. 하지만 지난날 본 경치가 한순간의 꿈이 될 뿐이다. 만일 문장으로 전하지 않으면, 어찌 오늘의 금원을 아는 자가 있겠는가.

베개에 누워 눈을 감아 신神과 혼魂이 교차하여 잠을 자며 감흥에 따라 변하는 것은 한밤의 꿈이요, 대화大化가 변화하여 천지가 한순간이며 평생의 모든 일들이 허무해 돌아가는 것은 평생의 꿈이다. 그러므로 노생盧生은 평생 동안 괴이한 꿈을 꾼 것이고[7], 황제黃帝가 화서華胥에서 노닐다가 잠에서 무위無爲라는 지극한 도를 깨달았다.[8] 그렇다면 평생의 꿈이 어찌 한밤중의 꿈과 다름이 있겠는가? 아아! 슬프다. 하루로 보면 하루의 꿈이요, 일 년으로 보면 일 년도 꿈인 것이다. 백 년 천 년 옛부터 지금까지 꿈 아닌 것이 없다. 나 역시 꿈속의 사람으로서 꿈속의 일을 기술하려 하니, 어찌 꿈속의 꿈이 아니겠는가?

드디어 한번 웃고 붓으로 유람한 전말을 대략 기술한다. 이른바 겨우 천에서 십이 남아 있고 백에서 하나가 남아 있는 정도이지만, 읊조리는 시詩 같은 것은 흩어져 거두어지지 않아 대략 써서 한가한 중에 와유[9]의 도움으로 삼는다. 그 유람은 처음엔 금호錦湖(경포) 사군四郡에서 시작하여 관동關東의 금강산과 팔경八景에 이르렀고, 또 낙양洛陽(한양)에 도착하여 마침내 관서關西의 용만부에 이르렀다가 낙양으로 다시 되돌아왔다. 그러므로 『호동서락기湖東西洛記』[10]라고 이름을 붙였다.

경술년(1850) 모춘 상순에 금원錦園 쓰다.

2.

금원은 진정 여걸이다. 문장은 그다지 중요한 것은 아니지만, 문장을 통해 보통 사람보다 훨씬 뛰어난 금원의 재주와 일세一世에 돋보이는 식견을 알 수 있다. 금원의 아우 경춘은 자질이 매우 맑고 기개가 탁월하였다. 문장 역시 그 인물 같아 참으로 난형난제라 말할 수 있다.

반고班固의 누이동생 반소班즨는 문장 표현이 매우 아름다웠다. 반고의

「양도부兩都賦」와 반소의 『여계女戒』는 모두 고금에 이름난 작품으로 세상에 보기 드문 일이라고 평한다. 금원과 경춘은 여자 형제로 둘 다 이름이 났으니, 바로 천고의 역사에서 이 경우뿐이다. 남자가 되지 못해 세상에 쓰여지지 못하였으니, 애석하도다. 아! 공청空靑, 마유碼碯, 수난水難, 화제火齊[11]는 배고프고 춥더라도 입거나 먹을 수 없지만, 역시 세상에 뛰어난 보배가 아닌가? 운초雲楚 제題

3.

나는 일찍부터 금원의 명성을 듣고 마음속으로 사모했더니, 마침 강가에서 이웃으로 살게 되었다. 뜻을 같이 하는 친구들 다섯 명이 모였는데 흉금이 툭 트이고 풍류와 운치가 질탕하였다. 좋은 정자에서 술잔을 들고 시를 읊조리니, 그 즐거움은 더할 나위 없다. 금옥金玉 같은 경치는 재자才子의 붓끝을 움직이게 하고, 붉고 푸른 꽃과 풀은 시인의 입가를 향기 나게 하니, 이는 모두 천기의 자연스러움이요, 중지할 수 없는 그런 것이다. 강산은 시심詩心을 경치에 의탁하는 대상일 뿐이다. 이 편은 금원이 유람한 전말을 낱낱이 서술한 것이니, 마치 조화옹이 사물을 만들 때 조각한 흠이 보이지 않은 것으로 형형색색 자연스러운 공교로움이 있는 것과 같다. 보는 사람들이 마치 구방고九方皐가 말을 관상 보는 것[12]처럼 하면, 거의 문장 밖에서 깨닫는 점이 있을 것이다. 경산瓊山 서書

4.

시문詩文에 능한 자를 옛부터 강산의 도움을 많이 받았다고 말한다. 강산은 천지의 기氣이다. 시문은 나의 기이니, 무슨 강산의 도움을 받았겠는가? 하지만 장엄하고 기이한 모습, 좋아하고 놀랄 만한 강산은 명승지이며, 사람의 기가 이를 통해 감발하여 펴지기 때문이다. 어진 자는 이를 터득해서 편안해지고, 지혜로운 자는 이를 보고 통달한다. 또 뜻이 있는 자는 확립하고, 용맹스러운 자는 이를 보고 통달한다. 또 호기스러운 자는 마음이 흔들리고, 답답한 자는 처연한 생각이 들기도 한다. 심지어는 강개한 마음으로 길이 탄식하고 표출하여 문장과 시가 되니, 강산의 도움을 받은 것이다.

나는 금원과 같은 고향 사람으로 근래에 또 다시 호상湖上에 함께 노닐게 되어 금원의 유람기를 볼 수 있었다. 비록 짧은 글이지만, 마치 연기와 파도가 만 리에 뻗치는 기세가 있다. 시는 모두 27칙則으로 좋은 소리가 날 정도로 훌륭하니, 그 강과 산에 정을 붙여 크고 기괴한 형태를 모두 다 찾아내어 높은 산과 절벽, 평평히 흐르는 강, 격동하는 여울물은 모두 그 형태를 벗어날 수 없다. 웅장한 말과 아름다운 표현은 그 대상인 사물과 모두 하나가 되었다. 장엄하고 영특한 것은 마치 군자가 공손히 서 있는 것과 같고, 마구 달리며 내리치는 것은 만 명의 군사가 일제히 성벽을 오르는 것과 같다. 아름다운 것은 봄 단장과 같고 담박한 것은 가을의 정경과 같아, 짧은 사이에 다른 정경이 천태만상으로 펼쳐지니 모두 문장에 나타난 기운과 음률에서 볼 수 있다.

이것이 어찌 시문에 능한 재주와 아울러 강산의 도움을 겸한 것뿐이겠는가? 금원은 의지와 기개가 높고 넓어 일세에 뛰어났다. 그리고 속세를 벗어난 생각이 있어, 태산泰山과 화산華山조차 높은 봉우리가 되지 못하고 양자강과 한수漢水가 깊은 물이 되지 못하니, 그렇다면 시와 문은 음성과 말소리 정도뿐이다. 이것으로 어찌 충분히 금원을 알 수 있겠는가? 하지만 단산丹山의 조각 깃털[13]로도 전체를 상상할 수 있으니, 금원의 이 작품은 보배로다. 죽서竹西 발跋

『호동서락기』

1) 시사詩社란, 요즈음의 시동인詩同人과 같은 것으로, 시를 짓고 즐기기 위하여 모인 모임을 말한다. 성격상 시사는 시를 짓고 즐길 수 있는 계층의 소산으로, 주로 양반 사대부들에게 해당하는 것이었다. 그러나 조선 중기 이후 중인 계층도 모임을 결성하여, 위항문학委巷文學이라는 새로운 문학적 조류를 형성하기도 하였다.

2) 삼호정三湖亭은 지금 용산 원효로에서 마포로 넘어가는 삼개고개에 있던 정자라고 한다. 규장각 학사 출신으로 의주 부윤을 지낸 김덕희의 별장으로, 소실 김 금원이 이곳에서 시사를 주도하였다.

3) 운초雲楚의 본명은 부용芙蓉으로, 김이양金履陽의 인정을 받아 1831년 기생 생활을 청산하고 김이양의 소실이 되었다. 시문집으로는 『운초당시고』(일명 『부용집芙蓉集』)가 있다.

4) 박 죽서朴竹西는 박종언朴宗彦의 서녀로 태어나 서기보徐箕輔의 소실로 들어갔다. 죽서가 죽은 뒤 그녀의 시 166편에 남편의 친척 서돈보徐惇輔의 서문을 붙인 『죽서시집』이 간행되었다.

5) 기심機心이란 기회를 틈타 남을 해롭게 하거나 자신의 이익을 추구하려는 마음을 가리킨다.

6) 원문은 '상체지정常棣之情'으로 되어 있는데, '常棣'는 『시경詩經』 「소아小雅」의 편명으로 형제간에 위급한 일이 생기면 구원한다는 내용이다. 여기서는 금원이 경춘과 형제라는 것을 가리키는 말로 쓰였다.

7) 옛날 노생盧生이라는 사람이 한단邯鄲의 주막집에서 도사道士 여옹呂翁을 만나 자신의 곤궁한 신세를 한탄하였더니, 여옹은 행장 속에서 베개 하나를 꺼내주면서 "이것을 베고 자면 당신의 소원대로 부귀공명을 누릴 것이다" 하였다. 이때 주인이 기장으로 밥을 짓고 있었는데, 노생은 그 베개를 베고 잠들어 꿈속에서 80여 년의 온갖 부귀를 누리고 깨어보니 꿈이었다. 옆에는 여전히 여옹이 앉아 있었고 주막집 주인이 짓고 있던 기장밥도 아직 다 되지 않았다(『침중기枕中記』).

8) 옛날 중국의 황제黃帝가 어느 날 낮잠을 자다가 꿈속에서 화서씨華胥氏의 나라라는 유토피아에서 안락하고 평화롭게 지내다가 꿈에서 깨어나 무위無爲의 도로 천하를 다스렸다고 한다.

9) 와유臥遊란 누워서 유람한다는 뜻으로, 집에서 명승이나 고적을 그린 글이나 그림을 보면서 즐기는 것을 비유한 말이다.

10) 금원의 발길이 미쳤던 금호錦湖(경포) 사군四郡, 관동關東 금강산, 관서關西 의주義州, 낙양洛陽(한양)에서 한 자씩 따와 『호동서락기』라고 이름을 지었다.

11) 공청空靑, 마유碼瑠, 수난水難, 화제火齊는 모두 옥돌과 같은 보배이다.

12) 구방고九方皐는 천리마를 잘 보는 백락伯樂의 제자로, 그 역시 말을 잘 관상하는 사

람이었다. 여기서의 의미는 금원의 문장을 볼 때 겉만 보지 않고 진정으로 이면까지 이해해야 한다는 말이다.

13) 단산丹山은 단사丹砂가 나오는 산 이름이다. 조각 깃털은 그곳에 사는 봉황새의 깃털을 말한다. 금원이 표현한 이 시문詩文은 적지만, 이를 통해 금원의 전체를 헤아려 알 수 있다는 말이다.

이 옥봉 李玉峰

이 옥봉의 시는 남편 조원[1]의 현손玄孫 조정만趙正萬에 의해 1704년(숙종 30)에 간행된 『가림세고嘉林世稿』 끝에 부록으로 편입되어 있다. 편입된 이 옥봉의 시는 모두 32편인데, 대부분 이별을 주제로 읊었다. 여기에 실어놓는 「이옥봉행적」역시 그 일부이다. 이 글에는 이웃집 여인의 옥사獄事를 변호하기 위해 쓴 시가 원인이 되어 쫓겨났다는 흥미로운 일화가 소개되어 있는데, 이는 당시 뛰어난 시재를 지니고도 불행해야만 했던 소실의 처지를 상징적으로 대변해주는 것이기도 하다. 옥봉 이씨는 허 난설헌과 함께 조선을 대표하는 여류시인으로 이미 당대부터 높은 평가를 받았다. 특히 문장으로 이름이 높았던 상촌象村 신흠申欽(1566~1628)은 "근래 규수의 작품 중 승지 조원의 첩 이씨가 제일이다" 하고 높이 평가하였다.

우리 고조부 운강공雲江公(조원)께는 선대가 먼 종실인 소실 이씨李氏가 있었다. 태어나면서부터 매우 총명했던 이씨를 그 아버지가 기특하게 여겨 문자를 가르치니, 보통 사람보다 빨리 이해하고 병이 될 정도로 좋아하였다. 이씨의 아버지가 해마다 책을 사서 공부에 도움이 되도록 하여 옥봉의 문장이 날로 좋아지고, 특히 시를 잘 지었는데 천기天機를 터득하여 표절하지 않았고 의미와 운치가 전아하며 음향이 맑고 고와서, 개원開元·천보天寶·정시正始와 같은 음音[2]이 있었으니, 실로 규수 중에 제일이었다. 재능을 자부하여 평범한 사람에게는 시집가려 하지 않고, 당대에 문장이 뛰어난 사람을 선택하려 하였다.

아버지가 딸의 속마음을 알아채고 그런 배필을 구하려 하였지만 찾을 수 없었다. 그러던 중 이씨의 아버지가 운강공의 명성을 듣고 명함을 가지고 가서 만나기를 청하였다. 배필을 구한다는 사실을 말하자, 운강공은 허락하지 않았다. 이씨의 아버지가 다시 신암新菴 이공李公[3]의 집에 가서 이런 사정을 말하였다. 신암은 바로 운강공의 외할아버지로, 상서尙書 벼슬을 지낸 분이다. 신암은 웃으면서 허락하고, 운강공을 불러 말하였다.

"왜 간절한 청을 들어주지 않느냐?"
"나이 어린 관리가 어찌 첩을 둘 수 있겠습니까?"

신암은 또 웃으면서,

"대장부가 그런 일로…."

하고, 길일을 잡고 이씨를 데려오게 하였는데, 이씨의 모습이 뛰어난 재능처럼 아름다워 신암 역시 기특하게 여겼다.

운강공이 이부吏部 좌랑에서 괴산 군수로 외직에 나갔고, 뒤에 삼척 부사, 성주 목사로 부임받았을 적에 이씨가 모두 따라갔다. 이씨는 영월을 지나며 시를 지었다.

닷새 걸릴 험한 관문 삼 일 만에 넘으니	五日長關三日越
슬픈 소리 노릉⁴⁾의 구름에 끊어지네	哀辭唱斷魯陵雲
나 역시 먼 왕손의 여식이라	妾身亦是王孫女
이곳 두견소리 차마 듣지 못하네*[참끄]	此地鵑聲不忍聞

시가 처량하고 강개하여 마치 충신과 절개를 지킨 선비 같았다.

공이 관직을 그만두고 한가히 살고 있었는데, 어떤 사람이 글을 지어달라고 하자, 지어둔 글이 없어 공이 이씨에게 답변하게 했더니, 이씨가 '어찌 남산의 중에게 빗을 빌리지 않소'⁵⁾ 하고 대답하였다. 비록 한 구절이지만, 이씨의 재주를 잘 알 수 있다.

어느 날 평소 이씨와 잘 알고 지내던 이웃집 여자가 찾아와 자기 남편이 소를 훔친 죄로 잡혀갔다고 하소연하며, 형조刑曹에서 풀려날 수 있도록 운강공에게 편지 한 통을 써달라고 이씨에게 부탁하였다. 이씨는 이웃집 여자를 가엾게 여겼지만, 감히 운강공에게 이런 말을 할 수 없었다. 하지만,

"운강공께 써달라고는 못하지만, 내가 당신을 위해 장사狀辭를 써주겠네."

하고는 곧 절구 한 편을 지어주었다.

얼굴 씻는 대야가 거울이 되고	洗面盆爲鏡
머리 감는 물이 기름이 되었네	梳頭水作油
첩이 베 짜는 직녀가 아닐진대	妾身非織女
낭군이 어찌 소를 모는 견우리오	郞豈是牽牛

형조의 당상관들은 이 시를 보고 놀랐다.

"이 글을 누가 써준 것이냐?"

이웃집 여자는 당황하여 사실대로 상황을 말하였다. 그리하여 여러 당상관들이 그의 죄를 억울하게 여겨 곧 석방하였다. 그리고는 그 시를 소매에 넣고 가서 운강공에게 말했다.

"공이 뛰어난 재주를 잘 알아보시는 것 같소. 우리가 이처럼 늦게 알게 된 것이 유감이오."

공은 그 손님을 보내고 난 뒤에, 곧 이씨를 불렀다.

"자네가 나를 따라 여러 해 살았지만 여태껏 실수한 적이 없었는데, 지금 무슨 이유로 백정의 아낙네를 위해 시를 지어 관리들로 하여금 옥에 가두었던 죄수를 풀어주게 하고, 남들의 이목을 번거롭게 하였는가. 해서 안 되는 일을 하였으니, 친정으로 돌려보내야겠네."

운강공은 화를 내며 이씨를 쫓아보냈다. 이씨는 눈물을 흘리며 사죄했으나, 끝까지 호소를 들어주지 않았다. 이씨는 공을 다시는 모실 수 없었다. 친정으로 온 지 몇 년 뒤에 시를 지었다.

요즈음 안부가 어떠하시나요	近來安否問如何
창가에 달이 비치니 첩의 한이 깊어지네요	月到紗窓妾恨多
꿈속에 가는 혼 자취가 있다면	若使夢魂行有跡
문 앞 돌길이 모래가 되었겠지요	門前石徑已成沙

시어詩語가 매우 슬퍼 사람을 깊이 감동시켰지만, 공은 끝내 돌아오는 것을 허락하지 않았으니, 엄격한 집안의 법도를 알 수 있다.

뒷날 임진왜란을 만나 이씨는 절개를 지키다가 죽었다. 중국사람들도 이씨의 시를 뛰어나다고 여기고 더구나 절개를 높이 평가하여, 이씨의 작품을 『열조시집』[6)]에 채록하면서, '규수 옥봉 이씨'라 칭하고 또 '한림승지 조 아무개의 첩으로 임진왜란 때 죽었다'고 썼다. 옥봉玉峯은 평소 쓰던 호이다.

『가림세고』

[참고]

영월 동헌 동쪽에 자규루子規樓라는 누각이 있는데 원래 이름은 매죽루梅竹樓였다. 어린 단종이 피를 토하며 운다는 자규새의 한을 담은 시를 읊었다고 해서 자규루라는 이름이 붙여졌다. 자규에 관해 단종이 지은 시 2수가 『장릉지莊陵誌』에 전한다. 그 중 하나 「자규사子規詞」를 소개한다.

달 밝은 밤 자규새 우니	月白夜蜀魂啾
시름겨워 누대에 기대네	含愁情依樓頭
울음소리 하도 슬퍼 듣기 괴로우니	爾啼悲我聞苦
네 소리 없었던들 내 시름 잊으련만	無爾聲無我愁
세상 사람들에게 알리노니	寄語世上苦榮人
부디 춘삼월에는 자규루에 오르지 마소	愼莫登春三月子規樓

원래 자규에 관한 고사는 다음과 같다.

촉蜀나라의 임금 두우杜宇가 자리를 물려주고 은거해 살았다. 뒷날 복위하려다가 실패하여 죽어서 자규새로 화하여 해마다 봄철이면 밤낮으로 슬피 우니, 촉나라 사람들이 이 자규새의 울음소리를 듣고 모두들 "우리 망제望帝다" 하였다. 망제는 두우의 호이다.(『화양국지華陽國志』)

자규子規는 소쩍새, 두견杜鵑, 자견子鵑이라고도 한다.

---

1) 조원趙瑗(1544~1595)은 조선 중기의 문신으로, 본관은 임천林川, 자는 백옥伯玉, 호는 운강雲江이다. 1564년 진사시에 장원급제하였고, 1572년 별시문과에 병과로 급제하였다. 후에 이조 좌랑이 되고, 1583년 삼척 부사로 나갔다가 1593년 승지가 되었다. 저서로는 『독서강의讀書講疑』가 있으며, 유고로는 『가림세고嘉林世稿』가 있다.

2) 개원과 천보는 당나라 현종玄宗 때의 연호로, 이 시기는 당나라의 번성기인 동시에 중국 고대문화의 전성기였다. 특히 이백이나 두보 같은 뛰어난 시인들이 많이 배출되었

다. 그리고 정시지음正始之音는 삼국시대 위魏나라 연간의 표일飄逸하고 청원清遠한 풍조의 시를 말하는데, 정시음正始音, 정시체正始體, 정시풍正始風이라고 한다.

3) 신암 이공은 조선 중기의 문신 이준민李俊民(1524~1590)이다. 본관은 전의全義, 자는 자수子修, 호는 신암. 남명南冥 조식曹植(1501~1572)이 그의 외숙이다. 병조판서 · 지의금부사 · 의정부 좌참찬을 지냈는데, 특히 국방 문제에 관심이 많았고 일을 잘 처리했다고 한다.

4) 노릉魯陵은 영월에 있는 단종의 능, 곧 장릉莊陵을 말한다. 단종이 노산군魯山君으로 강등되어 영월에 왔기 때문에 '노魯' 자를 쓴 것이다.

5) 우리 속담에 '중의 빗' 이라는 말이 있는데, 이는 몹시 구하기 어려운 것 또는 아무 소용없는 물건을 가리킨다.

6) 『열조시집列朝詩集』은 중국 청나라 때 전겸익錢謙益(1582~1664)이 편찬한 약 2,000명에 이르는 명나라 시인의 작품집이다. 총 81권으로 1652년에 간행되었다. 작자마다 소전小傳을 붙이고, 문집을 낸 사람은 그 문집의 이름을 밝혀놓아 사료史料로 중요하다. 여성, 승려, 외국인도 포함하였다.

김 삼의당 金三宜堂

부부를 흔히 동반자적인 관계라 한다. 이 글의 저자 삼의당은 남편과 동반자적인 관계로 일생을 살아갔다. 작품의 이해를 돕기 위해 생애를 보면, 삼의당은 1769년 김인혁金仁赫의 딸로 전라도 남원 서봉방捿鳳坊에서 태어났고, 18세 되던 해에 담락당湛樂堂 하욱河澳과 혼인하였다. 마치 소설처럼 남편과 같은 마을, 같은 해, 같은 달, 같은 날에 출생한 하늘이 정해준 배필이었다. 남편은 십 년 가까운 세월을 한양에 머물면서 과거를 준비하지만, 머리카락을 자르고 비녀를 팔아 뒷바라지한 보람도 없이 낙방하고 귀향한다. 귀향한 뒤 여전히 생계가 어렵자, 남편의 의견대로 진안의 마령 방화리로 이사하게 된다. 하지만 매사를 낙천적으로 보는 삼의당은 이런 상황에서도 행복하게 살아간다. 부부는 죽은 뒤 진안군 백운면白雲面 덕현리德峴里에 같이 묻혔다. 현재 마이산 입구 관암 바위에 시비詩碑가 세워져 있다. 첫번째 글은 이사한 후 방화리에서 꾀꼬리소리를 듣고 남편에게 느낀 소회를 말한 것으로, 선악善惡을 구별할 수 있는 이치를 논하였다. 두번째 글은 시아버지 장례식 비용으로 가산이 파탄할 지경까지 내몰려 돈을 꾸러 가는 남편을 전송하는 시인데, 부기附記한 것처럼 천행으로 가야산에서 인삼을 구하여 빚을 갚는다.

1

어느 날 남편이 내게 말하였다.

"글 짓는 실력이 모자라 과거에 오르지 못해 어버이를 영화롭게 모시지 못하고, 또 집안 형편도 가난하여 밭뙈기 하나조차 없소. 더구나 지금 살고 있는 곳은 한 치 땅이 금싸라기요, 낟알조차도 옥처럼 귀하오. 경작하려 해도 토지가 없고 봉양하려 해도 기댈 곳조차 없으니 어찌하면 좋겠소? 옛날 동소남¹⁾은 동백산桐栢山에서 주경야독하면서 어버이를 봉양하여 천고의 아름다운 일이 되었소. 월랑月浪의 남쪽 내동산來東山(원래 '萊東山'으로 표기, 전북 진안군 성수면 구신리) 아래는 땅이 넓고 토지가 넉넉하다 하니, 지금 가서 경작한다면 어버이 봉양에 걱정이 없을 것이오. 나는 결정을 하였는데 당신은 따르겠소?"

"말씀이 도리에 딱 맞으니, 어서 가서 행하지요."

신유년(1801) 12월에 진안鎭安 마령馬靈 방화리訪花里로 이사하고 이듬해 2월에 새집을 지었다. 집 주위가 수목으로 둘러싸여 있었다. 때는 화창하여 그늘이 드리워졌는데, 얼마 뒤 좋은 소리가 푸른 숲 속에서 흘러나와 마음이 화평스럽게 되어 비파와 생황을 연주하는 곳에 있는 듯하였다. 내가 남편을 돌아보며 말하였다.

"우리가 거처하는 곳에 나무가 없었다면 저 좋은 소리가 어찌 왔겠습니까? 이런 이유로 좋은 이웃이 없는 사람은 좋은 말을 들을 수 없고, 주위에 어진 사람이 없는 임금은 훌륭한 말을 들을 수 없지요. 평범한 사람이지만 임금이 선善을 듣는 방도를 제가 꾀꼬리소리에서 알았습니다. 또 전에 홀로 서 있는데 동풍이 홀연히 불어와 온갖 새들이 의기양양하게 그 소리를 오르내리니 봄빛을 희롱하는 듯하고, 날씨가 따뜻해지자 좋은 소리가 그 사이에서 나오니 처마에 재잘거리는 제비소리나 창 밖에서 까옥까옥하는 까치소리는 모두 듣기 싫었습니다. 아! 미물의 소리를 한번 듣고 그 선악을 알았다고 하나, 더구나 간사한 말이 마음을 흔들고 사악한 소리가 귀를 울리는 것에 있어서이겠습니까. 임금께서 어찌 군자와 소인의 말을 분변하지 않고서 악한 사람을 등용시키고 선한 사람을 물리치겠습니까?"

남편이 이렇게 말하였다.

"옛날에 꾀꼬리소리를 들은 자가 많았소. 이 태백은 「청평사淸平詞」[2]에서 단지 성덕을 찬미하였고, 대옹[3]은 황감黃柑에서 시상만 그려냈을 뿐이니, 임금을 경계하는 것은 없었소. 지금 부인이 한 번 듣고 선을 들

는 방도를 알았으며 두 번 듣고 선악의 구분을 알았으니, 참으로 사물의
이치를 관찰하는 방도를 안다고 할 수 있소."

『삼의당고』

2.

갑자년(1804) 3월 26일, 갑자기 시아버지의 상을 당했으나 집이 가난하
여 장례 절차를 차릴 돈이 없었다. 남의 돈을 빚내어 상례와 장례의 예를
마쳤다. 기일이 지나도 그 돈을 갚지 못하여 남편이 빚을 얻으려고 집을
떠나는데, 이 시를 써서 전송했다.

누가 알리오 장례빚이 산처럼 쌓여	誰知喪債積如丘
울면서 동남쪽 영남 땅으로 나선 걸	泣向東南嶺海陬
온 살림 다 털어도 못 갚을 빚	百橐元難傾産報
한푼인들 어찌 내 몸을 위한 것이리	寸金豈欲爲身求
정성은 길에서 선녀를 만나고	誠應路上逢天女
의리상 반드시 도와줄 사람 있으리	義必丹陽有麥舟⁴⁾
떠나시는 낭군께 드리는 한마디 말	我以一言行且贈
아아 당신 같은 효성은 다시 없으리	嗟哉至孝世無儔

(남편이 가다가 가야산에서 인삼 몇십 뿌리를 얻어, 대구 약시장에 가서
팔고 돌아와 그 빚을 갚았다.)

『삼의당고』

---

1) 동소남董召南은 당나라 때의 은사隱士로, 동백산에서 나온 회수淮水와 비수淝水 사

이에서 주경야독하며 부모와 처자를 봉양한 인물이다. 한유韓愈가 「동생행董生行」이라는 글을 지어 찬미하기도 하였다.

2) 「청평사」는 「청평조淸平調」를 가리키는데, 당나라 현종玄宗 때 이 태백이 지은 악곡樂曲의 이름이다. 현종이 양귀비와 작약을 감상하면서 이 태백을 불러 가사歌詞를 짓게 하였는데, 이때 지은 작품이 청평사이다.

3) 대옹戴顒은 남조南朝 송나라 사람으로, 자는 중약仲若이며, 대규戴逵의 아들인데, 모두 은일隱逸로 유명하다.

4) 송나라 때의 학자 범중엄范仲淹(989~1052)이 아들 요부堯夫(범순인范純仁)를 시켜 고소姑蘇에서 보리 5백 석을 운반해오게 했다. 범순인이 배에 보리를 싣고 단양丹陽에 이르렀을 때, 친구 석만경石曼卿을 보았는데 석만경은 돈이 없어 부모의 장례를 치르지 못하고 있었다. 그래서 범순인은 보리 실은 배를 부의로 주고 홀몸으로 왔다고 한다.

매죽당 이씨 梅竹堂李氏

이 일화는 매죽당 이씨와 옥잠 사이의 우정이 중심 내용이다. 특히 두 여성 사이에는 남성의 존재가 완전히 배제되고 그들만의 우정을 직접적으로 거론하고 있다는 점이 큰 의의라 하겠다. 이는 두 여인이 한 남성의 아내로 살아야 했던 당시 여성의 일반적인 삶에서 벗어난 삶을 살았다는 반증일 것이다. 이 점이 또한 그들 사이의 우정을 더욱 간절하게 했던 이유일 것이다. 그리고 자신을 진정으로 이해해준 옥잠이 죽은 뒤 곧 생을 마감한 이씨의 삶은, 남성보다 뛰어난 능력과 식견을 지니고도 규방 속에 매여 있을 수밖에 없었던 불우한 여성들의 운명을 단적으로 보여준다. 참고로 『좌계부담』에도 이와 비슷한 내용이 나오는데, 여기서는 낙태로 인하여 이 매헌李梅軒이 먼저 죽자 조 옥잠趙玉簪은 생의 의지를 잃고 병들어 죽었다고 한다.

매죽당 이씨는 종실 완원군完原君(성종의 아들, 이름은 수繸)의 후손이다. 이씨는 어려서부터 화훼를 잘 가꾸었는데, 어느 날 '이는 부인네가 할 일이 아니다' 하는 탄식을 하고는 모두 없애버렸다. 그리고 매화와 대나무 몇 그루만 남겨두고서 자신의 호를 매죽당이라 하였다. 그날부터 부녀자의 일을 부지런히 하였다. 그러나 성품이 총명하고 슬기로워 학문을 좋아하여 특히 『주역』에 능통하고, 또 가시歌詩를 잘하였다.

이때 조 옥잠趙玉簪이란 여자가 있었는데, 사람됨이 맑고 고상하며 문사文辭에 밝았다. 이런 이유로 이씨와 옥잠은 친구간이 되어 매우 잘 지냈다. 한번은 조 옥잠과 고금의 인물·도술·이단에 대해서 수많은 논의를 한 적이 있었다.

옥잠이 이씨에게 물었다.

"불씨佛氏의 설은 어떠하지요?"
"천하의 이치를 어찌 속일 수 있겠는가."

또 도道에 대해서 묻자,

"천리天理와 인욕人慾은 한 터럭의 차이일 뿐일세. 자신의 행동이 마땅한 것은 천리이고, 마땅하지 않다면 바로 인욕이지."

하고 대답하였다. 이씨가 옥잠에게 말하였다.

"이릉¹⁾은 자결해서 절개를 밝히지 못하였으니, 위율²⁾과 같은 사람일 뿐이네."
"본인의 의지가 아니었으니, 어찌하겠습니까?"
"그렇지 않네. 절개를 잃은 것은 매한가지라네."

오늘날 세상의 일에 주제가 옮겨가자, 비분강개한 마음을 드러내곤 하였다. 또 옥잠과 읽었던 책에 대해서 논하다가 『주역』에 대해 이렇게 말하였다.

"결국 물에 비친 그림자인 게야."

옥잠이 자신이 지은 시 서너 편을 외우니, 시의 성운聲韻이 맑고 뛰어나 서로 읊조리며 탄식하였다. 당시 담론談論과 의기意氣가 참으로 군자의 풍모가 있었다.
후에 옥잠이 죽자, 이씨는 옥잠을 잃고 병이 들어 몸을 가누질 못하였다. 이씨는 다음과 같은 사詞를 지었다.

하늘이 노쇠한 지 오래되었구나　　　　　　　　天之老蓋已久矣
안회는 요절하고 도척은 수를 누렸으니　　　　顔回夭而盜跖壽

달리 또 무엇을 말하리오	他又何說焉
아아, 옥잠이여!	嗚呼玉簪
하늘을 어찌하며	其於天何
운명을 어찌하리	其於命何

몇 년 후 이씨도 피를 토하고 죽었으니, 이때 나이 열아홉이었다. 그녀
의 시문이 세상에 전하지만 불행하게도 이씨가 단명하여 재덕才德을 펴지
못하였고, 세상에 남아 있는 시가 많지 않다. 옥잠의 시는 더욱 전하는 것
이 없으니, 아! 슬프다.

『청천자고』[3]

1) 이릉李陵은 한漢나라의 장군으로 5천 명의 병사를 이끌고 흉노와 싸워 전공을 많이
세웠지만, 막판에 구원병이 도착하지 않아 흉노에 항복하였다. 사마천이 무제武帝에
게 이릉의 행위를 변호하다가 궁형宮刑을 당한 것은 유명한 일화이다.
2) 위율衛律의 아버지는 흉노족 출신이였지만, 위율은 한漢나라에서 태어나 생장하였
다. 이연년李延年과 교분이 있어 그의 추천으로 흉노에 사신으로 갔다가, 돌아오던 길
에 이연년이 사건에 연좌되자, 죽임을 당할까 두려워 다시 흉노로 돌아가 항복하였다.
3) 『청천자고靑川子稿』는 조선 후기의 학자 임경주任敬周의 시문집으로, 3권 1책이다.
1794년 원경여元景輿가 편집하고 형 임성주가 산정刪定하여 간행하였다.

유희춘의 아내 송씨의 편지 宋氏

여기에 소개하는 글은 부인 송씨가 남편 미암 유희춘에게 보낸 편지이다. 첫번째 편지는 친정 아버지의 묘비를 세우기 위해 송씨가 남편에게 재촉하는 글이다. 친정 아버지의 임종시 유언인 묘비 건립을 위해 며느리와 아내로서 그동안의 공로를 열거하면서 남편에게 자신 있게 요구하는 당당한 여성의 모습이 돋보인다. 조선시대에 행해졌던 조상을 위한 추모사업으로 문집 간행과 묘비 건립을 들 수 있다. 이런 일들은 자금과 시간이 엄청나게 소요되는 여간 힘든 일이 아니었다. 자손 중에 지방관으로 가는 자가 있으면 절호의 기회로 여기기도 하였다. 두번째 편지는 미암이 서울에서 홍문관 관원으로 있으면서 여색을 가까이하지 않았다고 자랑하는 편지를 보내자, 송씨가 논리적이면서도 격조 있게 반박하는 글이다.

미암[1]이 종성鍾城에서 귀양살이한 지 19년 만인 가정嘉靖 을축년(1565, 명종 20) 늦겨울에 성상의 은혜를 받아, 병인년(1566) 봄에 은진恩津으로 양이量移[2]되자, 나 역시 모시고 돌아와 함께 지냈다.

온갖 고생 중에도 한 가지 소망은 선영 곁에 비석을 세우는 일인데, 비석에는 이곳 은진에서 생산되는 돌이 가장 좋기 때문에 즉시 석공石工을 불러 값을 주고 사서 배에 실어 보내 해남의 바닷가에 두게 하였다. 융경隆慶 원년 정묘년(1567, 명종 22) 겨울 미암공께서 홍문관 교리로 성묘하려고 고향에 돌아갈 때 비로소 추성秋城(담양)에 돌을 옮겨두었으나, 인력이 모자라서 깎아 세우지는 못하였다. 신미년(1571, 선조 4년) 봄에 공이 마침 전라 감사에 제수되었기에 숙원을 풀 수 있으리라 여겨 마음속으로 기대하였다. 그러나 감사인 남편께서는 백성의 폐해를 제거하는 데만 힘쓰고 집안일은 돌보지 않으면서 나에게 편지를 보내,

'반드시 비용을 마련한 뒤에 이루어야 할 것이오.'

하였다. 내가 졸렬함을 잊고 이 글을 지으니, 집 영감이 읽고 감동하여 도와주기를 바라고, 후손들에게 남겨주고자 한다.

첫번째 편지

천지만물 중에 사람이 가장 귀중한 이유는 성현聖賢을 세워 교화를 밝히고 삼강오륜의 도리를 행하기 때문입니다. 그러나 아득한 옛날부터 이를 과감하게 행하는 사람이 적었습니다. 이 때문에 뒤늦게 부모님께 효도하고 싶은 지극한 마음은 있으나, 힘이 부족하여 소원을 이루지 못하는 사람이 있으면 어진 군자君子가 유념하여 구해주고자 하였습니다. 제가 비록 영민하지는 못하지만, 어찌 인륜을 모르겠습니까. 어버이께 효도하려는 마음은 옛사람을 따르고 싶습니다. 당신은 이제 2품의 관직에 올라 삼대三代가 추증을 받고, 저도 고례古禮에 따라 정부인이 되어 조상님의 신령과 온 친족이 모두 기쁨을 받았으니, 이는 필시 선조께서 적선하신 음덕의 보답입니다. 그러나 제가 홀로 생각하며 잠 못 이루고 가슴을 치며 상심하는 것은 옛날 친정 아버님[3]께서 늘 자식들에게,

'내가 죽은 뒤에 반드시 정성을 다해서 묘 곁에 비석을 세워라.'

하신 말씀이 아직도 쟁쟁하게 귀에 남아 있기 때문입니다. 그런데도 지금까지 친정 아버님의 소원을 이루어드리지 못하였으니, 이를 생각할 적마다 눈물이 쏟아지곤 합니다. 이는 어진 군자의 마음을 감동시킬 만한 일입니다만, 당신은 어진 군자의 마음을 지니고, 어려운 사람을 구해줄 수 있는 힘을 가지고 있으면서도 저에게 편지를 보내기를,

'동복同腹간에 비용을 마련하면, 그 밖의 일은 내가 도와주겠소.'

하니, 이는 무슨 마음입니까? 청렴한 덕에 누累가 되어 그런 것입니까? 처의 부모라고 차등을 두어 그런 것입니까? 아니면 우연히 살피지 못하여 그런 것입니까?

또 친정 아버님께서 당신이 장가오던 날 '금슬백년琴瑟百年'이란 구절을 보시고 훌륭한 사위를 얻었다며 매우 좋아하셨던 모습을 당신도 반드시 기억하고 있을 것입니다. 더구나 부부 사이에 금슬 좋게 의지하여 해로하는데, 불과 네다섯 섬의 쌀이면 될 일을 가지고 이렇게까지 귀찮게 하시니, 분이 나서 죽고만 싶습니다.

『논어』에 '그 허물이 어떤 것이냐에 따라 그 사람의 어진 정도를 알 수 있다' 하였으니, 남들은 반드시 이 정도를 가지고 허물로 여기지 않을 것입니다. 당신은 선유들의 밝은 가르침에 따라 비록 아주 작은 일이라도 완벽하게 중도에 맞게 하려고 하면서, 이제 어찌 꽉 막히고 통하지 않기를 마치 오릉중자於陵仲子[4]처럼 하려 하십니까. 옛날 범순인范純仁[5]은 보리 실은 배를 부의로 주어 상을 당한 친구의 어려움을 구해주었으니 대인大人의 처사가 어떠하였습니까. 동복간에 비용을 마련하라는 말은 말도 되지 않습니다. 저의 형제 중에는 과부로 겨우 지내는 자도 있고, 더러는 곤궁해서 끼니조차도 해결하지 못하는 이도 있으니 비용을 마련할 수 없을 뿐만 아니라, 반드시 원망만 사게 될 것입니다.

『예기』에 말하기를, '집안의 있고 없는 형편에 맞추어 하라'[6] 하였으니 어떻게 나무랄 수 있겠습니까. 만약 친정에서 마련할 힘이 있었다면 저의 성심으로 이미 해버렸을 것입니다. 어찌 꼭 당신에게 구차히 요청하겠습니까?

또 당신이 종산鍾山(종성) 만 리 밖에 있을 때 친정 아버님께서 돌아가셨다는 말을 듣고 오직 소식素食을 했을 뿐이요, 삼 년 동안 한 번도 제전祭奠을 행하지 않았으니, 옛날 그토록 간곡하게 사위를 대접해주던 성의에 보답했다고 할 수 있겠습니까? 이제 만약 귀찮아하는 마음 없이 비석 세우는 일을 힘써 도와준다면 구천에서도 아버님께서 감격하여 결초보은結草報恩이라도 하실 것입니다.

제가 박하게 대하면서 당신에게 후하게 대해주기를 바라는 것은 아닙니다. 시어머니께서 돌아가셨을 적에 온갖 정성과 있는 힘을 다하여 장례식과 제사를 예법대로 지냈으니, 저는 며느리로서 부끄러운 것이 없습니다. 당신은 이런 뜻을 생각하지 않으십니까? 당신이 만약 제 평생의 소원을 이루어주지 않으신다면 저는 죽더라도 지하에서 눈을 감지 못할 것입니다. 이는 모두 지성으로 감발한 것이니, 한 글자 한 글자를 자세히 살피시기 바랍니다.

두번째 편지

삼가 지난번 당신의 편지를 보니, 자랑하시며 제가 갚기 어려운 은혜가 있다고 하셨습니다. 고맙기 그지없습니다만, 군자로써 행실을 닦고 마음을 다스리는 것은 바로 성현의 가르침이라 들었으니, 어찌 아녀자인 저 때문에 행하십니까? 만약 마음이 안정되어 물욕이 없으면 자연 잡념이 없어질 것이니, 어찌 규방 아녀자의 보답을 바라십니까.

서너 달 혼자 지냄을 고결한 척하며 은덕이 있다고 생색을 내시니, 필시 담담하게 사사로운 마음이 없으신 분은 아니십니다. 편안한 마음으로 깨끗하게 지내 외부의 화려함을 끊고 안으로 사심私心이 없다면, 굳이 글을 보내 자랑한 뒤에야 공을 알겠습니까. 곁에는 벗이 있고 아래에는 거느리는 권속과 종들이 있으니, 여러 사람들이 보아 공론이 절로 펼쳐질 것이니, 애써 글을 보낼 필요조차 없을 것입니다. 이로써 보건대, 당신은 겉치레로 인의仁義를 베풀어 다른 사람이 빨리 알아주었으면 하는 병폐가 있는 듯합니다. 고향집에 있는 저는 이런저런 걱정이 그지없습니다.

저야말로 당신께서 잊으시면 안 되는 공로가 있으니, 명심하소서. 당신은 혼자 계시는 몇 달 동안 자주 글을 보내 구구절절 공로를 자랑하지만, 예순을 바라보시는 당신께서 혼자 거처하시면 기운을 보양하는 데 큰 도움이 될 것이오니, 제가 당신에게 갚기 어려운 은혜라고 할 것까지야 없습니다. 다만 당신께서는 존귀한 관직에 계셔 도성의 모든 사람이 받드는 터라 수개월 홀로 거처하시는 것도 어려운 점이 있겠지요.

하지만 제가 예전에 시어머님 상을 당하였을 때, 사방을 둘러보아도 도와줄 사람이 없고 공께서는 만 리 밖에 귀양 가 있어 하늘을 향해 통곡할 뿐이었습니다. 그러나 제가 지성으로 예를 다하여 장사를 치러 남에게 부끄러운 정도는 아니어서, 주위 사람들이 '봉분封墳과 제례祭禮를 친자식이라도 이보다는 잘할 수 없다' 하였습니다. 제가 삼년상을 마치고, 또 험준한 만리길을 어렵게 간 사실은 누구나 알고 있습니다. 제가 당신에게 지극 정성으로 한 일이야말로 잊을 수 없는 은혜입니다. 당신이 몇 개월 혼자 지내시는 노고와 저의 몇 가지 일을 비교해보면 어느 것이 더 무겁고 가볍습니까.

바라옵건대, 공께서는 길이 잡념을 끊으시고, 기운을 보양하여 수명을 연장하소서. 이것만이 제가 밤낮으로 우러러 소망하는 것입니다. 삼가 용서하시리라 생각됩니다.

송씨 아룀.

「미암일기초」[7]

---

1) 미암眉巖은 유희춘柳希春(1513~1577)의 호이다. 조선 중기의 문신으로, 본관은 문화文化, 자는 인중仁仲이다. 1547년 양재역良才驛 벽서 사건에 연루되어 제주도에 유배되었다가 곧 함경도 종성에 안치되었다. 그곳에서 19년간을 보내면서 독서와 저술에 몰두하였다. 선조가 즉위하자, 높은 벼슬을 두루 역임하였다.

2) 양이量移란, 멀리 유배된 사람의 죄를 감등하여 가까운 곳으로 옮기는 것을 말한다.

3) 송준宋駿(1564~1643)을 말한다. 조선 중기의 문신·학자로, 본관은 여산礪山, 자는

진보晉甫, 호는 성암省菴이다. 이조·병조·형조 등의 당상으로 요직을 거치고 1626년 충청도 관찰사에 제수되었다가 사직하고 관직에서 물러났다. 시문에 뛰어났으며, 저서로는 『성암유고』가 있다.

4) 오릉중자於陵仲子는 중국 전국시대戰國時代의 제齊나라 사람인데, 오릉은 지명이다. 그는 지나치게 청렴하여 인륜까지도 저버린 인물이라는 맹자의 논박을 받았다.

5) 송나라 때의 학자 범중엄范仲淹(989~1052)이 아들 요부堯夫(범순인范純仁)를 시켜 고소姑蘇에서 보리 5백 석을 운반해오게 했다. 범순인이 배에 보리를 싣고 단양丹陽에 이르렀을 때, 친구 석만경石曼卿을 보았는데 석만경은 돈이 없어 부모의 장례를 치르지 못하고 있었다. 그래서 범순인은 보리 실은 배를 부의로 주고 홀몸으로 왔다고 한다.

6) 『예기禮記』「단궁檀弓 上」에 나오는 말로, 자유子游라는 제자가 공자에게 상중喪中의 물품을 물어보자, 공자가 이렇게 답하였다.

7) 『미암일기초眉巖日記草』는 유희춘의 친필 일기초日記草로, 행·초서체로 쓰여 있고 11책으로 구성되었다. 원래는 14책이었으나, 11책이 남아 있다. 지금 남아 있는 것은 1567년 10월 1일부터 1577년 5월 13일 그가 죽기 전날까지의 약 10년 동안의 친필 일기이다. 제11책은 부록인데 저자와 부인 송씨宋氏의 시문과 잡록이 각각 수록되어 있다.

여종 시인 취선 翠仙

여종 출신이면서 시인으로 유명했던 취선(일명 : 설죽)에 관한 일화이다. 여종은 양반 집안에서 전반적으로 육체 노동에 해당하는 가사 노동을 담당하였다. 하지만 여종 가운데 시비詩婢나 가비歌婢는 시나 노래로 주인의 정서적 욕구를 충족시켜주는 역할도 하였다. 여기에는 취선의 「사적事跡」과 시 두 수를 「수촌만록」에서 발췌하여 번역해놓았다. 특히 취선이 평소 흠모하던 석전 성로가 봉화 닭실(酉谷)의 청암정에 도착하자, 즉석에서 살아 있는 석전의 만시를 지어 자리에 있던 사람들을 감동시켜 눈시울을 적시게 했다는 일화는 유명하다.

1.

취선은 일명 월련月蓮인데, 선조先祖 석천石泉(권래權來)의 시청비侍聽婢이다. 재주가 있고 남달리 영리하여 늘 벽 사이에서 남몰래 글 읽는 소리를 듣고 뜻을 이해하여 문장을 지었으며, 특히 시에 뛰어나 당시 사람들이 정 강성鄭康成의 여종[1]에 비유하였다.

성 석전[2]이 청암정에 당도하자, 취선은 한번 만나보고 함께 노닐고 싶었다. 당시의 좌객들이 취선에게,

> "네가 석전의 생전 만시挽詩[3]를 지어 눈물을 흘릴 정도라면 모시게 하겠다."

하니, 취선은 즉시 만시를 읊조렸다.

적막한 서호의 초당 닫혀 있고	寂寞西湖鎖草堂
주인 없는 봄 누각에 벽도향만 남아 있구나	春臺無主碧桃香
푸른 산 어느 곳에 호걸의 뼈를 묻었나	靑山何處埋豪骨
무심한 강물만이 말없이 흘러가네	唯有江流不語長[4]

성 석전이 한양 서호정西湖亭 주인이기에 '서호西湖'라는 글자를 썼는데, 온 좌석에 있던 사람들이 슬퍼 눈물을 흘렸다. 이 일을 계기로 시에 뛰어나다는 명성이 세상 사람의 입에 오르내리게 되었다.

취선은 비녀를 꽂을 나이가 되었을 때 몰래 몸을 빠져 나와 인근 지역의 명산대천을 두루 돌아다녔다. 일찍이 관악산에 올라가 윤 상사尹上舍의 시에 이렇게 차운하였다.

푸르른 강남 가랑비 그치니	草綠江南細雨收
강가에 저물녘 고깃배 소리 들리네	魚舟唱晚白鷗洲
봄 파도 잔잔하여 사방이 확 트이니	春波不動春國闊
관악산 푸른빛이 흐르는 듯하구나	冠岳山光碧欲流

이 시가 크게 한양에 전파되었다. 취선의 「가을밤의 원망(秋宵怨)」이라는 절구는 창설蒼雪 선생의 『내성지乃城志』에 수록되어 있고, 『지봉유설芝峰類說』[5]에도 취선의 율시가 수록되어 있다. 취선은 이름난 선비들 사이에서 노닐다가 재상가의 총애받는 첩이 되었다. 일찍이 말하기를,

"우리 상전이 도성에 들어오시면 소첩은 어디에서 죽을지 모를 것입니다."

하였다. 이 연고로 석천공의 벼슬길이 지체되었으니, 이는 실로 취선 때문에 발생한 것이다. 자호自號는 설창雪牕 또는 설죽雪竹이다. 오언시와 칠언시 166수가 이 글 앞에 기재되었다.

『백운자시고』[6]

2.

천비賤婢 현玄은 바로 안동 권씨 아무개의 종이다. 재색才色을 겸비하고 시를 잘하였다. 스스로 호를 취죽翠竹이라 하였다.

다음과 같은 「추사시秋思詩」가 있다.

하늘은 물같이 맑고 달빛은 밝은데	洞天如水月蒼蒼
나뭇잎 우수수 떨어지며 밤서리 내리네	樹葉蕭蕭夜有霜
열두 겹 주렴 속에 나 홀로 누우니	十二紬簾人獨宿
병풍에 그린 원앙새가 부럽기만 하구나	玉屛還羨畵鴛鴦

석전이 옛날 살던 집을 찾아가(訪石田故居詩)

십 년 전 석전과 어울려 놀며	十年曾伴石田遊
양자강7) 머리에서 몇 번이나 취했던가	揚子江頭醉幾留
당신이 가신 뒤에 오늘 혼자 찾아오니	今日獨尋人去後
희고 붉은 수초만 가을 물가에 우거졌구료	白蘋紅蓼滿汀秋

이 두 시가 『기아箕雅』8)에 실려 있는데, '추사시'는 기생 취선翠仙의 시로 잘못 기록되었고9), '석전이 옛날 살던 집을 찾아가(訪石田故居詩)'는 무명씨의 시로 잘못 기록되어 있어 세상에는 취죽의 이름이 전하지 못하게 되었으니 애석한 일이다.

『시화총림』 소재 『수촌만록』10)

---

1) 정 강성鄭康成은 바로 정현鄭玄으로, 한漢나라 최고의 경학가經學家이다. 정현 집안의 노비들은 모두 글을 읽었다고 한다. 그래서 어떤 여종에게 잘못이 있어 매질을 하려

하자, 『시경』 구절을 절묘하게 인용하여 답변하였다고 한다(『세설신어世說新語』「문학文學」).

2) 석전石田은 성로成輅(1550~1615)의 호이다. 본관은 창녕昌寧, 자는 중임重任, 호는 석전·삼일당三一堂이다. 스승 정철의 유배를 보고 벼슬길을 단념하였고, 또 동문 권필權韠(1569~1612)의 죽음을 보고서 더욱 세상과는 인연을 끊었으며, 시고詩藁마저 모두 태워버렸다.

3) 죽은 이를 추모하는 시.

4) 원문에는 이 시가 없으나, 『백운자시고白雲子詩稿』의 「곡만성진사석전哭挽成進士石田」을 참조하여 추가하였다.

5) 『지봉유설』「문장부文章部」에 취선의 절구시 두 수가 실려 있다.

6) 이 글은 백운자白雲子 권상원權尙遠의 시집인 『백운자시고』의 부록에 「사적事蹟」이란 제목의 필사로 전한다.

7) 여기의 양자강은 중국의 양자강이 아니라, 석전이 옛날 살던 집 부근의 강이름일 텐데 자세하지 않다. 하지만, 『남계집南溪集』「西湖三高士傳」을 보면, 석전石田 성로成輅가 양화楊花 나루 어구에서 20여 년간을 살았다는 기록으로 보아 이곳일 수도 있다.

8) 『기아箕雅』(1688)는 남용익南龍翼(1628~1692)이 편찬하고 간행한 시선집으로, 14권 7책의 동활자본이다. 남용익이 대제학으로 있을 때 간행한 책이다.

9) 취선翠仙과 취죽翠竹은 같은 사람인데, 임방이 잘못 알고 있었다.

10) 『수촌만록水村漫錄』은 조선 후기의 문인 임방任埅의 시화집으로, 『시화총림詩話叢林』과 『양파담원陽坡談苑』에 전문全文이 실려 있다. 여러 사람의 시를 중심으로 한 일화나 시평을 소개하였는데, 모두 56편의 시화가 실려 있다.

9. 다양한 삶의 여정

명창 석개 石介

자기가 진정으로 하고 싶은 일을 찾아 그 일에 온 힘을 기울여 마침내는 인생을 환하게
꽃피운 석개라는 여종의 일화이다. 여종 석개는 불우한 환경에도 굴하지 않고 자기가
좋아하는 노래를 부지런히 연습하여 크게 성취한다. 석개의 성취는 '습習'이란 한 글자
로 귀결될 수 있을 것이다. '習' 자는 '羽'(날개) + '白'(百과 통용)로 구성되어 있는데,
마치 새의 새끼가 날기 위해 중단 없이 부지런히 연습하는 모양을 본뜬 것이라 한다.

석개는 여성군礪城君 송인宋寅[1]의 여종이다. 늙은 원숭이 같은 얼굴에
화살처럼 눈이 찢어졌다. 아이 때 지방에서 들어와 시종하는 일에 충원되
었다. 송씨 집안은 매우 호사하고 존귀한 외척으로, 곱게 치장을 하고 주
위에서 시중드는 아름다운 여인들이 이루 말할 수 없을 정도로 많았다.

석개에게 나무 물통을 이고 물을 긷도록 시켰는데 우물가에 가서 물통
을 우물 난간에 걸어놓고 종일토록 노래를 불렀다. 그러나 노랫가락이 제
대로 이루지 않아 초동이나 나물 캐는 아낙네의 흥얼거림과 같았다. 날이
저물면 빈 물통을 가지고 돌아와서 매를 맞았지만 끝내 고치지 않았다.
다음날도 이처럼 행동하였다.

또 석개에게 나물을 캐라고 하면 광주리를 가지고 교외에 나가 들에다
광주리를 놓아두고, 작은 돌을 많이 주웠다가 한 곡조 부를 때마다 돌을
광주리에 던져 광주리가 가득 차면 다시 곡마다 돌 하나를 밭에 꺼냈다.
채웠다가 다시 쏟기를 두세 번 반복하였다. 날마다 저물면 빈 광주리로 돌
아와 매를 맞았지만 끝내 고치지 않았다. 다음날도 똑같이 행동하였다.

여성군이 이 소문을 듣고 기특하게 여겨 노래를 배우게 하였다. 그리하
여 장안 제일의 명창이 되니 근래 백 년 동안 최고의 실력이었다.[2] 좋은
안장 있는 말을 타고 비단옷을 입고서 날마다 귀족들의 연회에 가서 전두纏

頭[3]로 받은 금과 비단이 집에 쌓여 마침내 부유한 여종이 되었다.

아! 천하의 일이란 부지런히 한 뒤에야 성취되니, 유독 석개의 노래일 뿐이겠는가. 나태하여 확립하지 못하면 무슨 일인들 이룰 수 있겠는가.

난리 후에 석개가 해주海州 행재소行在所[4]에 갔는데, 어떤 세력 있는 집안의 종이 말을 듣지 않자, 관아에 청원하여 치죄하려 하다가 도리어 죽임을 당하였다. 그 딸 옥생玉生도 노래를 잘하여 오늘날 제일이다.

『어우야담』

1) 송인宋寅(1517~1584)의 본관은 여산礪山, 자는 명중明仲, 호는 이암頤庵·녹피옹鹿皮翁, 시호는 문단文端이다. 열 살에 중종의 셋째 서녀인 정순 옹주貞順翁主와 결혼하여 여성위礪城尉가 되고, 명종 때 여성군에 봉해졌다.

2) 정철의 아들 정홍명鄭弘溟이 쓴 『기옹만필畸翁漫筆』에 석개에 관한 일화가 실려 있다. 율곡 이이, 우계 성혼, 송강 정철이 이희삼李希參의 집에 모여 술자리를 가졌는데, 이때 석개가 노래를 부르려 하자 평소 음탕한 소리를 좋아하지 않았던 우계가 중지시켰다고 한다.

3) 전두纏頭란 기생이나 광대 및 악공 등에게 그 재주를 칭찬하여 사례로 주는 돈이나 비단 따위를 가리킨다.

4) 행재소는 행궁行宮이라고도 하는데, 임금이 궁궐을 떠나 지방을 순시하거나, 외적의 침입으로 도성을 떠나 임시로 거처하는 곳을 말한다.

여종 예향 禮香

이 일화는 손재주가 좋았던 예향이라는 여종의 이야기이다. 조선시대 사대부 집안은 노비들의 노동력에 의해 유지되었다. 다시 말해 양반들은 노비들의 생산 활동을 토대로 하여 그들의 문화와 생활을 누릴 수 있었다. 예향의 손재주가 뛰어나다고 해서 여종의 일생을 이렇게 서술한 것은 당시로서도 무척 이례적인 일이다.

유근옹惟勤翁[1]의 부인 민씨閔氏는 노봉老峯[2] 상공相公의 증손이다. 시집 올 때 따라온 여종 예향禮香은 성격이 순박하고 활달하며 바느질을 매우 잘하였다. 마음을 다해 주인을 잘 섬겼으며 잘못이라곤 전혀 없었다. 혼례식과 장례식에 바느질을 도맡아 하여 마치 자기 일처럼 성의를 다하니 사람들이 모두 칭찬하였다. 신랑의 옷을 재단할 때는 반드시 언문諺文으로 옷 모양을 물어보고, 상복을 마름질할 때는 전혀 알지 못하는 사람처럼 상례의 제도를 겸손하게 물어보았다. 그러나 무엇보다도 신부 화장을 잘하고 큰머리를 잘 만들어 충청도 지방 사대부가의 혼례에서 신부 장식을 도맡아서 하였다.

김씨金氏 가문에서 딸을 시집보낼 때 예향은 그 시댁으로 따라가 신부에게 어른들께 편지를 쓰게 하였는데, 신부가 언문을 익히지 않았으면 예향이 사어辭語, 고저高低, 자항字行 등을 격식에 맞게 가르쳤다. 그제서야 사람들은 예향이 언문에도 능통한 줄 알았다.

남당南塘[3] 선생이 위독하여 주자朱子의 야복野服을 장례식에 쓰려 하자, 집안사람들이 문인 김묵행金默行 자침子沈에게 부탁하여 우암尤庵(송시열)이 그렸던 그림을 참고하여 만들게 하였다. 자침이 이 그림을 참고하여 예향에게 말하자, 예향이 한번 듣고 잘 이해하여 즉시 마름질하여 만들었다.

얼마 뒤에 선생이 병중에도 매우 칭찬하시고 드디어 입으셨는데 몇 개월 뒤 염습할 때 사용하였다.

심의深衣[4]를 재단할 때 길이를 손가락으로 재었지만 조금도 차이 없이 제도에 딱 들어맞았다. 그래도 재봉할 적에는 반드시 묻곤 하였다. 구암久菴[5] 선생이 전에 '예향이 지은 심의냐?' 하고 물어보고 매우 칭찬하였다.

민 부인에게 딸이 하나 있었는데 관동館洞[6] 시직侍直 이혜보李惠輔의 아들과 정혼한 사이였다. 그런데 시어머니가 돌아가셨기에 몇 년을 기다려서 혼례를 치렀다. 민 부인은 딸이 시집가면 바로 안살림을 맡아 어린 나이에 한 집안을 맡아야 하는 책임을 근심하였다. 예향은 미리 젊은 아낙네를 데려와 남편을 부탁하고 마치 자신의 딸처럼 잘 대해주었다. 주인 아씨가 시집갈 적에 따라가 여러 가사를 맡았다. 이 때문에 아씨가 어린 나이에도 어버이를 섬기고 제사를 받드는 일들을 모두 잘 치를 수 있었다. 혹 어쩔 수 없이 힘이 미치지 않는 일은 주인 아씨의 친정에 도움을 청하였는데, 그 말이 구차하지 않고 정성이 가득하였다. 이 시직이 '예향은 여자 중의 영걸英傑이다' 하고 자주 칭찬하였다.

송 역천宋櫟泉[7] 역시 김씨 가문과 무척 친분이 있는 집안의 사람으로 이 시직처럼 예향을 칭찬하곤 하였다. 예향이 온 힘을 다해 주인 아씨가 시집에서 아름다운 명성이 있게 하였다.

예향은 삼사 년 후에 병이 들어 갈산葛山으로 돌아와서 죽었는데 자식은 없었다. 남편의 후처는 어머니를 잃은 것같이 통곡하였다.

질투하지 않은 것은 부인이 하기 힘든 일인데 예향은 잘 해냈고, 자신의 집안일에 사심을 두지 않는 것은 장부도 하기 어려운 일인데 예향은 잘 해냈다. 재주와 지혜가 넉넉하고 옆에서 어린 임금을 잘 보좌하는 것은 충신도 하기 어려운 일인데 예향은 또한 이를 잘 해냈으니, 기특하지 않은가.

이는 우리 손윗누이가 설천雪川 이공李公에게 말한 내용으로 누이가, "예향의 충심은 '온몸을 바쳐 죽은 뒤에야 그만둔다'[8]는 말과 부합하니, 그녀에 관한 일이 후세에 전해지지 않아서는 안 될 것이오." 하니, 이공이 입전立傳을 하겠다고 하였지만, 완성하지 못하고 죽었다. 유근옹이 일찍이 '이 노비는 장군의 씨였기 때문에 영걸스러운 계략이 있는 것이다' 하고 말하였다. 예향의 아버지는 홍 병사洪兵使의 천첩賤妾의 자식으로 민씨 집안의 여종과 관계를 가져 예향을 낳았다. 민 부인의 형 나주공羅州公 백남百男이 부릴 만한 사람이라고 예향을 손아랫누이에게 주었다.

『박소촌화』[9]

---

1) 유근옹惟勤翁은 김교행金教行(1712~1766)을 말한다. 본관은 안동, 자는 백삼伯三, 호는 유근당惟勤堂.

2) 노봉老峯은 민정중閔鼎重(1628~1692)의 호이다. 본관은 여흥驪興, 자는 대수大受. 1649년에 정시 문과에 장원하여 성균관 전적으로 벼슬에 나아갔다. 경신환국(1680)으로 송시열 등과 함께 귀양에서 풀려 우의정이 되고, 다시 좌의정에 올랐다. 후에 다시 남인이 집권하자, 관직을 삭탈당하고 벽동碧潼에 유배되어 그곳에서 죽었다. 갑술환국(1694)으로 관작이 회복되었다. 저서로 『노봉문집』(12권 6책)이 조카 민진원閔鎭遠에 의해 간행되었다.

3) 남당南塘은 한원진韓元震(1682~1751)을 말한다. 본관은 청주, 자는 덕소德昭, 호는 남당. 유일遺逸로 벼슬이 장령掌令에 올랐다. 호론湖論의 영수였으며, 『남당집』을 비롯하여 저서가 매우 많다.

4) 심의深衣는 학덕이 높은 선비가 입던 겉옷이다. 소매를 넓게 하고 검은 비단으로 가장자리를 둘렀다.

5) 구암久菴은 윤봉구尹鳳九(1681~1767)를 말한다. 본관은 파평, 자는 서응瑞膺, 호는 병계屛溪·구암久菴, 시호는 문헌文憲. 유일로 벼슬에 나아가 판서에 올랐다.

6) 성균관成均館이 있다고 해서 관동館洞이다. 월사 이정구의 옛집이 있었으며 연안 이씨가 많이 살았다고 한다.

7) 역천櫟泉은 송명흠宋明欽(1705~1768)의 호이다. 본관은 은진, 자는 회가晦可, 시호는 문원文元. 유일로 천거되어 찬선贊善을 지냈다. 팔분서八分書를 잘 썼으며, 저서

로『역천집』이 있다.

8) 이 말(鞠躬盡悴, 死而後已)은 제갈량의「후출사표後出師表」에 나온다.

9)『박소촌화』은 필사본의 3책으로 구성되어 있고 연대와 저자 미상이다.

유모 허씨
乳媼許氏

순조의 장인으로, 안동 김씨 세도의 기반을 열었던 김조순이 자신을 키워준 유모에 대한 추억을 묘지명으로 담아낸 것이다. 조선시대의 유모는 수유授乳를 담당하고 보모의 역할을 하였다. 유모는 사치 노비의 일종이라 할 수 있는데, 유모를 둘 정도의 집안은 양반가 중에서도 상당한 경제적 능력이 있어야 하기 때문이다. 유모는 육아 때문에 모든 잡역은 면제가 되었고, 혼인을 하거나 분가할 때도 이들은 양육했던 그 양반 자녀를 따라가는 것이 보통이었다. 따라서 양반 자녀와 유모 사이에는 자연스레 인간적인 친근감이 형성될 수밖에 없었을 것이며, 이런 배경에서 이 글이 나오게 된 것이다. 오늘날 유모에 대한 기록이 많이 남아 있지 않은 상황에서, 묘지명으로나마 남아 있는 이 글은 조선시대 유모의 생활을 파악하는 데 도움이 될 것이다.

나(김조순)[1]의 유모 허씨許氏는 재령載寧 농가의 딸이다. 유모는 종형 헐암歇菴(김명순金明淳의 호, 자는 대숙大叔)과 나 그리고 또 일찍 죽은 여동생까지 십오륙 년 동안 젖을 먹였다. 종형과 내가 차례로 장가를 가자 유모는 아내와 형수를 지아비처럼 애지중지하였고, 아이들을 낳자 아비처럼 안아 보살피며 잘 길러주었는데, 그 기간이 또 십칠팔 년이었다. 이렇게 전후 삼십여 년 동안 그 은혜와 공이 더할 수 없건만, 유모는 나이가 연로하여 죽고 말았다. 유모는 신해년에 태어나 기미년에 죽어 동문東門 밖 각심현覺心峴에 장사 지냈다. 나와 헐암은 매우 애통하게 울면서 예를 갖추어 장례를 치렀다.

우리 집안은 본래 무척이나 가난하여 우리 형제를 젖 먹일 때 유모는 굶주리고 추위에 떨면서 어렵게 자신의 의식衣食을 마련하였지만, 원망하거나 힘든 내색을 하지 않았다. 또 평생 노고를 자랑하지 않았으니, 참으로 어려운 일이다. 유모가 죽은 날은 7월 13일로 이날은 큰아버지의 제삿날이고, 이틀 후가 어머니의 제삿날이다. 이 때문에 우리 형제가 유모 할

미를 위해 특별히 생각하지 않아도 경건하게 이날을 보낸다. 어떤 사람은,

"큰 은혜와 공이 있으면 반드시 보답을 받기 마련이니, 아마 이날 죽어서 우리 형제가 종신토록 잊지 않게 한 것이리라."

하고 말하였다.

유모는 투박하면서도 꼿꼿한 모습이 성격과 비슷하였다. 유모를 대하면 마치 굳센 남정네처럼 마냥 굽히지 않아 위아래를 의식하지 않았다. 그러나 자신이 마음을 주는 사람에게는 훈훈하게 마치 뼈 없는 사람처럼 유들유들하였다. 혈암은 늘,

"우리 유모 할미는 죽어서 기이한 별이 되지 않으면 필시 괴상한 돌이 될 거야."

하고 말하였는데, 이 말로 유모의 사람됨을 알 수 있다.

유모는 먼저 정생鄭生에게 시집가서 용산龍山이라는 자식을 하나 낳아 재령에서 붙어살다가, 훗날 김생金生에게 시집가서 연로鍊老라는 자식을 하나 낳아 우리 집에서 키웠다.

처음 유모는 돌아가신 큰어머니를 따라 영유永柔 관아에서 지냈는데, 하루는 다음과 같은 꿈을 꾸었다.

바닷가의 큰 바위에 앉으니, 바위가 갑자기 움직여 파도를 따라 건너편 언덕에 닿았다. 언덕에는 궁궐 같은 화려한 건물이 있었는데, 텅 비어 아무도 없었다. 이리저리 다니다가 어떤 방의 문을 열어보니, 네다섯 살쯤 되어 보이는 옥동자가 단정히 앉아 책상에 놓인 책을 읽고 있었다. 유모가 앞에서 부르며,

"아가야, 배고프지. 내 젖 좀 먹으렴."

하고 젖을 먹이다가 꿈에서 깨어났다. 이 꿈을 큰어머니에게 말하자,

"에이, 그럴 리가 있나. 네가 어찌 그런 옥동자를 낳을 수 있단 말이냐. 작은댁에서 임신했다고 하니, 사내아이를 낳으면 네가 젖을 먹일 모양이구나."

우리 어머니는 손아래 동서였다. 얼마 지나 내가 태어났는데, 젖이 부족하자 유모를 부르게 되었다.

전에 유모가 나를 안고 문 밖에 서 있는데 어떤 늙은 할미가 지나가면서 유모에게 말하였다.

"자네는 바위를 타고 바다에 들어가 글 읽는 아이에게 젖을 먹인 꿈을 꾼 적이 있었지? 그 바위는 거북이고, 젖을 먹인 아이가 바로 이 아이라네. 훗날 반드시 귀하게 될 것일세."

이 말을 들은 유모는 무척 놀라고 이상하게 여겨 어떻게 아느냐고 연유를 물었지만, 대답 없이 그냥 가버렸다. 유모가 이 이야기를 사람들에게 자랑하면서 내가 귀해지기를 소망하였다. 이제 내가 귀해졌지만 유모 할미가 보지 못하니, 슬픈 일이다.

유자儒者는 괴이하거나 황당한 일을 말해서는 안 되지만, 유모 할미의 공을 기록하여 그 꿈을 전하려는 것은 유모 할미의 훌륭한 점을 전하기 위해서이다. 그러므로 이렇게 쓴다.

살아서 바위 타는 꿈을 꾸었으니　　　　生而夢則夢騎石

죽어서 아마도 바위가 되었으리   死而化則化疑石

우리 유모 바위를 부끄러워하지 않으리니   我媼有性不愧石

기이한 일 전하려 돌에 새기네   迷異傳奇勒諸石

「풍고집」²⁾

1) 김조순金祖淳(1765~1832)의 본관은 안동, 초명은 낙순洛淳, 자는 사원士源, 호는 풍
   고楓皐이다. 영의정 김창집金昌集의 4대손이다. 1785년에 정시 문과에 병과로 급제
   하고, 검열檢閱이 되었다가 초계문신抄啓文臣으로 발탁되었다. 1802년 양관 대제학
   을 거치고, 딸이 순조의 비(순원왕후純元王后)가 되자 영돈녕부사로 영안부원군永安
   府院君에 봉해지고, 이어 훈련대장 · 호위대장 등을 역임하였다.
2) 「풍고집」은 김조순의 시문집이다. 16권 8책의 고활자본으로 1868년(고종 5) 문중에서
   간행하였는데, 고종의 친필 어제 서문이 있다.

양사언의 어머니

'태산이 높다 하되 하늘 아래 뫼이로다' 하고 시작하는 시조는 우리에게 너무도 잘 알려진 양사언의 작품이다. 이 글은 양사언의 어머니에 대한 일화인데, 크게 두 부분으로 나누어진다. 첫부분은 어린 시절 영광 군수와 인연을 맺는 장면이고, 끝부분은 서자인 아들의 앞길을 위해 최후 선택으로 자결을 감행하는 장면이다. 양사언의 신분에 대해서는 지금도 의견이 분분하지만, 서자라고 보는 게 통설이다. 본래 천한 출신은 어른이 되더라도 세상에 쓰일 수 없다는 양사언 어머니의 발언은 적서차별의 폐해를 그대로 지적하고 있다. 조선시대에는 '서얼한품법庶孽限品法'이라 하여 문무관의 양첩良妾 자손이나 천첩賤妾 자손에 대해 아버지의 관품官品에 따라 일정한 품계를 책정하고, 어떤 경우에도 그 이상은 올라갈 수 없게 제한한 법(『경국대전經國大典』)이 있었다. 따라서 서얼은 양반가에서 태어나더라도 종모법從母法이 적용되어, 멸시와 천대를 받고 평생 멍에를 지고 살아야 했으며, 그 자손들도 대대로 그 속박에서 벗어날 수 없었다. 이런 사회 배경 속에서 양사언의 어머니는 자신이 사라져주는 것이 아들을 살릴 수 있는 일이라 여겨 죽음을 선택하였다. 현실에서 넘을 수 없는 장벽을 해결하기 위해 자결이라는 극단적인 방법을 선택한 것이다. 이러한 양사언 어머니의 선택은 사회적 모순과 모정이 착종된 모습으로 나타난 것이다. 닫힌 사회 구조 안에서 어머니 한 개인으로서 감당해야 했을 삶의 무게가 얼마나 무거웠을까를 생각하니, 안타까운 마음이 인다.

봉래 양사언[1]의 아버지는 음관蔭官으로 영암 군수가 되었다. 말미를 받아 서울로 올라갔다가 다시 임지로 돌아오는 길에 본군本郡에 아직 도착하지 못하였을 때이다. 새벽부터 길을 나섰기 때문에 향사香舍에 이르기도 전에 사람과 말이 모두 지쳐 길가에 있는 민가를 찾아 점심을 먹고 가려고 하였다.

이때가 마침 농번기라 사람들은 모두 들에 나가 마을이 온통 비어 있었다. 어떤 촌가에 열두 살쯤 된 여자아이 하나가 있다가 하례下隸에게 말하였다.

"밥을 지으려고 하니 저희 집에서 잠시 머무르세요."

"나이도 어린 아이가 어떻게 밥을 지어서 행차에 음식을 대접한단 말이냐?"

"그 점은 염려하지 마시고 즉시 행차하세요."

일행이 별다른 수 없어 그 집의 대문에 들어가자, 여자아이가 집을 깨끗이 치우고 자리를 펴고서 맞이하면서 하례에게 말하였다.

"행차에 올릴 쌀은 저희 집에서 마련하겠지만, 하인들은 각기 양식을 내는 것이 좋겠습니다."

양 군수가 여자아이를 자세히 살펴보니 용모가 단정하고 말소리가 맑고 낭랑하여 조금도 촌스럽지 않아 마음속으로 매우 기특하게 여겼다. 점심이 나왔는데, 음식이 정갈하면서 담백하여 보통 음식보다 훨씬 맛있었다. 모든 사람이 혀를 차면서 기특하다고 칭찬하였다.

양 군수가 불러서 가까이 오게 하고 나이가 몇 살이냐고 묻자, 대답하였다.

"열두 살입니다."

"너의 아비는 무엇을 하는고?"

"이 읍의 장교인데 아침에 저의 어미와 함께 들에 나가서 김을 매고 있습니다."

양 군수는 기특하게 여겨 상자 속에서 파란색과 붉은색 부채 하나씩을 꺼내어 주면서 장난 삼아 말하였다.

"이것은 내가 너에게 납채하는 예물이니, 잘 간수하거라."

여자아이가 이 말을 듣고서 즉시 방 안으로 들어가 상자에서 붉은색 보자기를 꺼내어 펴고 앞으로 나와 부채를 보자기 위에 놓으십사 하였다. 양 군수가 그 이유를 묻자, 여자아이는 이렇게 대답하였다.

"이것은 예폐禮幣로 더없이 중요한 물건인데, 어찌 손으로 직접 주고받을 수 있겠습니까."

일행의 모든 사람들은 이 말을 듣고 기특하게 여겼다. 양 군수는 문을 나서 출발하여 군郡에 도착한 뒤에는 이 일을 잊어버렸다.
몇 해가 지난 뒤 문지기가 들어와 말하였다.

"이웃 읍 어느 곳 장교 아무개가 뵙기를 청합니다."

양 군수가 들어오게 하였지만, 평소 모르던 사람이었다.

"성명은 무엇이며, 무슨 일로 와서 만나려 하느냐?"

하고 묻자, 그 사람이 절을 하고 엎드려서 말하였다.

"소인은 모 읍의 장교입니다. 사또께서 재작년 서울에서 돌아오시던 중 소인의 집에서 점심을 드실 적에 당시 어린 여자애가 밥을 지어 접대한 일이 있었습니까?"
"그렇다."
"그때 혹시 신표를 주신 적이 있으십니까?"
"신표가 아니라 여자아이가 영리해서 기특하게 여겨 부채를 상으로 준 적이 있다."

"그 애가 소인의 여식인데 지금 나이 열다섯 살이 되었지요. 그런데 혼담을 꺼내자, '영암 군수께 예폐를 받았으니, 죽어도 다른 사람에게 시집을 가지 않겠다'고 합니다. 한때 장난 삼아 한 말을 어찌 믿을 수 있겠습니까마는 억지로 혼인을 강요한다면 죽는 한이 있더라도 거부할 것입니다. 온갖 방법으로 달래보아도 마음을 돌리기가 어려워서 하는 수 없이 이렇게 와서 아룁니다."

"딸아이의 뜻이 가상하니, 어찌 차마 어기겠는가. 자네가 택일해 오면 내가 맞이하겠네."

그리하여 좋은 날짜를 잡아 예로써 맞이하여 소실로 삼았다. 당시 양 군수는 상처喪妻하고 홀아비로 있었으므로 여자아이를 안채에 거처하게 하고 음식과 의복을 맡아보게 하였는데 모두가 흡족했다. 본집에 돌아와서는 본부인의 자녀를 매우 사랑하였고, 남녀 종을 부릴 때도 각기 방도에 맞게 잘하여 온 가문의 종친들이 모두 기뻐하여 집안 내외 모든 사람들의 칭찬이 자자하였다. 아들 하나를 낳았는데 바로 봉래 양사언이다. 풍채가 뛰어나고 미목眉目이 맑고 빼어나 신선 같은 풍모가 있었다.

몇 년 뒤 양 군수가 죽자 예법대로 장례를 치렀다. 성복成服하던 날 종친들이 모두 모였는데, 봉래의 어머니가 울부짖으며 눈물을 흘리면서 나와 앉아 말하였다.

"오늘 여러분들이 모두 모이셨고 상인喪人²께서도 자리에 계시니, 첩이 한 가지 부탁할 일이 있습니다. 허락하시겠는지요?"

"현숙하신 서모庶母께서 부탁하는 일을 우리들이 따르지 않을 리 있겠소?"

상인喪人이 이렇게 말하고, 여러 종친의 답변도 그리하겠다고 말하였다. 그리하여 봉래의 어머니가 말하기 시작하였다.

"첩에게는 아들이 하나 있는데 그리 우매하지는 않습니다. 그런데 우리나라의 풍속이 본래 천얼들은 비록 성인成人이 되더라도 쓰일 데가 없습니다. 여러분께서 비록 은혜로 대해주기야 하시겠지만, 첩이 죽은 뒤에는 다시 첩실 어미의 상복을 입게 될 것입니다. 그렇다면 적서嫡庶의 차이가 분명하게 드러날 것이니, 이 아이가 장차 어떻게 행세할 수 있겠습니까. 첩이 오늘 자결하여 대상大喪중에 은밀히 덮어진다면 아마도 적서의 구별이 없어질 듯합니다. 삼가 바라건대, 여러분께서는 죽을 이 사람을 불쌍히 여기시어 지하에서 한을 품는 일이 없도록 해주십시오."

"이 일은 우리들이 잘 상의하여 문제가 없도록 좋은 방도로 해결할 터인데, 왜 굳이 죽으려고 하시오?"

"여러분들의 뜻이 비록 고맙긴 합니다만 죽는 것이 차라리 나을 것입니다."

그리고는 말을 마치자마자 품속에서 작은 칼을 꺼내어 양 군수의 관 앞에서 자결하니, 여러 사람이 모두 깜짝 놀라며 탄식하였다.

"이 서모는 품성이 현숙한 분으로 자결하여 뜻을 보였으니, 죽은 분의 부탁을 저버릴 수 없다."

드디어 상의하고 본부인의 형이 양사언을 마치 친형제처럼 대우하여 조금도 적서의 차별이 없었다.

봉래 양사언이 장성한 뒤에 사대부의 직임을 두루 거쳤고 이름이 온 나라에 가득하였지만 서자인 줄은 아무도 몰랐다. 「선언편」[3]

1) 양사언楊士彦(1517~1584)의 본관은 청주淸州, 자는 응빙應聘, 호는 봉래蓬萊·창해滄海이다. 자연을 즐겨 회양 군수로 있을 때는 금강산에 자주 가서 경치를 감상하였으며, 만폭동萬瀑洞의 바위에 '봉래풍악 원화동천蓬萊楓岳元化洞天'이라 새겨진 그의 글씨가 지금도 남아 있다. 시와 글씨에 모두 뛰어났는데, 안평대군安平大君·김구金絿·한호韓濩 등과 함께 조선 전기의 4대 서예가로 손꼽힌다. 저서로 『봉래시집蓬萊詩集』이 있다.

2) 상인喪人은 부모나 조부모가 세상을 떠나서 거상중에 있는 사람을 가리키는데, 극인棘人이라고도 한다.

3) 『선언편選言篇』은 조선 말기에 편찬된 야담집이다. 확실한 편찬 연대 및 편찬자는 알 수 없다. 수록 자료는 50편인데, 남녀간의 사랑을 다룬 것, 이인異人의 신이담神異譚, 충의와 지조가 뛰어난 인물의 일화로 이루어져 있다. 이본으로는 규장각본과 장서각본이 있다.

서녀 진복珍福

서녀 출신의 진복이란 여림이 한순간의 잘못된 행동으로 집에서 버림을 받아 불행한 삶을 살아간다는 일화이다. 하지만 진복이 이렇게 된 직접적 원인은 진복을 보살펴주던 할미의 재산을 탐낸 친척들의 흉계에 걸려들었기 때문이었다. 이는 진복 개인의 행위 이전에 재산을 둘러싼 물욕과 양반가 서녀의 불안정한 사회적 처지로 인하여 발생한 비극적인 이야기이다.

진복珍福은 재상 소실의 딸인데, 그 소실의 행실이 추잡하였기 때문에 누구의 딸인지는 말하지 않겠다.

어느 날 소실 어미가 진복을 껴안고 있는 것을 본 재상은 측은히 여겨 무당과 점쟁이에게 물었더니, 그들은 이렇게 말하였다.

"부모가 이 아이를 양육해서는 안 됩니다. 다른 사람에게 양녀로 주어 양육시키게 하는 것이 좋겠습니다."

이때 서울 직조리織組里에 살고 있던 어떤 늙은 할미는 상당한 재산을 소유하였지만 슬하에 자녀가 없었다. 명절 때마다 늘 제철에 나는 물산품을 재상 소실에게 대접하여 왕래하는 정이 두터웠다. 소실이 할미에게 무당과 점쟁이가 했던 말을 다하고는, 자신의 딸을 할미의 집으로 피접시키고 싶다고 하였다. 그러자 할미는 흔쾌히 허락하고, 더욱이 양녀로 삼아 재산을 모두 전해주고 싶다는 말까지 하였다. 소실은 기뻐하며 굳게 약속하고 딸을 할미에게 주었다.

진복이 이팔청춘의 나이가 되자 자태가 더욱 아름다워, 할미는 마치 친딸처럼 사랑하였다. 할미의 집안에는 친척들이 많았는데, 모두들 할미에게 자식이 없고 재산이 많기 때문에 자기 자식을 할미의 후사로 들이기를 희망하였다. 그런데 할미가 친척의 아들을 후사로 택하지 않고, 권세를 좇아 다른 성씨의 딸을 후사로 삼는다고 분개하였다. 이 때문에 온갖 방법으로 일을 그르칠 계책을 꾸며냈다. 달콤한 말로 할미를 유혹했지만 받아들이지 않자, 마침내는 진복의 마음을 동요시켜 할미가 미워하게끔 할 계책을 세웠다.

하루는 친척 중에 언변 좋은 자가 조용히 진복에게 말하였다.

"지난번 승정원承政院 주서注書인 젊은 문관이 낭자의 집 앞을 지나다가 낭자가 문에 기댄 모습을 보고는 머뭇거리면서, '저 여자는 뉘 집 여식인가? 참으로 절세 미인일세. 천금을 털어서라도 첩으로 삼고 싶구만. 허락한다면 빠른 시간 내에 날을 정해 말과 노복을 보내어 맞이하겠네' 하고 말했다네. 그런데 큰 고모님은 본래 재물을 탐하는 성품이라 신랑이 어떤가를 가리지 않고 장사꾼의 아들과 혼인시키려 하네. 낭자는 본래 재상가의 딸이니, 어찌 장사치의 부인이 될 수 있겠는가. 이제 시집갈 나이가 되었으니, 빨리 계책을 세워야 할 걸세."

진복은 이 말을 듣고 부끄러워 대답할 수가 없었다. 그렇지만 언변 좋은 자가 며칠 동안 계속 왕래하며 은밀히 꼬드겼더니, 어느덧 자신도 모르게 마음이 움직이기 시작하였다. 또 내심 자신의 어미가 재상의 소실이 되어 부귀를 누리는 것을 부러워하여 결국 그 꾀임을 믿게 되었다.

얼마 뒤 주서가 보냈다는 노복과 말이 문 밖에 와 기다리고 있었다. 진복은 새로 화장하고 아름다운 옷으로 갈아입고서 저녁을 틈타 밖으로 나가 사뿐히 말에 올라탔다. 골목을 몇 굽이 지나 큰길가를 달려 어느 곳에 도착하니, 높다란 대문이 활짝 열려 있었다. 널판장 앞에서 말을 내리니, 언변 좋은 자가 그녀를 인도하며 안채로 들어갔다. 큰 뜰을 지나자 높다란 집과 큰 연못이 나타났다. 푸른 연꽃이 붉은 난간을 빙 둘러 피어 있으며 텅 비어 인적이라곤 없었다. 대청에는 병풍과 장막이 둘러쳐 있었는데, 언변 좋은 자가 그녀를 이끌어 병풍 속에 앉게 하였다. 조금 있자, 긴 수염이 덥수룩하고 베옷에 맨발 차림인 어떤 남자가 들어와 진복을 껴안고서 마음껏 못된 짓을 하였다. 그런 다음 곧 그녀를 버려둔 채 달아나버렸다. 그런데 주위에는 시중하는 사람이 하나도 없고, 언변 좋은 자를 불렀으나, 어디로 갔는지 전혀 알 수 없었다.

진복은 깊은 규방의 처녀로 귀하게 자라 집 밖을 나가본 적이 없었으니, 지나온 장안의 여러 갈래 길을 어찌 알 수 있었겠는가. 물어보려 해도 사람이 없고, 돌아가려 해도 길을 알 수 없어 길가에서 방황하며 눈물만 흘렸다. 날이 밝자, 이웃집 사람에게 물었다.

"이 집이 누구의 집입니까?"
"사헌부司憲府요."

사헌부에 수염 긴 사람이 있느냐고 묻자, 바로 사헌부의 먹자(墨尺)[1]라고 하였다. 가까스로 자기 집을 찾아 돌아오니, 이미 한낮이 다 되었다. 할미가 몹시 놀라 말하였다.

"우리 상국 나으리 댁에 할 말이 없게 되었구나."

그 후 재상집에서도 그 일을 듣고는 딸로 여기지 않고 쫓아내어 할미 집에 주고 그녀가 하고 싶은 대로 하도록 했다.

진복은 이미 더럽혀져 부모에게 용서받지 못할 것이라는 걸 알고, 마침내 몸을 내팽개쳐서 음란한 여자가 되었다. 그리하여 평생토록 배필을 얻지 못하였으며, 결국 미천하고 가난하게 살다가 죽었다.

진복에게는 여동생이 있었는데, 그녀는 무장武將에게 시집을 갔다. 재상집에서 혼인이나 손님을 대접하는 모임이 있을 때마다 여동생은 참석하도록 허락하였지만, 진복은 배척당하여 그 자리에 참석할 수 없었고 마루에 올라 부녀자들과 가까이 할 수도 없었다.

「어우야담」

---

1) '먹자(墨尺)' 는 사헌부에 소속되어 있는 사령使令의 하나인데, 나장羅將 또는 사령使令으로 통칭되었다. 조선 후기의 정원은 16인이었으며, 체포·수색 등의 업무를 담당하였다.

열녀 함양 박씨
烈女咸陽朴氏

이 글은 조선 후기의 대문호 연암 박지원(1737~1805)의 작품으로, '충신은 두 임금을 섬기지 않고, 열녀는 두 지아비를 섬기지 않는다(忠臣不事二君, 烈女不更二夫)'는 기존의 맹목적 윤리관에 대한 회의를 담고 있다. 여기에는 두 가지 일화가 소개되어 있다. 사대부가의 늙은 부인이 아들에게 수절의 어려움을 회상하는 일화와 안의 고을의 아전 집안에서 함양으로 시집갔다가 죽은 남편을 따라 순절한 여성을 추모하는 일화가 그것이다. 기존의 수많은 열녀전의 틀에 박힌 구조와는 달리, 이 글에는 기존 열녀관에 대한 회의와 반성에서 출발한 인간적인 정감이 담겨 있어 더욱 깊은 감동을 준다. 특히 젊은 나이에 과부가 된 여인이 수절하기 위해 밤마다 동전을 굴리면서 외로움을 달랬다는 사연을 아들에게 이야기하는 장면은 읽는 이를 숙연하게 한다.

제齊나라 사람이 '열녀는 두 지아비를 섬기지 않는다'[1] 하고 말하였다. 이는 『시경』「백주柏舟」편과 같은 의미이다. 그런데 우리나라 법전法典에서는 '개가한 여자의 자손에게는 정직正職에 서용하지 말라' 하였다. 이 법이 어찌 모든 평민까지도 적용하여 만들었겠는가. 그러나 국조國朝 4백 년 동안 백성들이 오랫동안 교화에 젖어들어 여자들이 귀천을 가리지 않고 집안의 높고 낮음도 막론하고, 모두 다 절개를 지키는 과부가 되는 것이 드디어 풍속이 되었으니, 옛날의 이른바 열녀가 이제 과부에게 있게 되었다.

심지어 밭 일구는 젊은 아낙네나 마을 거리의 청상과부들도 부모가 억지로 개가시키려는 것도 아니고 자손의 벼슬길이 막히는 것도 아니건만, 수절하여 과부로 지내는 것을 그다지 절개를 지키는 일로 여기지 않는다. 더러는 스스로 불빛을 꺼버리듯 남편을 따라 무덤에 들어가기를 바라기도 하여 불과 물에 몸을 던지기도 하고 독약을 마시거나 목을 매면서도 마치 극락이라도 가는 듯이 여긴다. 그들이 열녀는 열녀지만, 너무 지나치지 않는가!

옛날 어떤 형제가 중요한 벼슬에 있으면서 어떤 사람의 벼슬길을 막으려고 논의하던 중 어머니에게 이 문제를 상의하였다.

"무슨 잘못이 있기에 벼슬길을 막으려 하느냐?"
"그의 선조 중 과부가 있었는데 세평世評이 몹시 시끄럽습니다."

이 말을 들은 어머니가 깜짝 놀랐다.

"규방에서 일어난 일을 어떻게 알 수 있느냐?"
"풍문으로 들었습니다."
"풍문은 소리만 나지 형체가 없다. 보려 해도 보이지 않고 잡으려고 해도 잡을 수 없지만, 허공에서 일어나 만물을 뒤흔들어놓는다. 어떻게 형체 없는 풍문에 의해 어지럽게 만들어진 이야기를 가지고 다른 사람을 논한단 말이냐? 게다가 너희들도 과부의 자식인데, 과부의 자식이 어찌 과부를 논한단 말이냐. 잠깐 기다리거라. 내가 너희들에게 보여줄 게 있다."

어머니가 품속에서 동전 한 닢을 꺼내 보이면서 물었다.

"이 동전에 윤곽이 있느냐?"
"없습니다."
"그럼 글자는 보이느냐?"
"보이지 않습니다"

어머니가 눈물을 흘리면서 말하였다.

"이 동전이야말로 어미의 죽고 싶은 마음을 누를 수 있게 한 부적이다. 내가 이 동전을 10년 동안이나 문질러서 윤곽이 다 닳아 없어졌다. 사람의 혈기는 음양陰陽에 뿌리를 두고 정욕은 혈기에 모이며, 생각은 고독에서 생겨나고 슬픔은 생각에서 나오는 법이다. 과부는 고독에 처하면서 지극히 상심하기 마련인데, 혈기는 때를 따라 왕성하니 어찌 과부라고 해서 감정이 없겠느냐?

가물거리는 등잔불이 내 그림자를 조문하듯 홀로 지새우는 밤은 새벽도 더디 오더구나. 처마 끝에 빗방울이 똑똑 떨어질 때, 창가에 비치는 달이 흰빛을 흘려보낼 때, 나뭇잎 하나가 뜰에 흩날릴 때, 외기러기가 먼 하늘에서 우는 밤, 멀리서 닭 우는 소리가 들리지 않고, 어린 종년은 코를 골며 잠을 자는데, 말똥말똥 잠이 오지 않는 그런 고충을 내가 누구에게 하소연하겠느냐?

나는 그때마다 이 동전을 꺼내어 굴렸단다. 방 안을 이리저리 돌아다니며 둥근 놈이 잘 달리다가도, 모퉁이를 만나면 그만 멈추었지. 그러면 내가 이 놈을 찾아서 다시 굴렸는데, 밤마다 대여섯 번씩 굴리고 나면 날이 밝아지곤 했단다. 10년이란 세월이 지나는 동안 동전을 굴리는 횟수가 줄어들어 10년 뒤엔 닷새 밤을 걸러 한 번 굴리거나 열흘에 한 번 굴리게 되었지. 혈기가 이미 쇠약해진 뒤부터야 이 동전을 다시 굴리지 않게 되었단다. 그런데도 이 동전을 열 겹으로 싸서 오늘날까지 20여 년 동안 소중히 간직한 이유는 그 공을 잊지 않으려 해서다. 가끔은 이 동전을 보면서 스스로 깨우치기도 한단다."

이 말을 끝내고 어머니와 아들은 서로 껴안고 울었다. 군자가 이 이야기를 듣고 말하였다.

"이야말로 열녀이다."

아아! 슬프다. 이처럼 괴롭게 절개를 지킨 과부들이 당시에 드러나지 않고 이름조차 사라져 후세에 전해지지 않은 까닭은 어째서인가? 과부가 절개를 지키는 것은 온 나라 누구나 하기 때문에 한번 죽지 않고서는 과부의 집에서 뛰어난 절개가 드러나지 않게 되는 것이다.

내가 안의安義 고을을 다스리기 시작한 이듬해 계축년(1793) 어느 날이었다. 밤이 샐 즈음 내가 얼핏 잠에서 깨었는데, 청사廳舍 앞에서 몇 사람이 소곤거리는 소리가 들렸다. 그러다가 슬퍼 탄식하는 소리도 들렸다. 무슨 급한 일이 생겼는데도 내 잠을 깨울까봐 걱정하는 것 같았다. 나는 그제야 큰 소리로 물었다.

"닭이 울었느냐?"

주위에 있던 어떤 사람이 대답했다.

"벌써 서너 번이나 울었습니다."
"바깥에 무슨 일이 생겼느냐?"
"통인[1] 박상효朴相孝의 조카딸이 함양으로 시집가서 일찍 과부가 되었는데, 오늘 지아비의 삼년상이 끝나자마자 약을 먹고 죽으려 했습니다. 그 집에서 급하게 연락이 와서 구해달라고 하지만 박상효가 오늘 숙직 당번이라 황공해 하면서 맘대로 가지 못하고 있습니다."

나는 빨리 가보라고 명하였다. 날이 저물 무렵 주위에 있던 사람들에게 물었다.

"함양 과부가 살아났느냐?"

"벌써 죽었답니다."

"아, 참으로 열부로다."

나는 서글프게 탄식하고는, 여러 아전들을 불러다 물었다.

"함양에 열녀가 났는데, 그녀는 본래 안의 사람이라 했지. 그 여자의 나이가 올해 몇 살이며, 함양 누구의 집으로 시집을 갔었느냐? 어릴 때부터의 행실이 어떠했는지 너희들 가운데 잘 아는 사람이 있느냐?"

여러 아전들이 한숨을 쉬면서 말하였다.

"박씨 집안은 대대로 이 고을 아전이었는데 그 아비의 이름은 상일相—입니다. 아비가 일찍 죽고 이 외동딸만 남았는데 어미도 일찍 죽었습니다. 그래서 어려서부터 할아버지와 할머니 손에서 자라났는데 효도를 다했습니다. 그러다가 나이 열아홉이 되자 함양 임술증林述曾에게 시집가서 아내가 되었지요. 임술증의 집안도 대대로 함양의 아전 집안이었는데 본래부터 몸이 여위고 약했습니다. 그래서 한번 초례를 치르고 시집간 지 반년이 채 못 되어 죽었습니다. 박씨는 남편의 초상을 치르면서 예법대로 다하고 시부모를 섬기는 일에도 며느리로서 도리를 다하였습니다. 그래서 두 고을의 친척과 이웃들 가운데 그 여자의 어진 태도를 칭찬하지 않는 사람이 없었는데, 이제 정말 행실이 드러난 것입니다."

한 늙은 아전이 감격하여 이렇게 말하였다.

"그 여자가 시집가기 몇 달 전에 어떤 사람이 말하기를 '임술증은 병이 깊어 살아날 가망이 없는데 어째서 혼인날을 물리지 않느냐' 고 했답니다. 그래서 그 할아버지와 할머니가 그 여자에게 가만히 알렸더니, 그 여자는 아무런 대답도 하지 않더랍니다. 혼인날이 다가와 여자 집에서 사람을 보내 임술증을 살펴보니, 본래는 비록 아름다운 모습이었지만 폐병으로 기침을 심하게 하여 마치 버섯이 서 있는 것 같고 그림자가 걸어다니는 것 같았답니다. 여자 집에서는 너무 두려운 나머지 다른 중매쟁이를 부르려 했더니, 그 여자가 얼굴빛을 가다듬고는, '지난번에 바느질한 옷은 누구의 몸에 맞춘 것이며, 또 누구의 옷이라고 했었지요? 저는 처음 바느질한 옷을 지키고 싶어요' 하고 말했답니다. 여자 집에서는 그 뜻을 알아차리고 원래 정했던 혼인 날짜에 사위를 맞아들였습니다. 비록 혼례는 치렀지만 실은 빈 옷만 지켰을 뿐이었지요."

얼마 뒤 함양 군수 윤광석尹光碩이 밤중에 기이한 꿈을 꾸고 감격하여 「열부전」을 지었다. 산청 현감 이 면재李勉齋도 그녀를 위하여 전을 지었다. 거창에 사는 신돈항愼敦恒도 문장을 하는 선비였는데, 박씨를 기리기 위하여 그녀가 절의節義를 행한 사실을 서술하였다. 어찌 스스로 '나처럼 나이 어린 과부가 세상에 오래 머문다면 길이 친척에게 동정이나 받을 것이다. 이웃 사람들이 이상하게 여기기도 할 테니, 빨리 죽어 없어지는 게 낫겠다' 고 생각하지 않았으랴.

아, 슬프다. 그녀가 성복하고도 죽음을 미룬 것은 장사를 지내야 했기 때문이었고 장사를 끝낸 뒤에도 죽지 않은 것은 소상小祥이 있기 때문이었고, 소상을 끝낸 뒤에도 죽음을 참은 것은 대상大祥이 있기 때문이었다. 이제 대상도 다 끝나 상기喪期를 마치자, 지아비가 죽은 것과 같은 날 같은 시각에 순절하여 그 처음 품었던 뜻을 이루었다. 이 어찌 열녀가 아니랴.

「연암집」

1) 중국 전국시대 제齊나라 사람 왕촉王蠋이 한 말로, 연나라가 제나라를 공격하고서, 왕
   촉을 회유하자 '충신불사이군忠臣不事二君, 열녀불경이부烈女不更二夫'라는 말을
   하고 목을 매어 자결하였다.
2) 통인通引은 조선시대에 수령守令의 잔심부름을 하던 구실아치이다. 이서吏胥나 공
   천公賤 출신이었다.

전관불 全關不

변방에 부임한 무인과 그곳 기생 사이에서 태어난 여인의 불행한 일화이다. 일화의 주인공 전관불은 아비와 아무런 상관없다는 뜻에서 지은 '관불關不'이라는 이름이 보여주듯 불우한 일생을 숙명적으로 타고난 여인이었다. 이처럼 사람으로 떳떳하게 살아가기에 너무나 암담한 현실의 제약이 그녀 앞에 놓여 있었다. 모든 갈등과 모순이 한순간에 해결되어 행복하게 끝난 『춘향전』의 결말은 당대인의 낭만적인 소망이었을 뿐인지도 모른다.

조선 효종 초기 전태현全台鉉이라는 무인이 평안도 만포 첨사滿浦僉使[1] 가 되었다. 만포는 한양에서 천여 리 떨어진 곳이었기에 예전부터 만포 첨사로 제수받은 자는 가족을 두고 혼자 부임했다가 임기가 차면 벼슬이 갈려 돌아갔다. 전태현 역시 혼자 부임해서 군민軍民을 사랑하여 만포 백성들이 생업에 편안히 종사할 수 있게 하였는데, 모두들 전태현의 은덕을 칭송하였다.

전태현은 이 만포에 몇 년 동안 있으면서 인심을 얻고 관아를 자신의 집처럼 여겼다. 하지만 늘 혼자 관아 안에만 있었기에 객지에서 벼슬살이하는 고충이 없지 않았다. 아전과 백성들이 이를 민망하게 여겨 자주 기생을 권하였지만, 전태현은 듣지 않았다.

하루는 중추절 달빛 비치는 저녁에 아전과 백성들이 잔치를 마련하고 달맞이를 하였다. 아전과 백성들의 서로 술을 권하자 전태현은 사양하지 않고 마셨는데, 객지 생활의 회포를 잊기 위해 술을 많이 마시는 바람에 취해 정신을 잃고 자리에서 쓰러졌다. 이때 아전과 백성들이 몰래 기생 한 명을 모시도록 들여보내어 전태현이 취중에 그 기생과 동침하였다. 다음날 아침 전태현은 술이 깨어 후회하였으나, 어쩔 수 없었다.

할 수 없이 그 기생으로 하여금 임시로 곁에서 수발을 들도록 하였다. 일 년이 지나 딸 하나를 낳았는데, 무척 예뻐 보배처럼 사랑하였다.

전태현은 딸의 이름을 '관불關不'이라 지었는데, 관불이란 비록 자기 소생이지만 자기의 뜻과 무관無關하다는 뜻이다. 조선의 옛 풍속에 변방 무인과 천한 기생 사이에서 사생아가 나면, 세상에 드러내지 못하고 그 어미 혼자서 맡아 양육하였다. 그리고 이 자식의 혼례조차 아비와는 아무런 관계가 없었다. 전태현은 여식을 사랑하였지만, 세상에 드러내지 못하였으므로 '관불'이라 이름하였던 것이다.

관불이 태어난 지 몇 년 후 전태현은 벼슬이 갈려 돌아갔다. 그 어미에게 딸을 맡기고 단신으로 서울로 돌아갔다. 이후 생사여부조차도 서로 전혀 묻지 않던 중 전태현은 늙어 병으로 죽었다.

세월이 빨리 흘러 어느덧 관불의 나이 열여섯이 되니, 아리따운 용모는 견줄 이가 없을 정도였다. 그 어미가 기적妓籍에 올렸는데, 이는 변방 지역의 풍습이었다. 전관불은 기적에 오른 뒤 춤과 노래를 배웠지만, 한 번도 바깥 사람과는 가까이하지 않았다. 젊고 호탕한 아전이나 돈 많은 탕아들이 매번 가까이 접촉하려고 시도하였지만, 관불이 단호히 거절하여 감히 범접하지 못하였다.

이때 첨사가 관불의 이름을 듣고 용모에 반하여 수청을 요구하였다. 수청이란 아침저녁으로 곁에서 모시며 이부자리와 밥상을 같이하여 첩과 다름이 없는 것이다. 관불이 맹세코 죽어도 못하겠다고 거절하자, 첨사는 화를 내면서 위협하였다. 관불은 이런 상황에서 벗어날 수 없음을 알고 탄식하였다.

"나의 부친은 무인이지만, 대대로 벼슬하던 집안이다. 내 비록 천생賤生이나, 피붙이는 양반이 아니더냐! 아버지의 딸로서 수치스러운 행동을 할 수 없다. 아버지가 주신 몸을 더럽히지 않고 지조를 지키리라."

그리고 나서 전관불은 손가락을 깨물어 피로 관아 뒤편 바위에 '전관불은 물에 빠져 죽노라' 하고 써놓고 마침내 관아 뒤편의 강물[2]에 몸을 던져 죽었다. 첨사는 이 소식을 듣고 깜짝 놀라 사직하고 고향으로 돌아갔다. 이 일이 조정에 알려지자 옥관獄官에게 명을 내려 조사하도록 하였지만, 강물에 빠져 죽게 된 정상을 밝히지 못하였다. 모두 일곱 명이 교체되어서야 입증되어 사유를 갖추어 군郡에 보고하였다. 수청을 강요한 첨사는 자신에 한하여 군졸로 충군充軍[3]되는 벌을 받았다. 그리고 명을 내려 전관불의 마을에 정문을 세워 정렬貞烈을 포상하니, 전관불의 원통함이 비로소 풀렸다. 지금 수백 년이 지났지만, 바위의 혈서가 뚜렷이 남아 있으니 특이한 일이다.

시를 적어 증거로 삼는다.

양반 핏줄이 어찌하여 기적에 들어갔나	班女如何投妓籍
원래 옛날 법이란 소루함이 많지	原來古法多疎虞
차라리 물에 빠져 몸을 깨끗이할지언정	寧爲投水全身潔
더러운 이름을 이 세상에 남기지 않았네	不忍惡名一世汙

『양은천미』

1) 만포滿浦는 평안도 강계江界 땅에 있던 진이다. 압록강과 접경에 있는 군사요충지로 병마첨절제사兵馬僉節制使(약칭 첨사僉使)를 두었다.

2) 성해응成海應(1760~1839)의 「전불관행田不關行」에는 만포 세검정洗劍亭으로 나와 있다. 참고로 이 이야기와 모티프가 비슷한 성해응의 장편시 「전불관행」이라는 한시에서는 이몽룡에 해당하는 구具씨가 등장하기도 하지만 그 역할은 매우 미미하다.

3) 충군充軍이란, 죄를 범한 자를 벌로써 군역에 복무하게 하던 제도이다. 신분의 고하와 죄의 경중에 따라 차등이 있었는데, 대개 천역賤役인 수군水軍이나 국경을 수비하는 군졸에 충당하였다.

보살할멈 박씨 朴媼

이 글은 불교에 귀의한 서민 출신 여성의 삶을 전傳 형식으로 담아낸 것이다. 서민 출신의 한 여성이 가정 생활에서 그 존재의 근거였던 남편과 아들을 저세상으로 떠나보내고, 신앙에 전념하는 과정이 충실하게 그려져 있다. 글쓴이는 어머니, 아내와 친하던 박씨 할미에 대해 서술하면서, 특히 죽은 아내에 대한 기억을 그 속에 담아내고 있다. 또 사대부 집안에서 여성들이 모여 불경을 외는 모습, 시주하는 과정 등 당시 규방에서 불교를 믿는 생활 모습이 풍속도처럼 비교적 상세히 기록되어 있다.

박 노파는 개성부 사람이다. 집안 대대로 행상行商을 하여 재산이 매우 부유하였다. 아버지 아무개는 소년 시절부터 협객이었는데 힘이 세고 달려가 후려치는 것이 사나운 호랑이와 같았다. 함께 노닐던 성 안의 부호 자제들이 겉으로는 따르는 체하였으나, 속으로는 꺼렸다. 어느 날 크게 취하여 밖에서 돌아오더니 곧바로 죽었다. 실제로는 독살되었지만 알아낼 길이 없어 노파는 원수에게 원한을 갚지 못하는 것을 한스럽게 여겼다. 이런 이유로 늙어서도 눈물을 흘리곤 하였다. 노파는 어린 나이에 홀어미와 살게 되었는데 가산을 모두 잃고 삯바느질로 생계를 꾸렸다. 솜씨가 빼어나면서도 품삯은 낮아 온 성 안의 바느질감이 몰려들었다.

상처喪妻한 부府의 검률 차관檢律差官[1]이 노파가 현숙하다는 소문을 듣고는 후처로 맞았다. 차관의 이름은 희모希謨요, 성姓은 노파와 같은 박씨지만, 본관은 다르다. 박희모는 당시 60여 세로 딸이 둘 있었는데 나이가 노파보다 많았지만, 노파는 법도에 맞게 잘 처신하였다. 노파는 사방으로 차관 다니는 박희모를 따라 다니며 20년간 그 녹봉으로 살면서 딸 둘을 낳았다. 박희모가 죽을 당시 임신중이었는데, 뒤에 아들을 낳았으나 여덟 살 때 죽고 말았다. 그녀가 친정 어머니에게 말하였다.

"제가 세상에 태어나면서부터 운명이 기구하여 부친을 끝까지 모시지 못하였습니다. 시집도 늙은 사람에게 갔으나 다행히 아들을 낳아 오로지 이 아이만 믿고 살았건만, 이제 아들마저 죽었으니 저는 살아갈 희망이 없습니다. 그러나 어머니께서 살아 계시기에 차마 죽지 못하고 있습니다. 죽은 남편의 가산家産은 모두 늙어 죽을 때까지 힘써 모은 것입니다. 하지만 이제 그것을 먹일 자식도 없어졌으니, 차마 죽지 못하고 살아 있으면서 그 재산을 축내지 못하겠습니다. 불교에는 죽은 이가 다시 태어나는 법이 있다고 하는데, 그렇게 하려면 재산을 희사해야 한다고 합니다. 저는 가산을 죽은 남편을 위해 희사하겠습니다. 아! 삶과 죽음의 이치는 아득하고, 다시 태어난다는 말을 잘 알 수는 없으나 저의 마음을 다해볼 뿐입니다."

전답 문서를 절에 바치고 집과 기물, 복식 등을 팔아 몇 달 동안 재를 올렸다. 노복들은 각기 그들의 집으로 돌아가게 하고, 어미와 함께 절로 들어가 팔에다 향을 사르고 계율을 받고는 마늘과 고기를 끊고 불경을 읽었다. 절에서 10년을 지내니 중들도 부처처럼 받들었다. 절은 수락산 아래 있었는데 도성으로부터 20리 거리였다. 서울 사대부 집안의 부녀자들이 불공을 드릴 때는 노파를 통하였다.

박 노파는 사람됨이 아주 맑고 깨끗하였다. 도성을 오갈 때 흰옷에 짚신으로 죽장竹杖 하나를 들고, 어린 사미승 하나가 따라다녔다. 여항에서는 재세관음再世觀音이라 불렀다. 노파는 훈도방薰陶坊[2]의 남쪽 골목에 살았으니 우리 집과 이웃한 곳이었다. 박 노파가 우리 어머니께 인사를 드리니 어머니께서는 그녀의 곤궁한 사정을 불쌍히 여겨 잘 대접하였다. 노파는 진심으로 좋아하여 도성에만 들어오면 우리 집으로 왔다. 며칠씩 머물며 방에서 어머니를 모시고 베를 짜기도 하고, 음식상을 보아드리기도 하고, 집안을 청소하기도 하고, 발과 안석을 고치기도 하는 등 여러 자질구레한 일에 부지런하였다. 더러 노고를 걱정하자, 이렇게 대답하였다.

"저는 백성 가운데 가장 불쌍한 사람으로 하늘도 싫어하고 사람들도 천히 여기는 자인데 오직 마님께서 가엽게 여겨주시니, 저는 살아서는 마님의 손발이 되고, 죽어서는 보살의 손발이 되면 좋겠습니다."

어린 시절을 기억해보면 노파가 산사山寺에서 당에 올라 어머니께 큰절을 한 후 봇짐을 열어 송이와 곽전藿煎을 내어 먹고는 「회심가回心歌」[3]와 『천수경千手經』[4]을 외우면서 반복하고 그 뜻풀이를 하였다. 당시 나는 어린아이였지만 감동되어 듣기를 좋아하였다.

그 뒤 나는 이 유인李孺人을 아내로 맞았는데, 아내는 불교를 아주 좋아하여 노파가 더욱 마음에 들어 이렇게 말하였다.

"내 늙어 죽게 될 무렵에야 마님을 만났는데, 마님께서는 저를 좋아하셨지만 불교는 좋아하지 않으시어 이를 좀 아쉽게 여겼습니다. 그런데 이제 아씨께서 이처럼 불도를 좋아하시니, 이는 인연이지 어찌 사람의 힘으로 할 수 있는 것이겠습니까."

이때부터 아내를 '우리 아씨, 우리 아씨' 하며 불렀다. 아내는 어머니를 모시고, 여러 시누이, 동서, 첩 등과 함께 노파 앞에 둘러앉아 불경을 외우고 게偈를 읊조리면서 어머니의 장수를 축원하니, 웃음소리가 집안에 가득하였다. 이리하여 평소 규방에 노파가 없으면 즐겁지 않았다.

아버지께서 평안도에 현감으로 나가시자 어머니와 아내는 노파와 함께 부친의 임소를 찾았다. 노파가 한 달에 한 번 나가 불공을 올리니 아내는 물자를 보냈다. 어머니께서는 지나치다고 책망하기도 하셨는데, 그러면 노파가 이렇게 말하였다.

"오래도록 부처님을 뵙지 못하니 제 마음은 어린아이가 어미를 그리워하는 것과 같습니다."

이 말을 듣고는 어머니께서도 어쩔 수 없었다. 노파는 아내가 오래도록 자식을 낳지 못하는 것을 늘 안타까워하며 매번 말하였다.

"제가 부처님께 공양할 때 우리 아씨에게 아들 하나 점지해달라고 먼저 염송念誦(마음속으로 부처를 생각하며 불경을 욈)한답니다."

현縣의 이웃 군에 옥이 산출되는 광산이 있었다. 노파는 아내에게 비녀와 가락지를 팔아 옥을 사게 하고는 그것을 쪼아 등燈을 만들었다. 북두北斗 모양으로 세 개였는데, 하나는 현의 절에 시주하고, 하나는 평양 영명사永明寺에 시주하고, 나머지 하나는 상자에 넣어두었다가 서울로 돌아와서 노파가 있던 수락산 절에다 시주했다. 부처 앞에 등을 바칠 때 내가 명銘을 지어 직접 새겼다. 얼마 뒤에 아내가 아들을 낳게 되어 노파가 일 년간을 보살폈으나, 끝내 다 키우지 못하고 말았다. 노파가 통곡하고 울며 말하였다.

"진실로 탁생托生5)의 이치가 있다면, 나는 오늘 죽어 내일 우리 아씨의 아들이 되려오."

몇 년 뒤 아내는 병이 들었다. 노파는 아내를 위해 기도했으나 병은 위독해졌고, 아내는 노파에게 상사를 맡아달라고 부탁하였다. 아내가 죽었을 때 노파는 산사에 있었다. 내가 사람을 시켜 부음을 알리니 노파는 목욕재계하고 몸소 쌀을 씻어 밥을 하여 망자에게 바치고, 장례에 임해 입으로는 불경을 외면서 손으로는 염을 하는데 노복들이 함께하지 못하게 했다.

장례를 치르고 나는 파주에서 지냈다. 내가 서울에 올 때마다 노파는 산사에서 술과 과일을 들고 찾아와서, 내 손을 잡고 목이 쉬도록 통곡하고는 탄식하며 말하였다.

"윤회설을 들으셨겠죠? 선비들은 알지 못하나 우리 부처님만은 홀로 아신답니다. 사람들은 '선악에는 응보가 있으니, 선한 일을 한 자에게 보답이 없을 때는 그 자손에게 보답이 있다'고 합니다. 그러나 자손이 없을 때는 장차 어디에서 보답을 받는단 말입니까? 우리 아씨는 평생 불법을 믿었건만 자식 없이 죽어 끝내 보답도 없게 되었으니 불법 또한 망령될 뿐입니다. 그러나 저는 압니다. 그 보답이 내세에 있기에 아씨가 서방님과 헤어지게 된 것입니다. 한때의 불행을 생각해보고는 놀라시겠지만 영겁의 맑은 복을 누리게 되어 즐거워하리니, 지금 서방님의 통곡과 비애는 아씨에게 누累가 될 뿐입니다."

이렇게 자근자근 부드럽게 이야기하면서도 눈물은 옷깃을 적시고 있었다. 나 또한 거듭 처연히 상심하였다. 아내가 죽은 뒤 노파는 우리 집에 와서도 더 이상 즐거운 기색이 없었다.

갑인년(1794) 남행길[6]에 해남 대둔사大芚寺에서 아내의 기일을 맞아 불공을 드렸는데, 나중에 서울에 돌아와 박 노파가 아내 기일 며칠 전에 죽었다는 이야기를 들었다. 금상今上(정조) 18년(1794)이니, 그녀가 태어난 숙종 경자년(1720)으로부터 75년이 되었다. 그녀는 산사에서 화장해달라는 유언을 남겼다. 딸 둘 가운데 하나는 일찍 죽고, 또 하나는 아들 둘을 낳았는데 지금 남대문 밖에서 대나무를 팔며 살고 있다. 「효전산고」[7]

1) 검률檢律이란 형조와 지방 관아에서 사법 행정의 실무와 교육을 맡아보던 종9품 벼슬이고, 차관差官은 관원을 임명하여 직무를 담담하게 하는 것이다.

2) 훈도방薰陶坊은 남산 아래에 있는 지역인데, 태조, 세조, 숙종 등의 영정을 봉안하였던 영희전永禧殿이 이곳에 있었다.

3) 「회심가回心歌」는 「회심곡」을 가리키는데, 원래 조선 중기의 승려 휴정休靜이 지은 불교 포교 가사로, 4·4조이며 232구로 구성되어 있다. 불교의 대중적인 포교를 위하여 알기 쉬운 한글 사설을 민요 선율에 얹어 부른 것으로, 대부분 착한 사람은 극락세계로 가고, 악한 사람은 지옥으로 떨어진다는 내용이다.

4) 「천수경千手經」은 천수관음의 유래, 발원, 공덕을 말한 경문으로, 조선시대에 한글로 풀이하여 간행하기도 하였다.

5) 탁생托生은 불교 용어로, 전세前世의 인연으로 중생이 모태母胎에 몸을 붙음을 말한다.

6) 글쓴이 심노숭沈魯崇은 당시 제주 목사로 있던 아버지를 뵙기 위해 남쪽으로 내려갔다.

7) 「효전산고孝田散稿」는 심노숭沈魯崇(1762~1837)의 문집으로, 연세대 소장의 필사본 36책이다. 심노숭은 본관이 청송이며, 1790년에 진사시에 합격하고, 1815년 형조 정랑을 거친 후, 논산 현감, 임천 군수 등을 역임하였다.

공녀 권씨 貢女權氏

조선 초기까지 중국으로 공녀貢女1)를 보내는 폐습이 남아 있었다. 고려시대에는 수많은 여성이 공녀로 차출되어 더러는 기황후奇皇后2)처럼 황후가 되는 사례도 있었지만, 국가적 폐해와 만리 타국으로 떠나는 여성의 고통이란 이루 말할 수 없었다. 중국의 정사正史에 유일하게 기록된 조선시대의 여성 인물로는 권영균의 딸이 있다.

1.

공헌恭獻 현비賢妃 권씨權氏는 조선 사람이다. 영락 연간(1403~1424)에 조선에서 여자를 바쳐 후궁에 충원하였는데, 권씨가 그 가운데 포함되어 있었다. 자질이 순수하고 옥통소를 잘 불어서 영락제永樂帝(명나라 成祖)가 매우 사랑하였다. 7년(1409)에 현비로 봉하고, 명을 내려 그 아비 권영균을 광록경으로 삼았다. 다음해 10월에 황제를 모시고 북쪽을 정벌하러 떠났다. 개선하고 돌아오다가 임성臨城에서 훙薨하여 역현嶧縣에 장사를 치렀다.

『명사』

2.

영락 무자년(1408) 흠차태감欽差太監 황엄黃儼이 황제의 명령을 받들고 조선으로 와서 여자 몇 명을 뽑게 하자, 우리나라에서는 권씨權氏, 임씨任氏, 이씨李氏, 여씨呂氏, 최씨崔氏를 뽑아 중국에 바쳤다. 영락제는 권씨를 현인비賢仁妃로 봉하고, 임씨 이하는 미인美人, 소용昭容 등의 작위로 봉하였다. 또 권씨의 아비3)를 광록시 경光祿寺卿에, 임씨의 아비 임첨년任添年을 홍로시 경鴻臚寺卿에, 이씨의 아비 이문명李文命과 여씨의 아비 여귀진

呂貴眞을 모두 광록시 소경光祿寺少卿에, 최씨의 아비 최득비崔得罪를 홍로 시 소경鴻臚寺少卿에 봉하였다.

신묘년(1411)에 여씨는 권비가 총애를 독차지하는 것을 질투하여 본국의 내관 김득金得, 김량金良 등을 시켜 중국 내시 두 사람과 짜고, 비상을 은 장이 집에서 빌려다가 가루로 만들어 호도차胡都茶에 타서 권씨가 마시게 하였다. 조금 뒤에 권비가 죽었다. 영락제는 처음에는 이런 내막을 알지 못하다가 2년 뒤 권비의 여종이 여씨의 여종을 욕하면서,

"너의 주인이 우리 왕비를 독살시켰다."

하였는데, 황제가 이 말을 듣고 잡아다 심문하니 사실로 드러났다. 드디 어 사건에 관련된 내시와 은장이를 목베어 죽이고, 여씨는 단근질을 가한 지 1개월 뒤에 마침내 죽었다.

『패관잡기』

1) 공녀貢女는 중국 원元·명明의 요구에 따라 고려 및 조선이 여자를 바치던 일을 말한 다. 공녀의 시작은 고려 후기 대몽항쟁이 끝나고 항복 조건으로 동남동녀童男童女 각 500명씩을 바치라고 한 데서 비롯되었다. 이후 몽골은 국호를 원元이라 고치고 계속 해서 고려에 공녀를 요구하였다. 한편 고려 조정의 빈번한 공녀 징발로 민간에서는 조 혼早婚 풍속이 생겼다. 그 뒤 명나라에서는 많은 공녀를 요구하지는 않았지만, 이 제 도는 계속 이어지다가 1521년(중종 16) 조선의 요구로 폐지되었다.
2) 기황후奇皇后는 중국 원나라 순제의 황후이다. 고려 사람 기자오奇子敖의 딸로, 북원 北元 소종昭宗의 생모이다. 1333년 고려 출신의 내시 고용보高龍普의 추천으로 원실 元室의 궁녀가 되어 순제의 총애를 받았다. 1340년 제2황후에 책봉되었다. 그 뒤 조정 을 교묘히 움직여 반대 세력을 몰아내고 실권을 장악하였으며, 대신·황실의 반발과 음모를 물리치고 자신의 아들 아이유시리다라愛猷識里達獵로 하여금 황통皇統을 잇 게 하였다. 1366년 연경燕京이 주원장朱元璋에게 함락되자 몽골 내륙으로 쫓겨났는

데, 그 뒤의 행적은 알려지지 않았다. 권세를 부리던 30여 년간 고려에도 기씨 일파가 횡포를 자행하였다.

3) 『패관잡기』의 원문에는 '兄'으로 표기되어 있으나, '父'로 정정한다.

명나라 궁녀 굴씨 屈氏

명·청明淸 교체기라는 역사적 소용돌이를 중원에서 직접 체험했으며, 당시 청나라에 볼모로 잡혀 있던 소현세자를 따라 조선에 들어온 굴씨라는 중국 여인의 생애를 다룬 이야기이다. 병자호란으로 평소 오랑캐라고 얕잡아보던 만주족 왕에게 조선 임금이 삼전도에서 무릎을 꿇고 항복한 민족적 수치는 그 후 조선 사회에 엄청난 충격을 주었다. 굴씨의 유언은 이러한 국내의 반청 분위기와 그 맥을 같이 하고 있었다. 한편 이 혼란기에 수많은 명나라 사람이 조선에 난리를 피해 들어왔고, 그에 따라 중국 여성들의 화장술과 머리 스타일이 당시 사족士族 부인 사이에서 유행하기도 했다고 한다.

굴씨는 본래 명나라 궁녀였다. 명나라가 망하는 대란을 만나 오랑캐에게 포로로 잡혔다가 훗날 소현세자昭顯世子(인조의 장남)를 따라 우리나라에 와서 살았다. 죽을 때 나이가 칠십여 세였는데 고양高陽에 있는 산에 장사 지냈다.[1] 오늘날까지 굴씨의 사적이 세상에 매우 상세히 전해지고 있다.

원래 굴씨는 중국 강남江南 지방 양인良人 출신의 딸로 장추궁長秋宮에 들어가 황후를 모셨다. 굴씨는 단정하고 빼어난 용모에, 성품과 행실도 차분하여 황후의 총애를 받았다. 숭정崇禎 말년(1644년 3월)에 유적流賊 이자성[2]이 난리를 일으켰을 때 관군이 북경을 방어하지 못하게 되자, 황후가 수황정[3]에 가려고 걸어서 궁을 나섰다. 이때 굴씨가 따라 나서려고 하니 황후는 슬픈 기색으로 손을 내저으며 이렇게 말했다.

"나를 따라올 필요 없다."

황제와 황후가 이미 죽고, 적병이 궁중에 난입하자 굴씨는 갈 곳이 없어 슬피 울면서 방황하다가 민간으로 피하였다. 오랑캐 군병이 침입하자 결국 굴씨는 사로잡혀 구왕九王[4]의 군영에 머물게 되었다. 굴씨는 이전에 궁중에서 '유적流賊'이라는 말을 자주 들어 포로가 되었을 때 오랑캐를 '유적'이라고 욕하였다. 구왕은 늘 둥근 모자에 짧은 상의를 입고 면사面紗[5]를 드리우고 앉아 있었는데 모습이 매우 호걸스러웠다. 굴씨는 이 모습을 볼 때마다 웃으면서,

"남자도 면사를 쓰느냐?"

고 조롱하였다. 면사는 중국 풍습에 부녀자의 장식이기 때문에 이렇게 말하였던 것이다. 그러나 굴씨는 아직 어려 오랑캐에게 노여움이나 더럽힘을 당하지 않았다.

소현세자가 심양瀋陽에 인질로 있을 때, 오랑캐가 굴씨에게 세자를 모시게 하였다. 세자가 귀국할 때 굴씨도 조선에 오게 되었다.

훗날 만수전[6]에 소속되어 대비를 섬겼고 뒤에 또 세자궁을 따라 향교방鄕校坊에 나가 살았다. 굴씨가 우리나라에 살면서 항상 북쪽으로 중국을 바라보고 황후의 은덕을 말하면서 눈물을 줄줄 흘렸으며, '유적'을 언급할 때마다 몹시 분노하였다. 죽기 전에 명나라 황실의 부흥을 밤낮으로 기원하다가 마침내 한을 품고 죽었다.

굴씨는 평소 새와 짐승을 잘 길들였는데, 각기 신호가 있어서 뜻대로 재주를 부리게 하였다. 제자 진춘進春이라는 이가 그 방법을 전수받았다. 지금 팔십여 세가 된 진춘은 굴씨에 대해 말할 때마다 오열하면서 눈물을 흘렸다.

굴씨는 죽기 전에 사람들에게 이렇게 말을 하였다고 한다.

"오랑캐는 나의 원수다. 내가 생전에 오랑캐의 멸망을 볼 수 없었으나, 죽어서라도 행여 북벌하러 가는 군대가 있으면 내가 볼 것이니, 서

쪽 교외 길가에 묻어달라."

『청천자고』

훗날 굴씨의 묘를 지나다가 녹사錄事 김주증金疇曾이 지은 시가 있다.[7]

잎사귀는 비단 치마요 꽃은 비녀일레	葉似羅裙花似鈿
이 언덕에 그대 묻은 지 몇 해나 되었던고	斷原治玉幾經年
가련타, 한식 청명절에	可憐寒食淸明節
명나라 궁녀에게 술 한잔 건네보리	惟明宮娥送酒傳

---

1) 굴씨의 묘는 지금 벽제읍 대자 2리에 있으며, 경안군慶安君 회檜의 묘 왼쪽 기슭에 있다. 경안군 회는 소현세자의 셋째아들로, 소현세자가 죽고 어머니 강씨가 역모에 가담했다는 혐의로 연좌되어 세 살 어린 나이에 두 형과 함께 제주도로 유배 갔다가, 강화도로 이배된 뒤에 교동으로 옮겨져 살았던 비운의 왕자이다. 굴씨가 죽은 뒤 경안군의 장남 임창군臨昌君이 묘지명을 지었다.
2) 이자성李自成(1606~1645)은 역부驛夫 출신으로, 본명은 이홍기李鴻基이다. 반란을 일으켜 1644년 대순왕大順王이라 자칭하였다.
3) 수황정壽皇亭은 만수산에 있으며 황제의 장수를 기원하던 장소인데, 명나라의 마지막 황제 숭정제崇禎帝는 34세의 젊은 나이로 이곳에서 자결하였다.
4) 구왕九王(1612~1650)은 청 태조 누루하치의 열넷째 아들로, 이름은 다이곤多爾袞이며, 예친왕睿親王에 봉해졌다. 북경에 입성하여 이자성의 농민반란군을 진압하고 순치제順治帝를 맞이하였다.
5) 면사面紗는 너울이니, 얇은 깁으로 만들어 여자가 나들이할 때 머리에 쓰는 것이다.
6) 만수전萬壽殿은 창덕궁에 있었던 건물로, 효종이 장렬왕후壯烈王后(인조의 비 조씨趙氏)를 위해 세웠다.
7) 굴씨에 대한 문학 작품으로는, 굴씨가 남긴 비파를 보고 지은 신위申緯(1769~1845)의 「비파가琵琶歌」와 홍신유洪愼猷의 「굴씨사屈氏辭」 등이 있는데, 여기에는 굴씨의 기구한 생애가 애절하게 묘사되어 있다.

혜빈 양씨 惠嬪楊氏

단종의 애화哀話는 너무나도 유명한 이야기이다. 이 글은 사육신死六臣 못지 않게 세조
의 왕위 찬탈에 반대하다가, 비운의 운명을 맞이한 혜빈 양씨의 이야기이다. 혜빈 양씨
는 단종이 태어나자마자 양육했던 인연으로 훗날 아들들과 함께 세조에게 저항하다가
죽임을 당하는 불운을 맞는다. 혜빈이 궁중에서 축출될 때, 단종이 그리워 상궁 박자개
朴者介[1]를 시켜 찾아가보게 하였으나, 승지 강맹경姜孟卿의 반대로 그만두었다고 한다.
단종과 관련하여 순절한 여성으로는 단종이 비참한 죽음을 당하자 절벽에 몸을 던져 죽
은 여섯 시녀를 들 수 있는데, 지금 강원도 영월의 민충사愍忠司에 위패가 있다.

양씨는 본관이 청주이고, 현감 양경楊景의 딸이며, 찬성사贊成事 양수
楊壽가 그 증조부이다. 세종조에 후궁으로 뽑혀 궁에 들어가 혜빈惠嬪에
봉해졌고, 한남군漢南君 어𤥽, 수춘군壽春君 현玹, 영풍군永豊君 천𤥽 세 아
들을 낳았다.

신유년(1441)에 현덕왕후顯德王后가 단종을 동궁에서 낳는 지 9일 만에
훙薨하였다. 세종은 빈어嬪御(임금의 첩) 가운데서 어진 이를 택할 때, 양씨
에게 명하여 원손元孫(단종)을 보양하게 하였다. 양씨가 온 힘을 다하여
음식과 일상 생활에 있어 극진히 보살폈다. 원손은 태어나면서 성덕聖德
이 있고 또 양씨가 올바르게 양육한 공로가 많았다. 이때 세종과 문종이
계속 승하하시고 강한 종실이 포진하여 국세가 위급하였는데, 혜빈은
적절하게 잘 대처하여 지극 정성으로 단종을 보호하였다.

을해년(1455) 세조가 왕위를 물려받아 전국새傳國璽(옥새)를 들일 때 혜
빈은 사리事理를 들어 반박하였다.

"옥새는 나라의 중요한 보배입니다. 선왕의 유훈遺訓에, 세자나 세
손이 아니면 전하지 말라고 하셨습니다. 저는 죽을지언정 옥새를 내줄

수 없습니다."

그날 양씨는 죽임을 당하였다. 영풍군은 운검雲劍[2]으로 입시하던 중 함께 죽임을 당하였다.[3]

한남군은 함양咸陽으로 유배 갔는데 정축년(1457)에 금성대군錦城大君[4]과 함께 상왕上王(단종)의 복위를 도모하다가 누설되어 화를 당하였다.

숙종 계사년(1713)에 혜빈의 묘를 봉하도록 명하였지만, 그 장소를 찾지 못하였다. 정종正宗(정조) 신해년(1795) 혜빈에게 민정愍貞이라 시호를 내리고, 어제御製 치제문을 지었다.

『매산집』[5]

---

1) 1455년 상궁 박자개도 혜빈 양씨와 함께 죽었다는 기록이 정조가 쓴 『장릉배식록莊陵配食錄』(『홍재전서弘齋全書』 제60권)에 전한다.

2) 운검雲劍은 별운검別雲劍으로, 각종 의식이 있을 때 운검을 차고 임금의 좌우에 서서 호위하던 2품 이상의 벼슬이다.

3) 혜빈 양씨의 죽음에 대해 『장릉배식록』에는 조금 다르게 기록되어 있다. 이에 따르면 1455년 양빈楊嬪은 청풍淸風으로 유배되었고, 영풍군은 처음에는 예안禮安, 안성, 수원으로 유배되었다가 후에 금성대군의 단종 복위 사건이 실패한 뒤에 죽임을 당했다고 한다.

4) 금성대군錦城大君은 세종의 여섯째아들로 이름은 유瑜이다. 1457년 6월 상왕(단종)이 노산군魯山君으로 강등되어 영월로 안치되자, 순흥順興에 유배된 몸으로 군사를 모집할 계획을 하다가 발각되어 죽었다.

5) 『매산집梅山集』은 매산 홍직필洪直弼(1776~1852)의 시문집으로, 53권 28책의 목활자본이다. 매산 홍직필이 죽고, 15년 뒤인 1866년에 간행되었다. 또 『매산속집』이라는 필사본이 5책으로 남아 있다.

이 부인 설봉 李夫人雪峯

설봉이라는 호를 가진 이 부인의 기이한 행적을 기술한 이야기이다. 임금에게까지 알려질 정도로 필적이 뛰어났던 이 부인은 도인술을 연마하고 영이靈異한 체험을 하며, 앞일을 예측하는 등 신비로운 능력을 지닌 여성 도인道人으로 그려져 있다.

이 부인李夫人은 호가 설봉雪峯이고, 연안延安 사람이다. 연성부원군延城府院君 이석형李石亨[1]의 5세손이며, 군수를 지낸 이정현李廷顯의 딸이다. 평산 신씨申氏 순일純一에게 시집갔는데, 그는 연안도호부사를 지냈다.

부인은 성품이 침착하고 단정하며, 글 솜씨가 있는데다 서법書法도 뛰어났다. 책상에는 늘 『주역』과 이백의 시집이 놓여 있었다.

이 부인은 자제가 과거를 보고 돌아오면 그 초고를 읽어보고 고하高下와 당락을 예견하였는데 한 번도 틀린 적이 없었다. 자제가 과거 시험에 합격할 때마다 탄식하였다.

"세상에 글 잘하는 사람이 없어 이런 애들도 과거에 합격한단 말인가."

부인이 남편을 대신하여 편지를 쓰더라도 그것이 부인의 손에서 나온 줄 알지 못할 정도로 뛰어나 임금에게까지 이름이 알려졌다. 임금이 검은 비단 여덟 폭을 내려주며 부인의 글씨를 구하여, 부인의 글씨가 더욱 세상에 중시되었다. 시집詩集은 병란에 없어져 남은 시는 20여 수뿐이다.

부인에게는 기이한 영험이 많았다. 목욕재계하고 의복을 단정히 차려입고 병풍 안에 누우면서 집안사람들에게 자신을 깨우지 말라고 주의를 주었다. 얼마 뒤 숨이 끊어졌는데, 상당한 시간이 지나 곁에 있는 사람이

부르며 깨우자 곧 숨을 내쉬면서,

"왜 깨웠느냐?"

하는데, 정신과 기운이 평상시와 같이 생기가 있었다. 이는 마치 도인導引
이나 내시內視[2] 같은 것이다.

아플 때마다 허공을 향해 대화를 나누고는 손을 들어 물건을 집어 삼키
는 행동을 하였는데, 그런 뒤엔 바로 병이 나았다. 주위 사람이 이상하게
여겨 엿보니, 봉선화 씨앗 같은 향기가 아주 강렬하게 풍겨 시간이 오래
지나도 계속 남았다. 이름을 물어보니 '석중탄石中彈'이라 하고, 어디에서
얻었느냐고 하면 '하늘이 주었다'고 하였다. 후손이 잘못하여 그 하나를
삼킨 적이 있었는데, 맛이 시면서 달아 매우 희한하였다. 부인이 이 사실
을 알고 안타까워하며,

"그것은 보통 사람이 먹을 수 있는 것이 아니니, 네 목숨은 분명 오래
가지 못할 게다."

하였는데, 과연 부인의 말과 같이 되었다.

부인은 병에 걸려 눈을 감고 혼미한 정신에 중얼거리는 듯하기도 하였
는데, 사실은 『주역』을 외우는 것이었다. 길하거나 흉한 일에는 반드시 꿈
의 징조가 있어 모두 들어맞았다. 문안인사를 하러 오는 자질子姪과 친척
이 문 밖에 도착하면 부인은 항상 먼저 알고 들어오라고 재촉하였다.

부인이 죽은 뒤 제사를 지낼 때 삼가지 않거나 정결하지 않은 자손과
종들은 갑작스럽게 병에 걸리곤 하였다.

『연경재집』

[부록]

여성 도인道人에 관한 다른 기록이 홍만종의 『순오지』에도 한 편 전해진다.

은풍현殷豊縣에 사는 효산孝山의 손녀는 젊었을 때 들판을 걸어가다가 이상한 풀을 보고 뽑아 먹었는데, 그 뒤로부터는 아무것도 먹지 않아도 배가 고프지 않았다. 그래서 그녀는 날마다 냉수만 마실 뿐, 아무것도 입에 대지 않을 뿐만 아니라, 숭늉 역시 먹지 않았다. 숭늉을 먹지 않은 이유는 숭늉에서 풍기는 곡식 냄새가 싫었기 때문이다. 이렇게 아무것도 먹지 않았건만 얼굴의 윤택한 빛은 조금도 변하지 않았고 걸음걸이는 나는 듯했다고 한다. 그러나 만일 은풍 땅 여자가 선도仙道를 닦았더라면 백일비승白日飛昇[3]이 무엇이 어려웠으랴.

1) 이석형李石亨(1415~1477)의 본관은 연안, 자는 백옥伯玉, 호는 저헌樗軒이다. 대사헌을 거쳐 경기도 관찰사를 겸하였다. 1470년에 중추부판사로 이듬해 좌리공신 4등에 책록되고 연성부원군延城府院君에 봉해졌다. 문장과 글씨에 능하였다.

2) 도인導引은 신선이 되거나 오래 사는 양생법養生法의 하나로, 신체의 운동과 호흡법을 말한다. 내시內視는 눈으로 외물外物을 보지 않고 귀로 밖의 소리를 듣지 않는 것으로 자신의 정기精氣를 단련하는 양생법의 하나이다.

3) 백일비승白日飛昇이란 도교에서 득도한 후에 백주대낮에 하늘로 날아올라 신선이 되는 것을 말한다.

길녀 吉女

길녀는 향관의 서녀 출신으로 고아로 자란 불우한 여성이다. 하지만 자신을 강제 혼인
시켜 이익을 챙기려는 당숙 부자와, 첩으로 삼으려는 고을 원에게 식칼을 들고 대담하
게 항거하며 꾸짖는 강인한 여성이기도 하다. 그리고 길녀는 자신이 처해 있는 상황을
여론화함으로써, 자신의 항거를 정당화시킨다. 주변의 어려운 상황에 순응하지 않고 적
극적으로 해결해나가는 여성상을 잘 보여준다.

길녀는 관서關西 영변寧邊의 여자이다. 그 아버지는 본래 읍내의 향관
鄕官이었는데 길녀는 서녀로 태어났다. 부모를 모두 여의고 삼촌의 집에
의탁해 살았다. 나이 스물이 되도록 시집을 못 가고 길쌈과 바느질로 자
신의 생계를 마련하였다.

예전에 경기도 인천에 사는 신명희申命熙란 사람이 소년 시절에 이상
한 꿈을 꾼 적이 있었다. 어떤 노인이 대여섯 살쯤 되어 보이는 계집애
를 데리고 오는데, 얼굴에 입이 11개나 달려 있어 매우 해괴했다. 그 노
인이 신생申生에게 말하였다.

"이 아이가 나중에 자네의 짝이 되어 백년해로할 것일세."

깨어보니 참으로 이상한 꿈이었다.

신생은 사십여 세가 넘어 상처喪妻하고 집에 안주인이 없어 처량한 마
음으로 소실을 들이려 해도 매양 일이 어긋나기만 하는 것이었다.

마침 친구가 영변 부사寧邊府使로 있어 신생이 놀러갔다. 어느 날 꿈에
전에 본 노인이 또 입이 11개 달린 여자를 데리고 오는데 이제는 다 큰
처녀이다.

"이제 장성했으니, 곧 자네에게 시집갈 것이네."

신생은 더욱 이상히 여겼다. 그때 내아內衙(관아의 안채)에서 아전에게 명하여 세포細布를 사들이라 했더니, 아전이 말하였다.

"읍내 한 향관의 처자가 짜는 세포가 최상품으로 우리 고을에서 유명하지요. 지금 짜고 있는 베를 곧 끊는다고 하니, 우선 기다리소서."

이윽고 그 베를 사가지고 오니, 바리 안의 가는 올이 섬세하고 정결한 것이 세상에 드문 물품이었다. 이를 본 사람들은 입에 침이 마르도록 칭찬하였다.

신생은 그 베를 짠 처녀가 서녀라는 말을 듣고, 그 여자에게 은근히 마음을 두었다. 신생은 읍내 사람 중 그 여자의 집과 절친하게 지내는 사람을 잘 사귀어 그 사람을 통해 중매를 서게 하니, 그녀의 삼촌도 좋게 여겨 신생은 즉시 폐백을 보내고 예를 갖추었다. 신생이 그 집에 가서 신부를 맞으니, 베만 잘 짜던 것이 아니고 아름다운 용모에 품행도 우아하여 서울의 대가집 여식 같았다. 신생은 기대에 넘쳐 기뻐하였고, 꿈에 본 입 열 한 개(十一口)는 바로 '길吉' 자임을 깨닫고 하늘이 점지해 준 인연임을 깊이 감동하여 정분이 더욱 두터워졌다.

그런데 신생은 몇 달 지내다가 곧 데려가겠다는 기약을 남기고 고향으로 돌아갔다. 고향에 돌아가서는 여러 일에 얽매어 이럭저럭 3년이 지나도록 약속을 이행하지 못하고 천여 리 타관에서 소식마저 갑자기 끊어졌다.

길녀의 여러 일가붙이들이 모두 신생은 못 믿을 사람이라 욕하며 그녀를 다른 사람에게 팔아 시집 보내려고 꾀하였다. 길녀는 몸가짐을 더욱 조심하여 문 밖 출입도 살펴가며 했다.

길녀가 사는 곳과 운산雲山의 고개 하나 사이로 운산 쪽에 길녀 당숙이 살고 있었다. 그때 운산 고을의 원은 젊은 무관이었다. 그 원이 소실을 하나 두려고 읍내 사람에게 알아보던 중이었다. 당숙이 길녀를 바치려고 관청에 들락거리며 면밀히 일을 꾸몄다. 벌써 날까지 잡아놓고 원에 부탁해서 채단采緞[1]을 끊어다가 길녀에게 보내어 혼수 의복을 짓게한 다음, 당숙이 직접 찾아가서 은근히 지내는 형편을 묻고서 길녀에게 말하였다.

"자식 장가들일 날이 며칠 안 남아서 신부의 옷을 지어야겠는데, 집에 바느질할 사람이 없구나. 네가 잠깐 와주겠느냐?"
"신 서방이 감영에 와 있다는군요. 저의 나들이는 그 사람의 말을 들어야겠어요. 아저씨 댁이 가깝다지만 그래도 고을이 다르니, 제 마음대로 출입하지 못하겠습니다."
"그럼 신 서방 허락이 있으면 와서 좀 도와주겠느냐?"
"그러지요."

당숙은 자기 집으로 돌아가서 신생의 글인 양 위조하여 친족간에 화목이 중요하니, 어서 가서 도우라는 내용의 편지를 보냈다.
당시 판서 조관빈趙觀彬[2]이 평양 감사로 있었는데, 신생이 감사와 인척이기에 손님으로 와서 묵고 있었으나, 당숙은 신생이 오래도록 발을 끊은 게 이미 길녀를 버린 것이라 여기고 감히 이런 일을 꾸민 것이었다.
길녀는 가짜 편지를 받고 하는 수 없이 당숙 집으로 가서 바느질을 하였다. 며칠이 지나도 길녀는 그 집안 사내들과 단 한마디 말도 건네지 않았고 오직 일에만 열중하였다.
하루는 당숙이 운산 고을의 원을 모셔다가 한번 길녀를 엿보게 하여 자기 말을 확신시키려 했다. 길녀는 원님이 온다는 말은 들었지만, 설마 이런 흑막이 있을 줄 알았겠는가. 날이 저물어서 불을 켜는데 당숙의 큰아들이 길녀에게 수작을 걸었다.

"누님, 노상 벽을 마주보고 등불 옆에 앉았으니 웬일이오. 여러 날 수고했으니, 쉬어가며 하세요."
"난 피곤한 줄 모르겠어. 그대로 앉아서 이야기해. 귀가 있으니 들을 수 있잖아?"

그 아들이 희롱하며 길녀를 붙잡고 돌려 앉히려 하는 것이었다. 길녀가 정색을 하고 화를 냈다.

"가까운 친척간이지만 남녀가 유별한데, 왜 이다지 예의 없이 구느냐?"

이때 원이 문틈에 눈을 대고 있다가 길녀의 얼굴을 보고 무척 기뻐했다. 길녀는 분한 김에 뒷문을 밀고 툇마루로 나가서 잔뜩 분통이 터져 있는데, 앞마루 쪽에서 어떤 남자의 소리가 들렸다.

"저런 미색은 난생 처음일세. 서울의 미인도 저만하지 못하네."

길녀는 그제서야 원님과 모종의 음모가 있음을 알고 기가 막히고 정신이 아득하여 쓰러졌다가 한참만에 일어났다. 날이 밝자 길녀는 집으로 돌아가겠다고 뿌리치고 나섰다. 이때서야 당숙은 사실대로 이야기하였다.

"저 신 서방이란 자는 가난뱅이요, 나이가 많아 곧 죽을 사람이다. 게

다가 집은 멀고 한번 가서 오도가도 않으니 너를 버린 게 분명해. 너같이 젊고 고운 자태는 부잣집으로 시집가는 것이 사리에 온당하지 않겠느냐. 우리 고을 원님은 젊고 이름난 무인이고, 전정이 만리라. 네가 아무런 가망도 없는 사람을 기다리다가 신세를 그르쳐서야 되겠느냐."

당숙은 달콤한 말과 거짓말로 유혹하기도 하고 협박하기도 하였으나, 길녀는 분한 생각이 치밀어올라 맹렬히 대들어 서녀인 자신의 신분을 뒤돌아보지 않았다.

당숙은 어찌할 수 없었고, 또 운산 원에게 죄를 받을 것이 두려워 아들들과 상의하여 일제히 나서서 길녀를 앞뒤에서 잡고 밀어 골방에 가두었다. 문에 자물쇠를 단단히 채우고 겨우 음식이나 넣어주며 혼인날이 되면 길녀를 협박해서 보낼 작정이었다. 길녀는 울부짖고 욕설을 퍼부으며 여러 날 음식을 입에 대지 않아 초췌해지고 기운이 소진되어 몸조차 제대로 가누지 못했다.

방 안에 있는 생마生麻를 보고 가슴에서 다리까지 전신을 칭칭 동이고서 앞으로 닥칠 신상의 위협을 막으려 하였다. 그러다가 마음을 고쳐먹었다.

'도적놈의 손에 죽느니 차라리 내 손으로 도적놈을 죽여서 죽어도 원수를 갚아야지. 그러자면 억지로라도 밥을 먹어서 기운을 차려야 하지.'

처음 길녀가 갇힐 때 마침 식칼 하나를 주워서 허리춤에 숨겨두었는데 아무도 모르고 있었다. 길녀는 계책을 정하고 당숙에게 말했다.

"기진맥진해 죽겠어요. 시키는 대로 할 테니 우선 먹을 것이나 많이 주세요. 주린 배를 채우게."

당숙은 미심쩍어 하면서도 우선 반가워 밥을 많이 담고 반찬을 걸게 하여 뚫어놓은 구멍으로 식사를 들여보내며 온갖 방도로 달래었다. 길녀는 밥을 먹은 지 이틀 만에 다시 기운을 차렸다.

그날 밤이 혼인날이었다. 원이 사랑채에 와서 기다리니, 당숙은 문을 열고 길녀를 나오게 하였다. 길녀는 방 안에서 움츠리고 있다가, 문이 열리자 식칼을 들고 뛰어나와서 냅다 찔렀다. 그러자 큰아들이 비명을 지르며 나가떨어졌다. 길녀는 크게 외치고 남녀노소 가릴 것 없이 마구 칼을 휘두르며 이리저리 부딪치니, 누가 감히 막을 수 있겠는가! 이마가 터지고 면상이 찢어져 유혈이 땅에 낭자한데, 어느 누구도 길녀를 막아설 장사가 없었다.

운산 원이 이 광경을 보자, 정신이 빠지고 간담이 떨어져 문 밖으로 도주할 겨를도 없이 문고리만 붙잡고 벌벌 떨고 있었다. 길녀는 문짝을 발길로 걷어차서 짓밟고는, 손과 발을 동시에 날려 창살을 쳐서 문짝을 부수어버렸다. 그리고 길녀는 운산 원을 큰 소리로 꾸짖었다.

"나라의 두터운 은혜를 받아 이 고을을 다스리고 있으니, 백성을 사랑하고 임금님께 보답해야 하는데, 도리어 백성에게 잔학하게 하고 여색을 탐한 나머지 흉악한 읍민과 결탁하여 양반의 소실을 겁탈하려 하니, 개나 돼지도 하지 않는 짓이다. 이는 천지간에 용납받지 못할 일이다. 어차피 네 손에 죽을 목숨, 내가 먼저 네 놈을 죽이고 죽겠다."

말이 칼날처럼 매섭고 서릿발같이 준열하였다. 꾸짖는 소리가 사방에 쩌렁쩌렁 진동하여 구경꾼이 집을 여러 겹으로 에워쌌다. 이들 모두 혀를 차며 칭찬하지 않는 이가 없었다. 그녀를 위하여 팔을 걷어붙이는 사람도 있었고, 눈물까지 흘리는 사람도 있었다.

이때 당숙 부자는 몸을 숨기고 코빼기도 내밀지 못하였고, 원 혼자 방에서 그녀 앞에 엎드려 머리를 조아리고 절하며 애걸복걸했다.

"실은 부인의 정절이 이처럼 굳고 저 자가 이런 나쁜 놈인 줄 전혀 몰랐소. 이 나쁜 놈을 죽여서 사죄하겠으니, 부인은 제발 용서해주시오."

곧 아전을 불러 당숙을 잡아오게 하였다. 원은 당숙 부자가 잡혀오자 홧김에 호령하며 몽둥이로 매우 치라고 하여 혈육이 낭자할 지경이 된 뒤에야 겨우 문을 빠져나와 코를 싸매고 관청으로 돌아갔다.

그때 이웃사람이 길녀의 집에 기별해주어서 즉시 와서 데려갔다. 길녀는 그 사실의 전말을 적어서 신생에게 기별했다. 감사까지 보고를 받고는 크게 진노했다. 그때 영변 부사는 같은 무인이기에 운산 원의 부탁으로 그녀가 식칼을 휘둘러 사람에게 상해를 입혔다고 감영에 보고하고, 엄히 치죄할 것을 청했다. 감사는 영변 부사에게 공문을 보내 엄중히 질책하는 동시에 운산 원을 파직시켜 종신 금고형에 처하고, 당숙 부자는 잡아와서 엄히 형벌을 가하고서 절해고도絶海孤島로 유배 보냈다. 그리고 성대하게 길녀를 감영으로 맞이해 와서 크게 칭찬하고 많은 상을 내렸다.

신생은 즉시 길녀와 서울로 올라와 애오개(아현阿峴)에서 살다가 몇 년 뒤 인천 옛집으로 돌아갔다. 길녀는 집안을 근면하게 다스려 부유한 생활을 누렸다.

『파수편』[3]

1) 채단采緞은 혼인할 때 신랑집에서 신부집으로 미리 보내는 푸른색과 붉은색의 비단을

말한다. 치마나 저고릿감으로 사용한다.

2) 조관빈趙觀彬(1691~1757)의 본관은 양주楊州, 자는 국보國甫, 호는 회헌悔軒, 시호
는 문간文簡이다. 1714년 증광시 문과에 병과로 급제하고, 1720년 대사간 · 대사성 ·
승지를 거쳐 이듬해 이조 참의에 올랐다. 1723년 신임사화에 화를 당한 아버지에 연좌
되어 유배되었다가, 이후 대사헌으로 신임사화를 논핵하였다. 저서로 『회헌집』이 있다.

3) 『파수편破睡篇』은 '잠을 깨는 이야기책'이라는 뜻이다. 저자는 알 수 없으나, 서문에
임술년(1742년으로 추정됨)으로 되어 있다.

홍도 紅桃

이 일화는 전란과 그에 따른 가족의 이산, 그리고 재회를 축으로 이야기가 전개된다. 전쟁으로 평범한 서민 가정의 삶이 송두리채 파괴되었으나, 부부애와 가족애를 통해 슬기롭게 이를 극복해나간다. 특히 여성 주인공 홍도와 그 며느리의 파란만장한 여정과 강인한 의지가 인상적이다. 전쟁이 주요 배경이지만, 이 일화에서 영웅적인 행동은 전혀 보이지 않는다. 홍도 이야기는 조위한趙緯韓(1567~1649)이 지었다는 「최척전崔陟傳」과 모티프가 비슷하다. 임진왜란과 병자호란은 동아시아의 조선·중국·일본이 서로 얽혀 있는 국제전으로, 문학에서도 서사의 지평이 조선 밖을 넘어 국제적으로 넓어지는 계기가 되기도 하였다.

    ·

남원南原에 이름은 모르는 정생鄭生이란 사람이 살았다. 소년 시절 퉁소를 잘 불고 노래도 잘했다. 성격이 호탕하여 어느 하나에 얽매이지 않았으나, 공부에는 게을렀다. 같은 마을에 홍도紅桃라는 딸을 가진 양인良人 집안에서 혼처를 구하였다. 두 집안에서 혼담이 오가고 혼인 날짜가 임박했는데, 홍도의 아버지가 정생이 무식하다는 이유로 혼담을 물리려 하자, 홍도가 부모에게 이렇게 말하였다.

"혼인이란 하늘이 정해준 인연입니다. 혼담이 결정되었으니, 처음 정한 사람을 중도에 저버려서야 되겠습니까."

아버지는 홍도의 말을 듣고 느낀 점이 있어 정생과 혼인시켰다. 2년 뒤 아들을 낳아 몽석夢錫이라 이름을 지었다.

만력萬曆 임진왜란 때 정생은 사군射軍[1]으로 왜적을 막았다. 정유년 (1596) 총병總兵 양원楊元이 남원성을 방어할 때 정생은 성 안에 있었고 남장한 홍도는 남편 정생을 따라갔다. 하지만 군대에서는 이 사실을 알지 못했다. 아들 몽석은 할아버지를 따라 지리산으로 피난을 갔다.

남원성이 함락되어 정생이 총병을 따라 빠져나오다가 홍도와 헤어졌는데, 홍도가 명나라 군대를 따라갔을 것이라 여겼다. 그리하여 정생은 명나라 군대를 따라 이리저리 다니며 중국까지 들어갔다. 절강까지 돌아다니며 아내를 여기저기서 찾아다녔다.

하루는 천관天官 도주道主와 함께 절강의 배에 올라 달밤에 통소를 부니, 가까이에 있던 이웃 배의 어떤 사람이 말했다.

"이 통소 소리는 전날 조선에서 들은 곡조와 비슷하구나."

이 말을 들은 정생이 혹시나 하며, '혹시 아내 홍도가 아닐까. 아니라면 어떻게 이 곡조를 알지?' 하면서 전에 아내와 함께 서로 주고받으며 부르던 노래를 다시 읊었다. 그 사람이 손바닥을 치며 부르짖었다.

"내 남편이 맞구나."

이 말을 들은 정생은 마음을 진정하지 못하고 바로 작은 배로 따라가려 하니, 도주가 한사코 말렸다.

"저 배는 남만南蠻의 상선이니, 왜인과 뒤섞여 있을 것이네. 지금 가 봐야 아무 소용이 없고 도리어 해만 입을 걸세. 새벽을 기다리면 내가 처리해주겠네."

날이 밝자 도주가 수십 냥의 돈과 집안의 일꾼 몇 사람을 같이 보내 그 사람을 찾으니, 과연 아내 홍도였다. 서로 손을 잡고는 목이 쉬도록 통곡하니 배 안의 사람들이 놀라워하고 모두 슬퍼 탄식하였다.

남원성이 함락되었을 때 홍도는 왜인에게 사로잡혀 일본으로 끌려갔는데 일본인들은 홍도가 남자 옷을 입은 것을 보고 여자인 줄을 전혀 눈치채지 못해 남자가 하는 일에 충원했다. 그러다가 이리저리 팔려 상선商船을 따라다녔다. 홍도는 남자가 하는 일 중 할 수 있는 일도 있었고 할 수 없는 일도 있었는데, 배 젓는 일을 잘 도왔다. 홍도가 남만에서 절강까지 온 것은 내심 조선으로 돌아가고자 해서였다.

정생이 홍도와 살게 되자, 절강 사람들은 모두 가엾게 여겨 각기 은전과 쌀을 주어 그걸로 입에 풀칠을 하였다. 그 뒤 아들 몽진夢眞을 낳았는데 나이 열일곱이 되자 혼처를 구하였지만, 조선인이기 때문에 중국인은 승락하지 않았다. 그러던 중 어떤 중국 처녀가 몽진과 혼인하기를 청하였다.

"제 아버지는 임진란 때 구원병으로 조선에 갔다가 돌아오지 못했습니다. 저는 이 사람과 결혼해 조선에 가서 아버지가 돌아가신 곳을 보고 아버지의 혼이나마 불러 제사를 지내고 싶습니다. 아버지께서 돌아가시지 않았다면 혹시나 다시 만날 수도 있겠지요."

그리하여 몽진에게 시집와서 살았다.

무오년(1618) 북쪽 정벌²⁾에 정생은 유정劉綎의 군대에 편입되었다. 오랑캐를 정벌하다가 유정이 패하여 죽고, 오랑캐 병사들이 명나라 군사를 거의 섬멸하였다. 이때 정생은 크게 소리치며 말했다.

"나는 중국인이 아니라 조선인이오!"

오랑캐 병사가 이 말을 듣고는 죽이지 않고 풀어주었다. 정생은 조선으로 탈출하여 남원으로 내려가던 중 공홍도公洪道(충청도) 이산현尼山縣에 이르러 다리가 부어 침의針醫를 찾았는데, 그 의원은 원래 명나라 군사로 옛날 철군할 때 조선에 남게 된 사람이었다. 의원의 성명과 살던 곳을 물으니, 바로 몽진의 장인이었다. 그동안의 사정을 물어보며 서로 부여잡고 통곡을 하였다. 함께 남원으로 돌아가 옛날 살던 곳을 찾아가보니, 지리산으로 피난 갔던 아들 몽석이 옛집에서 아내를 얻어 자식을 낳아 살고 있었다. 정생은 아들도 만났고, 또 아들의 장인을 만나 차츰 적적한 마음을 위로하였지만, 홍도와 만났다가 다시 헤어져 울적하였다.

일 년이 지난 뒤 홍도는 살림살이를 여기저기 팔아 작은 배를 장만하여 아들 몽진과 중국인 며느리와 함께 중국 · 일본 · 조선 세 나라의 복장을 만들어서 절강을 떠났다. 중국인을 만나면 중국인, 일본인을 만나면 일본인이라 했다.

한 달 이십오 일을 가다가 제주濟州 추자도楸子島 바깥 바다의 가가도佳可島에 정박했는데 양식을 보니 겨우 칠 홉 정도밖에 없었다. 홍도가 몽진에게 말했다.

"배에서 굶어 죽는다면 결국 물고기 밥밖에 더 되겠느냐. 차라리 섬에 올라가 목을 매고 죽자."

그러자 며느리가 한사코 만류하였다.

"우리가 한 홉의 쌀로 죽을 끓여 마시면 하루의 굶주림은 요기할 수 있으니, 충분히 엿새는 더 버틸 수 있습니다. 더구나 동쪽 저 멀리 육지가 있는 듯하니 더 견디며 살아야 합니다. 다행히 지나가는 배를 만나 육지에 다다른다면 십중팔구 살아날 수 있을 것입니다."

홍도는 며느리의 말을 따랐다. 5~6일이 지나자 통제사統制使[3]의 사수선斜水船(경계 지역을 순찰하는 배)이 물을 가로질러 다가왔다. 홍도가 남편과 남원에서 서로 헤어진 연고와 절강에서 재회한 일이며, 남편이 북쪽으로 오랑캐를 정벌하러 가는 명나라 군대에 편입되어 죽은 사연을 말해주니, 배 안에 있던 사람들이 그 이야기를 듣고 슬퍼하였다. 그리고 홍도의 작은 배를 사수선 끝에 매달고 가서 순천에 내려주었다.

홍도가 아들과 며느리를 데리고 남원의 옛 집터를 찾아가니, 남편과 아들 몽석 그리고 몽진의 중국인 장인이 함께 살고 있었다. 온 가족이 무사할 뿐만 아니라 혼인하여 아무 탈이 없이 잘 살고 있어 더없이 화락하고 즐거웠다.

『어우야담』

---

1) 사군射軍은 조선 후기의 삼수군三手軍 가운데 화살을 잡고 싸우던 군사 조직이다. 지방의 속오군에서는 삼수군 중 가장 손쉽게 충원할 수 있었던 사수가 가장 큰 비중을 차지하였다.
2) 명나라는 세력을 팽창시키던 후금을 저지하기 위해 만주 무순撫順에 출정하여 전쟁을 벌였다. 조선에서는 명나라의 요청으로 강홍립姜弘立을 도원수로 삼아 2만 명의 병사를 파견하였다. 결국 명과 조선의 연합군이 후금에 대패하여 이 전투를 계기로 중원의 패권을 후금에 넘겨주었다.
3) 통제사統制使는 삼도통제사三道統制使로, 충청·전라·경상 삼군의 수군을 통솔하기 위해서 둔 무관직이다.

원문

검녀 劍女

丹翁曰: 聞之湖南人曰: 蘇凝天進士, 有聲於三南, 擧以奇士目之.
一日, 有一女子, 拜見而曰: "竊聞盛名, 久矣. 欲以薄軀, 得侍巾櫛,
倘蒙俯許否?" 凝天曰: "汝不改處子之儀, 然而自薦于丈夫, 則非處
子之事也. 豈亦人隷乎, 倡家之女乎? 亦旣事人, 而姑未改未笄之狀
乎?" 對曰: "人隷也, 而主家已無噍類, 無所於歸. 抑有一段情願, 不
欲仰望凡子而終身, 故男服而行世, 不自輕汚. 竊擇天下之奇士, 而自
薦于座下矣." 凝天, 納之爲妾, 與居數年. 其妾忽具猛酒嘉膳, 乘閒夜
月明, 而自叙其平生曰: "身是某氏之婢也, 而適與主家娘子, 同歲而
生, 故主家特與娘子而爲使, 使爲將來嫁時轎前婢. 年僅九歲, 而主家
爲勢家所滅, 田園盡爲所奪, 而只餘娘子與乳姆, 逃匿他鄕, 隷而從
者, 唯此一身耳. 娘子纏蹻十歲, 而與賤身謀爲男裝, 而遠遊求劍師.
經二年, 始得之, 學舞劍, 五年, 始能空飛往來. 鬻技於名都會, 得累
千金, 以買四寶劍. 乃之讎家, 爲將鬻技者, 而乘月舞之, 飛劍所割,
頃刻數十頭, 而讎家內外, 皆已赫然血斃矣. 遂飛舞回來, 而娘子沐
浴, 改爲女服, 設酒饌, 以復讎告于先墓, 而囑賤身曰: '吾非吾親之
男子, 雖生存於世, 終非嗣續之重, 而男裝八歲, 方行千里, 縱不汚身
於人, 寧爲處子之道乎. 欲嫁必無所售, 使得售, 何得稱意之丈夫哉.
且吾家單子, 絶無强近之親, 誰爲吾主婚者耶? 吾卽自刎而伏於此.
汝其賣我兩寶劍, 而葬于此, 使得以微骸, 歸于父母之兆, 吾無恨矣.
汝則人役也, 處身之道, 與我不同, 不可從我而死也. 葬我之後, 必廣
遊國中, 而審擇奇士, 爲之妻妾也. 汝亦有奇志傑氣, 豈其甘心低眉於
凡子者乎!' 娘子卽伏劍. 賤身賣兩劍, 得五百餘金, 卽葬娘子, 而以
所餘, 買土田, 使可繼香火. 不改男裝而浮遊三年, 所聞名高之士, 莫
如座下, 故自獻其身, 得侍下塵, 而竊瞷座下所能, 乃文章小技, 及星

曆律算祿命卜筮符籙圖讖等小術, 而若處心持身之大方, 經世範後之
大道, 則邈乎其未之及也. 其得奇士之名, 無已太過乎? 夫得過實之
名者, 雖在平世, 亦難自免, 況於亂世哉. 座下愼之, 其得全終, 必不
易矣. 願自今無居深山, 而隤然闒然, 處全州大都會, 敎授吏胥子弟,
以足衣食而已. 無他希覬, 則可免世禍矣. 賤身旣知座下之非奇士, 而
要終身仰望, 則是負宿心, 而兼負娘子之命也. 故明曉辭決, 而將遊於
絶海空山矣. 男裝尙在, 飄然更着而遊, 寧復爲女子, 低眉斂手於飮食
縫紉之事乎? 顧三年昵侍之餘, 不可無留別之禮, 且平生絶藝, 不可
終閟而不一見於座下. 座下其强飮此酒, 壯其膽魄, 得以詳看之"凝
天大驚, 而枳然嘿然, 不能開一語, 只受所擎之杯. 旣滿平時之量, 止
之. 其女曰: "劍風甚列, 而座下精神不强, 將倚酒力而支持, 非洽醉,
不可." 更勸十餘杯, 亦自飮斗酒. 旣酣暢而發其裝, 靑氈巾·紅錦
衣·黃繡帶·白綾袴·斑犀韡, 皎然蓮花劍一雙. 渾脫女襦裳, 而改
服單束, 再拜而起. 翩然若輕燕, 而瞥然騰劍, 竦身挾之. 始也四撒,
花零氷碎, 中焉團結, 雪滾電鑠, 末乃翶翔, 鶻擧鶴鷟. 旣不可見人,
而亦無由見劍. 秪見一段白光, 撞東觸西, 閃南掣北, 而颯颯生風, 寒
色凍天. 俄叫一聲, 耆然割庭柯, 而劍擲人立, 餘光剩氣, 冷遍於人.
凝天初猶堅坐, 已而顚縮, 終則頹仆, 殆不省事矣. 其女收劍更衣, 煖
酒爲懽, 凝天乃得蘇. 明曉, 其女男裝而果辭去, 漠然不知其所向云.

『雪橋漫錄』

다모 김 조이 金召史

金召史, 京兆府茶母也. 歲壬辰, 畿甸·湖·海三路大饑, 京兆禁大
小民無得釀酒. 犯者分重輕以配以贖. 吏故匿不捕釀, 罪其吏罔攸赦.

於是, 吏患無以急捕, 罪且及己, 敎民潛告奸. 告者許分罰金十之二,
以故, 告者益衆, 吏發摘如神. 一日, 京兆吏隸, 至南山下某衖, 隱身
窮僻處, 招茶母, 指略杓邊第幾家, 曰: "此班戶. 吾不敢直入. 爾第入
內舍, 搜其棄, 捕釀, 大呼, 吾且踵入." 茶母如其言, 鵲行入搜奧, 果
有缸恰受三升許, 桑落新醱醅. 茶母挽缸出, 主媼驚怵仆地, 眼眶落
光, 口角吐涎, 四肢麻木, 面靑氣絶. 茶母捨缸抱媼, 急把熱湯, 灌其
口. 少頃乃甦, 茶母叱曰: "朝令何如而身爲班犯禁, 何也?" 主媼謝
曰: "吾家老生員素抱宿疴, 斷飮以來, 食不下咽, 病以益痼, 自秋徂
冬, 絶火者屢日. 昨乞得數升米, 爲老人調病地, 不得已冒悚犯釀. 豈
料見捕? 萬望善心, 菩薩惻隱, 看我情, 願結草." 茶母心憐之, 抱缸,
瀉埃中灰. 持磁椀出門, 隸問: "捕否?" 茶母笑曰: "釀未捕, 尸將出."
徑造豆粥肆, 買一椀, 歸遺主媼曰: "吾哀媼不火, 故進之." 仍問: "誰
知此地潛釀?" 媼曰: "米也老身舂. 麴也老身和. 老身守, 老身爐, 人
無知者." 茶母曰: "然則賣於何人?" 媼曰: "老身爲老生員調病地釀
耳. 缸大厪容數椀, 苟賣於人, 將何餘瀝, 及吾老生員. 白日在上, 實
不相瞞." 茶母曰: "誠如是, 人有得嘗者否?" 媼曰: "少生員, 吾叔也.
昨朝適往省楸, 貧家不能炊蚤飯, 空腹發行, 故吾手斟一甫兒勸之, 此
外更不許他人飮." 茶母曰: "敢問少生員·老生員, 是同胞昆季麼?"
媼曰: "然." 茶母曰: "少生員年紀多少何如, 狀貌肥瘦何如, 身長幾
尺, 髥生幾莖?" 媼隨問俱對. 茶母曰: "理會得." 遂出謂隸曰: "班家
實無釀. 主媼見我, 驚倒氣塞, 吾恐嚇殺媼, 待甦方出, 故遲遲耳." 隨
隸之府中, 少生員負手, 彷徨十字街上, 待隸回. 容貌一如主媼指. 茶
母舉手, 打其頰, 罵唾曰: "若, 兩班耶! 兩班, 告嫂潛釀, 要喫告奸例
受錢耶!" 大驚一街人, 環觀如堵墻. 隸怒曰: "爾胡受主媼賕, 騙我潛
匿釀, 反罵告者." 捽茶母, 詣主簿前告. 主簿詰問茶母, 茶母白其狀.
主簿陽怒曰: "爾匿釀罪難貸, 笞二十." 酉罷衙, 主簿從須(容)召茶母,

給錢十緡曰:"爾匿我宥, 法不立. 故笞之. 然爾義人也. 吾嘉之, 故賞之." 茶母持錢, 夜往南山下某班家, 與主媼曰:"我瞞告官, 宜受笞. 然微媼釀, 賞何從生. 故以賞歸之媼. 吾見媼一寒如此, 持千錢, 半買柴半買米, 足以過冬免飢寒, 愼勿復釀." 主媼且慚且喜, 謝曰:"誠荷茶母見憐, 我免納贖, 亦足何顔受賞." 固辭. 良久, 茶母棄錢至媼前, 不願而去.

「茶母傳」『朗山文稿』

무당 할미 巫醫

湖南全州府, 有巫嫗. 其神自稱新羅孫學士, 通軒岐術. 時從鄕村下戶, 爲人療病, 而其所用方, 多古今醫書之所不載也. 巫隸名官籍, 爲營巫女. 肅廟朝, 余外從祖完寧君李公, 爲湖南按使, 時大夫人黃氏隨子. 營衙有婢, 病積年, 柴削如鬼. 婢僕輩謂之赤毫症, 盖邪祟之類, 必死之疾也. 黃夫人召營巫, 欲使爲之禱賽. 巫請見病婢, 熟視良久曰:"呀! 此不當禱賽, 可藥以治之." 夫人曰:"藥已多矣, 悉無效. 奈何?" 對曰:"藥不對症耳. 小人將命藥." 卽製方曰: '五枝湯'桃枝·柳枝·桑枝·楮枝, 其一, 余忘之, 大抵皆治痰之料也. 曰:"以此五種, 不拘多少, 等分水煮頓服, 久當有效." 依其言試之. 始焉嗽出膠痰, 久而痰漸軟漸多, 或不嗽而自越, 日幾至數椀. 服之五六朔, 嗽止痰祛, 稍進飮食, 踰年病良已. 後太醫知事金某, 來客營中. 余外王考牧使公, 與諸營客燕語, 金亦與焉. 客有道此巫者, 金咤曰:"怪哉! 豈其然乎? 請召入, 吾將問之." 巫應召而至, 拜于庭下, 年可五十餘, 聳顙濶額, 長幹臞瘦, 形貌古怪. 金問曰:"若解醫術, 信乎?" 對曰: "然." 金哂曰:"可唉! 若何能知醫?" 巫植立直視曰:"醫惟吾能之.

如大監者, 少也粗能誦『入門』・『寶鑑』之屬, 今已冥然無一字矣." 金
咈然怒呵之曰: "賤嫗敢爾." 巫遽曰: "君有罪當死, 其知之乎? 先王
病患, 因君輩誤下藥, 竟致不諱, 此非死罪而何?" 蓋顯廟常苦火升,
甚則膈間煩懣, 面部紅漲. 內院諸醫, 雜試降火之劑, 而症候無所減,
以至于大漸. 金以首醫, 終始主張議藥者也. 聞此言, 色頗沮回腄面,
諸人嘻嘻而哂. 巫見其色沮, 卽攘臂突而前曰: "爲醫者, 雖尋常下賤
之病, 苟無明的之見, 不可妄投藥也, 況於君父之疾乎! 先王病患, 乃
傷寒彌留, 和解之則已矣, 降火之劑, 何爲也? 今言之已無及矣, 而吾
所以爲此言者, 欲以之懲於後也. 爾罪一切難贖, 而不自認罪, 享厚祿
而不辭, 耀金玉而自得, 於汝心何?" 咬牙厲聲, 目光如火, 張手頓足,
氣勢可怖, 有若太厲. 坐中出於不意, 驚惶辟易. 牧使公急呼皂隷, 驅
出門外. 金駭汗溢面, 口咕不能言者, 良久曰: "是底事幾乎被其歐
辱." 此事, 余奉聞於牧使公矣. … 其所謂醫無明的之見, 不可妄投藥
者, 尤爲醫門之至戒. 業醫人者, 皆宜書紳.

「巫醫」『雜記古談』

궁녀 한보향 韓保香

韓淑媛者, 名保香, 京師良家女子. 光海廢主時, 入內供奉, 廢主
徧狎諸宮姬, 每進環, 賞賜緞紬無數, 內司不能支. 淑媛輒辭曰: "女
工之家, 十日斷一匹布, 手足凍皲, 猶不得自衣. 今妾得此, 將奚爲."
癸亥, 靖社兵入大內, 燒咸春苑中積柴, 宮中火光觸天, 呼聲鼎沸. 廢
主方在通明殿, 與金・任二尙宮, 開小北門逃去. 廢主妃柳氏, 亡走匿
後苑魚水堂中, 淑媛及宮女十餘人從之. 靖社兵圍之數匝, 旣三日矣.
柳氏曰: "我豈終隱匿圖生者乎?" 令宮女出告, 皆怖. 淑媛自請往, 立

階上宣曰: "中殿在此, 不得無禮." 靖社兵少退, 將申公景禛下胡床拱手. 淑媛宣曰: "主上旣已失社稷, 新立者誰歟?" 曰: "昭敬王孫綾陽君矣." 淑媛曰: "今日之擧, 爲宗社乎, 爲富貴乎?" 曰: "前王斁滅彛倫, 宗社幾亡. 吾等興義兵, 撥亂反正, 豈意富貴." 淑媛曰: "兵以義名, 何爲逼前王之妃也?" 申卽馳白于上, 徹其圍. 事定, 宮中役使稀少, 倉卒無以備員, 召舊宮人無罪者, 充灑掃. 淑媛亦與焉. 淑媛旣入內, 復爲女官, 益盡心所事. 淑媛容貌端麗, 性淳謹. 仁烈王后甚愛之, 新進者多嫉之, 密言於后曰: "保香念舊主, 竊時時悲泣, 恐有變." 后聞之, 歎曰: "義人也." 立召之, 慰藉甚至曰: "國家興廢無常. 吾王賴天之靈, 雖得今日, 然安知後日不如前日之失之也. 汝今日之事我, 能如前日之事汝主, 吾之望也." 賜胡椒三斤曰: "椒者, 旋其烈也." 命爲保母曰: "汝秉心貞純, 可以保吾子也." 淑媛年八十餘卒.

「韓淑媛傳」『藫庭遺藁』

김만덕 金萬德

1.

萬德者, 姓金, 耽羅良家女也. 幼失母, 無所歸依, 托妓女爲生. 稍長, 官府籍萬德名妓案. 萬德雖屈首妓於役, 其自待不以妓也. 年二十餘, 以其情泣訴於官, 官矜之, 除妓案, 復歸之良. 萬德雖家居乎庸奴, 耽羅丈夫不迎夫. 其才長於殖貨, 能時物之貴賤, 以廢以居. 至數十年, 頗以積著名. 聖上十九年乙卯, 耽羅大饑, 民相枕死. 上命船粟往哺. 鯨海八百里, 風檣來往如梭, 猶有未及時者. 於是, 萬德捐千金, 貿米陸地, 諸郡縣棹夫以時至. 萬德取十之一, 以活親族. 其餘盡輸之官, 浮黃者聞之, 集官庭如雲. 官劑其緩急, 分與之有差, 男若女出而頌萬德之恩, 咸以爲活我者萬德. 賑訖, 牧臣上其事于朝, 上大奇之, 回諭曰: "萬德如有願, 無問難與易, 特施之." 牧臣招萬德, 以上諭諭之曰: "若有何願?" 萬德對曰: "無所願. 願一入京都, 瞻望聖人在處, 仍入金剛山, 觀萬二千峯, 死無恨矣." 盖耽羅女人之禁不得越海而陸, 國法也. 牧臣又以其願上, 上命如其願. 官給舖馬遞供饋, 萬德一帆踔雲海萬頃. 以丙辰秋, 入京師, 一再見蔡相國, 相國以其狀白. 上命宣惠廳月給糧. 居數日, 命爲內醫院醫女, 俾居諸醫女班首, 萬德依例詣內閤門, 問安殿宮. 各以女侍. 傳敎曰: "爾以一女子, 出義氣, 救饑餓千百名, 奇哉." 賞賜甚厚. 居半載, 用丁巳暮春, 入金剛山, 歷探萬瀑・衆香奇勝. 遇金佛, 輒頂禮, 供養盡其誠. 盖佛法不入耽羅國. 萬德時年五十八, 始見有梵宇佛像也. 卒乃踰鴈門嶺, 由楡岾, 下高城, 泛舟三日浦, 登通川之叢石亭, 以盡天下瑰觀. 然後還入京, 留若干日, 將歸故國, 詣內院告以歸, 殿宮皆賞賜如前. 當是時, 萬德名滿王城. 公卿大夫士, 無不願一見萬德面. 萬德臨行, 辭蔡相國, 哽咽曰: "此生不可復瞻相公顏貌." 仍潜然泣下, 相國曰: "秦皇・漢武, 皆稱海外有三神山. 世言我國之漢挐, 卽所謂瀛洲, 金剛, 卽所謂蓬萊. 若生長耽羅, 登漢挐, 斟白鹿潭水. 今又踏遍金剛, 三神之中其二, 皆爲若所包攬. 天下億兆之男子, 有能是者否? 今臨別, 乃反有兒女子刺刺態何也?" 於是, 叙其事爲「萬德傳」, 笑而與之.

「萬德傳」『樊巖集』

2.

万德, 全羅道濟州牧寡女也. 州在極南海中, 古乇羅國也. 今上甲寅乙卯, 歲大侵, 州民荐饑, 朝家雖船粟就哺, 餓殍相枕. 万德預居積數百斛, 至是出而賙之, 所全活甚多. 事聞于朝, 命下乇羅守臣, 問万德所欲願, 万德對: "無所願, 願一登天陛, 仰覿聖人, 因入金剛, 登毘盧

絶頂, 周覽万二千峰而歸." 上奇之. 丙辰秋, 命乘傳詣闕, 待敎內醫
院, 視斗食. 翌年丁巳春, 給廚傳, 遊金剛, 凡數易月, 還到京師. 於是,
万德名聞四方矣. 已而乞歸, 又乘傳還毛羅. 初万德入京師, 客尹相國
小婦所. 月餘, 以錢千五百往謝曰: "今則定館他所, 顧受惠宅上, 久
矣. 敢布鄙誠." 小婦笑曰: "吾豈食女望報邪?" 万德因齎去. 後値過,
候小婦, 小婦從容言曰: "聞門下僕使輩謂女旣齎錢入門, 小君固不
受, 獨不可與吾曹一日虞飲罷也. 誰謂万德女義俠?" 万德謝曰: "善
用財者, 簞食亦能濟餓人命, 否則糞土也. 錢千餘, 又豈特簞食也哉?"
京師惡少, 聞万德財雄, 欲藝狎之. 万德曰: "吾年五十餘矣. 彼非艶我
貌也, 艶我財也. 吾方且顚連之周恤不贍, 奚暇肥蕩子乎!" 拒絶之.

「万德傳」『五園集』

기녀 설중매 雪中梅

雪中梅, 松都名妓也. 太祖開國, 賜群臣宴于政府, 皆前朝舊臣也.
與宴妓雪中梅, 才貌過人, 而喜淫特甚. 某政丞, 醉而戲曰: "聞汝朝從
東家食, 暮從西家宿. 今夜, 亦爲老夫薦枕否?" 妓曰: "以東家食西家
宿之賤妓, 得侍事王氏事李氏之政丞, 則豈不宜耶?" 聞者酸鼻.

「雪中梅譏開國政丞」『大東奇聞』

[부록] 晉州妓山紅, 色藝俱絶. 李址鎔以千金致之, 欲遂爲妾, 山紅
辭曰: "世以大監爲五賊之魁. 妾雖賤倡, 自在人也, 何故爲逆賊之妾
乎?" 址鎔大怒撲之. 客有贈詩者, 曰: "擧世爭趨賣國人, 奴顔婢膝日
紛紛. 君家金玉高於玉, 難買山紅一點春."

『梅泉野錄』

임경업의 첩 매환 梅環

梅環, 林慶業妾也. 慶業當錦州之役, 潛與天師通. 久之, 事泄. 淸
人令我縛致慶業, 慶業將如瀋陽, 顧梅環曰: "吾不能死於虜, 若可走
匿許道所." 道亦壯士也. 家在楊州, 慶業至金郊驛, 而逃入天寶山, 削
髮爲僧. 國中大索, 械其妻李氏, 幽之瀋陽獄, 李氏自刎死. 道卒免梅
環. 孝宗大王將北伐, 求材勇之士, 惜慶業死. 召梅環, 請曰: "上思慶
業, 欲用之北伐乎?" 上曰: "然." 梅環曰: "妾固知上不能北伐也" 上笑
曰: "若何由知吾不能也?" 梅環曰: "上在江都時, 見諸將將償事, 何
不斬之勒兵拒虜乎! 上失此機. 妾以是知上之不能北伐." 上憮然久之.

「梅環」『硏經齋集』

어느 군인의 아내 軍人妻某召史

歲甲午春夏間, 湖南敎匪亂時, 有一軍人妻某召史, 自京來哭其夫
死處, 哭盡哀而去焉. 聞諸觀召史者曰: 召史夫, 本京別技軍也, 召史
亦京人也. 時召史年可三十餘歲. 偉軀幹, 顔貌亦嫩嫵, 然其爲人眼
有精彩, 風姿爽冷如冰雪, 人不敢近焉. 其夫因匪亂, 隷洪帥標下, 從
戰于湖南. 到羅州境, 死於敗陣中, 同隊收之, 瘞諸路傍閒地焉. 召史
聞夫死, 將以返葬次, 率其子十餘歲兒, 具持若干衣衾資裝, 訪向湖
南, 到羅州境. 京之距羅, 近千里. 衝冒干戈中, 間關來歛到, 臨其夫
所埋處, 且哭且發. 其埋啓而視之, 則其死時, 未有檢歛, 仍其衣, 只
裹以一藁席掩埋者也. 繼次解之, 則所着上衣裏內當心處, 刺繡文完
在此, 卽夫妻相離時, 所約以爲訪者, 而卽召史之手字也. 始乃快知其
爲眞, 遂大痛幾絶. 有頃, 乃醒, 將改衣, 而細探尸軀, 則腰係長狹帒

帶一條, 而其中多藏懷金銀輕寶. 召史曰: "噫! 吾始以爲夫也. 今焉則非. 身賤, 寧爲戰卒, 死於鋒鏑之下, 死亦白其身而死, 是爲男子耳. 兵事, 豈可以懷財爲. 此必是非理之取也." 因嗟嘆不已曰: "是不可以返葬矣, 何面入于故邱乎!" 遂將所資衣, 略改襲斂, 而仍其處還封. 一哭復盡哀而去焉云. 此事, 余嘗聞諸魚古阜, 而其時余以亂中倉遑, 未及詳問. 又未幾, 古阜亦以非其所失, 橫死於淸州兵營, 而更無可詳處. 故召史姓亦不知, 召史夫之姓名, 亦不知其爲誰何焉.

「軍人妻某召史傳」『宜田文稿』

이예순 李禮順

李貴玉汝, 吾少時友也. 以肅川府使, 陞嘉善. 有一女, 名禮順. 其夫金自兼, 監司億齡之孫, 縣監琢之子也. 酷好佛道, 與其友庶孽吳彦寬, 同修佛學, 其居處飮食, 無內外與之同, 雖寢宿, 亦同妻子之室. 其後自兼病且死, 托妻子於彦寬, 乃口呼作偈曰: "來時無所着, 去若淸秋月, 來亦非實來, 去亦非實去, 眞常大樂性, 惟此以爲理." 偈畢而死. 其後彦寬出入禮順之家, 猶親戚, 敎禮順佛家許多書. 宣言得他心通之法, 異香生體, 靈光滿室, 人或稱之生佛. 一日作書, 藏篋與其父別, 從彦寬剃頭, 出家于安陰之德裕山, 伐竹爲室而居之, 邑人敬之, 皆損米布施之. 其僕爲禁盜所捕, 自縣逮囚彦寬·禮順報監司, 轉聞于朝. 彦寬改名昃, 禮順改名(迎)日, 卽彦寬亡妻名也. 拿致京師, 時逆獄未平, 疑其踪跡, 鞫于殿庭. 彦寬死于訊, 禮順繫于囹圄. 作一絶, 寄男弟, 其詩曰: "至今衣上汚黃塵, 何事靑山不許人, 圜宇只能囚四大, 禁吾難禁遠遊神." 其供招略曰: "自六下七歲稍解文字, 無心於世樂, 十五而嫁, 不以婦業爲念. 惟留心至道. 積功八九年, 似有所得."

又曰: "自念昔釋迦, 王之太子也. 棄國踰城, 苦行於雪山十年, 爲住世之佛. 文殊於曩劫, 女身也, 亦忘體參道, 終成正覺. 願王夫人, 王之后也, 求法遠行, 不能自達, 至於自賣辛勤, 是乃觀音前身也. 其餘歷代之辛勤者, 不可勝數, 至於唐朝, 佛法不至大興, 而門閥婦女爲尼出家, 不知所終者亦多. 古今雖異, 志豈有殊." 又曰: "世有三敎, 儒道‧道道‧釋道也. 儒則以明己德, 明人之德, 使君臣父子, 五倫齊明, 萬物安職, 昆蟲草木咸蒙其澤, 此道之大顯者也. 仙則能以水火鍛鍊氣形, 飛昇物外, 病惱不得近, 老死不得侵. 然劫壞未免輪廻, 此特長年之英華耳. 佛學, 頓悟自性, 淸淨有如皎月當天, 邪習自除, 煩惱自淸, 漸至圓通, 自在神變, 無碍輪廻, 路斷地獄, 永滅從前惡業, 雲消雨散, 歷劫寃親, 同濟覺岸, 身壞而愈明, 劫盡以益堅, 微塵一箇之槪如是, 其餘言之難盡. 臣生而女形, 雖欲學儒, 終無能臻致君澤民之極, 仙竊造化之權, 爲弄幻之大者, 故學佛粗得一線, 自擬冥跡山林. 上祝聖壽, 下報親恩, 庶幾不負一生, 今墜大罪中, 死無日矣. 形骸之散, 只如脫履. 死生之理, 無異朝夜, 況無所犯而死, 死猶生也, 益無恨矣.

『於于野譚』

어우동 於于同

1.

於宇同者, 知承文朴先生之女也. 其家殷富, 女婉變有姿色. 然性放蕩不檢. 爲宗室泰江守之妻, 泰江不能制. 嘗請工造銀器, 工年少俊丰. 女悅之, 每値夫出, 衣婢服坐工側, 贊美造器之精. 遂得私, 引入內室, 日縱淫穢, 伺其夫還則潛遯. 其夫審知事精. 遂棄之. 女由是恣行無所忌. 其女僕亦有姿, 每乘昏靚服, 出引美色少年, 納于女主房. 又引他少年, 與之偕當, 日以爲常. 或於花朝月夕, 不勝情欲, 二人遍行都市, 故爲人所攫, 其家不知所之. 到曉乃還. 嘗借路旁家, 詣點往來人. 僕曰: "某人年少, 某人鼻大, 可供女主." 女亦曰: "某人吾取之, 某人可給汝." 如是戲謔無虛日. 女又與宗室方山守私通. 守亦年少豪逸, 解作詩, 女愛之, 邀至其家如夫婦. 一日, 守到其家, 適女春遊不還. 惟紫袖衫掛屏上. 遂作詩書之曰: "玉漏丁東夜氣淸, 白雲高捲月分明, 閑房寂謐餘香在, 可寫如今夢裏情." 其他朝官儒生年少之無賴, 無不邀而淫焉. 朝廷知而鞫之, 或拷或貶, 流遠方者數十人, 其不露而免者亦多. 禁府啓其罪, 命議於宰樞. 皆云: "於法不應死, 合竄遠方." 上欲整風俗, 竟致於刑. 自獄而出, 有女僕登車抱腰曰: "女主勿失魂. 若無此事, 安知復有大於此事者乎." 聞者笑之. 女雖穢行汚俗, 而以良家女被極刑, 道路有垂泣者.

『慵齋叢話』

2.

絞於乙宇同. 於乙宇同, 乃承文院知事朴允昌之女也. 初嫁泰江守全, 行頗不謹. 全嘗邀銀匠于家, 做銀器. 於乙宇同見而悅之, 假爲女僕, 出與相語, 意欲私之, 全知而卽出之. 於乙宇同還母家, 獨坐悲歎, 有女奴慰之曰: "人生幾何, 傷歎乃爾? 吳從年者, 曾爲憲府都吏, 容貌姣好, 遠勝泰江守, 族系亦不賤, 可作配匹. 主若欲之, 當爲主致之." 於乙宇同領之. 一日, 女邀從年而至, 於乙宇同迎入與奸. 又嘗以微服, 過方山守瀾家前, 瀾邀入奸焉. 情好甚篤, 請瀾刻名於己臂涅之. 又端午日, 靚粧出游, 翫鞦韆戲于城西, 守山守驥見而悅之, 問其女奴曰: "誰家女也?" 女奴答曰: "內禁衛妾也." 遂邀致南陽京邸通焉. 典醫監生徒朴强昌, 因賣奴到於乙宇同家, 請面議奴直. 於乙宇同

320

出見强昌挑之, 迎入奸焉. 於乙宇同最愛之, 又涅名於臂. 又有李謹之者, 聞於乙宇同喜淫, 欲奸之, 直造其門, 假稱方山守伴人, 於乙宇同出見謹之, 輒持奸焉. 內禁衛具詮與於乙宇同隔墻而居. 一日, 見於乙宇同在家園. 遂踰墻相持, 入翼室奸之. 生員李承彦嘗立家前, 見於乙宇同步過, 問於女奴曰: "無乃選上新妓?" 女奴曰: "然." 承彦尾行, 且挑且語, 至其家入寢房, 見琵琶, 取而彈之. 於乙宇同問姓名, 答曰: "李生員也." 曰: "長安李生員, 不知其幾, 何以知姓名?" 答曰: "春陽君女婿李生員, 誰不知之?" 遂與同宿. 學錄洪璨初登第遊街, 過方山守家, 於乙宇同窺見有欲奸之意. 其後遇諸途, 以袖微拂其面. 璨遂至其家奸之. 書吏甘義享, 路遇於乙宇同挑弄, 隨行至家奸焉. 於乙宇同愛之, 亦涅名於背. 密城君奴知巨非居隣, 欲乘隙奸之. 一日, 曉見於乙宇同早出, 劫之曰: "婦人何乘夜而出? 我將大唱, 使隣里皆知則大獄將起." 於乙宇同恐怖, 遂招入于內奸之. 時方山守瀾在獄中, 謂於乙宇同曰: "昔甘同以多奸夫, 不坐重罪. 汝亦無隱所私, 多所逮引, 則可免重罪矣." 以此於乙宇同多列奸夫. 瀾又引魚有沼 · 盧公弼 · 金世勛 · 金俏 · 金暉 · 鄭叔墀, 皆無左驗得免. 瀾供云: "有沼, 嘗避寓於乙宇同隣家, 潛遣人邀致其家, 奸於祠堂, 期以後會, 贈玉環爲信. 金暉遇於乙宇同, 社稷洞借路傍人家通焉." 人頗疑於乙宇同之母鄭氏亦有淫行. 嘗曰: "人誰無情欲, 吾女之惑男, 特已甚耳."

『朝鮮王朝實錄』(성종 11년 10월 18일)

황진이 黃眞伊

1.

嘉靖初, 松京有名唱眞伊者, 女中之倜儻任俠人. 聞花潭徐敬德高踾不仕, 學問精粹, 欲試之, 束縉帶挾『大學』往拜曰: "妾聞『禮記』'男鞶革, 女鞶絲'妾亦志學, 帶絲而來." 先生笑而誨之, 眞伊乘夜相昵, 如魔登之拊摩阿難者累, 而花潭終不少撓. 眞伊聞金剛爲天下名山, 欲一辦淸遊, 無可與偕. 時有李生員者, 宰相子也. 爲人跌宕淸疎, 可共方外之遊, 從容謂李生曰: "吾聞中國人, '願生高麗國, 一見金剛山', 況我國人生長本國, 去仙山咫尺, 而不見眞面目可乎, 今吾偶奉仙郞, 正好共做仙遊, 山衣野服, 恣討勝賞而還, 不亦樂乎?" 於是, 使李生止僮僕勿隨, 布衣草笠親荷粮. 眞伊自戴松蘿圓頂, 穿葛衫, 帶布裙, 曳芒鞋, 杖竹枝而隨. 入金剛無深不到, 乞食諸刹. 或自賣其身取粮於僧, 而李生不之尤. 兩人遠涉山林, 飢渴困悴, 非復舊時容顏. 行到一處, 有村儒十餘人會宴于溪上松林, 眞伊過拜焉. 儒曰: "汝舍長, 亦解飮乎?" 勸之酒不辭. 遂執酌而歌. 歌聲淸越, 響震林壑, 諸儒深異之, 餉以酒肴. 眞伊曰: "妾有一僕, 飢甚, 請饋餘瀝乎?" 與之李生以酒肴. 時兩家各失所往, 不知影響者, 殆半歲餘. 一夕, 鶉衣黎面而返, 隣里見之大驚. 宣傳官李士宗善歌, 嘗出使松都, 卸鞍川壽院川邊, 脫冠加腹而臥, 高唱數三曲. 眞伊有所如, 亦歇馬于院側, 耳聞之曰: "此歌曲甚異, 必非村家俚曲. 吾聞京都有風流李士宗, 當代絶唱, 必此人也." 使人往探之, 果士宗也. 於是, 移席相近致其款, 引至其家, 留數日曰: "當與子六年同住." 翌日, 盡移家産三年之資于士宗家. 其父母妻子仰事俯育之費, 皆辦自自家. 親着臂韝, 盡妾婦禮, 使士宗家不助錙銖. 旣三年, 士宗餉眞伊一家, 一如眞伊餉士宗. 以報之者適三年, 眞伊曰: "業已遂, 約期滿矣." 辭而去. 後眞伊病且死, 謂家人曰: "吾生時性好紛華, 死後勿葬我山谷, 宜葬之大逵邊." 今松都大路邊, 有松都名娼眞伊墓. 林悌爲平安都事, 過松都, 爲文祭于其墓, 卒被朝評.

『於于野譚』

2.

黃眞者, 中宗時人, 黃進士庶女也. 母陳玄琴, 飲水於兵部橋下, 感而孕眞. 及擧, 室中有異香者三日. 眞旣長, 有絶色, 通書史. 方年十五六, 時隣有一書生, 窺而悅之, 欲私不果. 遂因緣成疾死. 柩發, 至眞門, 不肯前. 先是, 書生病, 其家頗聞其事. 乃使人懇眞, 得其襦, 覆之柩, 然後柩始乃前. 眞大感動, 於是, 遂稍稍以娼行. 眞喜遠遊, 詩翰淸逸. 當一時樓臺山水, 悲歡盛衰之際, 援筆命詞, 無不曲致其情. 嘗登滿月臺懷古曰: "古寺蕭然傍御溝, 夕陽喬木使人愁, 烟霞冷落殘僧夢, 歲月崢嶸破塔頭, 黃鳳羽歸飛鳥雀, 杜鵑花發牧羊牛, 神崧憶得繁華日, 豈意如今春似秋." 又嘗咏初月云: "誰斲崑山玉, 裁成織女梳, 牽牛一去後, 愁擲碧空虛." 世爭傳誦, 比之於李季蘭·薛濤之屬. 由是, 國中言名娼者, 必先眞. 眞將死, 囑其家人曰: "我爲天下男子, 不能自愛, 以至於此. 卽我死, 勿斂棺, 擧暴尸於古東門外沙水交, 螻蟻狐狸, 得食我肉, 令天下女子以眞爲戒." 家人如其言. 有一男子, 收而瘞之, 今長湍口井峴南有黃眞墓. 眞詩傳于世者四首, 玆錄二首.

「黃眞」『韶濩堂文集』

내시의 아내 宦妻

湖西公州, 有大村, 名銅川. 村中有翁姬居焉. 家極饒, 有子四五人, 皆爲官將校. 翁亦以貲受堂上帖, 玉圈紅縰, 稱長於隣里. 有京城士子, 田莊在湖右, 逐歲往來, 路經銅川, 常主翁家. 翁姬見生至, 輒迎接款待, 爲酒鷄以進之, 情甚親熟. 姬年雖老, 顏貌白晳, 肥膚豊膩, 滑稽善, 談笑間以諧謔, 極有風度. 一夕, 生偕翁姬, 絮話於燈下. 姬忽睨翁微笑曰: "老身少也, 曾與山僧和奸, 僧之態, 甚可咲也." 翁

仄目而嗔曰:"妄老姬, 又欲發怪駭話."頗有羞澁之色. 生揣其有可
哂委折, 亦哂曰:"姬是何言? 頗駭聽聞."姬大哂於翁曰:"當說破
乎."翁面外而答曰:"汝欲言則言之."姬乃帶哂而言曰:"老身本京城
良家子, 早失父母, 育于舅妻. 舅妻不加憐愛, 以我嫁于內官爲妻. 初
婚之夜, 解衣親膚, 撫弄乳臍, 舐吮唇舌. 老身伊時, 年纔十六, 意謂
男女枕席, 祗如是耳. 其後情竇漸開而漸覺, 厭苦久而轉甚. 時值欲與
同枕, 則冤憤填胸, 或至涕泣. 每當春陽和暢, 蜂蝶悠揚, 鷰鶯流聲,
欹枕欠伸, 情思蕩深. 默想重重, 錦繡玉飯, 於我何關? 蔀屋之下, 與
眞箇丈夫, 共圍半幅布衾, 共咬一莖菜根, 實人生至樂也. 我身尙處子
也, 奔于他家, 寧爲失節. 何發逃走之念, 而重門峻墉, 堤閑甚嚴, 或
被發覺, 一命難保, 果而不敢者, 亦有年矣. 及其終不堪也, 則又念
'人生如此, 過活百年, 何樂? 縱使發覺見殺, 豈不快於乾死此中乎?'
遂定計, 潛自裝爲以衣服之不絮者, 與布帛輕寶, 及銀數百兩, 同作一
包, 約其輕重, 可以適戴以走也. 乘內官上直之日, 曉鍾初動, 潛身獨
出, 墻下有高樹, 懸布于樹, 縋身越墻, 直出南城門. 時天尙黑暗, 隱
身於外南山松林間, 待曙色微明, 向前進去. 平生不踏門前, 豈知徑
路? 只得遵大路而行矣. 既渡銅雀津, 心中稍定, 始發思慮. '我雖處
子之身, 髻髮已在首矣, 誰以我爲正妻, 不過爲人小妾, 飽受主母勃
磎, 此決不可堪也. 將誰適從? 忽然覺悟, 當擇僧以從之. 既而又念苟
爲揀擇去取, 將有棄故從新之弊, 我良家女子, 決不可爲此也. 當以途
上初遘者爲定.' 如是商量之際, 不覺已踰狐峴. 忽見一僧在前, 問:
'禪師何往?' 僧回顧答言: '靑州去.' 覰其容貌, 頗端潔, 年紀若與我
相適者. 意自喜「此眞天定配偶也.」因尾之以行, 同到果川店舍. 偪坐
其傍, 僧厭之, 將身退避, 我輒隨以相近. 既飯又同出店門. 問: '師在
何處?' 答: '在靑州某寺.' '有父母乎?' 曰: '只有母.' 僧怪我纏擾,
促步前走. 我亦盡力追踵. 僧力盡徐行, 我亦徐從. 自是彼趨亦趨, 彼

步亦步, 休則同休, 遇店則同入. 行過三日, 則意是靑州界也. 路傍有大林藪極茂, 僧憩于樹陰, 我亦坐其傍. 想此僧一入山門, 便不可尋. 若不乘此時劫婚, 事將不諧. 遽前執其腕, 僧大驚, 欲奪手以走, 被我執之甚固, 不得脫, 但哀乞「願女主相捨.」我挽之, 使之坐曰: '師且坐. 我有說話. 師爲僧有何好? 與我爲夫婦居生, 則我包裹中, 約有數百, 師得妻, 又得財, 不亦樂乎?' 僧忽聞此言, 紅潮漲面, 喉吻如噎, 只俛首涕泣, 有若小孩子可矜. 我引手拭其面, 謂之曰: '與我就彼.' 摟之入林中, 緊抱而臥, 使之合. 此際僧情動, 但戰掉甚, 霎時而罷. 旣整頓衣裳, 謂之曰: '吾二人已成夫婦, 君已退俗矣. 不必復向山寺, 可與我直返君家.' 僧從之. 偕行至家, 則僧母懸鶉故絮衣, 粗粗短布裳, 坐睡於簷下, 見僧問: '汝背後爲誰?' 我卽前拜曰: '尊姑息婦見.' 僧母大驚詈僧曰: '汝從何處覓此賤潑婦來? 某禪師若來, 責汝十年衣食之費, 則我何以應之? 數年長利之債, 我何以償之? 汝果曝殺我也.' 踏地槌胸, 焦躁不止. 且泣曰: '生活全靠寺中, 今絶矣.' 我想此老嫗可誘以利, 卽解取碧油衣染色綿布裳一套, 奉以進之曰: '姑且休煩惱. 我之包中, 自有所挾, 其僧雖來, 我足以當之.' 老嫗受衣, 嘿然有間曰: '且坐.' 日旣夕, 入廚中, 作新嫁娘任職. 是夜, 與僧達宵穩會. 山僧初嘗珍味, 歡樂欲狂, 眞堪絶倒也.” 翁在傍直視曰: “無恥姬.” 自初發言說而唉唉, 又說語及劫婚之際, 翁隨口發嗔, 而姬輒揚手而謔之. 翁無奈何亦唉. 姬復曰: “翌日, 以二端綿布付僧, 赴場市, 換來笠子網巾細布, 裁成俗漢衣裝, 裝束旣成, 眞箇娟好少年郎也. 使之往本寺, 謝絶其師. 師僧遽隨來. 到門長驅, 巨額髯鬚新剃根鬖鬆滿頰, 面目極可憎. 突入厲聲曰: '嫗以子許我而還奪之, 何也! 十年衣食之資, 幾載長利之債, 若不卽送於今日, 必有大利害.' 老嫗震慄, 不敢應. 我自廚中出直前, 執其耳, 批其頰曰: '彼本是我丈夫, 於汝何干! 何物頑僧, 敢爾唐突. 若不速歸, 將碎爾光頭.' 連掌之不已. 僧捧頰叫痛曰: '狼哉此母. 惡哉此母. 可怕也此母.' 急走出門, 仍不復來. 其後移接於此村, 廣營田莊, 同居五十餘年, 生男育女, 子孫成行, 穀粟滿庫, 牛馬盈廄, 厥僧豈非厚福者乎?" 仍復大唉.

「宦妻」『雜記古談』

북판 기녀 가련 北關妓女可憐

客有道北關之妓夜哭事甚詳者. 其說曰: 咸興之妓, 有名可憐者, 顔色甚好, 性倜儻如也. 粗解詩文, 誦諸葛亮「出師表」琅琅也, 善飮酒, 善歌, 兼能舞劍, 能搯琴品簫, 能棊與雙陸, 人皆稱之爲才妓, 而顧自許以俠也. 嘗從太守, 登樂民之樓, 見有從萬歲橋來者. 美少年也, 巾服姣鮮, 儀容秀美, 風韻能動人. 十步跨黑衛而行, 後一騎載琴囊・詩筒・酒榼而隨. 可憐知其必以己爲歸, 辭病, 至其家, 視驢已繫門外小桃樹. 遂延入中堂, 歡然若平生也. 於是, 閉戶張燭, 爲房中之游, 與之詩, 我和彼倡, 彼和我倡, 與之琴而歌, 我琴而彼歌, 我歌以彼琴. 與之酒, 我斟而酬彼, 彼酌而酢我, 與之棊, 彼嬴而我輸, 與之雙陸, 我勝而彼負, 與之簫, 雙鳳來而喜其遇, 與之劍, 雙蜻合而不能離. 可憐大喜過望, 自以爲 '我於斯世, 得一此人, 足矣. 吾不虛生此世也.' 欣欣乎猶恐不得當也. 乃先解鬟與裙, 托以酒, 請睡. 少年黽勉若不樂者. 及華鐙吹落, 爐香襲人. 少年但面壁側身, 臥作長吁短噫而已. 可憐初猶有所待, 久則疑之, 逼而驗之, 閹也. 可憐, 遂蹶然起, 以手敲地. 哭曰: "天乎, 天乎, 斯人乎! 斯人乎, 天乎!" 大哭一場, 推戶視之, 落月已曉, 鳥啼花落矣. 「論曰: "… 姬之哭, 豈傷其情欲之不得遂者耶, 姬之哭, 其哭千古際遇之難者也 ….'"

「北關妓夜哭論 幷原」『潭庭叢書』

여협 女俠

丁時翰, 肅廟時人也. 以學行被薦, 官至進善, 而不應徵召, 居于原州鄕村, 以敎授生徒爲事. 嘗於雨中獨居, 忽見衡門外, 兩少年偶立, 容貌淸俊, 手彩映人. 心異之曰: '此邦諸生之稱秀者, 吾無不識其面, 此必遠方人也.' 因邀入問其何來, 則對曰: "居此不遠, 久懷景仰, 特來拜謁, 而不敢遽進. 故遲徊於門外耳." 丁與之語, 譚論英發, 氣宇軒爽. 益愛之謂曰: "想賢輩舍館未定, 日已暮天. 又雨, 盍留此與老夫同宿?" 對曰: "旣蒙不鄙, 敢不遵命, 雨中陰濕, 請賜一壺火酒." 丁意訝之以爲 '初見長者, 而遽索飮, 何也?' 第其言辭動作, 非不諳禮數者. 欲試觀其所爲, 呼家人沽來. 兩人開壺對酌, 連倒數觥, 留其一半曰: "將夜飮, 是夜同宿於草堂." 夜將半, 丁睡微覺. 時雨收雲澹, 微月臨窓. 瞥見兩人, 非昨日貌樣. 短衣急裝, 手舞霜刃, 將火酒相勸, 而劍影揮霍, 光滿一室. 丁推枕而坐, 問曰: "賢輩何爲?" 兩人驚顧擲劍俯伏曰: "撼動尊枕, 罪過大矣. 第見長者, 容色安徐, 畧無驚遽之意, 何也?" 丁曰: "我自量平生, 應無切齒之人, 豈有潛來相害者, 是以不主驚懼也. 賢輩, 果是何許人也?" 兩人囁嚅有間曰: "長者, 果大賢也. 今何不罄訴心曲. 小子本嶺南人, 身亦非男子." 丁駭曰: "然乎! 願聞其詳?" 兩人吞聲掩泣者, 良久而言曰: "欲說來由, 悲憤先激, 慚惡亦深. 我二人, 是孿生娣妹也. 吾母不幸, 而厄于蓐. 繼母無狀, 私於隣居校生, 毒殺吾父, 因與奸夫, 逃之他郡. 稚貌零丁, 育于隣姬. 稍長而後知之. 羞深戴天, 痛切枕干. 聞慶州有神於劍技者, 娣妹相攜, 往傳其術, 十年學習, 已盡其妙, 古人之摘劍取物, 頗亦能之. 自是, 易服藏名, 周行四方, 以尋求仇人蹤跡, 久乃得之於漢師城中. 王京輦轂之下, 人烟稠雜, 譏呵嚴密, 不便於下手, 隱忍而不敢發者, 亦已累年矣. 今聞仇人不得安接於京裡, 又復下鄕, 昨宿於忠州崇善村,今方止接于此前村店舍. 積年深讐, 將快於斯矣. 但女子之身, 裝束雖變, 不可混宿於店中商旅雜遝之間. 竊聞長者, 忠厚長德, 可以托宿, 而特被挽住, 何以度此夜, 實爲萬幸. 昨者求飮, 非不知唐突之爲罪, 而將行大事, 欲借酒力, 以壯膽氣, 長者, 寧不以爲無禮乎?" 丁聞此言, 大加咤異, 仍謂之曰: "賢輩之志則烈矣. 以兩箇弱女子, 何能獨辦此事? 我有健奴數人, 可以佐一臂. 將使隨君." 兩人毅然對曰: "不願也. 吾等之腐心痛骨, 爲此萬死一生之計者, 直爲父母之讐耳. 事若發露, 惟當獨死, 安可連累於人? 雞將鳴矣, 行旅, 非久當發, 請從此事." 相與杖劍而起, 飛步出門, 倐若飛鳥. 丁坐而待朝, 卽使奴探問于前店, 去夜有何事. 店人紛口傳說曰: "昨夕, 有自京內行一丈夫, 隨後宿于店中, 雞鳴時候, 强盜數人, 挾劍突入, 斫其男女, 截其首而去, 不殺一人, 不掠一財." 云.

「女俠」『雜記古談』

박 효랑 朴孝娘

竹山朴氏之在星山者, 有兩孝娘, 故女憲公元亨之後, 而士人壽河之女也. 壽河少孤無兄弟, 而老母九十歲. 以孝養稱於鄉縣, 而娘子未踰十歲, 喪母, 哀毀執禮已有聞. 及長, 皆解文史, 曉義理, 處事有過人者, 壽河愛惜之. 家事無巨細, 必與商議. 歲己丑, 大丘朴慶餘盜葬其祖於壽河之先塋, 慶餘饒財, 方仕宦負勢, 壽河訟於官不勝. 將上京訟冤, 伯娘子曰: "彼有權力, 我家終不可敵. 在外州縣旣如是, 則安知朝廷搢紳, 亦無爲慶餘左右之者乎? 老親在堂, 不宜以無益之行, 涉千里之道." 壽河歎曰: "汝言是也. 然六十年守護先山, 實不忍坐失之. 吾意決矣. 汝勿復言." 遂徒步上京師, 及擊錚有達, 事下本道覈處, 而淹滯經年. 慶餘作石刊木, 狼籍壽河之原. 壽河撻其隸, 禁呵之. 慶餘誣訴於方伯, 方伯訊壽河, 而以姻好陰主慶餘, 壽河頗發揚其私. 方伯大怒, 馳至星山, 酷杖壽河, 桎梏下獄, 七日死. 壽河臨死, 名其遺腹子曰:‘追意’解所佩刀, 使與伯娘子, 以濺血衣, 賜其侍病者曰:“吾子孫必有爲我報讎者, 他日以此衣示之.”言終而死. 伯娘子聞之隕絶. 移時而蘇, 慟哭而曰:“恨爲女子, 不可遠赴而刃讎人.”乃大呼操斧而出, 從婢僕數人, 卽上慶餘之祖墳, 躬自披掘, 十指皆血, 水火幷用, 鐵木亂下, 而慶餘之祖柩, 俄頃燒毀矣. 慶餘終不來, 伯娘子哭訴於縣, 以頭扣門, 門閉終不納. 居七八日, 慶餘率劍戟數百人來, 省其祖墳. 伯娘子泣辭於大母·母曰:“讎人來矣. 吾欲手刃之, 死不可避.”大母·母皆執手而泣曰:“汝纖弱必死, 而讎必不能報, 且爲我止焉.”伯娘子奮曰:“父讎在邇, 何忍坐視.”挺身而起, 提劍躍焉. 超入敵中, 慶餘等大噪, 衆鋒迎擊, 伯娘子死焉. 呼其僕曰:“同達乎! 父讎未報, 吾命將盡, 以復讎之事付汝.”遂死. 同達及婢是陽, 亦皆鬪死. 時五月五日也. 從祖朴爽奔告于官. 六日不斂, 再經檢屍, 而盛夏炎蒸, 顔貌如生, 鮮血不敗, 見者莫不掩泣, 而獄案又不正. 慶餘顧晏如也. 季娘子曰:“吾不能與吾兄同死父讎, 而見獄情反覆, 讎人不死, 忍使死兄不得瞑目耶?”遂治擊錚之行, 大母·母苦止之, 其說萬端. 季娘曰:“人生到此, 死生已決. 餘外區區, 尚暇顧哉.”先詣祖廟, 哭拜而辭. 又詣父兄兩殯所, 慟哭而拜辭, 哭行九百里, 行人指而相語曰:“此嶺南朴孝娘復讎之行也.”旣入京擊錚, 例囚獄中. 典獄者哀之, 擇女囚之謹厚者, 使之扶護焉. 及釋, 大家女隸之盤食壺飲, 致禮辭者相踵也. 季娘泣謝, 皆不受, 再擊錚, 尚不得伸明, 而大臣往來, 攀轅泣訴, 見之者莫不下淚. 再入該曹, 陳白無餘, 而事又下本道. 季娘又訴曰:“事下本道, 萬無伸斷之望.”遂留京不還, 書告大母·母曰:“獄事尚無伸決之期. 故女息姑留都下, 期於得決, 去留死生, 未能預定耳. 伏聞襄禮有日, 此何遽也. 踰歲不葬, 雖知有人言, 顧我兄抱冤之靈, 想必炯然於冥漠中, 父讎未復之前, 不可使入地, 倘或獄治淹滯, 伸正無望, 則女息當隨死兄, 并埋先君之側耳." 遂不葬. 久之, 按使下嶺南, 按兩朴之案, 則慶餘謂伯娘自刎, 而案亦以一刎痕載矣. 季娘之婢雪禮曰: "前年檢屍時, 以劍痕二杖痕三載之案矣. 今以一刎, 則吏屬奸筆也. 願按使開棺檢屍." 按使曰: "棺殮已周歲矣. 尙可檢乎?" 雪禮泣對曰: "冤屍不朽, 願開棺明檢." 按使與星山守, 並坐開棺, 衣裳已腐黑矣. 臭氣不亂, 身貌不少變, 血傷赫然, 五痕果分明, 按使嗟異. 遂正獄案以上, 然慶餘終不斬. 三南及京畿儒生七千餘人, 上疏請旌朴氏之閭, 而正慶餘之罪. 上命該曹詳處, 而孝娘旌閭. 慶餘不果誅. 後六七年, 星山太守行邑, 有童子自林間, 擲刀着馬鞍上, 太守驚問其故. 童子曰: "爾乃吾讎也! 吾乃朴孝娘之弟也." 太守慰撫之曰: "爾讎乃前太守也. 非我也." 童子乃壽河遺腹子, 所名追意者也. 殺壽河者方伯, 恬雅有文章, 官至上相, 典文衡, 所在人物, 想望風采, 盖君子人也. 顧一怒之不忍, 而輕殺一無罪, 怨結於人骨髓, 倘所謂君子而有不仁者耶. 盖其臨老, 喪其單子, 而子又無子. 遂窮獨悲咽, 飮泣而沒. 嗚乎! 人之積毒於所痛恨, 天之下殃於所不善者, 乃不以君子取數之多, 而有所原恕哉. 季娘未嫁, 而亦早卒. 卒未知在何歲. 歲戊申, 鄭希亮之作亂也. 其妻苦諫之, 希亮不聽. 聚兵之日, 自稱大將軍, 使人促其妻設饌, 將以祭告桐溪先生之墓(廟). 其妻不肯設, 希亮大怒, 盛其將服儀衛, 入責其妻曰: "告墓登壇, 日將晚矣. 祭饌何不及時?" 其妻曰: "不聞有君命矣. 大將誰所拜也. 桐溪先生必不歆賊孫之祀, 吾不忍見卿之所爲." 遂自經而死. 或曰: "希亮少有盛名, 嶺以南盡趨下風. 其喪前妻求賢婦, 自經之婦人, 盖亦自擇所歸而歸於希亮云." 生一男端妙, 希亮擒死, 爲罪隷. 方年十四, 有見之者, 曉事理善談辨, 其爲草屨絶異以賣食. 明年則滿十五, 將誅死云. 羅斗冬, 湖南名俠, 幷希亮作亂, 其妻大罵斗冬曰: "君臣之義, 何可犯也. 始以君爲奇士, 願執箕箒而事之, 不意君作逆魁, 吾不忍見之." 遂自經而死. 或曰: "兩女士之自經者, 其一乃朴季娘也." 然廣問於可知者, 皆不能明言. 竊恐其非然也, 顧亦烈矣哉.

「朴孝娘傳」『雪橋集』

김은애 金銀愛

庚戌六月, 上審理諸獄案, 命金銀愛·申汝倜傳生, 仍命撰傳載之內閣日曆.

銀愛, 金姓, 康津縣塔洞里之良家女也. 里有安嫗者, 故娼也. 陂險荒唐, 多口說, 疥癩遍體, 不任搔癢. 發心螫, 益不愼言. 嘗丐貸米豆鹽豉于銀愛之母, 母有時不與, 嫗輒慍恚, 思欲中之. 里童子崔正連, 卽嫗之夫之妹之孫也. 年十四五, 沖稺娟好, 嫗試挑之以男女昏媾之事, 仍說之曰: "娶妻如銀愛者, 顧何如?" 正連笑曰: "銀愛美艷, 豈不幸甚." 嫗曰: "第倡言若業已私銀愛者, 吾爲若成之." 正連曰: "諾." 嫗曰: "吾患疥癩, 而醫言瘍科藥料直最高, 事苟成. 若爲我當之." 正連曰: "敢不如敎." 一日, 嫗夫自外而至, 嫗曰: "銀愛耽正連, 要我行媒, 期于吾家, 爲正連大母所覺, 銀愛爬牆而遁." 夫切責曰: "正連家世微, 而銀愛室女也. 愼勿出口." 於是一城喧藉, 銀愛嫁幾不得售. 惟里人金養俊, 深知其明白也. 遂娶以爲室, 則誣言益播, 尤不忍聞. 己酉閏五月二十五日, 安嫗大言曰: "初與正連約行媒, 報我藥直, 銀愛忽畔而嫁他夫, 則正連不如約, 我病自此篤, 銀愛眞我仇." 里中老少, 相顧駭愕, 瞬目搖手, 不敢出言. 銀愛素剛, 毒受嫗誣辱, 已二年. 至此尤愧恨, 實不能堪. 必欲手刳安嫗, 一洗此寃憤, 而不可得. 翌日, 値家人不在, 伺安嫗獨宿. 夜一更, 持廚刀, 揎袖扱裙, 颯然而步, 直入安嫗之寢. 一燈翳翳, 嫗孤坐, 將就眠, 露半體, 只繫裙. 銀愛橫刀而前, 眉眼俱倒竪, 數之曰:"昨日之誣, 甚於平昔, 吾欲甘心于爾. 爾嘗此刀." 嫗意以爲'彼固纖弱, 不足有爲.' 應曰:"欲刺試刺." 銀愛疾聲曰:"可勝言哉." 側身焌刺其喉左, 嫗猶活, 急把其持刀之腕. 銀愛瞥然抽掣, 又刺喉右. 嫗始右仆. 遂蹲踞于旁, 刺缺盆之左, 又刺肩胛, 腋胒胳膊頸及乳皆左也. 末迺刺右脊背, 或二刺三刺, 揮霍飛騰, 一刺卽一罵, 凡十有八刺. 未暇拭刀血, 下堂出門, 急向正連之家, 聊以洩餘憤焉, 路遠, 其母泣挽而歸. 銀愛時年十八. 里正奔告于官, 縣監朴載淳, 盛威儀, 肆嫗屍, 驗刺死狀, 究銀愛:"刺嫗何爲, 且嫗健婦, 汝弱女, 今創刺凶悍, 匪若獨辦, 無隱直告." 時伍伯離立猙獰, 刑具滿地, 干連瑟縮無人色. 銀愛項有枷, 手有拳, 脚有鐐, 拘攣縛束, 體弱委垂, 殆不能支. 然面無怖, 言無哀, 毅然而對曰:"欸! 官我父母, 試聽囚言, 室女受誣, 不汚猶汚. 嫗本娼家, 敢誣室女, 古今天下, 寧有是哉. 囚之刺嫗, 豈可得已. 囚雖蒙獸, 嘗聞我殺人, 官誅身固知. 昨日殺嫗, 今日當伏誅. 雖然, 嫗旣囚刺誣人之律, 官無所施. 但願官家打殺正連, 且念囚獨受誣, 更有何人助囚, 共刱行此凶事." 縣監太息良久, 取驗刺嫗時服飾, 苧衫苧裙, 都是殷赤, 幾不辨衫白而裙靑. 悚而壯之, 雖欲原釋, 法不可屈, 彌縫讞詞, 上于觀察使. 觀察使尹行元, 亦飭推官, 姑究其同謀爲誰, 以緩其抵法. 訊覈凡九次, 詞如一. 惟正連沖穉, 爲嫗詿誤, 置不問. 庚戌夏, 國有大慶, 上錄死囚, 觀察使尹著柬上此獄, 而讞詞頗微婉. 上惻然欲傳生, 重其事, 命刑曹就議于大臣, 大臣蔡濟恭獻議:"銀愛報怨, 雖出至寃. 罪犯殺人. 臣不敢爲參恕之論." 上下批答曰:"貞女被淫誣, 天下之切寃. 夫以銀愛之貞, 判一死顧易爾. 然恐徒死無人知也. 故提刀殺仇, 使鄕黨曉然知己則無玷, 彼固可剚. 若銀愛而生于列國之世者, 其跡雖異, 將與聶榮, 齊其名, 而太史立傳, 烏可已也. 昔海西處女殺人, 似此獄. 監司請宥,先王褒諭亟從之. 女方出獄, 媒儈雲集, 爭購千金, 竟爲士妻, 至今傳爲美談. 然銀愛黽勉含寃至適人. 方報怨則尤難矣. 不有銀愛, 何以樹風敎, 特貸其死."

「銀愛傳」『靑莊館全書』

김씨 부인 金氏夫人

廷安車尙敏妻金氏, 本花開人, 肅宗時人也. 適尙敏, 生三女. 尙敏嘗客安東府, 爲群盜所殺. 時金氏在房內縫刺, 有一靑鳥來集臂上, 逐之復來, 如是者三日. 凶聞至, 金氏痛欲自殺, 旣而止曰: "夫讎未復, 吾雖死徒耳." 金氏有弟曰: '暹.' (卽余七代祖.) 時年十八, 特驍果. 金氏謂曰: "汝能與我殺賊乎?" 曰: "敬諾." 乃以一劍授暹. 一劍身自佩之, 爲男子服. 俱與之. 安東至一店, 見有人着夫衣, 乃殺尙敏而取着者也. 遂證衣執盜, 訟於官者, 七朔幷獲其黨七人. 正刑之日, 金氏與暹共手殺, 啖其肉. 初金氏之南行, 靑鳥常隨而先後, 至是乃去, 不復見. 金氏旣以夫喪歸葬, 仍苦處者七年. 嫁其長女已, 乃歎曰: "二幼女, 可以有托矣. 吾其不能復待矣." 遂自縊死, 事聞旌閭. 金氏, 余七世姑也.

「烈女車尙敏妻金氏傳」『韶濩堂文集』

하씨녀 何氏女

何氏女者, 早喪其母, 有幼弟, 撫之甚篤. 其父其死, 呼女, 託其子曰: "若父有此一男子矣. 女其善育之." 何氏泣受命, 撫其弟愈篤. 何

氏家貲甚盛, 且美姿有聞, 而求爲妻者. 何氏旣嫁, 益撫養其弟. 其弟
長然後將盡歸其家貲. 由是其夫不悅, 常陰有害弟意. 他日夫謂其妻
曰: "我將與弟之某寺讀書, 其爲治任." 何氏不欲曰: "夫雖在家, 無衣
食之憂, 奈何往?" 固請去而乃從之. 他日, 其夫又求與弟之寺, 固請
而又從之. 居久之, 其夫獨歸. 何氏遽問弟, 夫漫曰: "出游不至矣."
何氏乃使家人, 求寺中, 不得. 復大索之, 得其尸于寺池上有巖焉. 何
氏詰其僧, 知其夫殺之. 仰天大慟曰: "吾有一弟, 父將死以屬於我. 今
吾誠不忍弟之死也." 卽日素服, 馳入所屬縣. 遂自刎於庭. 於是, 其夫
事發繫獄死.

「何氏女傳」『靑川子稿』

여걸 부낭자 夫娘子

夫娘者, 平安道慈城女子也. 其先, 本夫餘氏之後. 明末, 自建州衛,
徙于慈城郡, 家世業牧畜狩獵, 以故, 夫娘亦嫻於騎射. 娘自幼好談武
事, 每之牧場, 與兒童, 設部伍作戰陣狀, 自跨馬爲大將, 折樹枝爲弓
矢鎗刀器械等, 分與諸兒, 號令嚴而紀律整, 日以爲常. 父母責之曰:
"此男子事, 胡捨汝本分而學此焉用!" 娘曰: "他日, 脫國有警, 兒顧
代父從軍." 自是, 又往往從書堂兒, 學文字, 晝牧夜讀. 時平安兵使李
适, 鎭寧邊, 陰蓄異志. 托防虜, 令各郡縣, 簽括束伍, 又別募山砲健
兒. 於是, 娘請於父曰: "父無健兒. 兒年旣長成, 願代父從戎." 父始
不許, 强而後可. 娘乃變着男子服, 編伍至适營, 适操鍊有日, 見其精
技藝, 甚善之, 陞爲哨長. 無何, 适擧叛旗, 下令促治行, 明晨將發. 娘
始覺之, 乃夜盜廐馬, 疾馳行二百里, 抵安州城. 時鄭忠信爲安州牧
使. 娘急投刺請謁曰: "有急警." 忠信屛左右召見, 娘具白其狀. 忠信

大驚曰:"事將奈何? 吾固知其叛也. 倉卒無備, 何以當其鋒. 城中, 軍不滿千, 守之不得. 請君助我, 計將安出?"娘曰:"度賊兵, 今暮必迫城下. 相公徒死無益, 馳書上報, 急走平壤, 盍與都元帥圖之?"忠信曰:"善."乃與俱, 馳至平壤. 先是, 都元帥張晚以兵鎭平壤, 扼關西重鑰. 或謂張元帥曰:"忠信素善适, 其無從賊乎?"元帥曰:"彼豈背君從賊者乎! 今至矣."言未竟, 忠信果至. 元帥命從事官, 問之曰:"安州, 重鎭也. 固守城, 使賊不東, 職也. 擅棄城來, 宜有罪."忠信對曰:"賊意在疾趨, 必不由安州. 且由安州, 無兵可守, 徒死無爲也. 故今來聽麾下, 去留惟命."時娘乘間, 密以計, 語忠信曰:"元帥見公, 必問計, 可依此而對."忠信曰:"諾."頃之, 元帥使使招忠信, 忠信入見元帥, 元帥引與坐, 問曰:"今賊計將安出?"對曰:"有三策. 使賊乘新起之銳, 直渡漢江, 進逼乘輿, 安危未可知, 此上策也. 跨據兩西, 結毛文龍爲聲勢, 朝廷亦未易制, 此中策也. 從間道, 疾趨京師, 坐守空城, 無能爲耳, 此下策也. 适銳而無謀, 必出下策."元帥曰:"善."旣而聞賊果從間道, 直趨京師. 娘勸忠信曰:"今賊已從間道, 進迫京城, 乘輿必南遷, 安州無事於守. 願得自當爲先鋒, 乘其未定而攻之, 破之必矣. 丈夫敵愾樹功, 正在此時."忠信如其言, 請元帥機不可失. 元帥許之, 乃以忠信爲先鋒大將, 南以興爲繼援, 授一隊促行. 忠信遂署娘爲參謀, 率兵一千, 襲賊後. 至黃州薪橋, 與賊遇, 賊始知忠信從元帥爲先鋒, 憮然有憚色曰:"是未可輕也."不戰逕行, 直抵京. 時仁祖已南遷, 适入京屯景福宮, 推興安君㻩, 僭位號. 忠信追至坡州, 會元帥至, 召諸將計事. 忠信大言曰:"賊犯京城, 君父播越, 吾屬當死, 毋論勝敗. 一戰烏可已乎!"元帥從之, 進攻京城. 忠信獻策曰:"先據北山者勝. 今據鞍嶺而陣, 俯壓都城, 賊不得不戰, 賊仰攻, 我乘高得便, 賊必破矣."元帥曰:"善."忠信乃揚鞭疾馳進. 娘率數騎, 先潛行上嶺, 獲烽卒, 擧火如故. 諸軍以次至, 據嶺而陣, 別遣精卒數百, 伏裳岩, 以防彰義門. 朝日, 賊覺之, 卽開門出兵, 分兩路, 包山而上, 明璉直迫前管. 時東風急, 賊乘風疾攻, 失丸如雨. 官軍旣處山頂, 皆殊死戰, 風忽轉, 西北風大起, 賊在下風, 塵沙撲面. 官軍氣益奮, 大戰自卯至巳. 賊將李壤中丸死, 明璉失貫臂脚, 适軍易次旌動. 南以興望見大呼曰: "适敗矣." 於是, 賊兵大奔, 自相蹂躪, 墜岩谷死者不計. 或散走豚浦, 官軍乘勝追擊, 賊遂大敗. 适走入城, 忠信欲追之, 以興固止之. 賊夜潛兵, 出水口門南走, 忠信率柳孝傑等, 追及於敬安驛, 賊望風而潰. 明日, 适麾下李守白等, 斬适以降, 於是, 賊悉平. 賊旣平, 諸將爲迎車駕, 皆留京. 獨忠信發還安州曰: "吾以邊邑將臣, 不亟誅反賊, 使乘輿蒙塵, 罪實罔赦. 當還任以俟命." 上驛召引見, 厚賞賜, 策振武一等勳, 封錦南君, 陞秩正憲, 擢拜平安兵使. 忠信之平适亂, 實夫娘贊劃之力, 居多也. 於是, 忠信以所受金帛, 謝夫娘曰: "今日之成功, 皆君之賜也. 請以爲君壽, 且願留幕中, 與共終始." 娘乃愀然曰: "感公知遇之恩, 固當生死惟命. 但父母年老, 無他子男, 可以供養, 乞從此辭矣." 忠信固留之曰: "今國家多事, 邊虞溢目, 以君之才, 合試干城. 吾當薦于朝, 先容之, 其無歸. 老親可奉養于此, 君無憂也." 娘嘿然有間曰: "明敎至此, 第思之." 乃夜乘間言曰: "妾實非男子. 念老父不能從戎. 故敢行木蘭之行. 幸得爲公收用. 周旋行間, 賴公英武, 獲有今日, 如其不棄, 願效命帷下." 忠信驚歎曰: "同居有月, 朦不之覺, 吾固肉眼也." 翌日, 召諸裨將, 設盛宴以樂之, 酒酣, 忠信執酌, 勸夫娘. 仍語其事曰: "今日, 正吾吉日也. 諸君可具繡襦羅裙來, 爲夫娘粧飾, 宜亟辦花燭盛事." 於是, 左右始知其爲女子, 而莫不嘖嘖稱奇. 數日, 娘歸覲父母, 移寓營下. 仁祖五年, 金兵猝至, 忠信爲別將, 赴張元帥營. 上卽軍中, 拜副元帥. 會虜講和而退, 始忠信臨發, 問計於娘, 娘曰: "賊來不足憂, 得和必退." 果然. 娘嘗語忠信曰: "今金虜强盛, 有席捲天下之勢, 朝廷爲淸議牽制, 激忤虜情,和事必敗, 禍將不測." 及朝廷遣金大乾, 拒歲幣告絶于金, 忠信歎曰: "此促禍之術也. 焉有敵無意來, 自我召之者乎." 留大乾境上, 忠信與體察使金時讓, 同上疏, 請改爲書, 毋激變. 上大怒欲斬首警衆, 大臣有言之者, 下忠信獄, 配唐津, 娘與俱之配所. 未幾, 赦還居忠州. 尋授捕盜大將·慶尙右兵使, 皆以病辭. 娘常從容語曰: "不出數年, 金兵必大至, 而朝廷專事斥和, 不爲之備. 公雖出, 無能爲矣. 且公恐不及見." 至丙子夏, 忠信卒. 冬, 金兵果至, 皆如其言. 娘終三年喪. 遂祝髮爲尼, 入妙香山, 不知所終.

「夫娘」『逸士遺事』

백세부인 허씨 百歲夫人許氏

百歲夫人, 陽川許蓀之女, 平山申永錫之妻也. 以其壽百有三歲, 世稱'百歲夫人'云. 夫人有弟曰: '琮·琛.' 姊弟下上, 其宅在城西北. 以兩家爲時著姓, 國人仍號爲'申許衕', 卽今之社稷衕也. 夫人性淵德方, 識慮弘遠. 子援幼服義方, 蔚有儁聲, 大爲流輩所推, 而安平大君, 尤愛重焉. 安平嘗約同志, 爲文酒會. 援見邀將往, 夫人輒不悅曰: "吾兒雅不喜徵逐, 今乃與彼遊耶. 可止之." 援告約牢, 夫人曰: "往且毋遲, 吾坐而待也." 援行未至, 舊病暴發, 止道傍舍療治之. 時安平引客充堂, 正須援, 問知其中病狀, 一座恨之. 援疾已還, 夫人曰: "昔疾幸耳. 自古宗英, 結客取時名, 孰能保其終者? 此吾之不樂汝赴也." 是會也, 世祖大王間使偵之. 至癸酉丙子中, 與會者殆盡戮, 惟援不及. 盖世祖養德潛邸, 以安平負才, 廣交游, 常內不平. 然當是時, 事幾未兆, 危疑未萌, 而夫人獨先見如此. 夫人素嚴, 琮·琛事夫人如母. 其出入, 輒歷候夫人, 不以寒暑風雨昏曉而或廢也. 會成宗大王賜

尹妃死, 琛職當監刑, 方顚倒趁命, 謝不得入. 夫人怒, 走人責之曰:
"雖赴召忙, 敢虛過我." 琛不得已入見夫人. 夫人命之坐, 故不言, 琛
請起, 又不應. 時召命三四至, 徒隸之催迫相踵也. 夫人猶不之遣, 俄
而吏白公以不進罷, 他人代其任矣. 夫人乃愀然太息曰: "吾弟幸免
耳. 惜乎! 累及無辜也." 琛請其故, 夫人曰: "若不知耶? 惟房薄過,
不當抵死, 而況國母乎! 且戕其母, 而臣於其子, 求無後患, 得乎?" 及
燕山卽位, 代琛監刑者, 首及於禍, 一如夫人言. 其燭幾之明, 處變之
宜, 多類此. 琮·琛相繼位三事, 爲國蓍龜, 而事無公私鉅細, 不裁於
夫人, 不敢行. 援自經滄桑, 益無意於世, 晦跡嘉遁, 朝廷屢擧以遺逸,
卒不就, 實夫人敎也. 夫人在世, 旣壽考康彊, 儀刑于室, 歿而後承益
蕃以昌. 至今歷三百餘載, 由科而顯于朝者, 多至數十人. 方綿綿未
艾, 於乎盛哉!

「百歲夫人傳」『燕石集』

정순왕후 貞純王后

　　貞純大妃金氏, 鰲興府院君漢耉之女也. 本第在瑞山, 家至貧. 嘗寓
居于其族人家時, 癘疫熾盛, 村里皆染, 作草幕於田間, 府夫人與后出
避. 后纔五歲, 魍魎作群, 到幕外曰: "中殿在此." 皆散去. 府夫人頗
異之. 當己卯正月, 國舅與后入洛. 李相國思觀, 舊所相親也, 方作湖
宰赴任, 偶相逢於路. 風雪大作, 天氣劇寒. 李公謂國舅曰: "寒威至
此, 君之女得無凍傷乎?" 遂脫贈貂裘而去. 后在轎, 深德之. 及至京
第, 貞聖王后三霜纔畢. 英宗親臨, 揀擇衆女子中, 后獨避所坐方席而
坐. 上問曰: "何獨避所坐席乎?" 后對曰: "父名在此, 故避坐矣." 盖
揀擇時, 衆女子父名, 書于方席頭之故也. 上問衆女曰: "何物最深

乎?”或言山深, 或言水深者, 其所對不一. 獨后對曰:“人心最深矣.”
上曰:“何獨人心最深乎?”后對曰:“他物深, 猶可測也. 獨人心深不
可測矣.”上又問曰:“何花最好乎?”或有言荷花最好者, 或有言牧丹
最好者, 或有言桃花最好者, 其所對不一. 后獨曰:“綿花最好矣.”上
曰:“何獨綿花最好乎?”后對曰:“他花皆不過一時玩好, 而獨綿花衣
被天下, 故最好矣.”后時年十五, 上竦然異之, 特簡於正宮. 方入宮
時, 衣裳製進也, 尙宮內人白于后曰:“欲裁出上衣背樣, 請少回坐.”
后曰:“尙宮獨不能回坐乎!”尙宮無已驚悚. 及后入宮, 上問曰:“后
窮時, 亦有恤窮之人乎?”后曰:“向者入洛之路, 值劇寒, 若無李某之
脫贈貂裘, 則幾至凍僵矣.”上聞而嘉之, 遂擢用李公, 未幾入相. 至
於庚申正廟賓天, 后垂簾聽政, 特除金魯忠爲摠戎使, 魯忠, 國舅之孫
也. 經筵宮鄭日熄筵奏曰:“慈殿不由公議, 有此特除, 得無循私之嫌
乎?”后謝而褒其直. 時洋學大熾, 八路胥溺, 后廓淸邪穢, 扶植正道,
豈非大有功於宗社哉.

『錦溪筆談』

유씨 부인 柳氏夫人

尹判書絳, 六十後, 約妾婚于龍仁金梁村柳姓人家. 前期二日, 來留
柳村. 柳家處子, 送老婢, 私自傳喝于尹判書下處曰:“老氣遠臨, 不瑕
有害. 伏聞以此身之故, 而爲此行次, 實用惶恐. 吾家雖甚寒微, 而猶
有鄕曲間班名矣. 一番納妾于宰相宅之後, 則永厠於中庶, 無復可振
之望矣. 緣此不肖之一女, 誤了本家之門戶. 思之至此, 中心是悼. 竊
伏念大監, 位已躋六卿, 年已過周甲. 婚閥之間, 雖欠光鮮, 了無損於
身名. 諒此愚婦, 切悶情地. 降心改圖, 强循齊體之禮. 假以正室之名,

則在吾門, 榮感萬萬. 閨中此言, 極知唐突, 而冒瀆仰達, 未知如何耶?" 尹判書答傳喝曰: "所報當依施矣." 改寫婚書. 具冠服, 入醮. 一宿而更思之, 十分不屑於心, 如食死肉, 頓無宴爾之意. 卽還京第, 一切疎絶, 不復通聲問. 柳家夫妻咎其女曰: "依初約爲小室, 則必無此患. 空然爲唐突之計, 自誤汝平生, 更誰怨哉." 過一年後, 柳氏請於父母, 願備新行. 父母曰: "大監全然疎棄, 如視楚越. 汝何顏冒進乎." 女曰: "吾旣爲尹氏人. 雖棄, 當死於尹氏家, 不可留父母家矣. 第願婢僕之多數隨轎去矣." 柳氏富饒, 故盛備新行以發. 到尹判書門外, 尹家婢僕出問: "何處內行耶?" 對以夫人抹樓下主新行行次. 尹家上下, 落落無延入之意. 柳氏使掃行廊, 淨潔其房, 下轎入坐. 時尹公長子持平已沒, 次子議政公爲承旨, 三子東山公, 方爲校理. 是日俱不在家, 柳氏預囑自己奴子輩, 伺候承旨·校理之歸來, 自大門間, 拿入矣. 俄而承旨·校理, 歸到其門間, 見轎卒之盈門, 聞知其爲龍仁行次, 姑欲入稟於其大人, 以決迎接與否, 而直向舍廊. 柳家健僕, 拿捽其兄弟, 脫其冠, 伏之於柳氏所坐房門前. 柳氏據門限, 厲聲呵叱曰: "我雖地閥卑賤, 旣被大監六禮之聘, 則於汝爲母. 母在未百里之程, 而爲子者, 周年一不來見. 大監之疎棄, 固不足怨, 而汝輩人事, 誠爲可駭. 吾方來坐此處, 汝輩固當自外直到吾坐相面, 而直向舍廊, 亦極非矣." 承旨兄弟, 箇箇伏罪. 柳氏曰: "吾欲答治汝輩, 而汝輩是王人, 吾姑寬之. 起而着冠, 入房可也." 使之近前坐, 溫言曰: "大監近來起居寢啖何如?" 酬酢凜然, 便有融洩之意. 一自柳氏入坐行廊, 大監使婢僕瞷其所爲, 續續來報. 初聞捽入承旨兄弟, 大難咤曰: "吾娶悍婦, 生出橫逆, 恐將亡家矣." 及聞曉諭之辭嚴意正, 拍膝稱道曰: "慧婦人, 慧婦人! 吾不知人而久致疎棄. 可悔可悔." 卽命家人, 掃正寢, 延入, 使一門上下老少, 一齊納謁於親夫人. 琴瑟款洽, 家庭雍穆. 柳夫人所生二子, 趾慶, 生子容判書, 趾仁官兵判.

『東稗洛誦』

송질의 딸 宋氏夫人

宋相國軼, 中廟朝名相也. 有一女, 性奇妬. 處子時, 洞里有妬婦, 夫斷其手, 輸示於一洞. 女聞之, 使婢取來, 安於卓上, 侑之以酒曰: "君爲女子死, 得所當矣. 吾何敢不吊乎." 自此所聞播於搢紳, 無敢娶之者, 公亦任之而已. 默齋洪相國彦弼兒時, 頗負氣, 聞此言, 咲曰: "此在男子之善駕馭耳. 吾何畏彼哉." 遂請婚於宋相公, 公許之. 新婚翌日, 有小婢捧酒肴進之, 默齋故執其手, 盖欲試之也. 婦在坐, 視若不見. 及出坐外堂, 婦斷其手, 出送. 默齋卽還家, 不通問訊, 以示永絶之意. 宋相與夫人, 責其妬悍, 而婦終不悛. 數年後, 默齋擢庭魁, 首戴賜花, 率舞童, 過宋相門外而不入. 夫人與婦登樓而望, 婦潸然下淚. 夫人曰: "汝若悔過, 洪卽寧絶乎?" 婦曰: "從今當改過矣." 夫人甚喜, 卽告宋相以婦悔過之意, 通于默齋, 始與婦和好. 自後默齋對婦, 恒自矜持, 不露喜怒之色, 婦甚嚴憚. 及公年過半百, 入相後, 與夫人共寢當赴闕, 忽微哂, 夫人問曰: "妾與公同室, 今偕老矣. 平日未嘗見喜怒之色, 今忽微哂, 何也?" 公欣然咲曰: "夫人見瞞, 我故咲之矣." 夫人曰: "見瞞何事?" 公曰: "夫人悍, 若不嚴正則無以制之. 故吾嘗喜怒不形矣." 夫人勃然變色曰: "公之瞞我, 何若是太甚乎!" 遂將其鬚滿掬, 公未及回避, 卒當此變, 心甚蒼皇. 及入侍, 中宗見公忽作公然一婆, 怪問之. 公慚悚伏地曰: "此誠臣不能齊家所致也." 中宗震怒, 使內侍齎藥賜夫人死, 盖非藥而砂磄汴也. 夫人不變顏色, 對內侍一飮而盡. 中宗聞之咲曰: "此眞悍婦矣." 自公此更不能制之. 後夫人偶到讀書堂, 把御賜玉杯玩之, 堂直妻曰: "非先生, 不得玩此矣." 夫人咲曰: "吾父自湖堂, 至於領相. 夫亦自湖堂, 至於領相. 吾子又自湖堂, 至於領相. 吾不可把玩玉杯乎?" 蓋忍齋相國暹, 卽夫人之子, 而明宗朝賢相也. 世以爲美談. 『錦溪筆談』

성하길의 아내

光海時, 有成進士夏吉者, 以簪纓盛族, 年少有才名, 而性素懦拙. 娶妻亦盛族, 才色絶人. 且善治家, 供夫之衣服飮食, 極其華美, 而但其性情悍暴, 其夫少不愜意, 輒加詬罵, 繼以毆打, 生大畏之, 莫敢抗衡, 遂爲妻所制, 在其掌握中. 立云則立, 坐云則坐, 一動一靜, 不得自由. 家中大小奴僕, 皆用妻之號令, 只知其有內而不知其有外. 威權盡歸, 有若武后之於唐高宗. 生唯恐其見忤, 惴惴常愼, 而毫末失意, 卽逢大變, 盡裂衣冠, 痛加詬打, 囚諸樓上, 以門隙傳食. 或至數日見囚, 怒解始獲赦出, 如此者甚數. 生極憤恨而無如之何. 生一日, 潛逃隱匿於城中一親族之家, 喘息稍定. 翌日, 聞門外有喧呼之聲. 其妻乘轎追來矣. 生驚惶罔措, 妻入其家, 使奴僕打破其醬甕, 毁散其器皿曰: "這漢逃至汝家, 則何不卽來奔告於我!" 其家婉辭懇乞而後始止. 遂率生而還, 以其罪重, 故特令杖脚三十, 如官府訊杖之法. 仍囚諸樓上累日而後乃赦. 自是, 親戚之家, 無敢容接者. 生一日, 忽思'湖南遠邑有奴婢, 我若逃隱於此, 則庶保無事.' 遂以匹馬脫身而逃, 千里作行. 累日始抵奴居, 衆奴迎入供奉. 生如離虎口, 寢食稍安. 居數日, 聞門外有喧嘩之聲, 問之則其妻乘駕轎到矣. 生大驚懼, 而無處可避. 妻盡捉奴入, 加以重刑曰: "這漢逃來, 則汝曹何不急送一人飛報于余乎!" 因命生免冠, 以罪人載于後馬, 到京家, 大加刑訊, 囚于樓上, 數月而後得赦. 生之親戚朋友爲生議, 皆曰: "國法離異之外, 無他法. 此則不受法之人. 非離異, 可却殺之之外, 無他道. 殺則不可." 成曰: "無策." 憂嘆而散. 居數年, 其妻忽病死. 生之儕友咸喜曰: "成某今可保活矣." 遂聚會造賀. 生旣喪其妻, 未免成服, 及衆友聚見, 謂其來弔, 對之發哭. 其中一友, 以手批生之頰, 厲聲叱之曰: "吾爲賀汝而來. 何曾弔汝乎, 是何哭." 爲生一笑而止. 「成進士悍妻杖脚」『天倪錄』

우상중의 아내

禹尙中者, 公州武人也. 勇力絶人, 登武科. 仁祖初, 從宦在京. 甲子适變扈駕, 至露梁津渡頭, 只有一船, 距岸數丈. 衛士急呼, 而柁工睨視, 終不棹船而來. 尙中解衣入水, 泝游泳, 超上其船, 斬柁工, 揭竿拏船而來. 上壯之, 立拜宣傳官. 自是, 累擢閫帥. 其爲全羅水使也, 領道內戰船數百, 赴統營習操, 載妓張樂而行. 其奴有自水營, 還其家者, 禹妻問其夫作何狀. 奴言載妓張樂之說, 其妻怒曰: "這漢別吾, 未久, 作此擧措. 不一痛繩, 無以懲後." 卽以纏袋裏粮肩荷, 足着芒鞋, 步履獨出, 日行數百里, 追及於海邊. 禹之戰船, 尙未達統營矣. 遙呼曰: "彼船急速艤岸!" 尙中聞其聲, 驚曰: "此乃吾夫人之聲也. 大變將至." 忙擾失措, 卽命艤其船. 夫人超躍而上, 據于上坐. 船中將卒皆奔避, 尙中跪于前. 夫人命之曰: "吾嘗戒君如何, 而今乃載妓張樂耶." 尙中謝曰: "罪死不赦, 唯夫人命." 夫人使之披臀, 自執杖, 杖之三十, 流血淋漓. 夫人又曰: "只杖臀不足以懲." 又仍持其夫之鬚, 以刀盡割之. 卽超躍下船, 依前步歸. 禹素稱美鬚髥, 其長至腹, 從此遂作無鬚者. 禹至統營時, 李相國浣爲統使, 見尙中, 驚問曰: "令公鬚子素美, 何以忽禿?" 禹對曰: "使道垂問, 何敢有隱, 從今無面目行世矣." 遂擧其實, 而盖其妻勇力加於禹數倍矣. 統使怒曰: "爲將者, 不能制其妻, 安能制敵!" 卽啓聞罷黜.

「禹兵使妬婦割鬚」『天倪錄』

유몽인의 누이 柳氏夫人

洪鶴谷母夫人, 柳夢寅妹也. 能文有識鑑, 性悍妬. 鶴谷大人嘗對其親友, 說其悍妬, 難堪之意. 友人曰: "如此者, 何可以爲妻而自苦乎. 何不出之?" 答曰: "吾豈不知其可出, 方有娠, 或冀其生子隱忍耳." 友人曰: "如此之人, 雖生子, 何用?" 夫人從牖間竊聽之, 使人以杖汚糞, 從客所坐牖邊穴紙而批其頰. 生子卽鶴谷, 自少親自課讀以成文章. 李完南厚源少時, 往拜鶴谷以科表三篇·科詩三首, 請考之, 鶴谷曰: "留之, 當考送." 數日後, 皆書卑等以送. 其後完南, 往見其詩表一句書諸壁間, 問曰: "何爲寫我句?" 鶴谷答曰: "非爲其文之佳, 慈親覽之曰: '此兩句氣像, 似當遠到.' 故書之耳." 柳夫人有神鑑. 鶴谷之胤監司命一, 少赴監試會闈而出, 鶴相見其作, 以爲必不中. 夫人曰: "是當作壯元." 趣家人釀酒爲應榜具, 榜出果魁進士. 此外一見後生文字, 輒斷其窮達夭壽如著龜, 不可悉記云. 一夕, 鶴相侍坐, 遙聽馬嘶聲. 夫人曰: "此名馬也." 命牽來, 乃款段瘦欲死者. 命養飼之, 果成絶足云. 柳夫人不但如此, 更多閫範, 至今以淑德稱, 不當以悍妬論者, 以杖汚糞, 乃監司後夫人具氏事也. 具夫人, 性烈有英氣. 監司於醮夕, 以所服着夸毗曰: "駿笠何如也, 紅帶何如也?" 夫人應聲曰: "笠則黃草笠也, 圈則玳瑁圈也, 帶則細條帶也." 監司語塞云. 監司一日, 新着藍段圓領, 趁朝歸路, 歷見妾家而還. 夫人知之, 及其脫袍, 直取袍沈之油盆云.

『梅翁閒錄』

일타홍 一朵紅

沈一松喜壽, 早孤失學. 自編髮時, 全事豪宕. 日夜往來於狹斜靑樓, 公子王孫之宴, 歌娥舞女之會, 無處不往. 蓬頭突鬢, 破屐弊衣, 少無羞恥. 人皆目之以狂童. 一日, 又赴權宰宴席, 雜於紅綠叢中, 唾

344

罵而不顧, 毆逐而不去. 妓中有少年名妓一朵紅, 新自錦山上來. 容貌歌舞, 獨步一世. 沈童慕其色, 接席而坐. 少無厭苦之色, 時以秋波, 微察其動靜之色, 仍起如厠, 以手招. 沈童起而從之, 則紅附耳語曰: "君家何在?" 沈童詳言, "某洞第幾家." 紅曰: "君須先往. 妾當隨後, 卽往矣. 幸俟之. 妾不失信矣." 沈童大喜過望, 先歸家掃塵而俟之. 日未暮, 紅果如約而來. 沈童不勝欣幸, 與之接膝而酬酢. 一童婢自內而出, 見其狀, 回告於其母夫人. 夫人以其子之狂宕爲憂, 方欲招而責之. 紅曰: "催呼童婢以來, 吾將入謁於大夫人矣." 沈童如其言, 呼婢使通, 則紅入內, 拜於階下曰: "某是錦山新來妓某也. 今日, 某宰相宴會, 適見貴宅都令矣. 諸人皆以狂童目之, 而賤妾愚見, 可知大貴人氣像. 然而其氣太麤粗, 可謂色中餓鬼. 今若不得抑制, 則將至不成人之境, 不如因其勢而利導之. 妾自今日爲都令, 斂跡於歌舞花柳之場, 與之周旋於筆硯書籍之間, 冀其有成就之道矣. 未知夫人意下如何? 妾如或以情欲而有此言, 則何必取貧寒寡宅之狂童乎. 妾雖侍側, 決不使任情受傷矣. 此則勿慮爲." 夫人曰: "吾兒早失家嚴, 不事學業, 全事狂蕩, 老身無以制之, 方以是盡宵薰心矣. 今爲何來好風吹送, 如汝佳人, 使吾家之狂童, 得至成就, 則可謂莫大之恩也. 吾何嫌何疑? 然而吾家素貧, 朝夕難繼. 汝以豪奢之妓女, 其能忍飢寒而當此乎?" 紅曰: "此則少無所嫌, 万望勿慮." 遂自其日, 絕跡於娼樓, 隱身於沈家. 其梳頭洗垢之節, 終始不怠. 日出則使之挾冊, 學於隣家. 歸後坐於案頭. 晨夕勸課, 嚴立科程. 少有怠意, 則勃然作色, 以別去之意, 恐動. 沈童愛而憚之, 課工不懈. 及到議親之時, 沈童以紅之故, 不欲娶妻. 紅知其意, 詰其故. 乃嚴責曰: "君以名家子弟, 前程萬里. 何可因一賤娼, 而欲廢大倫乎? 妾決不欲因妾之故, 而使之亡家矣. 妾則從此去矣." 沈童不得已娶妻. 紅下氣怡聲, 洞洞屬屬, 事之如事老夫人. 使沈童定日, 限四五日, 入內房則一日許入其房. 如或違期, 則必掩門不

納. 如是者數年, 沈生厭學之心, 尤倍於前. 一日, 投書於紅而臥曰:
"汝雖勤於勸課, 其於吾之不欲何?" 紅度其怠惰之心, 有不可以口舌
爭也. 乘沈生出外之時, 告老夫人曰: "阿郎厭學之症, 近日尤甚. 雖以
妾之誠意, 亦無奈何矣. 妾從此告辭矣. 妾之此去, 卽激勸之策也. 妾
雖出門, 何可永辭乎? 如聞登科之報, 則須當卽地還來矣." 仍起而拜
辭. 夫人執手而言曰: "自汝之來吾家, 狂悖之兒, 如得嚴師. 幸免蒙學
者, 皆汝之力也. 何因厭讀微事, 舍我母子而去也." 紅起拜曰: "妾非
木石, 豈不知別離之苦乎. 然而激勸之道, 惟在於此一條. 阿郎歸聞妾
之告辭, 而以決科後更逢爲約之言, 則必也, 發憤勸業矣. 遠則六七
年, 近則四五年間事也. 妾當潔身而處以俟登科之期矣. 幸以此意, 傳
布于阿郎, 是所望也." 仍慨然出門. 遍訪老宰無內眷之家, 得一處, 見
其主人老宰而言曰: "禍家餘生, 苦無托身之所願. 得側婢僕之列, 以
效微誠. 針線酒食, 謹當看檢矣. 其老宰見其端麗聰慧, 憐而愛之, 許
其住接. 紅自其日, 入廚備饌, 極其甘旨, 適其食性. 老宰尤奇愛之,
仍曰: "老人以奇窮之命, 幸得如汝者, 衣服飲食, 便於口體. 今則依賴
有地, 吾旣許心, 汝亦殫誠. 自今結父女之情, 可也." 仍使之入處內
舍, 以女呼之. 沈生歸家, 則紅已無去處, 怪而問之, 則其母夫人, 傳
其臨別時言而責之曰: "汝以厭學之故, 至於此境, 將以何面目立於世
乎! 渠旣以汝之登科爲期. 其爲人也, 必無食言之理. 汝若不得決科,
則此生無更逢之期矣. 惟汝意爲之." 沈生聞而憫之, 如有所失矣. 數
日, 遍訪於京城內外, 終無踪跡, 乃矢于心曰: '吾爲一女之所見棄, 以
何顏面對人. 彼旣有科後相逢之約, 吾當刻意工課, 以爲故人相逢之
地, 而如不得科名而不如約, 則生亦何爲.' 遂杜門謝客, 晝夜不輟. 其
做讀纔過數年, 魁捷龍門. 生以新恩遊街之日, 遍訪先進老宰, 卽沈之
父執也. 歷路拜謁, 則老宰欣然迎之, 叙古話今, 留與從容做話. 已而
自內饋饍, 新恩見盃盤饌品, 愀然變色. 老宰怪而問之, 則遂以紅之始

末, 詳言之. 且曰:"侍生之刻意做業, 以至登科者, 全爲故人相逢之地也. 今見饌品, 宛是紅之所爲也. 故自爾傷心矣."老宰問其年紀狀貌而言曰:"吾有一介養女而不知所從來矣. 無乃此女乎?"言未畢, 忽有一佳人, 推後窓而入, 抱新恩而痛哭. 新恩起拜於主人曰:"尊丈, 今則不可不許此女於侍生矣."主人曰:"吾於垂死之年, 幸得此女依以爲命. 今若許送則老夫如失左右手矣. 事雖難處, 而其事也, 甚奇, 相愛也如此. 吾豈忍不許."新恩起拜而僕僕稱謝. 日已昏黑與紅, 幷騎一馬, 以炬火導前而行. 及門, 疾聲呼母夫人曰:"紅娘來矣! 紅娘來矣!"其母夫人不勝奇喜, 履及於中門之內, 執紅之手而升階, 喜溢堂宇, 復續前好. 沈後爲天官郞. 一夕, 紅斂衽而言曰:"妾之一端心誠, 專爲進賜之成就. 十餘年, 念不及他. 吾鄕父母之安否, 亦不遑聞之矣. 此是妾之日夜撫心者也. 進賜, 今當可爲之地. 幸爲妾求爲錦山宰, 使妾得見父母於生前, 則至恨畢矣."沈曰:"此至易之事."乃治疏乞郡, 果爲錦山倅. 挈紅偕往, 赴任之日, 問紅之父母安否, 則果皆無恙. 過三日後, 紅自官府, 盛具酒饌, 而往其本家, 拜見父母. 會親黨, 三日大宴. 衣服需用之資, 極其豐厚以遺其父母而言曰:"官府異於私室, 官家之內眷, 尤有別於他人. 父母與兄弟, 如或因緣而頻數出入, 則招人言, 累官政. 兄今入衙一入之後, 不得更出, 亦不得頻頻相通, 以在京樣知之, 勿復往來相通, 以嚴內外之分."仍拜辭而入, 未相通于外. 幾過半年, 內婢以小室之意, 來請入. 適有公事, 未卽起. 婢子連續來請, 公怪之, 入內而問之, 則紅着新件衣裳, 舖新件枕席. 別無疾恙, 而顔帶悽愴之色而言曰:"妾於今日, 永訣進賜而長逝之期也. 願進賜保重, 長享榮貴, 而勿以妾之故而疚. 懷葬妾之遺體. 幸返葬於進賜先塋之下, 是所願也"言罷, 奄然而歿. 公哭之痛. 仍曰:"吾之出外, 只爲紅娘故也. 今焉渠已身死, 我何猶留."仍呈辭單而圖遞, 以其柩同行, 至錦江有悼亡詩:"一朶紅蓮載柳車, 香魂何處乍踟躕, 錦江秋雨丹旌濕, 疑是佳人泣別餘."

『靑邱野談』

김천일의 아내 양씨 梁氏

金文烈千鎰之夫人梁氏, 于歸之後, 日無所事, 惟晝寢而已. 其舅戒之以治家營産, 夫人對曰: "雖欲治産, 其奈無資何?" 舅乃以租三十石·奴婢四五口·牛數隻分給. 夫人不辭而退, 仍呼奴婢命之曰: "汝可駄穀於此牛, 入茂朱某處深峽中, 伐木縛屋, 以此穀爲農糧. 勤墾火田, 每秋, 以所出穀石數來告, 粟則作米貯置, 每年如是可也." 居數日, 謂金公曰: "男子手中無錢穀, 則百事不成. 窃聞洞中某甲家, 積置累萬財, 而性嗜賭博云, 何不一往賭取于石露積乎?" 公曰: "此人以國手棋名, 吾豈可對局乎?" 夫人曰: "此不難." 乃取博局, 敎以諸般妙手. 金公性慧悟, 未竟日, 通曉妙法. 夫人曰: "可矣. 明日往請對局, 以三局兩勝決賭, 而初局則輸, 二三局僅僅圖勝. 旣得穀後, 彼必奮然欲更賭, 始出神妙手法, 使彼不敢抗, 可矣." 金公從其言, 請賭博. 甲笑曰: "君非吾敵也. 決賭何爲?" 乃低視而不欲對局, 懇請再三, 然後始許之. 乃以門前千石積穀爲注, 以兩勝限. 公佯輸一局. 甲笑曰: "然矣. 君豈敵吾, 不如早自退去, 無浪擲不少之財也." 公又請竟局, 連勝二局. 甲驚曰: "寧有是理. 旣許之穀, 卽當輸之. 更賭一局, 可乎?" 公乃出妙手, 神鬼莫測, 未半局, 甲大敗, 不敢復下手矣. 公歸問夫人曰: "果如夫人之言, 此穀將焉用之?" 夫人曰: "君子所嘗親知中, 貧窮無賴者, 或周之. 婚喪不能者, 助成之. 毋論貴賤遠近, 量宜施恤. 有奇傑智勇之人, 必與之深結. 逐日來致, 則酒食之供, 吾當措辦矣." 公如其言, 盡交湖南豪傑之人. 夫人又一日, 告其舅, 請得籬外五日耕田, 遍種瓠子, 待熟而取其最大者, 加漆以置, 充積五六間庫.
又命冶工, 造鐵瓠三四個, 重各餘百斤, 衆莫曉其意. 及壬辰亂起, 夫
人曰: "平日, 勸夫子以恤窮濟貧, 交結英男者, 欲於此時得力故也. 舅
姑避兵之所, 吾已措處于茂朱地, 不必爲憂. 吾則在此, 當措辦軍餉軍
裝. 願君速起義旅, 以報國敵愾也." 公欣然從之. 遂倡義起兵, 遠近爭
赴. 旬月之間, 得兵四五千, 使軍卒各持漆瓠而赴戰. 及還陣時, 遺棄
鐵瓠於道, 敵取而欲擧, 力不能, 乃大驚以爲神力, 不敢復向前. 金公
多建奇功, 夫人之力也云.

「梁夫人」『逸士遺事』

가난한 선비의 아내

一士人, 家貧喪配, 聚學童十餘人敎之. 日後, 乃續絃於遐鄕. 其婦
人入其家, 則環堵蕭然, 無甔石之資. 其家長, 忍飢讀書而已, 不治産
業. 其夫堂叔, 有武將者. 夫人勸其家長, 貸出千金, 以爲治産之道.
家長微哂曰: "豈肯爲貸乎? 且吾平生不向人說道此等事也." 夫人親
自裁書於夫堂叔, '願貸千金, 限以一年還償.' 堂叔家子姪婦女, 皆
曰: "新婦入夫家, 不過幾日, 請貸千金於至親. 誠是沒知覺, 無人事."
衆誚喧藉, 堂叔曰: "不然. 吾向見此新婦, 則非碌碌女子也. 且一書
千金, 容易發說, 其志亦可觀." 遂答書快許之, 夫人受錢, 藏置樓中.
家長見之駭然, 姑且任之, 而觀其動靜矣. 夫人見無尺僮尺婢可使者,
乃招致學童輩, 饋以餠餌之屬, 給錢使之貿錦鍛於立廛, 縫出錦囊, 使
學童, 各佩之, 群童皆感服. 凡有使喚, 無異童僕. 於是各給錢兩, 分
往城內外藥肆及諸譯官家, 貿取甘草而來. 如是數月, 甘草垂乏, 而價
踊五倍矣. 卽又散買之, 收錢三四千金, 買屋子, 脩釜鼎, 立婢僕, 一

朝饒足. 又裁書於堂叔, 還千金, 其家大驚之. 蓋一年之限, 尙未滿半載矣. 向之誚譏之人, 咸稱賢婦. 堂叔大奇之, 來見新舍, 欲還送千金, 以爲致富之資. 新婦辭曰: "人生斯世, 衣食才足, 鄕里親戚稱善人, 足矣. 安用富爲? 且富者, 衆之所忌, 吾固不願也." 固辭不受, 敏於紡績, 勤於治家, 夫婦偕老, 子孫榮顯, 未嘗窘乏云云.

「得賢婦貧士成家業」『海東野書』

주탕비 합정 合貞

禹媼, 名合貞, 關西義州人, 而平山禹夏亨之小室也. 家故賤隷, 籍於州之酒湯婢. 時禹初擧武科, 徵赴州尹之幕府. 媼遂獲私於禹, 凡禹所須饎爨浣濯, 一委之媼, 媼黽勉拮据, 使禹忘衣食憂. 及州有九囚以犯越罪當斬, 尹使禹監法場, 禹至, 謂諸人曰: "若等得非謀生而抵死耶?" 衆曰: "諾." 禹曰: "謀生而抵死, 抵死而不能逃死, 非夫也." 乃解其縛曰: "若等速逃." 衆皆恂疑不逃, 令卒擋逐之. 歸報尹曰: "囚皆逃矣." 尹聞其事, 大奇之. 僚屬亦無不稱奇. 媼獨爲禹治任, 禹怪問之, 媼曰: "公擅活九人者命, 譖言不日至矣." 未數日, 果有以受賽, 放死罪輩語者, 禹不告尹徑去. 媼謂禹曰: "公今行矣, 將上京求仕耶? 抑將返鄕家居耶?" 禹曰: "吾貧無齎藉, 上京何所賴活, 只當直歸平山, 老死破屋矮簷間矣." 媼曰: "不然. 妾能相人, 料公骨格, 汙不失爲制閫之材. 妾嘗躬勞若殖篿貨, 銖積寸累, 需早晏托身費者有六百銀子. 公卽持此而東, 足以麗服快馬, 旅遊京邸, 求聞於人. 妾且寄身某家, 以待公之宰西邑." 禹大喜曰: "誠如言, 幸甚." 媼乃取橐中藏畀禹, 果六百. 禹旣去. 媼於是, 歸邑之老鰥將校, 初入門, 謂校曰: "吾代君妻, 主君家政, 宜簿正産業, 以明授受." 校曰: "固爾産,及爾同死, 何歷歷如此." 媼不聽, 強要校悉數, 手自記其菽粟稷黍年收幾何, 布帛絲枲歲課幾何, 鼎釜筐筥時存幾何, 以至鷄豚凌雜鹽醬之微, 無不畢勞以藏之. 始乃操筭籌運鉤校, 節物以經日用, 權時以拓貨財, 夙夜孳孳, 事益治而利益饒. 已而謂校曰: "吾粗解文字, 好看朝報政目, 君必從邑人借示之." 校曰: "易事耳." 每借示則默默察禹名有無. 不數歲, 禹自宣傳官, 屢轉官階. 至七年, 出宰關西之楚山. 於是, 媼入取勞呼校至, 具道其與禹留約事甚細曰: "吾七年爲婦, 雖缺君一椀瓢, 不能不愨負. 君今以勞照物, 或相倍簁, 或相什佰, 斯不愧爲人婦乎. 幸君自調護, 吾從此逝矣." 校愕然欲挽, 度不可回, 但揮涕爲別. 媼遂換着丈夫巾衣, 携一力荷擔, 亟趨楚山, 則禹到官纔二日. 媼爲民訟官者, 旣入庭, 則曰: "有密白事, 請屏左右升堂." 禹怪而許之. 旣升堂則曰: "請入室." 禹愈益怪之. 旣入室則曰: "公不知義州侍寢之舊媼耶!" 禹遽驚喜大呼曰: "奇奇." 復熟視有間曰: "是是, 吾方求汝, 汝先求吾耶!" 先是, 禹喪其室, 使子婦攝家政. 及得媼, 趣反婦人服, 導入內主家政, 而使子婦聽命焉. 於是, 媼哀然爲一門主母, 奉祭祀以敬, 事嫡親以順, 御婢僕以恩. 上下老少, 無不嘖嘖稱賢. 後禹於關西, 歷典數邑, 卒以節度使. 近七耋, 終于家, 媼不甚哀, 服其成, 謂嫡子曰: "先公以鄕曲武弁, 位亞將, 壽稀齡. 公可以無憾, 子孫亦可以無憾. 若以老身言之, 知先公於草昧落拓之辰, 助成公之名位, 而語竟偶中, 托不失所, 斯已足矣. 不死何待." 卽入室, 閉戶絶粒死. 於是, 禹之諸宗人咸聚言曰: "非斯人, 禹其有今耶! 斯人而不特報, 禮其云何." 乃從葬媼于平山東十里馬堂里節度使墓右十餘步, 別立廟, 世世祀媼, 至于今毋變云.

「禹媼傳」『明皐全集』

기녀 백상월 百祥月

百祥月者, 安州妓也. 兵馬帥幕佐李君嬖之, 蓄數月. 李君故孤貧, 客千里外, 帥吝於財, 僅支食料, 無佗物. 以是百祥月不得李君一錢, 第心愛之而已. 旣而帥與李君論事不合, 怒欲搰辱之, 李君不肯受. 帥恚甚勒, 稱李君欠錢六萬, 囚而責之甚急. 百祥月入見帥曰: "李君, 妾夫也. 今爲公所囚, 乞保妾而釋李君, 惟公所命." 帥許之. 李君出, 百祥月延之舍, 持而泣. 李君曰: "吾縱由汝免, 然實無錢, 將累汝, 奈何?" 百祥月指其室曰: "妾有此居, 又有田若干粧奩若干, 悉鬻之, 可以償. 君勿憂也." 李君曰: "吾蓄汝僅數月, 無所與汝, 汝所有, 皆前夫物, 何爲償吾." 百祥月曰: "何言之區區也. 第聽吾所爲." 立召市人, 出田宅券, 與其粧奩而計其直, 得錢七萬. 旣以償所責, 以其仍爲李君治任, 送之京. 將別李君有不忍色. 百祥月辭曰: "妾賤人, 不能從一夫. 君努力, 勿復念妾也." 李君去, 百祥月爲妓如初.

「百祥月傳」『明美堂集』

신씨 부인 申氏夫人

申氏, 平山大姓, 祖靖夏弘文修撰, 號恕菴. 父晧早歿, 申氏生纔六年, 而能致哀毁. 孝事母洪氏, 洪氏不食, 申氏則不言, 手擧匕, 視洪氏顔色而淚墮. 洪氏於是不忍不食. 長嫁李顯吉. 顯吉嘗病, 洪氏挈就他所救視. 顯吉見洪氏親家奴佩刀柄犀而悅之, 使人通意於洪氏求買. 申氏時在家聞之, 書于洪氏曰: "少年書生, 不可佩犀柄刀. 且士一以玩好娛心, 則敗學, 斷勿聽." 時年十六, 洪氏憫顯吉幼孤失學, 館畜之, 置師以敎. 顯吉雅不熟書, 不能力. 每夜深, 申氏遣婢耳于壁, 聽

352

讀書聲, 聲聞反告則喜. 嘗夜顯吉入申氏寢室, 已而獨申氏語琅琅聞外. 洪氏怪窺之, 見顯吉臥, 申氏方操針線, 而語顯吉曰: "我生爲女子, 罪也. 痛無以有益父母, 使我男子乎, 則不能立身以顯父母者, 無爲生也. 曩吾見姑氏, 夏月擁火煎麵餠, 賣爲食, 以食吾等. 吾食不能下, 子能下乎? 親勞苦如此, 而爲人子不思濟之. 歲月如流, 甘與草木同歸耶!" 言訖而聲咽下淚, 顯吉蹶然起, 瞿然斂容而坐, 出則讀書逡徹夜. 申氏請洪氏食顯吉毋飽, 衣毋輕細曰: "飽食煖衣, 則懼學之無成." 洪氏有爲後子, 申氏常勉洪氏以厚其子, 毋私於己. 嘗有幹奴白洪氏曰: "某所婢, 貧不保居, 而子女衆. 請徙之, 使治楊根田." 楊根田者, 卽申氏田也. 洪氏應曰: "唯." 申氏曰: "是不可爲也. 婢多子女, 宜爲申宗使. 母何得以與女." 奴復曰: "楊根田無幹事奴僕, 則異日立見破矣." 申氏笑曰: "貧富, 天也, 非人之所能爲也. 人患不善, 寧患貧乎?" 洪氏大悟乃罷. 申氏疎眉目, 姿貌瑩澈, 自出塵垢之外, 於貨利服玩之屬, 無所經心. 常淨掃一室, 列硯几, 取『國風』『孝經』『小學』及『女訓』諸書而讀之, 響如鳴玉. 掛韓文公・歐陽永叔・蘇東坡像于壁, 想慕其爲人. 人謂恕菴之文在孫女, 然亦不著爲文辭, 惟勤於女紅. 年二十, 遇疾死, 無子.

「申氏傳」『本庵集』

김만중의 어머니 윤씨 尹氏

丁丑虜變, 先府君殉節江都, 大夫人方妊娠及月, 在洪夫人所寓浦口, 得船免於禍. 時先兄纔五歲, 不肯萬重未離于腹也. 亂定, 携二孤兒, 歸依父母膝下, 內左右洪夫人, 經理家事, 外奉養參判公, 能養志如古孝子. 得間, 輒披閱書史以自娛, 日益淹博. 於是, 參判公殆忘無子之感, 而文穆公嘆曰: "每與我孫女言, 頓覺心胸開豁. 若是男子, 豈非吾家一大提學也." 我皇祖考之喪, 卜葬於懷德縣之貞民里. 先府君祔其後. 葬師或言其地不利於後嗣, 參判公疑之謂大夫人曰: "吾力能改葬, 意欲遷之畿內, 俾便孤兒寡婦, 節日掃洒. 爾謂何如?" 對曰: "風水家說, 素茫昧難信. 從葬先兆, 諒神理所安. 且湖中, 夫族多居之者. 兒子未長成前, 可資其省視, 不願遷葬也." 參判公捐世, 洪夫人病毀, 不能省事. 又無子弟之幹家者. 大夫人獨與數婢, 措辦喪具, 而衣衾祭奠, 齊整豐潔, 無不中禮, 見者異之. 其於後喪亦然. 自是家事益困, 至躬自組綉以給朝夕, 而居常泰然. 未嘗有憂惱容, 亦不令不肖兄弟知之. 盖慮其早汩家人細務, 有妨於書冊工夫也. 不肖兄弟幼學無外傳, 如『小學』『史略』唐詩之屬, 大夫人自敎之. 雖其慈愛異甚, 而課督極嚴. 恒言: "汝輩非他人比. 必他人才學, 過於人一等, 纔得見齒於人. 人之訴無行者, 必曰: '寡婦之子', 此言汝宜刻骨." 不肖兄弟有過, 必躬執夏楚, 泣而言曰: "汝父以汝兄弟, 托我而死. 汝今若是, 我何面目於地下乎? 與其失學而生, 不如遄死." 其言之痛切如此. 先兄之於文, 雖得於性, 而其藝業之夙成, 大夫人激勵之力居多, 而若萬重之昏惰自棄, 非敎之不至也. 時經亂未久, 書籍苦難得. 如『孟子』『中庸』諸書, 大夫人皆以粟易之. 有賣『左氏傳』者, 先兄意甚愛之, 而見卷帙多, 不敢問價. 大夫人卽斷機中紬以償其直, 此外固無餘儲也. 又從隣人爲玉堂吏者, 借出館中四書·『詩經諺解』, 皆手自謄寫, 而字體精細如貫珠, 無一畫苟者. …… 是年秋, 萬重以言事竄西塞. 大夫人送之城外曰: "嶺海之行, 前修所不免. 行矣自愛, 勿以我爲念." 翌年, 國有大慶, 蒙恩歸侍, 未數月而己巳之禍作, 復詣詔獄. 尋減死, 安置南海, 而孫男三人繼竄絶島. 大夫人素有痰喘疾, 遇寒輒發. 自哭先兄, 連遭憂慼, 宿證有加. 至是冬, 疾旣革矣, 而猶訓誡孫曾曰: "勿以家難而自沮, 勿謂無用而廢業." 所進饌物, 稍有珍異, 輒不樂曰:

"吾家飮食, 初不如是." 屬纊前數日, 諄諄以勤儉飭子孫婦, 此外唯以一子三孫在瘴鄕爲言, 餘無所繫念者. 嗚呼痛哉! 始先兄以大夫人年老, 預造百歲衣, 大夫人知之謂曰: "丁丑之喪, 無財不得自盡多矣. 今豈可於我有加哉." 對以前後家事之不同, 大夫人曰: "吾亦豈不知此, 但同穴而葬, 厚薄相懸, 吾心豈得安乎?" 至是諸孫之奉斂襚者, 不用紅紫華綵, 參遺意也. 大夫人生於萬曆丁巳九月二十五日, 終於己巳十二月二十二日. 享年七十三. 孫男鎭華, 曾孫春澤等, 奉靈柩, 啓先府君之地而合葬焉. 實庚午二月二十二日也.

「先妣貞敬夫人行狀」『西浦集』

정부인 임씨 貞夫人林氏

貞夫人林氏, 金公鶴聲之母. 蚤寡, 鶴聲及弟, 方在齠齔, 縫人衣裳, 餬口, 資二兒從師. 一日, 聽簷溜滴地鏗鏘. 下視之, 地埋巨鍑, 中實白鑞, 亟揜之, 無知者. 他日, 托其兄貨家, 索居小蔀. 後以夫祭日, 置酒, 邀兄至, 二子亦在. 酒喟然曰: "先夫以是遺孤, 累未亡人. 恒懼其成就未果, 以餒我舅姑若夫之靈. 今吾鬢旣皤, 二子能繼父志, 早晚溘然, 泉壤之下, 足以有辭." 因言瘞金之事, 兄曰: "胡若是浼焉." 曰: "財者災也. 無故獲鉅金不祥, 非有奇災, 亦必死亡. 且人生知當窮乏. 二子尙幼, 知使慣於衣食之安, 則攻業不肯盡力. 不長於貧困之中, 則詎知財之來不易. 故移吾居, 寔斷吾念. 如干窖藏, 斯吾十指上辦出, 非比忽爾至前者也." 兄服其識遠, 子感其勤苦. 親黨聞而相勸爲儉. 迨母壽終, 瓜瓞充. 閭人曰: "母之報也."

「貞夫人林氏」『委巷瑣聞』

김견신의 어머니

金兵使見臣, 龍灣將校也. 其母年未笄, 許婚於同鄕某姓人, 受采未幾, 其夫病死. 金母以爲'雖未之醮, 旣受其幣, 不可他適.' 仍聞訃, 卽發喪而赴. 仍奉舅姑, 極其誠敬. 過三四年, 爲覲其父母, 作歸寧行. 洞里富人金某者, 卽數十萬巨富也. 時適鰥居, 聞其女人之貞烈賢淑, 欲爲繼娶, 往見其女之父, 請以萬金爲壽, 願爲之婿. 其女之父, 素是貧窮, 聞萬金之說, 雖是流涎, 想其女之烈節, 誠無以發說. 遂謝之曰: "幣誠厚矣. 女兒之守節甚苦, 不可奪志矣." 金某屢次懇請, 而終不之諾. 金某遂謝去. 其家素是貧家, 內外不甚遠, 其女子在內, 竊聽之. 待客之去, 呼其父而問之曰: "俄者客來所言云何?" 其父曰: "別無所言." 其女屢度迫問, 其父乃曰: "雖有云云, 不可向汝傳說矣." 其女又懇問, 乃曰: "欲以萬金娶汝爲妻矣." 其女曰: "父親貧窮, 小女之心, 尋常悶迫, 而無計奉助矣. 今萬金, 誠大財也. 得此則父親平生可以好好生活, 豈非小女之至願乎! 且吾輩賤儕, 豈有所謂守節. 又況只受其采而已. 未嘗與之合巹, 而未識亡夫之面目. 守此終身, 亦無意味. 願父親速請其人回來, 仍爲許之也." 其父聞此言, 仍出外舍, 急使人追之, 請金某回來, 依女言許之. 金某大喜, 隨卽輸送萬金. 擇日醮禮, 仍作夫婦. 金某卽見臣之父也. 其女入金某之門, 御親戚, 率婢僕, 恩威幷行. 接賓客, 治産業, 井井有法, 家道益興, 財産漸饒. 未幾, 生子, 卽金見臣也. 見臣年稍長, 敎之有道, 隨行於灣府將校. 時當辛未冬, 嘉山賊景來之亂, 見臣年三十一, 時適無任, 閑住家中. 其母招見臣謂之曰: "今國家多亂, 賊變起於道內, 而汝以丈夫身, 寧可以袖手傍觀乎! 上可以招聚軍兵, 起義討賊. 中可以自詣軍門, 聽營門之指揮. 下可以編於軍伍, 戮力效勞, 豈可視同他人之事, 而安坐於家也." 見臣曰: "謹聞命矣." 遂發其家財, 呼召民衆, 制軍服, 作器械, 率義兵幾千人, 仍往詣巡撫中營. 結陣於定州城外, 仗義討賊, 多所斬獲. 賊兵之不敢西下, 蹴入定州者, 此人之功居多. 及其城陷之日, 直擣巢穴, 蕩其氛翳, 道臣上其功, 國家大致嘉尙, 連拜內禁將宣傳官等職. 仍又直拜忠淸兵使, 又拜別軍職, 後又拜价川守, 价則義州之道內邑也. 錦衣還鄕, 以板輿奉其母, 養以官廩, 其道內諸人, 莫不欽羨云.

「倡義兵賢母肖子」『靑邱野談』

사주당 이씨 師朱堂李氏

母氏在室, 習經讀. 我外王考曰:“觀古名儒母, 無無文者. 吾且聽汝.”及歸我家, 袞取前哲起居飮食諸節曁竪書孕婦禁忌, 末附經傳可敎儒子句語, 解以諺文, 成一冊子, 爲勿忘之工. 我先君子手題卷目曰:‘敎子輯要.’既育不肖等四男女, 冊子遂如得魚之筌. 二十有餘歲, 復出四姊箱中. 母氏歎曰:“此書更以自省, 初非以貽後. 既偶存, 到爾手, 定不毁棄. 夫養蒙聖功, 自三日咳名以下, 備見傳記, 無庸吾更添. 獨腹中一敎, 古有其事, 今無其文. 已累千年, 巾幗家, 曷從自覺而行之? 宜生才不逮古昔, 無徒氣化尤也. 吾自恨女子無以致讀書益, 更恐負先人意. 嘗試之胎敎, 凡四度. 果爾曺形氣無大戾, 此書傳于家, 豈不亦有助.”於是, 削去末附, 只取養胎節目, 反覆發明, 務牖世迷, 命之曰『新記』, 以補「少儀」·「內則」舊闕也. 篇完後一年, 不肖節章句, 釋音義, 適于母氏劬勞日, 斷筆亦異哉. 謹語一語, 尾之曰: 嗚呼! 觀此書, 然後知徽爲自賊者爾. 人但有善性, 猶君子責使其充. 況氣質未始不粹乎. 此書卽徽厥初受也, 爲敎十月, 如是其摯. 徽在孩提, 不無少異, 及孤以還, 狼狽焉, 顚覆焉, 一至今日焉. 今日鹵莽, 豈由我父母. 迺由徽自賊者, 晦盡我父母勤勞, 使世人譏生子不肖, 何我

357

父母誣也. 此此書, 不可不傳, 庶觀者憫我父母薔無獲也.

純廟元年辛酉三月二十七日癸卯不肖儆謹識.

「胎敎新記跋」『胎敎新記』

　與友久處, 猶學其爲人. 況子之於母, 七情肖焉. 故待姙婦之道, 不可使喜怒哀樂, 或過其節. 是以, 姙婦之旁, 常有善人, 輔其起居, 怡其心志. 使可師之言可法之事, 不間于耳. 然後惰慢邪僻之心, 無自生焉.

「待姙婦」『胎敎新記』

　人心之動, 聞聲而感, 姙婦不可聞淫樂淫唱, 市井喧譁, 婦人誶罵, 及凡醉酗忿辱倀哭之聲. 勿使婢僕, 入傳遠外無理之語. 惟宜有人, 誦詩說書, 不則彈琴瑟.

「姙婦耳聞」『胎敎新記』

　延醫服藥, 足以止病, 不足以美子貌. 汎室靜處, 足以安胎, 不足以良子材. 子由血成而血因心動, 其心不正, 子之成, 亦不正. 姙婦之道, 敬以存心, 毋或有害人殺物之意. 奸詐貪竊妒毁之念, 不使蘖芽於胸中, 然後口無妄言, 面無歉色. 若斯須忘敬, 已失之血矣.

「姙婦存心」『胎敎新記』

요절한 천재시인 허 난설헌 許蘭雪軒

1.

乙酉春, 余丁憂, 寓居于外舅家. 夜夢登海上山, 山皆瑤琳珉玉, 衆峯俱疊白璧靑熒, 明滅眩不可定視. 霱雲籠其上, 五彩姸鮮, 瓊泉數派, 瀉於崖石間, 激激作環玦聲. 有二女, 年俱可二十許, 顔皆絶代, 一披紫霞襦, 一服翠霓衣, 手俱持金色葫蘆, 步屧輕躡揖余. 從澗曲而上, 奇卉異花, 羅生不可名. 鸞鶴孔翠翺舞左右, 衆香馚馥於林端. 遂躋絶頂, 東南大海, 接天一碧, 紅日初昇, 波濤浴暈, 峰頭有大池, 湛泓蓮花色碧葉大被霜半褪. 二女曰: "此廣桑山也. 在十洲中第一. 君有仙緣, 故敢到此境, 盍爲詩紀之." 余辭不獲已, 卽吟一絶. 二女拍掌軒渠曰: "星星仙語也." 俄有一朶紅雲, 從天中下墜罩於峯頂, 擂鼓一響, 醒然而悟, 枕席猶有烟霞氣. 未知太白天姥之遊能逮此否. 聊記之云. 詩曰: "碧海浸瑤海, 靑鸞倚彩鸞, 芙蓉三九朶, 紅墮月霜寒." (姊氏於己丑春, 捐世. 時年二十七. 其三九紅墮之語乃驗.)

「夢遊廣桑山詩序」『蘭雪軒詩集』

3.

閨房之秀, 擷英吐華, 亦天地山川之所鍾靈, 不容施, 亦不容 也. 漢曹大家成敦史, 以紹家聲, 唐徐賢妃, 諫征伐, 以動英主, 皆丈夫所難能, 而一女子辦之, 良足千古矣. 卽彤管遺篇所載, 不可縷數, 乃慧性靈襟不可泯滅, 則均焉. 卽嘲風詠月, 何可盡廢. 以今觀於許氏蘭雪軒集, 又飄飄乎塵埃之外, 秀而不靡, 沖而有骨, 遊仙諸作, 更屬當家, 想其本質, 乃雙成飛瓊之流亞, 偶謫海邦, 去蓬壺瓊島, 不過隔衣帶水. 玉樓一成, 鸞書旋召, 斷行殘墨, 皆成珠玉, 落在人間, 永充玄賞. 又豈叔眞易安輩, 悲吟苦思, 以寫其不平之衷, 而總爲兒女子之嘻笑嚬蹙者哉. 許門多才, 昆弟皆以文學重於東國. 以手足之誼 輯其稿之僅存者以傳, 予得寓目輒題數語而歸之. 觀斯集, 當知予言之非謬也.

萬曆丙午孟夏 朱之蕃 書於碧蹄館中.

「蘭雪齋詩集小引」『蘭雪軒詩集』

성리학자 윤지당 임씨 允摯堂林氏

任鹿門聖周妹任氏, 景廟辛丑生, 號允摯堂. 歸原州申士人光裕室,
早孁無育, 今承旨光祐兄嫂. 天才理學, 貫習經傳, 年近七十, 每日咿
唔經傳, 如經生家. 著述則非經疑問證, 不有之. 經義論講, 則與兄弟
鹿門與雲湖多往復. 蓋夫人居原州, 鹿門兄弟居公州故也. 他著述, 則
家門內祭文與爲貞烈婦女立傳也. 余以任門之瓜葛, 故從其家, 習聞
夫人理學與善文字. 見其祭文經義, 則見識文藻, 自成一家, 則非同於
閨閤間一詩一文之才, 直可與曹大家上下也. 其異才, 非直壼德之潛,
故不曰閨烈錄, 曰閨秀錄也.

「閨秀錄」『幷世才彦錄』

삼호정시사 三湖亭詩社

1.

有時吟哦, 從而唱酬者四人. 一曰: '雲蕉(楚)', 成川人, 淵泉金尙
書小室也. 才華超倫, 詩以大鳴, 源源來訪, 或留連信宿. 一曰: '瓊
山', 文化人, 花史李尙書小室也. 多聞博識, 工於吟詠, 適因隣居相
尋. 一曰: '竹西', 同鄕人, 松湖徐太守小室也. 才氣英慧, 聞一知十,
文慕韓 · 蘇, 詩亦奇古. 一卽吾弟 '鏡春', 酒泉洪太守小室也. 聰慧端
一, 博通經史, 詩詞亦不多讓於諸人. 相與從遊而錦軸盈床, 珠唾滿
架, 有時朗讀, 琅琅如擲金碎玉. 四時之風月, 不能自閒. 一江之花鳥,
亦應鮮愁也. 吟成四絶曰: "春意相逢惜艷暉, 柳眉初展杏腮肥, 尋詩
厚餉看花福, 誰遣仙娥共息機. 送盡東風客未還, 一春多病更多閒, 觴
吟共許名場外, 透得浮生夢覺關. 烟波浩蕩白鷗天, 斜倚欄干夜不眠,

隔岸時聞人語響, 月明南浦有歸船. 簾幕初開水國天, 春風十二畫欄前, 隔江桃李連江柳, 盡入空濛一色烟." 五人相爲知心益友, 又占勝地閒區. 花鳥雲烟風雨雪月, 無時不佳, 無日不樂. 或與彈琴聽樂, 以遣清興, 而談笑之暇, 天機流動, 則發而爲詩. 有清者, 有雅者, 健者, 古者, 澹宕者, 慷慨者, 雖未知其甲乙, 而陶寫性情, 優游自適, 則一也. 惟我鏡春, 特以常棣之情, 兼有管鮑之誼. 況其超塵脫俗之姿, 出類拔萃之才, 水月爲精, 玉雪爲肥, 求之今古, 殆亦罕倫. 惜乎其爲閨中女子, 無所見需於世也. 每弟兄相對, 吐肝輪膽, 臨詩忘吟. 或與論文, 則滔滔不竭, 如何倒源. 有時擊節讀書, 琤琤如鶯喚春樹, 鳳鳴高岡. 融融怡怡, 自謂有人所不知之樂矣. 回念半生, 清遊寄跡於流峙之間, 搜奇探怪, 殆遍勝區, 能爲男子之所難爲, 分已足矣, 願亦償矣. 嗟乎! 天下之江山, 大矣, 一隅褊邦, 不足爲大觀也. 古今之日月, 久矣, 百年浮生, 不足以樂也. 雖然舉一隅而推之, 天下皆如是江山也, 以百年而視之古今, 皆如是日月也. 然則江山之大小, 日月之久近, 又何足論爲也哉. 然而往事過境, 卽瞥然一夢耳. 苟無文以傳之, 則孰有知今日之錦園者乎. 夫倚枕合眠, 神與魂交, 空空冥冥, 隨感而化者, 一夜之夢也. 大化推遷, 天地一瞬, 平生事爲, 同歸于虛者, 平生之夢也. 故黃梁之枕覺, 平生之觭夢, 華胥之遊悟, 至道之無爲. 夫旣如是, 則平生之夢, 何異於一夜之夢哉. 噫! 自一日而觀之, 則一日夢也. 自一年而觀之, 則一年亦夢也. 以至百歲千歲, 往古來今, 無非夢也. 吾亦夢中人, 而欲記夢中事者, 又豈非夢中夢耶. 遂一笑援筆, 而略記遊覽顚末, 所謂存十一於千百, 而至若吟詠, 則散佚不收, 亦畧而書之, 爲閒中臥遊之資焉. 其所遊覽, 始自錦湖四郡, 而轉至關東金剛與八景, 又轉至于洛陽, 終至于關西灣府而還歸于洛, 故命之曰: '湖東西洛記'

歲在庚戌暮春上澣. 錦園識.

2.

錦園, 女中英豪也. 文章特其餘事, 而猶可見絕倫之才超世之識. 瓊春, 資質通淸, 志氣超邁, 文亦如其人, 詢足稱難兄難弟也. 班固以昭爲妹, 詞藻煒燁, 都賦女誡, 幷名今古, 世稱希覯之盛. 若其女子而兄弟幷名, 則乃千古而一而已. 惜其不爲男, 而無所見施於世也. 噫! 空靑·碼磠·水難·火齊, 饑寒雖不可衣食, 而願亦後世之寶也歟.

雲楚題.

3.

余凤聞錦園而艷慕之, 適隣居江干, 同志相會凡五人, 而襟期夷曠, 風韻跌宕, 觴詠乎名亭, 其樂也陶陶. 金霏玉屑, 才子之筆端欲舞, 丹葩碧草, 騷人之口吻寓境也. 此篇乃錦園所歷叙遊賞始末, 而如化翁生物, 不見雕刻之痕, 而色色形形, 自然工妙, 覽之者若九方臯相馬, 則庶其有會於文詞之外也.

瓊山書.

4.

能於詩文者, 古稱多江山之助, 江山, 天地之氣也. 詩文, 吾之氣也, 何有於江山之助乎. 特其壯麗奇瓖, 可喜可愕者, 山水之勝而人之氣, 因有所感發宣暢. 故仁者得之而安, 智者見之而通, 志士立, 勇夫激, 豪逸者蕩, 鬱悒者悽, 至乃慷慨詠歎而發而爲文爲詩, 則宜其得助於江山也. 余與錦園同鄕, 而近又從遊湖上, 得見其記遊之文. 雖寂寥小篇, 而沛然有烟波萬里之勢. 詩凡二十七則而鏗錚有聲, 蓋其寄情於流峙之間, 而弘壯奇怪, 搜抉殆盡, 層嶂峭峭壁, 平流激湍, 皆莫能逃其形, 雄辭艷藻, 與物俱成. 莊嚴英特有如君子之拱立. 橫奔逆擊有如萬軍之齊騰. 綽約如春粧. 淡泊如秋篩. 咫尺殊景, 萬千其像, 咸可親於詞氣聲韻之間, 此豈徒能於詩文而兼得江山之助也云哉. 特其志氣軒豁, 有超世出塵之想, 泰華不足爲峯崒, 江漢不足爲浣濺, 則詩與文, 乃其聲音咳唾之餘, 何足以知錦園也. 雖然, 丹山片羽, 猶可以像想全體, 則是可珍也.

竹西跋.

『湖東西洛記』

이 옥봉 李玉峰

我高祖考雲江公, 有小室李氏, 卽璿係戚盡者也. 生而聰慧特異, 其父奇愛之, 敎以文字, 妙解絶人, 嗜好成癖. 其父歲買書籍, 以資繙閱, 藻思日進, 最工於詩, 得於天機, 而不事蹈襲. 意致閑雅, 調響淸婉, 藹然有開元天寶正始之音, 實爲閨秀中第一. 自負其才, 不肯輕易許人, 欲求才華文望之高出一世者而從之. 其父體其意, 求之不得, 聞公雅有盛名, 懷刺請謁, 以實告之, 公不許. 遂轉往新菴李公宅, 更申其情, 新菴卽公之外舅, 李尙書也. 笑而許之, 仍謂雲江公曰: "君何不從某人之懇乎?" 公對以年少名官, 何煩縢御之卜耶. 新菴笑曰: "非丈夫事也." 遂令卜日率來, 貌如其才, 新菴亦奇之. 雲江公自吏部郎, 出補槐山, 後除三陟 · 星州, 李氏皆隨其在. 寧越途中之詩有曰: "五日長關三日越, 哀辭唱斷魯陵雲, 妾身亦是王孫女, 此地鵑聲不忍聞." 其詞凄婉感慨, 宛若忠臣節士之語. 公罷官閑居, 有人乞曰書而未有儲. 公使之作答, 答曰: "何不借梳于南山之僧耶." 雖此一句語, 可見其才之呈露也. 嘗有隣女之素相識者, 來告其夫爲屠者之援引, 乞雲江公一書于該曹, 要免其罪. 李氏深加矜憐, 而不敢關聽于公, 乃曰: "吾雖不敢請書, 當爲爾書給狀辭矣." 遂書一絶曰: "洗面盆爲鏡, 梳頭水作油, 妾身非織女, 郞豈是牽牛."該曹諸堂, 見而大驚, 詰問之曰: "爾之狀辭, 誰所書乎?"其女遑急直對以狀, 諸堂寃其罪而釋之. 袖其詩而訪公言曰: "公有如許人之奇才, 而恨吾輩聞知之晩也." 公送客之後, 遂招李氏而出曰: "汝從我屢年, 曾無所失. 今何可爲屠者妻, 作詩以贈, 至釋王獄罪囚, 煩人耳目乎! 此其大不可, 卽還汝家也." 李氏涕泣謝之, 公終不聽. 李氏遂不得更侍于公. 歸家屢年, 有詩曰: "近來安否問如何, 月到紗窓妾恨多, 若使夢魂行有跡, 門前石徑已成沙." 語意悲絶, 感人者深, 而公竟不許其還來, 可見其家法之嚴甚也. 後値壬辰倭亂, 李氏竟死於節, 中朝人亦奇其詩, 重其節, 採其所作, 錄於『列朝詩集』中, 稱之閨秀玉峯李氏. 其下又書之曰: '翰林承旨趙某氏之妾, 遭壬辰倭亂死之.' 蓋所謂玉峯, 乃其平日之號者也.

「李玉峯行蹟」『嘉林世稿』

김 삼의당 金三宜堂

1.

一日, 夫子謂妾曰: "我技乏雕蟲, 路阻登龍, 榮親難以力圖. 且家勢淸貧, 無負郭一頃田. 況吾所居, 寸土如金, 粒米如玉. 雖欲耕而無地, 雖欲養而無資, 奈何? 昔董生召南耕讀於桐柏山, 以養其親, 此千古美事也. 吾聞月浪之陽來東山下, 地多寬閒, 田有餘優. 今往耕之, 無憂養親. 吾筮已決也. 子當從之乎?"妾曰: "君子之言, 甚合道理. 盍往早圖之." 辛酉臘月, 移寓鎭安馬靈之訪花里. 翌年二月, 新宇築成, 環居皆樹木也. 時當淸和, 芳陰滿地, 俄有好音, 出於濃綠之間. 使人心氣和平, 宛坐於鼓瑟吹笙之中也. 妾顧謂夫子曰: "吾所居, 若無芳

樹, 彼好音, 胡爲而來哉. 故人而無芳隣, 不得聞善言. 君而無賢左右,
不得聞昌言. 人與人君, 聞善之方, 吾於鶯聲知之矣. 又嘗獨立, 東風
乍起, 百鳥得意, 上下其音, 啼弄春光, 日氣方暖, 忽有好音, 出於其
間, 彼樑上之喃喃, 窓外之啞啞, 皆不足聽也. 夫人曰: '噫! 微物之
聲, 一聞, 可知其善惡', 況其奸音撓心, 惡聲聒耳者乎. 人君何不辨
君子小人之言, 而進惡退善耶?" 夫子曰: "古之聽鶯者多矣, 而李白
淸平之詞, 只是贊美盛德. 戴顒黃柑之聽, 不過鼓出詩腸, 而未有諷戒
人君者. 今吾夫人一聽, 而知其聞善之方. 再聽, 而知其善惡之別, 可
謂觀物有術矣."

「聞鶯記事」『三宜堂稿』

2.

甲子三月二十六日, 奄遭尊舅之喪, 家貧無由盡初終之節, 貸人錢
以畢喪葬之禮. 過期未報, 夫子欲辨債資, 出外, 送之以詩:

　誰知喪債積如丘, 泣向東南嶺海陬, 百棄元難傾産報, 寸金豈欲爲
身求, 誠應路上逢天女, 義必丹陽有麥舟, 我以一言行且贈, 嗟哉至孝
世無儔. (夫子行伽倻山, 得人蔘數十斤, 往賣大邱藥肆, 歸報其債.)

『三宜堂稿』

매죽당 이씨 梅竹堂李氏

梅竹堂李氏, 宗室完原君之後也. 李氏少好畜華卉, 旣而歎曰: "此
非婦人之任矣." 悉去之, 只置梅竹數本, 遂自號梅竹堂. 由是日治女
工惟勤, 然性聰慧, 好學, 頗通『周易』, 又善爲歌詩. 時有女子趙玉簪
者, 爲人淸高, 解文辭, 故李氏與玉簪, 結爲朋友, 甚相得. 嘗與趙玉

簪會共論古今人物·道術·異端, 反復累數百言. 玉簪問: "佛之說如何?" 曰: "天下之理, 安可誣." 又問道曰: "天理人慾毫髮間耳. 一動之宜, 天理也. 一動之不得宜, 人慾也." 李氏謂玉簪曰: "李陵不殺身明節, 是亦衛律而已矣." 玉簪曰: "非其志, 如何?" 曰: "不然. 夫失節則一也" 遂與之語, 及今世事, 往往慷慨不平. 已而與玉簪論所讀書, 至『易』則曰: "終如水中之影矣." 玉簪因誦其所作三數篇, 聲韻淸絶, 復相與詠歎. 當此時, 其談論意氣, 盖有君子之風焉. 其後玉簪死, 李氏旣失玉簪, 恙不自勝, 乃作詞曰: "天之老盖已久矣, 顏回夭而盜跖壽, 他又何說焉, 嗚呼玉簪, 其於天何, 其於命何." 後數年, 李氏又吐血死, 年十九矣. 其詩文頗傳, 然李氏旣不幸短命, 不能成其才德而其所存者, 亦未嘗多見於世. 玉簪則益無聞焉. 悲夫! 李氏性至孝, 父母喪幼子甚慟, 李氏時五歲, 泣語人曰: "吾女兒也. 安得以吾代弟死, 事父母左右無違." 撫諸弟友而正, 嘗貽書戒之曰: "汝輩如靜坐讀書者, 我心卽怡. 如其出門奔走游挈戲劇, 我憂無已時矣." 及歸, 人以賢婦稱. 旣沒, 其夫黨莫不悲之云.

「梅竹堂李氏傳」『靑川子稿』

유희춘의 아내 송씨의 편지

1.

眉岩, 謫居鍾山, 十有九年. 嘉靖乙丑季冬(明宗二十年), 蒙上恩, 丙寅春, 量移于恩津, 余亦陪還同寓. 十生九死之餘, 唯所望者, 立碣石於先塋之側, 而石之品好者, 莫過於此縣之所産, 卽招石工, 給價以貿, 載船以送, 置海南之海上. 隆慶元年丁卯冬(明宗二十二年), 眉岩以弘文校理, 掃墳還鄕, 始曳運于秋城, 而人力單弱, 未得豎立. 辛未春

(宣祖四年二月), 適除(授)此道監司, 庶幾得副宿願, 中心悁悁. 監司長
於除弊, 不顧私事, 而簡余曰: "必須私備而後成." 余忘其拙而作此
文, 冀家翁感悟而扶助, 又以貽夫後雲仍也.

「斸石文序」『眉巖日記草』

2.

天地萬物之類, 惟人最貴者, 立聖賢明敎化, 行三綱五倫之道也. 然
自千千萬萬古而來, 能勇而行之者蓋寡. 是故人苟有追孝父母至誠之
心, 而力不足以遂願者, 則仁人君子, 莫不惕然留念而欲救之. 妾雖不
敏, 豈不知綱領乎. 孝親之心, 追古人而從之, 君今守二品之職, 追贈
三代, 余亦從古禮而得參, 先靈九族, 咸得其歡, 此必先世積善陰功之
報也. 然吾獨耿耿不寐, 拊心傷懷者, 昔我先君, 常語子等曰: '吾百
歲之後, 須盡誠立石於墓側'之言, 洋洋在耳. 迨未得副吾親之願, 每
念及此, 哀淚滿眶. 此足以致仁人君子動心處也. 君抱仁人君子之心,
操救窘拯溺之力, 而簡余曰: '私備於同腹, 而吾當以佐其外云.' 此獨
何心, 得非惡累淸德而然耶? 等差妻父母而然耶? 偶然不察而然耶?
且家君, 自君東來之三日, 見 '琴瑟百年'之句, 自以爲得賢壻, 而失喜
欲狂, 君必記憶, 況君我之知音. 自此跙蚫而偕老, 不過費四五斛之
米, 工可訖功, 而厭煩至此, 痛憤欲死. 經曰: '觀過知仁.' 聞者必不
以此爲過也. 公遵前修之明敎, 雖至微之事, 盡善盡美, 求合於中道.
今何固滯不通, 如於陵仲子耶? 昔范文正公, 以麥舟救友人之窘, 大
人之處事, 何如耶? 私備同腹之意, 有大不可者焉. 或有寡婦僅能支
保者, 或有窮不能自存者, 非但不能收備, 必起怨悶之心, 禮云: '稱家
之有無.' 何足誅哉. 若私家可辦之力, 則以余之誠心, 業已爲之久矣,
豈必苟請於君耶? 且君在鍾山萬里之外, 聞吾親之歿, 惟食素而已.
三年之內, 一未祭奠, 可謂報前日款接東床之意耶? 今若掃厭煩, 而

勉救斲石之役, 則九泉之下, 先人哀感, 欲結草而爲報矣. 我亦非薄施而厚望於君也. 姑氏之喪, 盡心竭力, 葬以禮, 祭以禮, 余無愧於爲人婦之道, 君其肯不念此意耶? 君若使我, 不遂此平生之願, 則我雖死矣, 必不瞑目於地下也. 此皆至誠感發, 字字詳察, 幸甚幸甚.

「斲石文」『眉巖日記草』

3.

伏見書中自矜難報之恩, 仰謝無地. 但聞君子修行治心, 此聖賢之明教, 豈爲兒女子而勉强耶? 若中心已定, 物欲難蔽, 則自然無查滓, 何望其閨中兒女報恩乎? 三四月獨宿, 謂之高潔有德色, 則必不澹然無心之人也. 恬靜潔白, 外絶華采, 內無私念, 則何必通簡誇功, 然後知之哉. 傍有知己之友, 下有眷屬奴僕之類, 十目所視, 公論自布, 不必勉强而通書也. 以此觀之, 疑有外施仁義之弊, 急於人知之病也. 荊妻耿耿私察, 疑慮無窮. 妾於君, 亦有不忘之功, 毋忽焉. 公則數月獨宿, 每書筆端, 字字誇功, 但六十將近, 若如是獨處, 於君保氣, 大有利也, 非妾難報之恩也. 雖然君居貴職, 都城萬人傾仰之時, 雖數月獨處, 此亦人之所難也. 荊妻昔於慈堂之喪, 四無顧念之人, 君在萬里, 號天慟悼而已. 至禮誠葬, 無愧於人. 傍人或云: '成墳祭禮, 雖親子無以過.' 三年喪畢, 又登萬里之路, 間關涉險, 孰不知之. 吾向君如是至誠之事, 此之謂難忘之事也. 公爲數月獨宿之功, 如我數事相肩, 則孰輕孰重? 願公永絶難念, 保氣延年, 此吾日夜顒望者也. 然意伏惟恕察. 宋氏.

「柳文節公夫人宋氏答文節公書」『眉巖日記草』

여종 시인 취선 翠仙

1.

翠仙一名月蓮, 石泉先祖侍廳婢也. 才調伶俐而超逸. 每於廳壁間, 竊聽課讀之聲, 解其文義. 遂能文而長於詩. 時人比之康成婢. 成石田到崑亭, 欲一眄之與之戲. 時坐客咸曰: "爾能生挽成, 使之淚下則當薦枕矣." 卽立而吟詩曰: "云云." 成卽漢陽西湖亭主人, 故使西湖字, 一座皆悽然淚下. 詩名遂膾炙於世. 及笄, 潛身逃去, 遊境內名山川. 嘗登冠岳山, 次尹上舍韻曰: "云云." 此詩大播於京洛間. 「秋宵怨」詩一絶, 蒼雪先生編之『乃城志』. 『芝峰類說』亦有翠仙詩一律云. 遍遊於名士間, 爲宰相家寵妾. 嘗曰: "吾上典若入城, 則小妾當不知死所矣." 以故, 石泉公仕路塞滯, 實由於翠仙之所爲云. 自號雪慇. 又曰雪竹. 五七言詩, 合一百六十六首, 謄于上.

「事蹟」『白雲子詩稿』

2.

孽玄, 卽安東權(某)之婢也. 有才色能詩, 自號翠竹. 其秋思詩曰: '洞天如水月蒼蒼, 樹葉蕭蕭夜有霜, 十二緗簾人獨宿, 玉屏還羨畵鴛鴦.' 訪石田故居詩曰: '十年曾伴石田遊, 揚子江頭醉幾留, 今日獨尋人去後, 白蘋紅蓼滿汀秋.' 此兩作, 俱在『箕雅』, 而秋思誤屬妓翠仙, 故居誤屬無名氏, 世不傳翠竹名, 可惜.　　　『詩話叢林』소재『水村漫錄』

명창 석개 石介

石介者, 礪城君宋寅之婢也. 顔如老獷, 眼如燃箭. 兒時自外方入,
充鈴下之役. 宋家豪貴戚里, 粉鉛朱翠之娥, 備左右應對, 不可勝記.
使石介戴木桶汲水, 石介之井, 掛桶井欄, 終日歌. 其歌不成腔調如樵
童採女之謳. 日暮空桶而歸, 受笞猶不悛. 明日復如是. 又使之採菜,
持筐出郊, 措筐野田中, 多拾小石, 唱一曲, 投一石于筐, 筐旣盈, 逐
曲, 出一石于田, 盈而復瀉者再三. 日暮空筐而回, 受笞猶不悛. 明日
復如是. 礪城聞而奇之, 使之學歌. 其歌爲長安第一唱, 近來百年間所
未有. 雕鞍繡衣, 日赴權貴之筵, 纏頭金帛, 積于家, 終爲富家婢. 吁!
天下之事, 勤而後成. 豈獨石介之歌歟. 懦而不立, 何事能就? 亂後,
石介赴海州行在. 有豪奴不服, 欲訴官治罪, 爲所殺. 其女玉生, 亦能
唱, 爲當今第一.

『於于野譚』

여종 예향 禮香

惟勤翁夫人閔氏, 老峯相公曾孫也. 其竹兜後靑衣, 名禮香. 性淳實
通豁, 工於針線. 竭其忠誠, 以事其主, 未嘗有過. 凡有昏喪, 皆主裁
縫, 無有物我, 人皆稱之. 當裁新郞之衣, 必問諺書衣樣, 當裁斬齊之
服. 或問喪禮制度, 謙退若不知者. 然尤善粧嚴, 能作大髻, 湖右士夫
家昏禮, 獨任其修飾新婦也. 金氏一門有送女者, 禮香隨之夫家, 使之
作書尊屬, 而新婦不習於諺書, 禮香敎以辭語·高低·字行, 不違體
例, 人始知其能通諺書. 南塘先生疾病, 欲以朱子野服, 用於送終. 家
人屬門人金默行子沈, 使考尤菴所圖而成之. 子沈按圖而語禮香, 一

聞而能領悟, 卽地裁成. 已而先生病間, 亟稱之, 遂服. 數月後, 果用于斂云. 其裁深衣, 自以其指度其長短, 不失尺寸, 能合制度. 然每於裁縫, 必有問焉. 久菴先生, 嘗問'是禮香之所制深衣也耶?' 稱善焉. 閔夫人有一女, 言定于館洞李侍直惠輔之子, 爲姑者沒, 待年成昏. 女將于歸而卽可主饋, 閔夫人方憂其冲任重. 禮香預求一少婦, 屬之夫, 愛育若己女. 及其主于歸, 遂隨之, 幹其家衆務. 凡於事親奉祭, 皆得其宜. 其或拮据而力有所不逮者, 則求助於其主私親, 而辭不苟且, 誠自謹然. 李侍直亟稱曰: "是女中之英傑." 宋櫟泉, 亦金氏通家人也, 亦如李侍直之稱譽. 禮香旣竭誠力, 能使其主有令譽於夫家者. 三四年病, 歸葛山而死, 無子. 其夫之後婦慟若喪母, 大抵不妬姬妾, 婦人之所難, 而禮香能之. 不私身家, 丈夫之所難而禮香能之. 至於才智旣優, 股肱幷竭, 以輔少主, 忠臣之所罕, 而禮香亦能之, 豈不奇哉. 此我姊氏所以申言于雪川李公曰: "若禮香之忠, 可謂鞠躬盡瘁, 死而後已者也. 可其泯沒而無傳也." 李公許其立傳, 未成而卒. 惟勤翁嘗曰: "此婢將種也, 所以有英署." 盖禮香祖洪兵使者有孼子, 眄閔氏家婢, 生禮香. 閔夫人兄羅州公百男, 以其爲人之可使, 與之其妹云.

『樸素村話』

유모 허씨 乳媼許氏

乳媼許氏, 載寧之田家女也. 乳從兄歇菴及余, 又嘗乳余女弟之夭者, 首尾凡十五六年. 及從兄與余次第娶婦, 則愛重如其夫. 及其有男女, 則保抱護惜如其父, 首尾又十七八年, 前後三十餘年. 其恩與功蓋莫大, 而媼遂老死矣. 媼生辛亥, 沒己未, 葬於東門外之覺心峴. 余與歇菴哭之慟, 服如制. 吾家素窶甚, 吾兄弟乳時, 媼不免饑寒, 苦至自辦衣食, 無怨言尤色. 平生又未嘗伐其勞, 可謂難矣. 媼亡日爲七月十三, 是日卽先伯父諱日. 後二日, 卽吾先妣諱日, 以是吾兄弟不期爲媼, 而自齋素度是日. 或者其恩與功, 莫大理有必報, 故其亡也, 在是日, 俾吾兄弟, 終身不可忘也歟. 媼爲人樸麤硬直, 貌又然, 對之如莽男子, 於人無所訕, 殆不識高低, 至其所輸心, 煦煦柔軟若無骨者. 歇菴常曰: "吾媼死, 不爲異星, 必爲怪石." 卽其人可知. 先適鄭生, 一子曰'龍山'僑居載寧. 後適金生, 一子曰'鍊老'畜余家. 始媼隨先伯母永柔衙中. 夢至海坐大石上, 石忽自動, 隨波泊彼岸, 岸有彩構如宮闕, 其中虛無人, 遍行至一室, 啓其戶, 一小兒玉貌, 端坐讀氣丌上書, 年可四五歲. 仍前呼曰: "兒哥腹餒, 哺吾乳." 乳之而覺, 告伯母. 伯母笑曰: "唉! 愚矣. 汝惡能生如是子. 聞二家有身生男, 汝必往乳." 二家者, 先妣序爲娣也. 旣而余生觖乳, 果召媼. 媼嘗抱立門外有老媼, 過忽謂媼曰: "子不嘗夢中騎石入海乳讀書兒乎? 子知是石乃龜, 乳者是兒也. 異日必貴." 媼驚異問其故, 不答而去. 媼以是每誇諸人, 日望余貴. 今貴矣, 媼不及見. 悲夫! 儒者, 不宜言詭異荒唐事. 然欲志媼之功, 傳其夢, 亦所以傳媼之奇, 故書之. 系曰: "生而夢則夢騎石, 死而化則化疑石, 我媼有性不愧石, 述異傳奇勒諸石."

「乳媼許氏墓誌銘」『風皐集』

양사언의 어머니

楊蓬萊士彦之父, 以蔭官爲靈巖郡守. 受由上京, 還官之路, 未及本郡. 一日, 程曉起作行, 未及香舍, 人馬疲困, 爲尋路傍閭舍, 欲爲中火之計. 時當農節, 人皆出野, 村中一空. 一箇村舍, 只有一女兒, 年可十一二歲, 對下隷而言曰: "吾將炊飯, 須暫接於吾家, 可也." 下隷曰: "汝以年幼之兒, 何可炊飯而供饋行次乎?" 對曰: "此則無慮, 須卽行次好矣." 一行無奈何. 入門則其女子淨掃房舍, 舖席而迎之, 謂下隷曰: "行次進支米, 自吾家辦出矣. 只出下人各名之糧, 可也." 楊倅細察其女兒, 則容貌端麗, 語音淸朗, 少無村女之態. 心甚異之, 而已進午飯, 則其精潔踈淡, 絶異常品. 上下之人, 皆嘖嘖稱奇. 楊倅招使近前, 而問年幾許. 對曰: "十二歲矣." 又問: "汝父何爲?" 對曰: "此邑將校, 而朝與吾母野鋤草矣." 楊倅奇愛之. 乃出箱中靑·紅扇各一而給之. 戲言曰: "此是吾之送綵於汝之需, 謹愛之." 其女子聞其言, 卽入房中, 出箱中紅色袱而舖之前曰: "此扇置之此袱之上." 楊倅問其故, 對曰: "旣是禮幣, 則莫重禮物. 何可以手授受乎." 一行上下, 莫不稱奇. 楊倅遂出門而作行, 到郡後忘之. 過數年後, 門卒入告曰: "隣邑某處將校某, 來謁次通刺矣." 使之入來, 則卽素昧之人也. 楊倅問曰: "汝之姓名云何, 而緣何來見?" 其人拜伏而言曰: "小人卽某邑之校也. 官司再昨年, 京行回路, 有中火於小人之家, 而時有一女兒炊飯接待之事乎?" 楊倅曰: "然矣." 又曰: "伊時, 或有信物之給者乎?" 曰: "不是信物. 吾奇愛其女兒之伶俐, 以色扇賞之矣." 其人曰: "此兒, 卽小人之女也. 今年爲十五歲矣. 方欲議婚矣. 女兒以爲吾受靈巖官司禮幣矣. 死不之他云云. 故以一時戲言, 何可信之, 欲使强之則以死爲限, 萬端誘之, 難回其心, 迫不得已, 來告矣." 楊倅笑曰: "汝女之好意, 吾何忍背之. 汝須擇日以來, 吾當迎來矣." 及吉期, 以禮迎來爲小室. 時楊倅適鰥居, 以其女處內之正堂, 而主饋, 飮食衣服, 無不稱意. 及遞歸本第, 其撫愛嫡子女篤至. 馭諸婢僕, 各盡其道, 至於一門宗族, 無不得歡心, 譽聲溢於上下內外. 産一子, 卽蓬萊也. 神彩俊逸, 眉目淸秀, 正是仙風道骨. 幾年之後, 楊倅故, 哀毁如禮. 成服之日, 宗族咸集, 蓬萊之母, 號泣而出. 坐言曰: "今日, 列位齊會, 諸喪人在座, 妾有一逢托之事, 其能肯許否?" 喪人曰: "以庶母之賢淑, 所欲托者, 吾輩安有不從之理乎?" 諸宗之答亦然. 乃曰: "妾有一子而作人不至愚迷. 然而我國之俗, 自來賤孼, 渠雖成人, 將焉用哉. 諸位公子, 雖恩愛其間, 而妾死之後, 將服妾母之服矣. 如是則嫡庶懸殊矣. 此兒將何以行世! 妾當於今日自決. 若於大喪中彌縫, 卽庶無庶之別矣. 奉望列位, 哀憐將死之人, 勿使飮恨於泉下." 諸人皆曰: "此事, 吾輩相議, 好樣道理. 俾無痕迹矣. 何乃以死爲期乎?" 蓬萊母曰: "列位之意, 雖可感, 却不如一死之爲愈." 言罷, 自懷中出小刀, 刎於楊倅之柩前. 諸人皆大驚, 而嗟惜曰: "此人也, 以賢淑之性. 以死自決, 而如是勤托. 逝者之托, 不可孤矣." 遂相議而嫡兄輩視若親兄弟, 少無嫡庶之別. 蓬萊長成之後, 位歷士大夫之職, 名滿一國, 人不知其爲庶流云爾.

『選言篇』

서녀 진복 珍福

珍福者, 宰相側室女也. 行醜, 不欲言某氏女. 母愛子抱, 宰相憐之, 問之巫瞽. 咸曰: "不宜愛養, 父母可與他人作女, 養之別宅." 時長安織組里有老媼, 家業饒甚, 無子女. 常於節日, 備新物餉于側室, 往來頗款. 側室備盡巫瞽言, 欲令側女避之媼家. 媼歡然唯諾, 且願托螟蛉之誼, 悉傳以家業, 側室甚樂之. 遂與牢約以女與焉. 及年至二八, 姿容益豊艶, 媼愛之猶己出. 媼家多親戚, 咸以媼無子女, 家且饒, 希以子女求後, 且怒媼不後親戚子, 而逐權勢育他姓之女, 思以百計敗之, 旣以甘辭誘媼, 不見許, 則謀撓珍福以惡之. 使親戚中長舌者, 從容謂珍福曰: "頃日有年少文官, 方爲承政院注書, 過娘門, 見娘依門而立, 踟躕不肯去曰: '是有誰氏女, 眞絶代美姝. 願傾千金卜副室,

374

如見許, 當剋日遣騎僕迎之.' 大姑性貪財, 不擇郎美惡. 欲以娘與商家子作婚. 本宰相女, 豈宜配賈? 今娘年已至笄年, 宜早爲之計." 娘聞言, 羞甚不肯對. 長舌往復密誘者累日, 意不能無動. 且心艷乃母爲文官側室享富貴. 遂信長舌言. 俄而注書騎僕已候門巷, 遂新粧靚服, 乘昏而出, 輕身上馬, 歷委巷數曲, 出通衢至一處, 高門洞開, 下馬坂墙前. 長舌者牽而入, 過大庭, 有高堂大池, 碧荷回帶朱欄, 曠然無人跡. 堂中有屛幕圍之, 長舌引坐屛中. 俄而有長鬚于思, 布衣赤脚而入. 遂抱持珍福, 恣意爲不善. 有頃, 棄而走. 又無一侍者, 呼長舌者, 亦不知所如. 珍福深閨處子也, 生長綺紈, 不下門庭. 又豈知長安巷陌千岐萬岐所由往, 欲問而無人, 欲歸而不知路, 盤桓道側而泣. 天且明, 問之隣人 "是誰家也?" 曰: "司憲府也." 問府中長鬚, 乃司憲府墨尺也. 遂尋家而返, 日已午矣. 媼家大驚曰: "吾無以告我相國." 厥後, 宰相聞之, 不女其女, 仍黜而與之媼家, 任其所爲. 珍福自知已失其身, 不得於其父母. 遂損身作淫婦, 終其身無定配, 而卒死於貧賤. 珍福有女弟, 嫁與武將. 每宰相有婚姻賓會, 無不許坐, 而珍福擯不得齒, 不敢上堂與婦人近.

『於于野譚』

열녀 함양 박씨 烈女咸陽朴氏

齊人有言曰: '烈女不更二夫' 如詩之柏舟是也. 然而國典 '改嫁子孫, 勿敍正職' 此豈爲庶姓黎甿而設哉. 乃國朝四百年來, 百姓旣沐久道之化, 則女無貴賤, 族無微顯, 莫不守寡, 遂以成俗. 古之所稱烈女, 今之所在寡婦也. 至若田舍少婦, 委衖靑孀, 非有父母不諒之逼, 非有子孫勿敍之恥, 而守寡不足以爲節, 則往往自滅晝燭, 祈殉夜臺,

水火鴆繯, 如蹈樂地. 烈則烈矣, 豈非過歟! 昔有昆弟名宦, 將枳人淸
路, 議于母前, 母問奚累而枳, 對曰: "其先有寡婦, 外議頗喧." 母愕
然曰: "事在閨房, 安從而知之?" 對曰: "風聞也." 母曰: "風者有聲而
無形也. 目視之而無覩也. 手執之而無獲也. 從空而起, 能使萬物浮
動. 奈何以無形之事, 論人於浮動之中乎? 且若乃寡婦之子, 寡婦子
尙能論寡婦耶? 居, 吾有以示若." 出懷中銅錢一枚, 曰: "此有輪郭
乎?" 曰: "無矣." "此有文字乎?" 曰: "無矣." 母垂淚曰: "此汝母忍
死符也. 十年手摸, 磨之盡矣. 大抵人之血氣, 根於陰陽, 情欲鍾於血
氣, 思想生於幽獨, 傷悲因於思想. 寡婦者, 幽獨之處而傷悲之至也.
血氣有時而旺, 則寧或寡婦而無情哉. 殘燈吊影, 獨夜難曉. 若復簷雨
淋鈴, 窓月流素, 一葉飄庭, 隻鴈叫天, 遠鷄無響, 穉婢牢鼾, 耿耿不
寐, 訴誰苦衷. 吾出此錢而轉之, 遍模室中, 圓者善走, 遇域則止, 吾
索而復轉, 夜常五六轉, 天亦曙矣. 十年之間, 歲減其數, 十年以後,
則或五夜一轉, 或十夜一轉, 血氣旣衰, 而吾不復轉此錢矣. 然吾猶十
襲而藏之者, 二十餘年, 所以不忘其功, 而時有所自警也. 遂子母相持
而泣. 君子聞之曰: "是可謂烈女矣. 噫! 其苦節淸修若此也, 無以表
見於當世, 名堙沒而不傳, 何也? 寡婦之守義, 乃通國之常經. 故微一
死, 無以見殊節於寡婦之門." 余視事安義之越明年癸丑月日, 夜將
曉, 余睡微醒, 聞廳事前有數人隱喉密語, 復有慘怛歎息之聲, 蓋有警
急而恐擾余寢也. 余遂高聲問鷄鳴未, 左右對曰: "已三四號矣." "外
有何事?" 對曰: "通引朴相孝之兄之子之嫁咸陽而早寡者, 畢其三年
之喪, 飮藥將殊, 急報來救, 而相孝方守番, 惶恐不敢私去." 余命之疾
去. 及晚爲問'咸陽寡婦得甦否?' 左右言聞已死矣. 余喟然長歎曰:
"烈哉斯人." 乃招群吏而詢之曰: "咸陽有烈女, 其本安義出也. 女年方
幾何, 嫁咸陽誰家, 自幼志行如何, 若曹有知者乎?" 群吏歔欷而進曰:
"朴女家世縣吏也. 其父名相一. 早歿, 獨有此女而母亦早歿, 則幼養

於其大父母, 盡子道. 及年十九, 嫁爲咸陽林述曾妻, 亦家世郡吏也. 述曾素羸弱, 一與之醮, 歸未半歲而歿. 朴女執夫喪盡其禮, 事舅姑盡婦道. 兩邑之親戚鄰里, 莫不稱其賢. 今而後果驗之矣." 有老吏感慨曰: "女未嫁時隔數月, 有言述曾病入髓, 萬無人道之望, 盍退期?" 其大父母密諷其女, 女默不應. 迫期, 女家使人覘述曾, 述曾雖美姿貌, 病勞且咳, 菌立而影行也. 家大懼, 擬招他媒, 女歛容曰: '曩所裁縫, 爲誰稱體, 又號誰衣也. 女願守初製. 家知其志 遂如期迎婿, 雖名合巹, 其實竟守空衣云." 旣而咸陽郡守尹侯光碩, 夜得異夢, 感而作烈婦傳, 而山淸縣監李侯勉齋, 亦爲之立傳, 居昌愼敦恒, 立言士也. 爲朴氏, 撰次其節義始終, 其心豈不曰弱齡孳婦之久留於世, 長爲親戚之所嗟憐, 未免隣里之所妄忖, 不如速無此身也. 噫! 成服而忍死者, 爲有窆窆也. 旣葬而忍死者, 爲有小祥也. 小祥而忍死者, 爲有大祥也. 旣大祥則喪期盡, 而同日同時之殉. 竟遂其初志, 豈非烈也.

「烈女咸陽朴氏傳幷序」『燕巖集』

전관불 全關不

朝鮮孝宗初, 武人全台鉉者, 得除平安道滿浦僉使, 距京師千餘里, 自前除僉使者, 不能挈家小而往, 只單身赴任, 及瓜遞歸而已. 台鉉亦單身赴任, 恤軍愛民, 浦民安業, 無不稱頌其德焉. 台鉉居此浦數載, 深得人心, 處官如家, 而常獨居政堂, 不無霸旅之苦. 吏民悶其旅宦, 每勸進一妓, 台鉉不聽. 一日, 偶因仲秋月夕, 與吏民設宴觀月, 吏民互相勸酬. 台鉉不辭而飮, 要以忘客懷. 不覺酩酊, 大醉倒于席上. 吏民暗使一妓侍寢, 台鉉醉中成就其事. 翌朝醒來, 懊悔無及, 然已無如之何矣. 遂使郡妓權奉巾櫛, 踰年生一女, 容顏絶等, 愛之如珍寶, 名之曰:'關不.' 蓋關不者, 雖是吾之所生, 無關於吾之意也. 朝鮮舊俗, 武人出守邊地者, 若與賤妓私生子女, 則不敢露出於世, 惟任其母而育之. 生長嫁娶, 却不關於其父也. 台鉉雖愛其女而不敢聲張, 故名之曰關不也. 關不生甫數歲, 台鉉遞歸, 任其女於其母, 單身歸京, 自後生死存沒, 都不相問. 台鉉年老病死, 光陰迅馳, 關不年至十六, 丰姿嬌容, 無與爲比. 其母遂使投名妓籍, 此是逭土習俗也. 關不自入妓籍以後, 雖罹勉習歌舞之事, 而一未嘗昵近外人. 年少之豪吏多錢之蕩子, 每欲侵近而關不峻拒之, 人莫敢犯焉. 其時僉使聞關不之名, 愛關不之容, 欲使守廳, 守廳者, 朝夕侍奉巾櫛, 寢同衾, 食同卓, 無異媵妾者也. 關不矢死不從, 僉使大怒威迫之, 關不知其不免. 乃慨然自歎曰:"吾父雖是武人, 亦仕宦家也. 吾雖賤生, 骨血則非兩班乎? 吾不可以吾父之女, 行無恥之事, 與其點汚吾父之骨血, 不若自靖." 乃咬破指頭, 血書衙後石上曰:'全關不投水死' 遂溺于衙後江中而死. 僉使聞之, 大驚投印而歸. 事聞朝廷, 命檢獄官按覈, 而不能得其溺死之情, 凡交遞七人, 而始得其情, 具由報聞郡. 僉使施以限已身充軍之律, 全關不命旌閭褒烈, 關不之寃始伸. 至今數百餘年, 其石上血書班班可見云. 大是奇事也. 有詩爲証.'班女如何投妓籍, 原來古法多疎虞, 寧爲投水全身潔, 不忍惡名一世汙.'

「全關不投水保班脈」『揚隱聞美』

보살할멈 박씨 朴媼

朴媼者, 開城府人也. 家世行商, 貲頗饒. 父某少任俠, 有勇力, 走襲人如猛虎, 所與遊城中富豪子弟, 面從而心忌. 嘗大醉, 自外歸立死. 實被毒, 無以宄, 媼恨賊未得. 至老, 往往泣不自定. 媼幼年與婁母居, 旣敗産, 傭刺縫爲生. 技工賈薄, 城中歸之. 府檢律差官新喪婦, 聞其賢聘之. 差官名希謨, 姓朴, 與媼異貫. 希謨時年六十有餘. 有二女, 年視媼長, 處之有道. 從希謨差官四方, 祿食二十年, 生女二人. 希謨死, 有身未乳, 及擧男子, 八歲而死. 媼告其母曰：“兒生世畸命, 不得終養父親, 嫁又適老人, 幸而有子, 兒命恃此, 今子且死, 兒亦當死, 所以不死, 以母之故. 先夫家産, 皆其至老死, 勤力而得者, 今無子可食, 兒不忍當死而生, 重食其産也. 嘗聞西方之敎, 有使死者超度之術. 其法, 捨財施之. 兒以家産爲先夫捨之. 嗟呼, 死生之際, 理則冥昧, 超度之說, 所不可知, 盡吾心而已.” 遂署田券獻佛, 賣第宅器服, 建齋數月, 婢使聽其自歸, 與其母歸佛寺. 焚指受誓律, 斷葷血, 讀經法. 居寺中十年, 僧徒奉之如佛. 寺在水落山下, 距王城二十里, 京中士大夫婦女, 事佛以媼介. 媼爲人秀潔, 往來城中, 白衣裳·草履·竹杖, 少沙彌自隨. 市巷稱再世觀音. 寓薰陶坊南巷, 余家在隣, 謁余太夫人. 太夫人憐其窮, 待頗厚. 媼心悅之, 至城, 以余家歸. 往往留連, 侍室中治麻枲, 饋食, 洒掃堂宇, 修飭簾几, 備給使惟勤. 或悶其勞, 對曰：“吾極生民之窮, 天之所厭, 人之所賤. 惟夫人憐之, 吾生而爲夫人奴, 死而爲菩薩奴, 足矣.” 記余幼時, 見媼自山寺來, 上堂膜拜, 見發包裹, 出松餌·藿煎啗之. 誦『回心歌』·『千手經』, 反復繹其義, 雖小兒可感聽. 及余娶李孺人, 孺人性好道, 媼尤相得曰：“吾老且死, 得夫人歸. 夫人雖喜吾, 不喜佛, 吾恨之. 今吾姐如此, 此乃綠會, 豈人力可及！” 自是稱孺人‘吾姐, 吾姐.’ 孺人侍太夫人坐, 諸娣妹妾媵, 環列媼前. 念經誦偈, 祝太夫人壽, 笑嬉嬉, 閨房燕居, 無媼不樂. 余家君出守西縣, 太夫人與孺人往以媼行. 縣在湖山之間, 多名寺院. 媼一月一出供佛, 孺人資送. 太夫人責其屑屑. 媼曰：“久不拜佛, 吾心如孩子戀母.” 太夫人莫之止. 媼嘗恨孺人晚而未擧, 輒言：“吾拜佛, 先念吾姐擧男.” 縣之隣郡有玉礦, 勸孺人出簪還買玉,鼇爲燈數, 像比斗者三. 一施縣寺, 一施浿城之永明寺, 一藏篋, 東還, 施媼所居水落山寺. 供火佛前, 余爲銘, 手書而刻. 孺人旣擧男, 媼保養一年, 不卒育. 大慟之, 泣曰: "誠有托生之理, 吾願今日死, 明日爲吾姐子." 居數年, 孺人寢疾, 爲禱佛, 疾革, 孺人托媼視喪事. 及歿, 媼在山寺. 余使人告喪, 媼沐浴, 躬鑿米爲飯, 薦亡. 臨喪, 口念經, 手將事, 不令婢御與之. 旣葬, 余家在坡山. 余至京, 媼自山寺持壺果訪余, 執余手, 哭失聲. 旣而嚜然嘆曰: "子亦聞夫輪回之說乎. 儒者所不知, 吾佛獨知, 而人亦有言, 善惡有報, 善者無報, 報於子孫, 無子孫, 將安所報? 吾姐平生信法, 死而無子, 使卒無報, 法亦妄耳. 吾知其報在來世, 彼且與子絶矣. 念一時之苦趣, 慨然而驚, 享永劫之淨福, 脫然而樂. 子之嗷嗷之哭, 慽慽之悲, 適以累之." 語姰姰, 泣下沾裳. 余亦重悽然自傷. 自是至余家, 忽忽不自歡. 甲寅歲, 余南過海南之大芚寺, 遇孺人亡日, 爲疏供佛. 歸聞媼以其前數日死, 實今上十八年. 距其生肅宗庚子, 爲七十五歲. 遺命茶毘于山寺. 女二人, 一人早殀, 一人生子二人, 今居城南門外, 販竹爲生.

「朴媼傳」『孝田散稿』

공녀 권씨 貢女權氏

1.

恭獻賢妃權氏, 朝鮮人. 永樂時, 朝鮮貢女充掖庭, 妃與焉. 姿質濃粹, 善吹玉簫. 帝愛憐之. 七年封賢妃, 命其父永均爲光祿卿. 明年十月侍帝北征. 凱還, 薨於臨城, 葬嶧縣.

『明史』

2.

永樂戊子, 欽差太監黃儼, 奉聖諭而來, 令選女子幾名, 本國以權氏・任氏・李氏・呂氏・崔氏, 偕黃儼送獻. 帝封權氏爲顯仁妃. 封任氏以下美人・昭容等爵. 又拜權氏兄(父)永均光祿寺卿, 任氏父添年鴻臚寺卿, 李氏父文命・呂氏父貴眞俱光祿寺少卿, 崔氏父得霏鴻臚寺少卿. 辛卯, 呂氏嫉權妃專寵, 令本國內官金得・金良等, 交結中國內侍二人, 借砒礵於銀匠家, 作末子投胡都茶, 與權妃喫, 未幾, 權妃薨. 帝初不知其事. 後二年, 權妃之婢罵呂氏婢曰: "汝主藥殺我妃子." 帝聞而訴之, 果然. 遂誅內官銀匠以烙鐵烙, 呂氏者, 一月, 竟烙殺之.

『稗官雜記』

명나라 궁녀 굴씨 屈氏

屈氏, 本大明宮女. 值天下大亂, 被擄虜中. 後隨昭顯世子, 居我國. 死時年七十餘, 葬于高陽之山. 至今屈氏之事, 傳於世頗詳. 初屈氏以江南良家子入長秋宮, 侍皇后. 屈氏容貌端秀, 性行幽靜. 以故, 甚得皇后寵. 崇禎末, 流賊李自成稱亂, 京師不守, 皇后將趨壽皇亭, 步出宮. 屈氏從之, 皇后戚然揮曰: "爾無庸與我來." 帝及皇后已崩, 賊兵入宮中, 屈氏無所歸, 悲啼躑躅, 避亂閭巷間. 及虜兵入, 屈氏卒爲所獲, 置九王軍. 屈氏先在宮中, 聞流賊說頗習, 及爲擄, 常慢罵虜曰: '流賊.' 九王者, 常圓弁短衫, 垂面紗而坐, 狀貌甚桀. 屈氏輒笑且罵曰: "男子亦爲面紗乎." 面紗者, 唐俗婦女之粧也故云. 然屈氏時尙幼, 不爲虜所怒, 亦不爲所汚. 及昭顯世子質于瀋, 虜以屈氏侍世子. 世子歸, 屈氏從. 至國後, 屬萬壽殿事大妣, 後又隨世子宮, 出居于鄕

校坊. 屈氏旣居東國, 常北望中國, 稱皇后德, 未嘗不泫然泣下. 語及
流賊, 必極口憤罵. 惟日夜願須臾無死, 以見皇家之興復, 卒以飮恨
死. 屈氏素善擾禽戰, 各有名號, 隨意指使. 有弟子進春者, 亦頗傳其
法, 進春今八十餘矣. 每說屈氏事, 輒嗚咽流涕云. 余嘗聞屈氏將死謂
其人曰: "虜吾讎也. 吾生不能見虜之滅, 死後幸而有北伐之師, 吾將
見之. 其埋我西郊之路."

「屈氏傳」『靑川子稿』

혜빈 양씨 惠嬪楊氏

楊氏者, 淸州人. 縣監景之女, 贊成事之壽, 其曾祖也. 世宗朝, 選
入後宮, 封惠嬪, 擧三子漢南君㻽 · 壽春君玹 · 豐永豐君瑔. 辛酉, 顯
德王后, 誕端宗于東宮, 九日而薨. 世宗擇嬪御中賢者, 命楊氏, 保養
元孫. 楊氏戮力調護, 致謹其飮食起居. 元孫生有聖德, 而楊氏養正之
功多焉. 時世宗 · 文宗, 相繼昇遐, 宗英布列, 國勢危疑, 而惠嬪隨幾
應變, 衛安聖躬者, 靡極不至. 至乙亥, 世祖受禪, 納傳國璽, 惠嬪據
理喩之曰: "玉璽, 國之重寶. 先王有訓, '非世子世孫, 不傳.' 吾雖死,
璽不可出." 卽日被後命, 永豐君以雲劒入侍, 同時就死. 漢南君謫咸
陽. 丁丑與錦城君謀復上王, 事泄被禍, 肅宗癸巳命封惠嬪墓, 而失其
處. 正宗辛亥, 賜惠嬪, 諡曰: '愍貞.'

「愍貞嬪楊氏傳」『梅山集』

이 부인 설봉 李夫人雪峯

李夫人, 號雪峯, 延安人. 延城府院君石亨五世孫, 郡守廷顯女, 歸平山申純一. 純一仕爲延安都護府使. 夫人幽閑簡靜, 有藻思, 兼工書法, 案上常置『周易』·『李白詩集』. 子弟從場屋, 還閱其草, 預定高下得失, 無不中. 子弟登試, 輒歎曰: "世無能文者, 此輩亦得之耶." 代其夫, 裁酬簡牘, 見者不知其爲婦人筆也. 名徹上, 上嘗下黑絹八幅, 求夫人筆, 其書益重於世. 詩集逸於兵, 傳者二十餘首. 夫人多靈異. 嘗齋沐整衣服, 深臥屛障中, 戒家人勿驚. 俄而絶氣息. 久之, 傍人呼覺之, 卽欠伸曰: "何驚我也." 神氣揚揚如平日, 若導引內視者. 有疾, 輒向空若酬答, 擧手輒有物在呑之, 病乃已. 傍人怪而伺之, 如鳳仙花子香烈觸鼻, 久而不息, 問其名曰: "石中彈也." 問何由得, 曰: "天餽之." 其孫誤取呑其一, 味辛甘絶異. 夫人覺而恨之曰: "此非人人所可食. 汝壽必不長." 後果如其言. 病中閉目而吟如昏囈, 實誦『易』, 非囈也. 吉凶必有夢, 徵之皆驗. 子姪親戚候者至外, 夫人必先知之, 促之來. 及歿後當祭, 子孫婢僕, 或不謹潔, 輒得暴疾.

『研經齋集』

길녀 吉女

吉貞女, 西關寧邊人也. 其父本府鄕官, 而女卽其庶女也. 父母俱歿, 依其從父, 年二十而未嫁. 以織紝針線自資養焉. 先時, 京圻仁川地有申生命熙者, 年少時, 得一異夢, 有老翁携一女, 年可五六歲, 而面上有口十一, 可驚怪. 翁謂生曰: "此他日君之配也. 當與終老." 乃寤甚異之. 年踰四十. 喪其室, 中饋無主, 意緖悽涼, 亦嘗約聘卜性,而每岨峿未諧. 適有知舊出宰寧邊, 生往從遊焉. 一日, 又夢前見老翁率其女十一口者來, 而已長成矣. 曰: "此女已長. 今歸之君矣." 生愈怪之. 自內衙命府吏, 貿納細布. 吏曰: "此有鄉官處女, 織細布爲極品, 名於境內. 今所織將斷手云. 姑俟之." 已而買納, 其細盈鉢, 而纖潔精緻, 世所罕有. 見者莫不奇嘆. 申生知其爲庶, 便有卜納之意, 厚結邑人之與女家親切者, 使之居間. 女之從父, 樂聞之, 生卽備幣具禮, 造其家. 非特織紝之工, 姿容甚美, 擧止閑冶, 苑有京洛冠冕儀度. 生大喜過望, 始悟十一口爲吉字也, 深感天定有素, 情義益篤. 留數月, 辭歸故鄉. 約以非久迎歸. 旣還, 事多牽掣, 荏苒三年, 未得踐言, 關河迢迢, 音信亦斷. 女之群從族黨, 皆謂申生不可復恃. 潛謀賣送他人, 女操持彌篤. 雖戶庭出入, 亦必審焉. 時女所居之鄉, 與雲山地只隔一崗, 而女之從叔居焉. 是時, 雲山倅, 武官年少者也. 亦欲置別房, 每詢於邑人. 從叔者, 欲以此女應之, 出入官府, 謀議綢繆, 且已涓吉矣. 又請於倅以錦綺等物, 傳授於女, 使作婚日衣裳, 從叔遂來訪, 慇懃存問. 仍曰: "吾子娶婦, 期日不遠. 亦欲製新婦之衣, 而家無裁縫者, 願爾暫來相助." 女答曰: "我有君子來留巡營, 我之去留, 須待其言. 叔家雖近, 旣是他邑, 則決不可率意去來." 叔曰: "若得申生之諾, 則可許否?" 女曰: "然." 叔還家, 僞作申生之書, 勉以敦族, 促其往助. 盖其時趙尙書觀彬, 方按西關, 生有連姻之義, 往留焉. 叔以其久而不來, 謂已棄之, 設計如此. 女旣得僞書, 不獲已往焉. 刀尺針線之勞已數日, 而女未嘗與其家男子接話, 惟勤於所事. 一日, 從叔邀其倅, 將使偸窺以質其言. 女雖聞其來, 安知有意. 及暮擧火, 叔之長子謂女曰: "妹常面壁就燈, 此何意也. 爲勞多日, 可暫休, 相對話語." 女曰: "我不知疲. 但坐言, 我有耳自聽." 其子嬉笑而前, 將女斡之, 使回坐. 女作色怒曰: "雖至親, 男女有別, 何無禮至此耶." 是時, 倅屬目窗隙, 幸一覿面, 大驚喜. 女則怒不已, 推窗而出, 坐後廳, 憤忿

384

殊甚. 忽聞廳外, 有男子聲曰:"此吾所刱見, 雖京中佳麗, 未易敵也."
女始知爲倅也, 心掉氣結, 昏倒良久而起. 及明, 撥棄奔歸, 叔始以實
告, 且曰:"彼申生者, 家貧年老, 非久泉下之人. 家且絶遠, 一去不來,
其見棄明矣. 以汝妙齡麗質, 自當歸於富家. 今本邑倅, 年少名武, 前
途萬里. 汝何待望絶之人, 以誤平生."甘言詭辭, 且誘且脅, 女憤愈加
氣, 愈厲罵愈切, 不復論嫡庶之分. 叔計無所生, 且恐得罪於倅. 與諸
子謀, 齊進捉女, 前挽後推, 囚之於夾室, 嚴其局鐍, 僅通飮食, 以待
期日, 令劫納. 女但於室中, 號泣叫罵, 不復食者累日, 形悴氣澌, 不
能作氣, 而旁見室中多生麻, 取以纏身, 自胸至脚, 將以防變也. 已而
改慮曰:'與其徒死凶賊之手, 曷若殺賊, 與之俱死, 以償吾寃. 且可强
食, 先養吾氣耳.'始女見囚時, 得一食刀, 藏於腰間, 人未知也. 計旣
定謂叔曰:"今力已屈矣. 惟命是從. 幸厚饋我, 以療久飢."叔半信半
疑, 然心甚喜. 但以大飯美饌, 從隙連進, 所以慰誘之者甚至. 女食兩
日, 氣已充壯, 而其夕卽婚日也. 倅來留外室. 叔始啓戶引出, 女方貼
身戶內, 見戶開, 持刀躍出, 迎擊其長子, 一聲跌仆. 女乃號呼跳踢,
不計男女長幼, 遇則斫之, 東西隳突, 夫復能禦. 頭破面壞, 流血滿地,
無一人敢立於前者. 倅見之, 神魂飛越, 肝膽俱墜, 未暇出戶. 但於戶
內, 牢縛窗環, 莫知所爲. 女蹴踏戶闥, 手足俱踴, 奮力擊窗, 窗戶盡
破, 極口大罵曰:"汝受國厚恩, 享此專城, 當竭力拊民, 圖酬吾君, 而
今乃殘虐生靈, 漁色是急, 締結本邑之凶民, 威劫士大夫之小室, 是禽
獸之所不如, 天地之所不容. 我將死汝手, 必殺汝, 與之俱死."爽言如
鋒刃, 烈氣如霜雪, 叫罵之聲, 震動四隣, 觀者皆至, 繞屋百匝, 莫不
嘖嘖嗟歎. 有爲之搤腕者, 有爲之泣下者. 是時, 叔之父子, 匿不敢出.
倅但於室中, 屈伏頓首, 再拜哀乞, 稱以'實不知別室之貞烈如此, 而
爲此賊民所誑, 以至此境, 當殺賊以謝別室. 萬望有恕.'卽喝其吏,
搜索其叔, 旣至忿罵重杖, 至血肉披離. 始僅出戶, 疾驅歸官. 時隣人

已通其家, 卽來迎去. 遂具其事顚末, 走告申生. 巡使聞之, 大驚且怒, 而寧邊府使時武人也. 循雲山之囑, 以女拔刀斫人, 報營請重治. 巡使行關嚴責, 卽啓罷, 雲山倅終身禁錮, 捉致其從叔父子, 嚴施刑訊, 流絶島. 盛其僕從, 迎女至營, 深加賞激, 厚贈遣之申生, 卽與其妾上京, 居於阿峴. 數年, 歸仁川舊居, 女勤於治家, 遂至富饒.

「拒强暴閨中貞烈」『破睡篇』

홍도 紅桃

南原鄭生者, 失其名. 少時, 善吹洞簫, 善歌詞, 意氣豪宕不羈, 懶於學問. 求婚於同邑良家, 良家有女, 名紅桃. 兩家議結, 吉日已迫, 紅桃父, 以鄭生不學辭之. 紅桃聞而言於父母曰: "婚者天定也. 業已許定, 當行於初定之人, 中背之可乎?" 其父感其言, 遂與鄭結婚. 第二年, 生子名夢錫. 萬曆壬辰之變, 以射軍防倭. 丁酉年, 楊摠兵元, 守南原, 生在城中, 紅桃男服隨夫, 軍中莫知之也. 夢錫隨祖父, 入智異山避禍. 城陷, 生隨摠兵得出, 而與紅桃相失, 謂其妻隨天兵而去. 生 跟天兵, 轉入中國, 行乞至浙江, 遍求之. 一日, 同天官道主, 乘浙江船, 月夜吹簫, 隣有一人言曰: "此洞簫似是前日朝鮮所聽之調也." 生疑之曰: "無乃吾妻也. 若非吾妻, 何以知此調也." 乃復吟前日與妻相和之歌辭. 其人抵掌大號曰: "此吾夫." 生大驚, 直欲乘小船往追, 道主固止之曰: "此南蠻商船, 與倭相雜者也. 爾如往, 無益反有害. 竣明發, 吾有以處之." 黎明, 道主給數十兩並家丁數人, 論以求之, 果其妻也. 相與握手, 失聲號哭, 舟中無不驚異悲歎者. 盖南原陷時, 紅桃爲倭所虜, 入日本. 日本見男服 不知婦也. 充之男丁, 轉賣隨商船, 凡男子之役, 或能或不能, 而所善助刺船. 自南蠻至浙江者, 意欲因之還朝鮮也. 生與紅桃仍居, 浙江之人咸憐之, 各與銀錢米粟, 得以糊口. 生子夢眞, 年十七求婚, 以朝鮮之人, 故華人不許. 有處子求婚夢眞曰: "吾父東征往朝鮮, 不還. 吾願嫁此人, 往朝鮮, 見父死所, 招父魂而祭之. 父如不死, 萬一或再逢." 遂嫁夢眞居焉. 戊午北征, 生募入劉綎軍. 征奴賊, 劉公敗死, 胡兵殲天兵殆盡. 生高聲曰: "吾非中國人, 乃朝鮮人也!" 故釋不殺. 仍逃出朝鮮地, 下南原, 行到公洪道尼山縣, 脚腫求針醫. 醫, 天兵也. 昔天兵撤回時, 落其後者也. 問其姓名居址, 乃夢眞之妻父也. 問其所由, 相持痛哭, 偕與歸南原訪故居. 見子夢錫娶妻産子居故宅, 生旣與子遇, 復遇子之妻父, 稍慰孤寂, 而但與紅桃旣遇而旋失, 猶鬱悒無悰. 旣一年, 紅桃轉賣家産賃小船, 與子夢眞及其婦. 作華・倭・鮮三色服. 自浙江發, 見華人以華人稱之, 見倭人以倭人稱之. 浹一月二十有五日, 泊于濟州楸子島外洋佳可島, 見其粮只餘七合. 紅桃謂夢眞曰: "吾等在船飢死, 則終必爲魚食, 不如登島自縊而死." 其婦固止之曰: "吾等一合之米, 煮粥歆, 以餳一日之飢, 則足支六日. 且見東方, 隱然有陸地, 不如忍而求生, 幸遇行船, 渡陸地, 則是十八九生矣." 夢眞母如其言. 適五六日, 統制使斜水船來泊, 紅桃俱說與夫南原相離之故, 浙江相合之事, 其夫死北征之由, 其船人聞而悲之. 將紅桃小船, 繫之船尾, 下于順天地, 紅桃挈男婦訪南原舊址, 則其夫與子夢錫夢眞之妻父華人同居焉. 非徒擧家俱全, 並與婚媾而無恙, 其樂融融洩洩如也.

『於于野譚』